杨再喜
吕国康
／
编著

湖湘唐诗之路
视野下的柳宗元研究集成

湖南省教育厅重点项目资助"元明清柳宗元诗文评点整理与研究"（17A083）
湖南省应用特色学科"中国语言文学学科"资助
湖南省哲学社会科学研究基地"湖湘文化对外交流传播"资助
湖南省高等学校哲学社会科学重点研究基地"南岭走廊与潇湘文化"资助

中国书籍出版社
China Book Press

图书在版编目(CIP)数据

湖湘唐诗之路视野下的柳宗元研究集成 / 杨再喜,吕国康编著. —— 北京：中国书籍出版社，2022.1
ISBN 978-7-5068-8866-0

Ⅰ.①湖… Ⅱ.①杨… ②吕… Ⅲ.①柳宗元(773-819)-唐诗-诗歌研究 Ⅳ.①I206.2

中国版本图书馆 CIP 数据核字(2022)第 016660 号

湖湘唐诗之路视野下的柳宗元研究集成

杨再喜　吕国康　编著

责任编辑	李国永
责任印制	孙马飞　马　芝
出版发行	中国书籍出版社
地　　址	北京市丰台区三路居路 97 号(邮编:100073)
电　　话	(010)52257143(总编室)　(010)52257140(发行部)
电子邮箱	eo@chinabp.com.cn
经　　销	全国新华书店
印　　刷	成都兴怡包装装潢有限公司
开　　本	880 毫米×1230 毫米　1/32
字　　数	417 千字
印　　张	17.5
版　　次	2022 年 1 月第 1 版
印　　次	2022 年 1 月第 1 次印刷
书　　号	ISBN 978-7-5068-8866-0
定　　价	78.00 元

版权所有　翻印必究

序 言

柳宗元是唐代文学史上少有的诗文兼擅的诗文大家,明代的江盈科曾言:"从古以来,诗有诗人,文有文人,譬如琴者不能制笛,刻玉者不能镂金。专擅则独诣,双鹜则两废。有唐一代诗人,如李如杜,皆不能为文章。李既为文数篇,然皆俳偶之词,不脱诗料。求其兼诣并呈,自杜樊川、柳柳州之外,殆不多见。韩昌黎文起八代,而诗笔未免质木,所乏俊色秀色,终难脍炙人口。"(《雪涛诗评》)柳宗元诗歌和散文的文学地位虽然可以并驾齐驱,在整个唐代也"殆不多见",但这两种文体却经历了不同的传播接受之命运,有着不同的传播接受之轨迹。

在中晚唐和五代时,柳宗元的文学作品主要以散文闻名,其诗歌处于默默无闻的境地。众所周知,柳宗元是中唐"古文运动"的重要倡导者,在当时就享有盛名,同为"古文运动"的领导者韩愈曾评其文曰:"雄深雅健,似司马子长。"到晚唐时,杜牧进一步提升了柳宗元的散文地位,在其给侄儿的诗中说:"李杜泛浩浩,韩柳摩苍苍。今者四君子,与古争强梁。"(《冬至日寄小侄阿宜》)在此,把韩、柳的散文成就同李、杜的诗歌相提并论,成为唐代古文的典范。对此,一方面说明柳宗元在晚唐时取得了较高的文学地位,但我们同时也发现,当时柳宗元的文学地位主要是凭借其散文的传播接受,而对于具有同样文学成就的诗歌却鲜见有人提及,所以文名掩盖了他的诗名,其诗歌还处于默默无闻的境地。柳宗元诗歌在这个时期传播接受的境遇主要体现在：其一，评论者甚少。第一家为后晋刘昫的《旧唐书·柳宗元》所载："宗元少聪警绝众，尤精西汉诗骚。下笔构思，与古为侔……既罹窜逐，涉履蛮瘴，崎岖堙厄，蕴骚人之郁悼，写情叙事，动必以文，为骚文十数篇，览之者为之凄恻。"在此将柳诗的艺术风格与其贬谪生涯相联系；第二家为晚唐司空图对柳诗艺术风格的评论，他说："今于华下方得柳诗，味其深搜之致，亦深远矣。"(《题柳柳州集后》《司空圣表文集》卷二）根据文中交代，司空图是在华山之下避难时，偶然发现柳宗元诗歌的，在当时情况下就是司空图这样的大诗学家也是在一定年龄之后在不期而遇的情况之下才见到和研读柳诗的，如果是普通百姓就更难有机会见到了，这也从一个侧面揭示出柳诗在当时的落寞境地。其次，柳诗在唐五代时的寂寞还体现在当时诗歌总集编撰时对于柳诗的取舍上。诗歌总集的编撰是诗歌繁荣兴盛一段时期之后的理性总结，也是一个作家的文学作品在一定时间里传播接受状态的客观反映。唐人编选诗歌总集根据陈尚君先生的《唐人编选诗歌总集序录》考及137种，今存者十余种。纵览当时代表性的诗歌总集，如令狐楚的《御览诗》、顾陶的《唐诗类选》、张为的《诗人主客图》、韦庄的《又玄集》、韦縠的《才调集》等，对于这些诗歌总集，虽然收集的诗歌比较繁复，却都对于柳宗元的诗歌没有入选一首。柳宗元诗歌在唐五代时的这般境地，正如清人陈衍所叹："柳州……其诗世所谓寂，其境世所谓困也。"(《石遗室文集》卷九)

在两宋时期，柳宗元的诗歌和散文一样，迎来了接受史上的第一次高潮。相对于散文而言，柳宗元的诗歌有着明显不同的传播接受的轨迹，呈现出自身的特点。这主要表现在，柳宗元的散文在北宋初期由于柳开等人的倡导较早就迎来了接受的高潮，而他的诗歌直到北宋中期的苏轼才"发明其妙",由此苏轼被公认为柳诗接受史上的"第一读者"。苏轼在柳诗接受史上的主要贡献在于,第一次把柳诗与陶渊明和韦应物之诗相提并论,揭示出三者共有的艺术特色,他在《书黄子思诗集后》中说:"柳子厚诗在陶渊明下韦苏州上。退之豪放奇险则过之,而温丽靖深不及也。所贵乎枯淡者,谓其外枯而中膏,似淡而实美,渊明、子厚之流是也。"到南宋时,诗学家们已经习惯了"陶、韦、柳"并提的称呼,诗话艺术的兴盛促使了对柳诗的历史定位在理论上的成熟。其中严羽的《沧浪诗话》首次从诗学角度探讨了柳诗与屈骚之关系,提出了"唐人惟柳子厚深得骚学"(《沧浪诗话·诗评》)的著名论点;他以人论诗,首提"韦柳体"和"柳子厚体",将当时"韦柳"并称的习惯通过理论的总结变成了一个诗歌流派。刘克庄的《后村诗话》在把柳诗同韩诗的比较中,称誉柳宗元为"本色诗人",认为"韩"不及"柳",他在三个方面把柳诗同韩诗进行了对比:"唐文人皆能诗,柳尤高,韩尚非本色。"(刘克庄《后村集》卷二十三)"柳子厚才高,它文惟韩对垒;古律诗精妙,韩不及也。"此外,《后村诗话》在苏轼"陶、韦、柳"并提的基础上,突出柳诗"悽怆"的情感特点;对柳宗元政治操守和人品道德的全面肯定;通过纵向比较,将柳宗元位列诗歌史上的"百世之师"。所有这些标志着宋人接受柳宗元诗歌在理论上的成熟和接受上的全面兴盛。

元代由于历时不长,加之特殊的政治和文化原因,柳宗元诗歌的传播接受也同样陷入低谷。在此期间,元好问的《论诗三十首》"谢客风容映古今,发源谁似柳州深?朱弦一拂遗音在,却是当年寂寞心",将柳宗元的诗风与陶渊明隔开,而将其置于谢灵运的一脉,并进一步指出"柳子厚,宋之谢灵运"和"柳子厚,唐之谢灵运",这是柳宗元接受史上的又一大发明,进一步丰富拓展了对柳诗研究阐释的内涵，指引出一个新的接受方向，后多有人称元好问为柳诗的"第二读者"。

明代是柳宗元散文接受的一个高峰，也是其诗歌评点阐释的兴盛发展时期。这个时期，对柳诗的诗歌评点主要集中在高棅撰、桂天祥批点的《批点唐诗正声》二十二卷，钟惺、谭元春选《唐诗归》三十六卷，周珽集注、陈继儒批点《删补唐诗选脉笺释会通评林》，陆时雍《唐诗镜》等。

清代对于柳宗元诗歌的阐释评点进一步明显增多，在评点本和阐释接受的内容等方面呈现出繁复的特点。如汪森的《韩柳诗选》、汪立名编《唐四诗》、黄周星《唐诗快》、吴昌祺评定《删订唐诗解》等。在对柳宗元诗文的阐释接受中，桐城派的评价不是很高，由于其特殊的文学地位，对他人也产生了不同程度的影响。近代章士钊《柳文指要》对柳宗元诗文的全面肯定，是对柳宗元这一接受现象的拨正。

一千二百多年前的柳宗元在永州曾发出"谁为后来者，当与此心期"（《南涧中题》）的感慨，这是对知音的呼唤和期待，诚然在其漫长的传播接受史上，涌现出了无数的知己，他们走进柳宗元的心灵世界，学习他的为文和为人，效仿他立德、立言、立功的人生道路，阐释传播他的作品和思想。现今在永州，阐释传播柳宗元的氛围依然非常浓郁，一些志趣相同的朋友在前贤和时俊之丰硕成果的基础上，用力甚勤，收录柳诗165首，其中包括雅诗歌曲十余首，这是对柳宗元诗歌研究史料的系统整理和研究。该书将柳诗按写作时间排序，分为早期长安诗、永州十年诗、奉诏途中诗、晚年柳州诗四部分，这种编排形式可以一目了然。每首诗由题解、原诗、校勘、注释、集评五部分构成，为欣赏、推介柳诗提供了一个较为全面的平台。该书一方面希望为柳宗元诗歌研究提供文献收集等方面的便利，另一方面也可以作为传承弘扬传统文化的普及读物。限于作者水平,诠释中错漏之处在所难免,肯定还存在着一些有待完善的地方,敬请方家指正。

杨再喜于湖南科技学院
2021 年 6 月 25 日

目录 Contents

第一辑　早期长安诗

省试观庆云图诗	002
龟背戏	006
韦道安	009
浑鸿胪宅闻歌效白纻	015

第二辑　永州十年诗

自衡阳移桂十余本植零陵所住精舍	020
零陵早春	023
首春逢耕者	025
春怀故园	028
游朝阳岩遂登西亭二十韵	030
法华寺石门精室三十韵	034
巽公院五咏	042
晨诣超师院读禅经	051

感遇二首	055
湘岸移木芙蓉植龙兴精舍	059
哭连州凌员外司马	061
跂乌词	067
笼鹰词	069
放鹧鸪词	072
行路难三首	075
早　梅	082
种白蘘荷	084
巽上人以竹间自采新茶见赠酬之以诗	088
构法华寺西亭	091
种　术	095
咏　史	099
植灵寿木	102
江　雪	104
法华寺西亭夜饮	107
梅　雨	109
夏夜苦热登西楼	112
茅檐下始栽竹	115
红　蕉	118
游南亭夜还叙志七十韵	120
赠江华长老	135
初秋夜坐赠吴武陵	137
视民诗	141
贞符（并序）	144
唐铙歌鼓吹曲十二篇（并序）	164
零陵春望	188

目录

掩役夫张进骸	190
戏题石门长老东轩	194
饮 酒	196
读 书	199
咏三良	203
咏荆轲	206
杨白花	209
觉 衰	212
酬韶州裴曹长使君寄道州吕八大使因以见示二十韵一首并序	216
酬娄秀才寓居开元寺早秋月夜病中见寄	220
游石角过小岭至长乌村	223
冉 溪	226
种仙灵毗	229
钴鉧潭	232
从崔中丞过卢少府郊居	234
溪 居	238
新植海石榴	241
戏题阶前芍药	243
夏初雨后寻愚溪	246
雨后晓行独至愚溪北池	248
雨晴至江渡	251
旦携谢山人至愚池	253
酬娄秀才将之淮南见赠之什	255
湘口馆潇湘二水所会	258
同刘二十八哭吕衡州兼寄李、元二侍御	261
闻籍田有感	265

独　觉　　　　　　　　　　　　267
中夜起望西园值月上　　　　　269
南涧中题　　　　　　　　　　272
送元暠师诗　　　　　　　　　276
南中荣橘柚　　　　　　　　　278
郊居岁暮　　　　　　　　　　281
田家三首　　　　　　　　　　283
渔　翁　　　　　　　　　　　288
夏昼偶作　　　　　　　　　　291
秋晓行南谷经荒村　　　　　　294
零陵赠李卿元侍御简吴武陵　　296
与崔策登西山　　　　　　　　299
弘农公以硕德伟材屈于诬枉左官三岁复为大僚
　　天监昭明人心感悦宗元窜伏湘浦拜贺未由谨
　　献诗五十韵以毕微志　　　303
同刘二十八院长述旧言怀感时书事奉寄澧州张
　　员外使君五十二韵之作其韵增至八十通赠二
　　君子　　　　　　　　　　313
入黄溪闻猿　　　　　　　　　334
韦使君黄溪祈雨见召从行至祠下口号　　336
闻黄鹂　　　　　　　　　　　339
段九秀才处见亡友吕衡州书迹　　342
始见白发题所植海石榴树　　　344
登蒲洲石矶望横江口潭岛深迥斜对香零山　346
酬王十二舍人雪中见寄　　　　349

目 录

第三辑　奉诏途中诗

朗州窦常员外寄刘二十八诗见促行骑走笔酬赠　354

离觞不醉至驿却寄相送诸公　357

诏追赴都回寄零陵亲故　359

界围岩水帘　361

过衡山见新花开却寄弟　364

汨罗遇风　366

北还登汉阳北原题临川驿　368

善谑驿和刘梦得酹淳于先生　370

清水驿丛竹天水赵云余手种一十二茎　372

李西川荐琴石　374

商山临路有孤松往来斫以为明好事者怜之编竹成援遂其生植感而赋诗　376

诏追赴都二月至灞亭上　378

奉酬杨侍郎丈因送八叔拾遗戏赠诏追南来诸宾二首　380

长沙驿前南楼感旧　383

衡阳与梦得分路赠别　385

重别梦得　390

三赠刘员外　392

再上湘江　394

再至界围岩山帘遂宿岩下　396

桂州北望秦驿手开竹径至钓矶留待徐容州　399

岭南江行　400

第四辑　晚年柳州诗

古东门行	406
答刘连州邦字	412
登柳州城楼寄漳汀封连四州	414
酬徐二中丞普宁郡内池馆即事见寄	420
酬贾鹏山人郡内新栽松寓兴见赠二首	422
雨中赠仙人山贾山人	425
殷贤戏批书后寄刘连州并示孟、仑二童	427
重赠二首	429
叠前和叠后	432
柳州峒氓	435
铜鱼使赴都寄亲友	439
种柳戏题	441
奉和周二十二丈酬郴州侍郎衡江夜泊得韶州书并附当州生黄茶一封率然成篇代意之作	444
闻彻上人亡寄侍郎杨丈	447
奉和杨尚书郴州追和故李中书夏日登北楼十韵之作依本诗韵次用	450
杨尚书寄郴笔知是小生本样令更商榷使尽其功辄献长句	454
别舍弟宗一	459
柳州二月榕叶落尽偶题	464
韩漳州书报彻上人亡因寄二绝	466
柳州寄丈人周韶州	469
得卢衡州书因以诗寄	474
与浩初上人同看山寄京华亲故	480

浩初上人见贻绝句而欲登仙人山因以酬之 483
寄韦珩 486
柳州城西北隅种甘树 491
种木槲花 495
南省转牒欲具江国图令尽通风俗故事 497
登柳州峨山 499
平淮夷雅二篇（并序） 501
柳州寄京中亲故 524
酬曹侍御过象县见寄 526
摘樱桃赠元居士时在望仙亭南楼与朱道士同处 531

参考文献 534
编纂说明 536

早期长安诗

第一辑

省试观庆云图诗[1]

[题解]

诗作于贞元六年（790）。时年十八岁的柳宗元在长安应进士举，为应考而写。古时视庆云为吉兆，呈祥瑞之气。首二句描述祥云聚集，预兆国运昌隆。三、四句以天象喻宫廷。五至八句以云彩的缥缈氤氲，烘托天子的高贵气象。九、十句谓此图极精工，呈现祥瑞。末两句用典歌颂天子，并呼应观"图"之旨。

诗以工丽取胜，颇见富贵气象，是研究柳宗元早期思想与创作的作品之一。

[原诗]

设色初成象[2]，卿云示国都[3]。九天开秘祉[4]，百辟赞嘉谟[5]。抱日依龙衮[6]，非烟近御炉[7]。高标连汗漫[8]，向望接虚无[9]。裂素荣光发[10]，舒华瑞色敷[11]。恒将配尧德[12]，垂庆代河图[13]。

[校勘]

（1）《注释音辨本》《游居敬本》无"诗"字。《文苑英华》无"省试"及"诗"字。

（2）"设色初成象"句，"初"，《文苑英华》作"方"；《全唐诗》作"既"。

（3）"九天开秘祉"句，"秘祉"，《文苑英华》作"秘旨"。

（4）"向望接虚无"句，"向"，《文苑英华》作"回"；《文渊阁本》《全唐诗》《何焯校本》作"迥"。按：作"迥"是。"迥望"即远望之意，与上句"高标"正相对。

（5）"裂素荣光发"句，"荣"，《文苑英华》作"云"。

[注释]

[1] 省试：唐代各州县贡士到京师，由尚书省的礼部主试，通称省试。庆云：又称卿云、景云，即五色云。《汉书·礼乐志》："甘露降，庆云集。"古时以庆云为祥瑞之气。庆云图：《通鉴·唐纪》："（大历十四年五月）丙朔，诏曰：'泽州刺史李鹔上《庆云图》。'"省试所观，或即李鹔所上之图。

[2] 设色：着色。象：图像。

[3] 卿云：《史记·天官书》："若烟非烟，若云非云；郁郁纷纷，萧索轮囷，是谓卿云。"

[4] 九天：原指中央与八方，此喻指宫廷，言其尊高深远。秘祉：深藏的福瑞。祉，福。

[5] 百辟：百官、群臣。嘉谟：好的谋略。

[6] 抱日：云环绕着太阳。《孝经·援神契》："黄云抱日，辅臣纳忠。"龙衮：即龙卷，古帝王朝服，上绣龙纹。

[7] 非烟：指庆云（卿云），见前注[3]。御炉：宫殿上的熏炉。

[8] 高标：木杪曰标，故凡高耸之物皆称为高标。汗漫：漫无边际。

[9] 虚无：清虚之境，指浩渺的天空。

[10] 裂素：裁纸作画。素，上等精白之绢，此指纸。荣光：

五色云气，古以为祥瑞之兆。

［11］瑞色：《论衡·指瑞》："王者受富贵之命，故其动出见吉祥异物，见则谓之瑞。"

［12］尧德：《史记·五帝本纪》称尧"其仁如天，其知如神，就之如日，望之如云。"此句以帝尧作比，为唐天子歌功颂德。

［13］垂庆：《易·系辞》上："天垂象，见吉凶。"河图：上古时期出现的祥瑞。传说伏羲氏时，有龙马、神龟分别从黄河、洛水背负河图、洛书而出，伏羲据此画成八卦，就成了后来周易的来源。《易·系辞》上："河出图，洛出书，圣人则之。"

[集评]

［1］葛立方曰："省题诗自成一家，非他诗比也。首韵拘于见题，则易于牵合；中联缚于法律，则易于骈对；非若游戏于烟云月露之形，可以纵横在我者也。王昌龄、钱起、孟浩然、李商隐辈皆有诗名，至于作省题诗，则疏矣。"（《韵语阳秋》卷三）

［2］陆友曰："柳子厚自言仆早好观古书，家所蓄晋魏时尺牍甚具。又二十年来，遍观长安贵人好事者所蓄，殆无遗焉。以是善知书，虽未尝见名氏，望而认其时也。"（《研北杂志》卷上）

［3］李东阳曰："柳子厚永州以前，亦自有和平富丽之作，岂尽为迁谪之音耶！"（《怀麓堂诗话》）

［4］王世贞曰："人谓唐以诗取士，故诗独工，非也。凡省试诗类鲜佳者。如钱起《湘灵》之诗，亿不得一；李肱《霓裳》之制，万不得一。"（《艺苑卮言》）

［5］毛奇龄曰："以图与云合观，极见作法，且'高标''回望'字俱不泛下。"（《唐人试帖》卷三）

[6] 何焯曰:"'设色初成象',在天成象,破'图'字,即含卿云。'高标连汗漫'二句,空阔。'裂素荣光发'一句,图字不略。"(《义门读书记》)

[7] 袁枚曰:"或言八股文体制出于唐人试帖,累人已甚。梅式庵曰:'不然。天欲成就一文人,一儒者,都非偶然。试观古文人如欧、苏、韩、柳,儒者如周、程、张、朱,谁非少年科甲哉?盖使之先得出身,以捐弃其俗学,而后乃有全力轻攻实学。试观诸葛亮公应试之文,都不甚佳,晚年得力于学之后,方始不凡。不然,彼方终日用心于五言八韵、对策三条,岂足以传世哉?'"(《小仓山房文集》卷七)

[8] 钱良择曰:"应试诗但以工丽取胜,并不如咏物之可以寄托,有调无意,故名手亦无面目可寻。"(《唐章审体》卷十一)

[9] 汪森曰:"'抱日'二句写物极工,亦甚得体。""结亦典秀。"(《韩柳诗选》)

[10] 李因培曰:"结醒'图'字。"(《唐诗观澜集》卷十六)

[11] 近藤元粹曰:"贬谪以前之诗自有富贵气象,不似后来衰飒怨愤之态。"(《柳柳州诗集》卷四)

[12] 王国安曰:"《省试观庆云图诗》,除宗元此作外,尚存李行敏一首,与宗元此作,语意颇类,可想知二诗皆就图所画,敷写而成也。……兹录附李诗,以资参阅:

缣素传休祉,丹青状庆云。非烟凝漠漠,似盖乍纷纷。尚驻从龙意,全舒捧日文。光从五色起,影响九霄分。裂素留嘉瑞,披图贺圣君。宁同窥汗漫,方此睹氤氲。"(《柳宗元诗笺释》)

(唐嗣德)

龟背戏[1]

[题解]

这是一首描述博棋游戏的诗篇。约写于贞元九年举进士后。据李肇《国史补》载:"今之博戏,有长行最盛。其具有局有子,子有黄黑各十五,掷采之骰有二。其法生于握槊,变于双陆。……监险易,喻时事焉;适变通者,方易象焉。王公大人,颇或躬玩。至有废庆吊,忘寝休,辍饮食者。"《龟背戏》这首诗便是赌场一搏的写意画,也是社会衰败、国势倾危的一个分镜头。在写法上,《龟背戏》这首诗风流摇曳,气韵酣畅,用笔苍劲。全诗多角度对博戏场面作了不同程度的描写,情节波澜起伏,盛衰之感,忧虑之情,如一泓清泉慢慢涌出。但缺乏形象思维,某些诗行往往流于说教,理过其辞。

[原诗]

长安新技出宫掖[2],喧喧初遍王侯宅。玉盘滴沥黄金钱[3],皎如文龟丽秋天[4]。八方定位开神卦[5],六甲离离齐上下[6]。投变转动玄机卑[7],星流霞破相参差。四分五裂势未已,出无入有谁能知?乍惊散漫无处所,须臾罗列已如故。徒言万事有盈虚,终朝一掷知胜负[8]。修门象棋不复贵[9],魏宫妆奁世所弃[10]。岂如瑞质耀奇文,愿持千岁寿吾君[11]。庙堂巾笥非余慕[12],钱刀儿女徒纷纷[13]。

[校勘]

(1)投变转动玄机卑:《诂训本》"玄"作"元"。

(2)星流霞破相参差:《百家注本》"差"作"羌"。

(3)修门象棋不复贵:《百家注本》句下注:"'修门',郢城门。一本作'循门',非是。"

[注释]

[1] 龟背戏:其制不详,观诗意,似博棋之类。因其状如龟背,故以为名。

[2] 新技:指龟背戏。宫掖,掖廷,宫内的旁舍,是妃嫔居住的地方,因称皇宫为宫掖。

[3] 滴沥:形容水下滴声。这里形容黄金钱在玉盘中滚动发出的响声。

[4] 文龟:即纹龟。丽:附着。

[5] "八方"句:此戏之局如龟背,则亦八卦之形也,因有此喻。八卦,《周易》中的八种基本图形,主要象征天、地、雷、风、水、火、山、泽八种自然现象。

[6] 六甲:《晋书·天文志》:"华盖杠旁六星曰六甲。"天以喻局,星以喻子。离离:繁茂貌。

[7] 玄机:道家称奥妙之理为"玄机"。

[8] 一掷:掷一回骰子。

[9] 修门象棋:《楚辞·招魂》:"魂兮归来,入修门些。……菎蔽象棋,有六簙些。"王逸注:"言宴乐既毕,乃设六簙,以菎蔽作箸,象牙为棋,丽而且好也。"象棋为用象牙制成的棋子,玩六簙时所用。屈原为呼唤楚怀王的迷魂返回楚国郢都(修门即其城门)曾举六簙象棋为吸引。这里用楚国六簙象棋为衬托,赞美龟背戏更富于吸引力。

[10] 魏宫妆奁：《世说新语·巧艺》："弹棋始自魏宫内，用妆奁戏。"弹棋是古代的一种博戏，传说此棋兴自魏宫中的妆奁戏。这里以"魏宫妆奁"代指弹棋，借以衬托龟背戏较之更为有趣。

[11] 千岁：千年，千年久远。《史记·龟策列传》褚少孙补："龟千岁，乃游于莲叶之上。"

[12] 庙堂巾笥：《庄子·秋水》："庄子钓于濮水，楚王使大夫二人往先焉，曰：'愿以境内累矣。'庄子持竿不顾，曰：'吾闻楚有神龟，死已三千岁矣。王巾笥而藏之庙堂之上。此龟者，宁其死为留骨而贵乎？宁其生而曳尾涂中乎？'二大夫曰：'宁生而曳尾涂中。'庄子曰：'往矣，吾将曳尾于涂中。'"巾笥：用巾覆盖的箱箧。

[13] 钱刀：刀是古代一种刀形的钱，后因用"钱刀"泛指钱或金钱。

[集评]

[1] 王国安曰："此诗当为在长安时作，风格不类贬后诸诗，诗云技出宫掖，初遍侯宅，尤似在长安口吻。龟背戏，其制不详。诗云'修门象棋不足贵，魏宫妆奁世所弃'，当亦博弈之类。……观诗意，此戏出自宫廷，盛行于世，局似八卦，有骰有子，抑或即长行耶？因其局'方易象'，似龟背纹，故又名乎？"（《柳宗元诗笺释》）

[2] 何书置曰："《龟背戏》，韩醇注云：'其制不可详。观诗意，乃亦博棋之类尔。'从首两句和末四句特别是'愿持千岁寿吾君'来看，似乎不作于永州而作于长安。如果我们将《序棋》与此诗对读，就更泾渭分明了。"（《柳宗元的长安诗》）

(唐嗣德)

韦道安[1]

[题解]

此诗作于贞元十六年（800），当时柳宗元在朝廷任集贤殿书院正字。《旧唐书·德宗纪》："（贞元十六年）徐泗节度使张建封卒。壬子，徐州军乱，不纳行军司马韦夏卿，迫建封子愔为留后。"韩醇《训诂柳集》卷四十三："观诗意，道安尝佐张于徐州，及军乱而道安自杀，故此诗有'顾义谁顾形'之句。"《韦道安》这首长篇叙事诗，是柳宗元的早期作品，谈不上是特别引人注目、逗人流连的不朽之作，但所塑造的人物形象十分鲜明，有比较完整的情节和相对独立的生活场面及典型镜头，且全是史事，不假造作，是传记性的长篇五言精品。

[原诗]

道安本儒士[2]，颇擅弓剑名[3]。二十游太行[4]，暮闻号哭声。疾驱前致问，有叟垂华缨[5]。言我故刺史，失职还西京[6]。偶为群盗得，毫缕无余赢[7]。货财足非怪[8]，二女皆娉婷[9]。苍黄见驱逐[10]，谁识死与生。便当此殒命，休复事晨征[11]。一闻激高义，眦裂肝胆横[12]。挂弓问所往，趫捷超峥嵘[13]。见盗寒磵阴，罗列方忿争。一矢毙酋帅[14]，余党号且惊[15]。麾令递束缚[16]，缧索相挂撑[17]。彼姝久褫魄[18]，刀下俟诛刑[19]。却立不亲授[20]，谕以从父行[21]。捃收自担肩[22]，转道趋前程[23]。夜发敲石火[24]，山林如昼明。父子更抱持[25]，涕血纷交零[26]。顿首愿归货[27]，纳女称舅甥[28]。道安奋衣去[29]，义重利固轻[30]。师婚古所病[31]，合姓非用兵[32]。揭来事儒术[33]，十载所能逞[34]。慷慨张徐州[35]，朱邸扬前旌[36]。投躯获所愿，前马出王城[37]。辕门立奇士[38]，淮水秋风生[39]。君侯既即世[40]，麾下相敧倾[41]。立孤抗王命，钟鼓四野鸣。横溃非所壅[42]，逆节非所婴[43]。举头自引刃，顾义谁顾形[44]。烈士不忘死[45]，所死在忠贞。咄嗟徇权子[46]，禽习犹趋荣[47]。我歌非悼死，所悼时世情[48]！

[校勘]

(1) "暮闻号哭声"句，"号哭"，《全唐诗》作"哭泣"。

(2) "趡捷超峥嵘"句，《世采堂本》句下注："趡"一作"趋"。

(3) "见盗寒磵阴"句，《诂训本》磵作"涧"。

(4) "却立不亲授"句，《诂训本》"授"作"受"。

(5) "十载所能逞"句，"十"，《郑定本》《世采堂本》作"千"。"逞"，《郑定本》《世采堂本》作"呈"。

(6) "麾下相敧倾"句，"麾"，《诂训本》作"戏"。

(7) "烈士不忘死"句，"忘"，《郑定本》《世采堂本》作"妄"。按：与下句相联，作"妄"近是。

[注释]

[1] 韦道安：唐代贞元年间人，少时读儒书而有勇力，行侠仗义。后入徐州史张建封幕府。贞元十六年（800）张建封卒，其子张愔为兵马留后，纵兵作乱。韦道安劝说不成，愤而自杀。

[2] 儒士：指儒生，读书人。

[3]"颇擅"句：言其武功高强，颇有名声。

[4]太行：太行山，绵延于山西、河北、河南三省界的大山脉。

[5]华缨：华美的冠带。缨，系在领下的冠带。鲍照《咏史》："仕子彯华缨。"

[6]失职：失去官职。西京：指京城长安。唐代以长安和洛阳为"两京"，因长安在西，故称"西京"。

[7]毫缕：丝毫。余赢：剩余。

[8]悋：同"吝"，舍不得。

[9]娉婷：姿态美好。

[10]苍黄：同"仓皇"，匆促，慌张。见：被。

[11]休复：不再。

[12]眦（zì）：眼眶。眦裂，眼眶破裂。形容怒目圆睁的样子。肝胆横：形容豪气勃发，怒不可遏。

[13]峥嵘：山势高峻貌。趫捷：敏捷。

[14]酋帅：强盗首领。

[15]号且惊：呼号而惊恐。

[16]麾（huī）令：指挥命令。递束缚：依次捆缚。

[17]縪（mò）索：绳索。《庄子·骈拇》："附离不以胶漆，约束不以縪索。"挂撑：同"撑挂"，将盗贼连环捆缚。

[18]彼姝（shū）：指故刺史的两个女儿。姝，美女。褫（chǐ）魄：夺去魂魄。褫，剥去。

[19]俟诛刑：等待被杀戮。

[20]却立：退后站立。不亲授：不亲手交接。按照古代封建礼教，男女间不亲授受东西。

[21]谕：晓喻，告知。

[22]捃（jùn）收：拾取，收拾。

[23] 趋：疾走，快步而行。

[24] 夜发：谓夜行。敲石火：敲石点火，用以照明。

[25] 父子：指父女。古代女子也称"子"。

[26] 泣血：形容极度悲伤。纷交零：形容涕泪交流。

[27] 归货：言献财物给韦道安。

[28] 纳女：意谓韦道安接纳二女为妻。称舅甥：舅，岳父。甥，女婿。称舅甥，以翁婿相称。

[29] 奋衣：撩衣上马。

[30] "义重"句：谓韦道安重义而轻钱财与女色。

[31] 师婚：凭借武力而缔结婚姻。据《左传·桓公六年》载，北戎入侵齐国，郑太子忽帅师救齐，大破北戎，齐侯要把女儿嫁给郑忽，郑忽谢绝，并说："今以君命奔齐之急，而受室以归，是以师昏也。"昏，通"婚"。病：耻辱。

[32] 合姓：谓成婚。《礼记·昏义》："昏礼者，将合二姓之好。"

[33] 朅（qiè）：发语词。朅来：犹言尔来。事儒术：从事于研习儒家的学术思想。

[34] 逞：尽，引申为精通。

[35] 张徐州：徐州刺史张建封。《旧唐书·张建封传》："建封少颇属文，好谈论，慷慨负气，以功名为己任……贞元四年，以建封为徐州刺史，兼御史大夫，徐、泗、濠节度使。"

[36] 朱邸：汉制，诸侯朝天子在京师立舍曰邸。诸侯王以朱红漆门，故称朱邸。前旌：指官员出行时前列的仪仗旗帜。

[37] 前马：前驱，在马前为先驱。王城：京城，此指长安。

[38] 辕门：古代帝王巡守田猎，止宿处四周以车作屏障。出入处仰两车使车辕相向以表示门，称辕门。《周礼·天官·掌舍》："设车宫辕门。"后指军营营门。

[39] 淮水：代指徐州节度使军营，因淮河流经徐州节度使辖境。

[40] 君侯：指张建封。即世：去世。《旧唐书·张建封传》："（贞元）十六年遇疾，连上表请速除代，方用韦夏卿为徐、泗行军司马，未至而建封卒，时年六十六。"

[41] 麾下：部下。相欹（qī）：相互倾轧，纷争。据《旧唐书·张建封传》载：建封卒后，"五六千人斫甲仗库取戈甲，执带环绕衙城，请愔（张建封子）为留后"，朝廷不许，派杜佑率军讨徐州，泗州刺史张伾以兵攻墉桥，大败而还。朝廷不得已，乃授张愔右骁卫将军同正，兼徐州刺史、御史中丞，充本州岛团练使，知徐州留后。

[42] 横溃：河水决堤泛滥。壅：堵塞。

[43] 逆节：指犯上作乱事。婴：通"撄"，触犯。

[44] 形：身。

[45] 烈士：坚贞不屈的刚强之士。

[46] 咄嗟：叹息。徇权子：指为争权夺位而丧命的人。徇，通"殉"。

[47] 翕（xī）习：势威盛貌。趋荣：追逐荣禄。

[48] "所悼"句：言乃借以表达自己对当时搞分裂、割据的反动势力的不满和抗议，以及对腐败的朝廷、黑暗的现实的谴责。

[集评]

[1] 黄周星曰："天下有如此奇人，所谓廉颇、蔺相如，千载下犹凛凛有生气。此等诗真可廉顽立懦。""此乃大圣贤、大菩萨也。安得仅以仁人义士目之。"（《唐诗快》卷二）

[2] 汪森曰："特表太行救二女事，后言死难徐州，便见其

立节慷慨，终始不移。笔端亦豪迈相称。""点染都有生色，于条畅中具见筋骨。""'诛刑'字失斟酌。"（《韩柳诗选》）

[3] 贺裳曰："子厚有良史之才，即以韵语出之，亦自须眉欲动。如叙韦道安毙盗辞婚事，生气凛凛。吾尤喜其'师婚古所病，合姓非用兵'，语甚典雅。"（《载酒园诗话又编》）

[4] 乔亿曰："子厚为韦道安诗，叙致详赡，篇法高古，可当韦生小传。白传讽谏诸篇，有此笔力否？""结处只叹死义为难能，不更挽毙盗事，足见末段为余波耳。"（《剑溪说诗又编》）

[5] 沈德潜曰："群盗为勇士，辞师婚为义士，后顾义引刃，又为忠贞之士矣。非柳州表扬之，道安几于湮没。"（《唐诗别裁》卷四）

[6] 王闿运曰："此诗自当以不从逆为重，而诗意在序其侠勇，则宾主难分，虽妙手不能合法。"（《手批唐诗选》）

（唐嗣德）

浑鸿胪宅闻歌效白纻[1]

[题解]

此诗当为永贞元年（805）九月前在长安所作。柳宗元居长安时，曾观摩浑鸿胪举办的一次家庭演唱会，作此诗以抒发观后的感受。诗人以深厚的学识和艺术修养，避免了正面的具体描写，而是通过"龙剑破匣""金簧玉磬""秋水激太清""羽觞荡漾"这些生动的比喻，塑造出一个极为生动、十分丰满的艺术形象，活现了浑鸿胪宅中一位倾城美女的姿色及她的高超技艺，从中可窥见当时上层统治者骄奢淫逸生活的一个片断。意境新奇，韵味优美，给人以丰富的美学享受。

[原诗]

翠帷双卷出倾城[2]，龙剑破匣霜月明[3]。朱唇掩抑悄无声，金簧玉磬宫中生[4]。下沉秋火激太清[5]，天高地迥凝日晶[6]。羽觞荡漾何事倾[7]？

[校勘]

（1）下沉秋火激太清："火"，《音辩本》《世采堂本》《诂训本》作"水"，《游居敬本》"火"亦作"水"。《蒋之翘本》作"炎"，并注云："《诗》七月流火。注：心星也。"

（2）天高地迥凝日晶：《百家注本》《世采堂本》《音辩本》

"迥"作"迵"。

[注释]

[1] 浑鸿胪：鸿胪，官名，即周官大行人之职，秦称典客，汉始称鸿胪；掌朝贺庆吊之赞导相礼。鸿，声也；胪，传也。传声赞导，故曰鸿胪。太初初，更名大鸿胪，东汉曰大鸿胪卿；自东晋至北宋曰鸿胪卿，有事则置，无事即省。北齐曰鸿胪寺，有卿、少卿，所属有鸿赞、序班等官。浑鸿胪：当指浑岁，曾以荫补诸卫参军，累擢丰州刺史，刘禹锡有《送浑大夫赴丰州》诗。浑岁后迁中监，终诸卫大将军。白纻：古歌词名。《乐府诗集》卷五十五："宋书乐志曰：'白纻舞，按舞辞有巾袍之言。纻本吴地出，宜是吴舞也。晋绯歌云；皎皎白绪，节节为双。吴音呼绪为纻，疑白绪即白纻也。'"

[2] 翠帷：青绿色的围幕。倾城：汉李延年作歌，以倾城倾国形容所咏佳人貌美绝伦。这里以"倾城"指美女，即喻浑鸿胪宅的歌女之美。

[3] 龙剑破匣：韩醇曰："龙泉、太阿，皆剑名也。龙藻，亦剑光彩也。晋雷焕得宝剑，入水，化为龙而去。"这里借宝剑破匣化龙而出以比喻歌女亮相，仪容照人，使观者为之惊喜。

[4] 簧：乐器中有弹性的薄片，用以振动发声。《礼·明堂位》："拊搏玉磬，揩击，大琴、大瑟、中琴、小瑟，四代之乐器也。"《吕氏春秋》："命拊石击石，像上帝玉磬之音，以舞百兽。"

[5] 下沉秋火：火，星名，又叫大火。《诗经·风·七月》："七月流火。"毛传："火，大火也。流，下也。"每年夏历五月，火星见于正南，在天空的位置最高，六月便向西斜，到七月进入秋天就更向下沉了。太清：天空。古人认为天是清而轻的气所构

成,故称为太清。

[6] 天高地迥:形容极其高远。迥,远。日晶:《通雅》:"古精晶通。《易林》'阳晶隐伏',即阳精。"阳精,谓日也。

[7] 羽觞:酒器名。作雀鸟状,左右形如羽翼。

[集评]

[1] 蒋之翘曰:"子厚此作似效鲍照体五歌之一也。"(《楚辞辩证》)

[2] 钱咏曰:"七古以气格为主,非有天姿之高妙,笔力之雄健,音节之铿锵,未易言也。"(《履园谭诗》)

[3] 袁枚曰:"奇峭可喜,用事入化,水中着盐不露痕迹。"(《随园诗话》)

[4] 尚永亮曰:"柳宗元前期存留诗作不多……(《龟背戏》《浑鸿胪宅闻歌效白纻》)这些诗有一个共同特点,就是大都描写外在人事,而极少像他的后期作品那样,集中抒发内心感受。其一重客体,一重主体;一重外在的表现,一重内向的聚敛;一重叙述描绘,一重感情抒发,由此形成柳宗元前后创作的一个很大不同。"(《柳宗元诗文选评》)

(唐嗣德)

永州十年诗

第二辑

自衡阳移桂十余本植零陵所住精舍[1]

[题解]

此诗作于永贞元年(805)冬,作者贬永途中,从衡阳带来遭损的小桂树,种植在所寄居的龙兴寺,并借桂感叹自己,抒发遭受困辱的愤懑之情。"芳意不可传,丹心徒自渥"。桂树之芳香不可言传,唯有自己知道自己的美好。语意双关,桂中有己,亦桂亦己。

[原诗]

谪官去南裔,清湘绕灵岳[2]。晨登蒹葭岸[3],霜景霁纷浊。离披得幽桂,芳木欣盈握[4]。火耕困烟烬,薪采久摧剥[5]。道旁且不愿,岑岭况悠邈[6]。倾筐壅故壤,栖息期鸾鹥[7]。路远清凉宫[8],一雨悟无学。南人始珍重,微我谁先觉[9]。芳意不可传,丹心徒自渥[10]。

[校勘]

(1)谪官去南裔:《世彩堂本》句下注:"'官',一作'宫'。"《音辩本》"官"作"宫"。

(2)道旁且不愿:"愿",《诂训本》作"顾"。吴汝纶《柳州集点勘》云"'愿',疑当作'顾'。"

(3)倾筐壅故壤:《诂训本》"壅"作"拥"。

(4) 路远清凉宫：《世彩堂本》《郑定本》注："'路远'，一作'远植'。"

(5) 一雨悟无学：《世彩堂本》《郑定本》注："'雨悟'，一作'悟雨'。"

(6) 南人始珍重：《世彩堂本》《何焯校本》注："'始'，一作'喜'。"

(7) 芳意不可传："传"，《诂训本》作"得"。

(8) 丹心徒自渥："渥"，《郑定本》作"握"。

[注释]

[1] 零陵所住精舍：零陵，指《史记·五帝本纪》载，舜南巡，"崩于苍梧之野，葬于江南九疑。是为零陵"。秦置零陵县，汉建零陵郡。隋文帝灭陈，统一南北，废零陵郡，置永仲总管府。中唐时，永仲辖零陵、祁阳、湘源、灌阳四县。所住精舍，指永州城南龙兴寺。精舍，佛寺。

[2] 南裔：南方边地，指永州。裔、边陲。灵岳：指衡山，古称衡山为南岳。

[3] 蒹葭：蒹，荻；葭，芦苇。霁：云雾散，雨雪止，都叫做霁。

[4] 离披：散乱的样子。芳木：指桂树。盈握：满一把，形容桂树的大小。

[5] 火耕：耕作前烧荒，是一种耕作习俗。摧剥：摧残。

[6] 顾：看顾、顾惜。岑：小而高的山。悠邈：深远。

[7] 故壤：原土。鸾鹭：凤的别称。

[8] 清凉宫：指月宫，月中有仙桂而清凉。另一说，指衡山清凉寺。

[9] 微：无。

[10] 丹心：赤蕊，指丹桂的颜色。渥：浓郁，厚。

[集评]

[1] 汪藻《次零陵太守兢秀堂韵四首》之二："柳子当年亦好奇，衡阳丛桂手亲移。何如此地载桃李，春到千岩万壑知。"（《浮溪集》卷三二）

[2] 吴文治指出："诗中'火耕困烟烬，薪采久摧剥。道旁且不顾，岑岭况悠邈'四句，写出了桂树的苦况，隐有作者感物自叹之意。'倾筐雍故壤，栖息期鸾鹫。路远清凉宫，一雨悟无学'四句，写作者同情桂树不幸遭遇，连树带土把它移植精舍，希望它能像月中仙桂，清凉茂盛，期待凤凰栖息。末二句……意为桂花的芳意如果得不到赏识和传播，丹桂散发的浓烈芳香徒然只有自己知道，自己欣赏，语意双关，借桂花感叹自己，桂中有己，亦桂亦己。"（《柳宗元诗文选评》）

（吕国康）

零陵早春

[题解]

这是谪居永州时写的一首思乡诗,作于元和元年(806)春。

诗人寄意于"春",着力于"早",是为"早春"也。全诗并无春花春风之描摹,只有"问春从此去,几日到秦原"之冥索。盖以南北风景之殊异,蕴休戚交织之情感。早春给人们带来无限新的希冀,但柳公被贬南荒永州,有家难回,只好借江南早春之行止,寄寓自己思乡之情,盼习习春风把新的气象带至"秦原"。"秦原",代指长安,其"故园"之情凝聚笔端矣!奈何"早春""到秦原",指日可待;"罪臣"回长安,遥遥无期。

"殷勤入故园"是全诗的点睛之笔。"殷勤"一词,最是精彩。品其情味,浓烈而外,期盼而外,又多了几分怨愤,几分无奈,几分喜悦,几分苦悲……其怜爱与怨愁,回望与期盼,已交织在一起,可意会而难言传也!

[原诗]

问春从此去,几日到秦原[1]。
凭寄还乡梦[2],殷勤入故园[3]。

[校勘]

零陵早春,何焯《义门读书记》:"邵武本作'春怀故园'。"

[注释]

[1] 秦原:秦地原野,这里指长安城周围,即长安。春秋战国时属秦国领地。

[2] 凭寄:托寄,托付。

[3] 殷勤:恳切,深厚。

[集评]

[1] 宋·刘辰翁曰:"皆自精切。"(蒋之翘《柳集辑注》卷四十二引)

[2] 顾璘批点:"可怜。"(《唐诗正音》卷十二)

[3] 明·孙月峰曰:"是常意,却道得醒快。"(《评点柳柳州集》卷四十二)

[4] 明·唐汝询曰:"零陵在南,春最早;秦原在北,春稍迟;故借以言还乡之梦。"(《删订唐诗解》)

[5] 清·王尧衢曰:"此意殷勤,惟思故园,故亦作殷勤之梦,身不能到而梦到,庶同春以入故园耳。"(《古唐诗合解》卷四)

[6] 清·黄叔灿《唐诗笺注》卷七:"与岑嘉州'渭水东流去,何时到雍州。凭添两行泪,寄向故园流'同意。"

[7] 清·吴瑞荣辑《唐诗笺要》:"四句一起赶下,手不能停,口不可住,与'步出东门''打起黄莺儿'一例。"

[8] 吴文治评曰:"全诗构思新巧,韵味无穷,可与李白《闻王昌龄左迁龙标遥有此寄》诗中'我寄愁心与明月,随风直到夜郎西'比美。"(吴文治《柳宗元诗文选评》)

(吴同和)

首春逢耕者

[题解]

诗作于元和元年（806）。首春，梁元帝《纂要》："孟春曰首春。"此处特指永州元和元年孟春。当时，永州郊外，鸟语花香，田畴溪畔，草木萌生，仁者为仁，耕者忙耕。此情此景，令诗人倍感新奇。身为"僇人"，触景生情，乃发思乡怀旧、悲天悯人之叹！

由早春生机勃勃之象，联想到北方旧居人去楼空，昔日田园因无人料理而杂草丛生之实，进而引发人生感慨：政治前途既已渺茫，沉闷之情又无从排遣，精神家园安在？遇耕者，乃一喜，虽素昧平生，却可一吐衷肠，慰藉莫大，不忍遽别！爱屋及乌，耕者之犁耙亦温情在目；蓦然回首，炊烟四起，日之夕矣，乃悲欣交集，得失莫辨矣！

[原诗]

南楚春候早，余寒已滋荣[1]。土膏释原野[2]，白蛰竞所营[3]。缀景未及郊[4]，穑人先耦耕[5]。园林幽鸟啭[6]，渚泽新泉清[7]。农事诚素务，羁囚阻平生[8]。故池想芜没[9]，遗亩当榛荆[10]。慕隐既有系，图功遂无成。聊从田父言，款曲陈此情[11]。眷然抚耒耜[12]，回首烟云横。

[校勘]

(1) 缀景未及郊,《世彩堂本》注:"缀,一作掇。"

(2) 穑人先耦耕:"耦"原作"偶",据《音辩本》《诂训本》《游居敬本》改。

(3) 古今学者均以为此诗在永所作而确年无考。永州学者何书置考证此诗当是元和元年的作品。而"首春",指"柳宗元到永州后的第一个春天"。(何书置《柳宗元研究》)

[注释]

[1] 南楚:永州地处楚之最南方,故春来临早。春候,《黄帝内经·素问》:"五日谓之候,三候谓之气,六气谓之时,四时谓之岁。"荣,《尔雅·释草》:"木谓之华,草谓之荣。"

[2] 土膏:土壤之肥力。韦昭注:"膏,润也。其动,润泽欲行。"

[3] 蛰(zhé):土中越冬之虫豸。蛰居,即动物冬眠,藏起来不食不动。

[4] 缀(zhuì):《博雅》:"缀,连也。"此句言郊外寒冷,春景尚未及此。

[5] 穑(sè)人:农夫。耦耕,两人各持一耜,骈肩而耕。

[6] 啭(zhuàn):鸟婉转地叫。

[7] 渚(zhǔ):水中的小块陆地,小洲。

[8] 羁(jī)囚:留在外地的囚犯。羁,羁留,停留。

[9] 故池:旧居的池塘。芜(wǔ),丛生的杂草。

[10] 遗亩:家乡旧日的田园。榛荆(zhēnjīng):榛,一种落叶乔木;荆,一种落叶灌木。

[11] 款曲:秦嘉《留郡赠妇》:"念当远离别,思念叙款曲。"殷勤委曲之意。

[12] 睠然：深情留恋貌。耒耜（lěi sì），《礼记·月令》孔颖达疏："耒以曲木为之，长六尺六寸，底长尺有一寸，中央直者三尺有三寸，勾者二尺有二寸。底，谓耒下向前曲接耜者，头而着耜。耜，金铁为之。"

[集评]

[1] 宋瑛曰："（此诗）差有渊明风味。"（蒋之翘《柳集辑注》卷四十三引）

[2] 孙月峰曰："近陶。"（《评点柳柳州集》卷四十三）

[3] 陆时雍曰："末数语极恳款之致，觉此衷怃然一往。"（《唐诗镜》）

[4] 沈德潜曰："因逢耕者而念及田园之芜，羁人之心事，不胜黯然。"（《唐诗别裁集》）

[5] 近藤元粹曰："贬谪不平之意片时不能忘于怀，故随处发露，平澹中亦有愤懑，可厌也。"（《柳柳州诗集》卷三）

[6] 孙昌武曰："这首诗前半写早春田园的欣欣向荣的印象，后半表现自己的矛盾心情。值得注意的是他'聊从田父言，款曲陈此情'所表现的对普通农民的平等亲切的态度。他向一个农夫倾诉衷曲，求得安慰。"（《柳宗元评传》）

（吴同和）

春怀故园

[题解]

诗约作元和元年（806）春。是年宪宗改元，大赦天下，柳宗元寄希望重返朝廷。故园在长安。长安是作者成长、步入政坛、参加革新、施展抱负的地方。诗从永州的春耕景物写起，展开想象的翅膀回到故园，表达对未来生活的希望。这首朴实无华的思乡之作，表达了作者不可释怀的盼归心结和爱怨交织的复杂情感。

[原诗]

九扈鸣已晚[1]，楚乡农事春[2]。悠悠故池水，空待灌园人[3]。

[校勘]

(1)《注释音辨本》注："潘本作九鳸，同。"
(2)《世彩堂本》注："扈，一作鳸。"

[注释]

[1] 九扈（hù）：相传为少皞时主管农事的官名，后转指农桑时节的候鸟，因有九种，如布谷鸟之类，故称九扈。
[2] 楚乡：永州古属楚地，故称楚乡。

[3] 灌园：《史记·商君传》赵良劝商君说"君之危若朝露，尚将欲延年益寿乎？则何不归十五郡，灌园于鄙。"又《邹阳传》："是以孙叔敖三去相而不悔，于陵仲子辞三公为人灌园。"后以灌园为退隐躬耕的典故。

[集评]

[1] 俞良甫曰："子厚律诗长句，矜重如朴，及小绝平易如不经意，然每读不可为怀，诗之得失可见。诸长篇点缀精丽，乐府托兴飞动，古诗短调纡郁，清美闲胅，诗总不多，而态度备矣。退之固当逊出其下。普言韩柳尔，不偶然。"（《新刊五百家注音辩唐柳先生文集》卷四十三）

[2] 陆梦龙曰："亦复悠悠"。（《柳子厚集选》卷四）

[3] 吴文治指出："诗以布谷鸣叫起兴，知时令已春耕大忙，联想自己贬谪在外，不得归耕，家乡农田当因无人耕种灌溉而荒芜也。末二句'故池水'前用'悠悠'，'灌园人'前用'空待'，语谈而哀，均寄寓遥深，言外有意，当细细玩味。"（《柳宗元诗文选评》）

（吕国康）

游朝阳岩遂登西亭二十韵[1]

[题解]

此诗元和元年春作于永州。前四句用"弃"字振起,表现了诗人谪居永州的处境和苦闷的心情。"高岩"下8句,极力描写朝阳岩、西亭的美丽风光;但面对如此美景,诗人发出了"惜非吾乡土"的感叹。"羁贯"句起,诗人满怀深情地描写了长安的故居,还有青少年时的抱负和理想,更衬托出柳宗元不能忘却贬谪之苦。后半部分虽多写寄情山水之意,但难隐流放异乡之悲。

[原诗]

谪弃殊隐沦,登陟非远郊[2]。所怀缓伊郁,讵欲肩夷巢[3]?高岩瞰清江,幽窟潜神蛟。开旷延阳景,回薄攒林梢[4]。西亭构其巅,反宇临呀庨[5]。背瞻星辰兴,下见云雨交。惜非吾乡土,得以荫菁茆[6]。

羁贯去江介,世仕尚函崤[7]。故墅即沣川,数亩均肥硗[8]。台馆集荒丘,池塘疏沉坳[9]。会有圭组恋,遂贻山林嘲[10]。薄躯信无庸,琐屑剧斗筲[11]。囚居固其宜,厚羞久已包。庭除植蓬艾,隟牖悬蟏蛸[12]。所赖山水客,扁舟柱长梢。挹流敌清觞,掇野代嘉肴[13]。适道有高言,取乐非弦匏[14]。逍遥屏幽昧,淡薄辞喧呶[15]。晨鸡不余欺,风雨闻嘐嘐[16]。再期永日闲,提挈移中庖[17]。

[校勘]

（1）游朝阳岩遂登西亭二十韵："登"，《诂训本》作"宿"。

（2）讵欲肩夷巢："肩"，《世彩堂本》《何焯校本》作"坚"。

（3）世仕尚函崤："仕"，《诂训本》作"士"。

（4）故墅即沣川："沣"，《百家注本》《世彩堂本》作"澧"。

（5）台馆茸荒丘："集"，《音辩本》《蒋之翘本》《游居敬本》及《全唐诗》作"茸"。

（6）厚羞久已包："包"，《音辩本》作"苞"。

（7）所赖山水客："水"，《全唐诗》作"川"。

（8）淡薄辞喧呶："薄"，《诂训本》作"泊"。

（9）再期永日闲：《诂训本》句下注："当作'闲'。"

[注释]

[1] 朝阳岩：在今永州零陵区城西朝阳公园内，位于潇水西岸。西亭：即刺史窦泌为元结建的茅阁。唐诗人元结到永州游过朝阳岩并为之命名后，窦泌为其建茅阁于其上。元结比柳宗元来永州早四十年，故西亭即"茅阁"。

[2] 隐沦：隐居。登陟（zhì）：登上。

[3] 伊郁：忧郁，忧怨。夷巢：即伯夷、巢父，古代的高士。

[4] 回薄：动荡。

[5] 反宇：屋檐突起的瓦头。呀㟏（xiāo）：深广的太空。呀：太空。㟏：深广的样子。

[6] 菁茅（jīng máo）：即菁茅，一种香草，古代祭祀用以

漉酒去滓。

[7] 羁贯：儿童的发髻。函崤：函谷关、崤山，泛指中原地区。

[8] 沣（fēng）：沣水。肥硗（qiāo）：肥沃。

[9] 沉坳：很深的坳泽。

[10] 圭组：指仕途，官场。圭：古代帝王、诸侯举行隆重仪式时所用的玉制礼器，形制大小，因爵位及用途不同而异。组：古代佩印用组，引申为官印或做官的代称。

[11] 琐屑：烦细，细碎。斗筲（shāo）：量器。斗，容十升；筲，竹器，容斗二升。

[12] 隙牖（xì yǒu）：狭小的窗户。隙，同隙；牖，窗户。蟏蛸（xiāo shāo）：虫名，长脚蛛，俗称喜蛛。

[13] 觞（shāng）：盛有酒的杯。掇（duō）：摘取，拾取。

[14] 弦匏（páo）：指乐器。琴瑟为弦，笙竽为匏。

[15] 喧呶（náo）：声音嘈杂刺耳。

[16] 嘐嘐（xiāo）：鸡鸣声，象声词。

[17] 中庖（páo）：家中的庖厨。

[集评]

[1] 孙月峰曰："'得以'句下：转入思乡意，稍觉有痕。"（《柳柳州全集》卷四十三）

[2] 汪森曰："'池塘'句下：此言故里之荒芜，下乃言目前之取适，仍结还题面也。于此可见开合照应之密。总评：先岩后亭，叙次如话，点出'惜非吾乡土'一句，便为一诗兴感之由。"（《韩柳诗选》）

[3] 陆梦龙曰："悠然。"（《唐子厚集选》卷四）

[4] 蒋之翘曰："'取乐'句下：数语悠然，当有会心。"

(《柳河东集》卷四十三)

　　[5] 何焯曰:"'羁贯去江介',天宝之乱,柳氏举族如吴。柳子之父,为宣城令者四年。"(《义门读书记》)

　　[6] 近藤元粹曰:"每每取平生行事入诗文中,是其自知过处,可悯也。"(《柳柳州集》卷三)

　　[7] 章士钊曰:"全篇二十韵,直抒胸臆,典雅高华,尤为集中隽作。"(《柳文指要通要之部》卷十二)

　　[8] 何书置指出:"早负盛名的朝阳岩,子厚必以先睹为快。从诗中的'晨鸡不余欺,风雨闻嘐嘐'看来,当是元和元年春所作。"(《柳宗元在永州年谱》)

(张伟)

法华寺石门精室三十韵[1]

[题解]

此诗作于元和元年（806）春夏间，是柳宗元到永州后最早的纪游诗之一。

永贞元年（805）九月十三日，柳宗元被逐，辗转迤逦，到达永州。身同罪囚，心力交瘁，乃放浪形骸，移请幽远；广交佛门弟子，心智乃开。法华寺为高爽之地，石门精室有名僧大德。登临斯境，"始欣云雨霁，尤悦草木长。"极为愉悦。进而顿悟："殊风纷已萃，乡路悠且广。""昔人叹违志，出处今已两。何用期所归，浮图有遗像。"美景亦带幽寂，丽语蕴含悲戚。欲化解，意超脱，谈何容易？而柳公品德之清高孤傲，识见之独到精博，情感之悲愤忧怨，思绪之复杂多维，昭然若揭！

[原诗]

拘情病幽郁[2]，旷志寄高爽[3]。愿言怀名缁[4]，东峰旦夕仰[5]。始欣云雨霁[6]，尤悦草木长。道同有爱弟，披拂恣心赏[7]。松溪窈窕入[8]，石栈贪缘上[9]。萝葛绵层甍[10]，莓苔侵标榜[11]。密林互对耸，绝壁俨双敞[12]。墐峭出蒙笼[13]，墟嵚临滉瀁[14]。稍疑地脉断[15]，悠若天梯往[16]。结构罩群崖[17]，回环驱万象[18]。小劫不逾瞬[19]，大千若在掌[20]。体空得化元[21]，观有遗细想[22]。喧烦困蠛蠓[23],局踏疲魍魉[24]。寸进谅何营[25],寻直非所枉[26]。探奇极遥瞩[27],穷妙阅清响[28]。理会方在今[29],神开庶殊曩[30]。兹游苟不嗣[31],浩气竟谁养[32]。道异诚所希[33],名宾匪余仗[34]。超摅藉外奖[35],俛默有内朗[36]。鉴尔揖古风[37],终焉乃吾党[38]。潜躯委缰锁[39],高步谢尘坱[40]。蓄志徒为劳,追踪将焉仿[41]。淹留值颓暮[42],眷恋睇遐壤[43]。映日雁联轩[44],翻云波泱㵽[45]。殊风纷已萃[46],乡路悠且广。羁木畏漂浮[47],离旐倦摇荡[48]。昔人叹违志,出处今已两。何用期所归[49],浮图有遗像[50]。幽蹊不盈尺,虚室有函丈[51]。微言信可传[52],申旦稽吾颡[53]。

[校勘]

（1）法华寺石门精室三十韵："室",《诂训本》《蒋之翘本》及《全唐诗》作"舍"。按本卷有《自衡阳移桂十余本植零陵所住精舍》诗。"精舍"即佛舍。作"舍"近是。

（2）拘情病幽郁："幽",《诂训本》作"忧"。

（3）石栈夤缘上：《百家注本》《音辩本》《诂训本》"夤"作"寅"。

（4）萝葛绵层荡：《百家注本》《世彩堂本》句下注："'葛',一作'茑',音鸟。"《诂训本》"葛"作"鸟"。

（5）莓苔侵标牓：《百家注本》"标"作"摽"。《世彩堂本》"牓"作"榜"。

（6）堑峭出蒙笼：《诂训本》"笼"作"茏"。

（7）结构罩群崖：《百家注本》"构"作"拘"。

（8）小劫不逾瞬：《诂训本》"逾"作"踰"。

（9）寸进谅何营：《诂训本》"营"作"荣"。

（10）穷妙阅清响："阅",《诂训本》及《全唐诗》作

"阋"。

（11）名宾匪余仗：《诂训本》"匪"作"非"。

（12）鉴尔挹古风：《世彩堂本》《何焯校本》句下注："'鉴'一作'铿'。"

（13）追踪将焉仿：《百家注本》"踪"原作"纵"，据《世彩堂本》《音辩本》《蒋之翘本》《游居敬本》改。

（14）昔人叹违志：《诂训本》"违"作"遗"。

[注释]

[1] 法华寺：今名高山寺，在永州城内东山上。唐代名法华寺，宋代改名万寿寺、报恩寺，明清改为高山寺。唐代法华寺在明万历初毁于火，今所残存高山寺为清代道光年间在法华寺原址旁边重新改建。石门精室：在东山南隅不远崖下，其岩名华严岩。明隆庆《永州府志》："华严岩，在县南一里之郡学后，唐为石门精室。"因有绝壁在石栈两旁敞开，故名石门。精室，佛舍。石门精室遗址今已被毁。

[2] 拘情：被拘束的心情。病幽郁：由于深深的苦闷而成病。幽，深，暗。郁，郁结，苦闷。

[3] 旷志：开朗的心境。旷，开阔，开朗。志，心情，精神。寄：依托，凭靠。高爽：地高气爽。

[4] 愿言：思念的样子。愿，思念。言，然，词缀。怀：怀念，想念。名缁：名僧。这儿指石门精室长老和法华寺觉照。缁，黑色，因为和尚多为黑色僧服，故借指和尚。

[5] 东峰：东山。仰：仰慕，向往。

[6] 霁：雨雪云雾消散。

[7] 披拂：拨开挡路的草木。恣：尽情，随意。心赏：有契于心，欣然自得。也就是体会到一种内心的愉快和乐趣。

[8] 窈窕（yǎo tiǎo）：山水深远的样子。

[9] 栈：阶梯，台阶。夤（yín）缘：攀附。夤，攀扯。缘，攀缘。

[10] 萝葛：这儿泛指藤蔓植物。萝，丝萝。葛，葛藤。绵：延伸。层甍（méng）：高高的屋脊。层，高。甍，屋栋，屋脊。

[11] 莓苔：苔藓。莓，青苔。侵：侵蚀。标榜：题额，题写有字句的匾额。

[12] 俨（yǎn）：整齐。

[13] 堑（qiàn）：同堑，深沟。这儿指山涧。出：出露，显露。蒙笼：即蒙茏，草木覆蔽的样子。

[14] 墟：丘，山。嶮（xiǎn）：高险。滉瀁（huàng yàng）：水深广的样子。

[15] 稍：甚，颇，极。疑（nǐ）：通拟，类似。地脉：大地的脉络。主要指山丘沟壑的起伏和走向。

[16] 悠：轻飘。

[17] 结构：构建。这儿指建造的寺庙佛舍。罩：覆盖，在……之上。

[18] 回环：环绕四周。驱：奔驰。这儿指变化万端，给人以目不暇接的动感。万象：自然界的一切事物和景象。

[19] 小劫：佛教的时间名词。指人寿从十岁增至八万岁，又从八万岁减至十岁，如此经过二十个往返为一小劫。瞬：眨眼之间。

[20] 大千：佛教名词，又叫大千世界，三千大千世界，指广大无边的世界。佛教认为，以须弥山为中心，以铁围山为外郭，是一个小世界。一千个小世界合起来叫小千世界，一千个小千世界合起来叫中千世界，一千个中千世界合起来叫大千世界。大千世界中含有千的三次相乘，故又叫三千大千世界。在掌：在

掌心之中，喻细小。

［21］体：体会，领悟。空：佛教词语，指超乎色相现实的境界。通俗地说，万事万物都非其本相，而是无相的，虚无的。故佛教又以不执着于色相为空。得：懂得。化元：即化于元。世界的一切都是从元气化生而来。化，生成，造化，指自然界生成万物的功能。元，本原，元气。

［22］有：佛教词语，指色相世界。通俗地说，就是指万事万物一时所呈现于外的形态。色相的千变万化会阻碍人们对佛教真谛的把握和理会，所以佛教又以执着色相不能看破为有。遗：抛弃。细想：各种琐屑的念头和欲望。

［23］困蟻蠓（miè měng）：被蚊蚋之类飞虫所困扰。蟻蠓：一种小飞虫，形类蚊蚋，喜欢乱飞。

［24］局蹐（jújí）：行动小心戒惧的样子。疲魍魉（wǎng liǎng）：被魍魉弄得疲惫不堪。魍魉，传说中山川的精怪，害人。

［25］寸进：细微的进展。谅：委实，其实。营：求。

［26］寻直：八尺长的直立的身躯。寻，八尺。非所枉：不是所随意弯曲的。枉，曲。

［27］极遥瞩：用尽目力向远方望去。

［28］穷：穷究，寻求根源或尽头。阅清响：考察发出清妙声响的山泉。

［29］理会：对事理有所领悟。方：正好。

［30］神开：精神开朗。庶：很。殊曩（nǎng）：与往昔不一样。殊，异，不同。曩，往昔，先前。

［31］兹：此，这样的。苟：假如。嗣：接续。

［32］浩气：正大刚直之气，指雄阔的心胸和高远的精神。

［33］道：方式。这儿指处世方式。

[34] 名宾:名称是实际的外在之物。匪:通非,不是。仗:依靠,凭倚。

[35] 超摅(shū):腾跃。藉(jiè):借,凭借。奖:助,帮助。

[36] 俛(fǔ)默:低首沉默。俛,同俯。内朗:内心开朗。

[37] 鉴尔揖古风:古代曾皙铿锵一声收住琴音,对孔子从容表明自己向往悠闲自在生活的志向,这样的风范令我拜服敬仰。《论语·先进》:"……点,尔如何?鼓瑟希,鉴(一作铿)尔,舍瑟而作。对曰:'异乎三子者之撰。'子曰:'何伤乎?亦各言其志也。'曰:'暮春者,春服既成,冠者五六人,童子六七人,浴乎沂,风乎舞雩,咏而归。'夫子喟然叹曰:'吾与点也。'"鉴尔,即铿尔,弹奏琴瑟收尾时响亮划拨声。尔,词缀。揖古风:向古人的风范表示拜服敬仰。揖(yī),拱手礼。这儿指敬服。

[38] 终焉:始终。焉,词缀。吾党:我的同道人。党,同道而结合在一起的人群。

[39] 潜躯:把自身潜隐起来。委:弃去,卸下。缰锁:缰绳、枷锁,指束缚。

[40] 高步,犹高蹈,高蹈远行,指隐居避世。谢尘坱(yǎng):辞别世俗社会。谢,辞别,离开。尘坱,尘埃,指俗世。

[41] 追踪:追随古人的踪迹。焉:安,哪儿。仿:效仿,学习。

[42] 淹留:停留。值:当,到。颓暮:日落黄昏。颓,落下。

[43] 睇(dì):观看。遐壤:远方。遐,远。

[44] 雁联轩:鸿雁连队高飞。轩:高,高飞。

[45] 泱漭(yang mǎng):广大的样子。

[46] 殊风：不同的风俗。萃：聚集。

[47] 羁（jī）木：木偶。因木偶受绳线的牵引，故名。畏漂浮：害怕漂浮在水上，不知将流到何处去。《战国策·齐策三》："土偶人曰：'今子东国之桃梗也，刻削以为人，降雨下，淄水至，流子而去，则子漂漂然将何所之也。'"

[48] 离旌：离乡出征者的旗帜。

[49] 出：外出入世求仕。处：隐居避世。两：分开为二。

[50] 浮图：佛陀，佛祖。

[51] 虚室：空室。这儿指空寂的佛舍。函丈：包容一丈见方之地。即方丈，指佛寺长老或住持之室。函，包容。

[52] 微言：精妙之言。微，精微，精妙。

[53] 申旦：到早晨。申，延申，一直到。稽吾颡（sǎng）：我虔诚地顶礼膜拜。稽颡，跪拜时额头在地上停留一会儿。稽，停留。颡，额头。

[集评]

[1] 孙月峰曰："游览诸篇，俱力追谢康乐，比谢更较精细有风骨，奈以此却微近今。然此一关大难论，若但如谢，恐终觉板拙。"（《评点柳柳州集》卷四十三）

[2] 蒋之翘评曰："闲远渐近点缀，故自清丽。子厚于五言古犹所擅场。"（《柳集辑注》卷四十三）

[3] 陆梦龙曰："排对太多，少疏宕之气。"（《韩退之·柳子厚集选》）

[4] 汪森曰："'观有'句下：此上叙境，下乃因所感触之情言。'眷恋'句下：此处仍收到眺望之景，开合尽致。'浮图'句下：此柳之识见不如韩处。总评：柳诗五言古极佳，其长篇尤见笔力，须看其字字精炼。"（《韩柳诗选》）

[5] 近藤元粹曰:"一路百折,叙来极平极曲,愈浅愈深,使人有置身于其境之想。"(《柳柳州诗集》卷三)

(吴同和)

巽公院五咏[1]

[题解]

　　柳宗元初贬永州，住龙兴寺，曾与僧人交往，探讨佛理。当年寺里有高僧巽公，是湛然的再传弟子，与柳交往颇深。组诗作于元和元年（806），写的是龙兴寺里有关事物和景色。其一《净土堂》，记叙重修净土院后佛堂修饰一新及诗人参与佛事的情景，抒发了诗人崇佛的心态。其二《曲讲堂》，从设计讲堂的必要性下笔，全诗充满了佛教的术语，作者一心向往佛教的真谛，态度之虔诚，俨然一信徒。其三《禅堂》，先写景，后说理，是禅客（诗人）进入禅堂的收获。最后两句"心境本同如，鸟飞无遗迹。"以众鸟高飞远逝、杳无遗迹的形象来比喻心境如一、浑然一体的禅境。前三首以议论为主，风格大致相近，对佛理的阐述比较深透，借以淡化、超越遭贬的苦闷心情。后二首以写景咏物为主。《芙蓉亭》以鲜艳美丽的木芙蓉着墨，描写了新亭四周开满了芙蓉花，晨风吹送清香，彩花沾满露珠，高低俯仰姿态各异。"尝闻色空喻，造物谁为工？"笔锋一转，由花自然联想色、空的比喻。佛教谓有形的万物为色，并认为万物为因缘所生，本非实有，故谓"色即是空"。结尾"留连秋风晏，迢递来心钟"。诗人从早到晚流连芙蓉亭的美景，久久不愿离去。秋月中断断续续地传来山寺的钟声，作者向往佛学禅境的思想不言而喻。《苦竹桥》描写的是苦竹间的桥，而且表面上是写桥，实则重点是写竹,桥只不过是陪衬而已。先写危桥、幽径、疏林。"迸箨分苦节,轻筠抱虚心。"特写竹子的拔节,充分运用想象,似乎看见竹子从笋箨中迸发出苦节,轻轻的筠皮环抱着空虚的竹心。接着写桥上观景所得,涓涓细流,萧萧竹声,烟雾蒸腾,夕阳西下,归鸟啁鸣。大自然充满生机,然而胸怀大志的诗人不能像鸟一样自由飞翔,投入她的怀抱,伤感之情溢于言表。最后抒发感慨:"谅无要津用,栖息有余阴。"这里苦竹不可能作为重要渡口的竹筏,却给人们的休憩提供了荫凉。在盛赞苦竹美好的节操和精神的同时,也感叹苦竹之苦衷,抒发了怀才不遇之意。

[原诗]

净土堂[2]

结习自无始[3],沦溺穷苦源[4]。流形及兹世,始悟三空门[5]。华堂开净域,图像焕且繁。清冷焚众香[6],微妙歌法言[7]。稽首愧导师[8],超遥谢尘昏[9]。

曲讲堂

寂灭本非断[10],文字安可离[11]!曲堂何为设?高士方在斯。圣默寄言宣[12],分别乃无知[13]。趣中即空假[14],名相与谁期[15]?愿言绝闻得,忘意聊思惟。

禅 堂

发地结菁茆[16],团团抱虚白[17]。山花落幽户,中有忘机客[18]。涉有本非取[19]，照空不待析[20]。万籁俱缘生[21]，宵然喧中寂[22]。心境本同如[23]，鸟飞无遗迹[24]。

芙蓉亭[25]

新亭俯朱槛[26]，嘉木开芙蓉。清香晨风远，溽彩寒露浓[27]。潇洒出人世，低昂多异容。尝闻色空喻[28]，造物谁为工？留连秋月晏[29]，迢递来山钟[30]。

苦竹桥[31]

危桥属幽径[32]，缭绕穿疏林。迸箨分苦节[33]，轻筠抱虚心[34]。俯瞰涓涓流[35]，仰聆萧萧吟[36]。差池下烟日[37]，嘲哳鸣山禽[38]。谅无要津用[39]，栖息有余阴。

[校勘]

（1）沦溺穷苦源：《世彩堂本》句下注："'沦溺'，一作'论极'。"何焯《义门读书记》亦云："'沦溺'，一作'论极'。"

（2）华堂开净域：《世彩堂本》句下注："'华堂'，一作'龙华'。"何焯《义门读书记》亦云："'华堂'，一作'龙华'。"

（3）清泠焚众香："泠"原作"冷"，据取校诸本改。

（4）微妙歌法言："微"原作"徵"，据取校诸本改。

（5）名相与谁期："与谁"《诂训本》《郑定本》《世彩堂本》作"谁与"。

（6）禅堂：《音辩本》《游居敬本》"禅堂"作"禅室"。

（7）心境本同如：《世彩堂本》句下注："'境'，一作'镜'。"《郑定本》作"镜"。"同"，《全唐诗》作"洞"，近是。忘意聊思惟："惟"，《诂训本》作"维"，通。

（8）留连秋月晏：《世彩堂本》句下注："'月'，一作'日'。""晏"，《诂训本》作"夜"。

（9）危桥属幽径：《世彩堂本》句下注："'桥'，一作'梁'。"

（10）缭绕穿疏林：《世彩堂本》句下注："'疏'，一作'空'。"

（11）仰聆萧萧吟："萧萧"，《诂训本》作"箫箫"。

（12）嘲哳鸣山禽：《音辩本》《百家注本》《世彩堂本》句下注："'哳'，陟辖切。一本作'蜥'。"

[注释]

[1] 巽（xún）公：即重巽，永州龙兴寺和尚。柳宗元初贬永州时便住在龙兴寺，与重巽交往较深。《巽公院五咏》包括五首小诗，都是写龙兴寺里的有关事物和景色。

[2] 净土：佛教谓庄严洁净、无五浊（劫浊、见浊、烦恼浊、众生浊、命浊）之极乐世界。

[3] 结习：《维摩诘经》（大乘佛教经典）说："维摩诘室，天女以花散诸菩萨，即皆堕落。至大弟子，便着不堕。……尔时天女问舍利佛：'何故去华？'答曰：'结习未尽，花着生耳；结习尽者，花不着也。'"沈约《内典序》："结习纷纶，一随理悟。"佛教谓人世嗜欲诸烦恼。无始：《胜鬘（mán）经》说："摄论云：无始即是显因也。若有始则无因，以有始则有初，初则无因；以其无始则是有因。所以明有因者，显佛法是因缘义。"佛教谓世间一切，若从生、若法，皆无有始也。

[4] 沦溺：沦落沉没。苦：《佛地经》说："逼恼身心名苦。"

[5] 三室门，即三解脱门。《智度论》卷十九："于三界中智慧不着，一切三界转为空、无相、无作解脱门。"又："涅盘城有三门，所谓空、无相、无作。……行此法得解脱，到无余涅盘，以是故名解脱门。"

[6] 清泠（líng）：泠，轻妙。

[7] 歌法言：指诵唱佛经。

[8] 导师：《维摩诘经》注："菩萨如来，通名导师。"佛、菩萨，唱导之师，皆可称导师。

[9] 超遥：遥远貌。阮籍《请思赋》："超遥茫渺，不能究其所在。"尘昏：左思《吴都赋》："红尘昼昏。"

[10] 寂灭：梵语"涅盘"之意译。《维摩诘经》说："知一切法皆悉寂灭。"注释曰"去相故言寂灭。"智顗《摩诃止观》说："生死即涅盘，无灭可证。……纯一实相，实相处更无别相。"宗元奉天台宗，亦持实相说，所以讲寂灭本非断相。

[11] 文字：谓佛教经论。僧肇《维摩诘经》注："夫文字之作，生于惑取，法无可取，则文字相离。"又说："无有文字，是真解脱。"后禅宗更大倡"离文字"之说，天台奉行经籍，故有此说。

[12] 圣默句，《思益经·如来二事品》说："言一圣说法，说三藏十二部经也；二圣默然，一字不说也。如来唯有此二法。"又说："佛及弟子常行二事，若说若默。"言宣，即"圣说法"，谓以言相传。

[13] 分别句，《摩诃·上观》卷一："离说无理，离理无说，即说无说，无说即说；无二无别，即事而真。"又说："圣说圣默，非说非默。"此句所谓分别默说乃无知之见，即天台"三

界无别法,唯是一心作"之意。以上二句承"文字安可离"而言。

[14] 趣中句,此即天台宗"圆融三谛"之要义。趣,同趋。龙树《智度论》说:"因缘生法,是名空相,亦名假名,亦说中道。"《中论》说:"因缘所生法,我说即是空,亦为是假名,亦是中道义。"隋智顗据以发挥,创天台宗,其《摩诃止观》卷六说:"三谛俱足,祇在一心。……六何即空?并从缘生,缘生即无生,无生即空。六何即假?无主无生即是假。云何即中?不出法性,并皆即中。当知一念即空、即假、即中。……三谛不同,而只一念。"

[15] 名相:《楞伽经》卷四:"愚痴凡夫,随名相流。"耳可闻谓之名,眼可见谓之相。释教以为无物皆有名相,而皆虚妄不实,凡夫常因分别此虚假之名相而起种种妄惑。

[16] 菁茆:即青茅。

[17] 虚白:庄子《人间世》:"虚室生白。"虚白暗指禅堂,堂为环山所抱,意谓心境清静无欲。

[18] 忘机:李白诗"我醉君复乐,陶然共忘机。"忘机客,谓重巽。

[19] 有:《大日经疏》:"可见可现之法,即为有相。"《金刚经》:"凡所有相,皆是虚妄。"

[20] 空:《大乘义章》:"空者,理之别目,绝众相,故名为空。"照空,针对"有"而感受"有即是空"。照,观照、照见之意。

[21] 万籁:各种自然之声响。缘,因缘,梵语尼陀那。佛教以为森罗万象皆由缘而生。

[22] 窅(yǎo)然:怅然。庄子《知北游》:"夫道,窅然难言哉。"《逍遥游》成玄英疏:"窅然者,寂寥,是深远之名。"

[23] 心境：境，指心所攀缘处。心、境本同一而无区别。

[24] 鸟飞句，《涅槃经》："如鸟飞空，迹不可寻。"《华严经》："了知诸法性寂灭，如鸟飞空无有迹。"

[25] 芙蓉：这里指木芙蓉。一种落叶灌木，茎高丈许，秋冬间开花，有红、白、黄等色。芙蓉亭：观赏芙蓉花的亭子。

[26] 俯朱槛：俯倚着红色的栏杆。

[27] 溽（rù）：湿润。

[28] 色空："色即是空"的省悟，出自《多心经》。佛教谓有形的万物为色，并认为万物为因缘所生，本非实有，故谓"色即是空"。

[29] 留连：意即留恋。秋月晏：秋天的时光已经不多了。晏：晚，晚秋之意。

[30] 迢递（tiáo dì）远处。

[31] 苦竹：竹的一种。杆矮小，节较其它竹为长，四月中生笋，味苦。

[32] 危桥：高桥。属：连接。幽径：幽深的小路。

[33] 迸：裂，开。箨（tuò）：竹笋上一层一层的皮，即笋壳。

[34] 筠（yún）：竹皮。虚心：空心。

[35] 瞰（kàn）：望，俯视，向下看。

[36] 聆：听。吟：成调的声音。

[37] 差池：参差不齐。《诗经·邶风·燕燕》："燕燕于飞，差池其羽。"

[38] 嘲哳（zhāo zhā）：亦作"嘲哳""啁哳"，形容声音杂乱细碎。

[39] 谅：料想。要津：重要的渡口，隐喻重要的职位。

[集评]

[1] 曾吉甫曰:"退之《虢州三堂二十一咏》,子厚《巽公院五咏》,取韵各精切,非复纵肆而作。随其题观之,其工可见也。"(《笔墨闲录》)

[2] 孙月峰曰:"五作俱就禅理发挥,最精妙。"(《评点柳柳州集卷四十三》)

[3] 汪森曰:"五诗极能因名立意,洗剔见工。然谈理而实诸所无,不若写物而空诸所有,在具眼者自当辨之。"(《韩柳诗选》)

[4] 孙月峰曰:《净土堂》"句句切题,更移易不动。诗最忌议论,最忌说理,此乃全是议论,全是说理,却圆妙的致,不腐不俗,真是高手。"(《评点柳柳州集卷四十三》)

[5] 蒋之翘曰:"《五咏》中《禅室》一首差胜。"(《柳集辑注》)

[6] 孙月峰曰:《芙蓉亭》"要见是僧院中芙蓉,所以难。"(《评点柳柳州集》)汪森曰:"谈理之诗,只如此结便高。"(《韩柳诗选》)

[7] 近藤元粹曰:"'轻筠'句下:可谓此君知己矣。"(《柳柳州集》卷四)

[8] 尚永亮、洪迎华指出:"结尾云:'心境本同如,鸟飞无遗迹。'……飞鸟度空意象是天台宗经论的一个比喻,《摩诃止观》云:'如鸟飞空,终不住空。虽不住空,迹不可求。'柳宗元将此妙手拈出,借以揭示佛禅的至高境界,既赞巽公,亦表心迹。这一佛经意象还时常出现在柳宗元其他的诗作中,如著名的《江雪》诗:'千山鸟飞绝,万径人踪灭。孤舟蓑笠翁,独钓寒江雪。'所呈现的就是与佛境相通的寂静高远、绝世而独立的化境。"(《柳宗元集》)

[9] 吴文治认为:"题为写龙兴寺中观赏芙蓉花亭子芙蓉亭,实则全诗都在赞美芙蓉花潇洒出尘,低昂多姿和大自然造物巧夺天工。'尝闻色空喻,造物谁为工?'作者对后一句问话虽未作答,实际以此问破除了上句佛教'色即是空'的谬说……全诗物体精妙,语带禅机。"(《柳宗元诗文选评》)

[10] 孙昌武指出:"《净土堂》《禅堂》这种诗,写法颇像六朝的玄言诗,是以诗的形式讲说平庸陈腐的佛理。"(《柳宗元传论》)

[11] 王国安指出:"这是了解柳宗元贬谪永州后浸润佛学的颇为重要的一组组诗。""所谓'巽公院',有人认为即是指龙兴寺,其实未必……当就是指重巽所居的'净土院'。其中有净土堂、曲讲堂、禅堂,而芙蓉亭、苦竹桥也在其间。""明确称重巽为引导自己'始悟三空门'的'导师'而尘昏叩谢,可见在这两年中柳宗元在研习佛教典籍时重巽对他的影响之大。尤其值得我们注意的是诗中对佛教教义的阐述,从现有材料看,这当是柳宗元明确表明自己的天台佛学信仰和对当时盛极一时的禅宗新潮流不满的最早的作品。"(《读〈巽公院五咏〉兼论柳宗元的佛教信仰》)

(吕国康)

晨诣超师院读禅经[1]

[题解]

诗约写于元和元年（806）。当时，住持僧重巽坐禅于龙兴寺净土院，与住在龙兴寺西厢的柳宗元相邻。由于重巽是楚之南的"善言佛者"，故称其为"超师"。诗中描绘了一幅晨读禅经图，态度虔诚。作者抒写了读禅和悟禅的感悟活动：学禅须直探真源，而不能像世人那样空逐妄迹；内心的感受也许有望与佛祖遗言相契合，但修身养性却难以达到圆熟之境。寺院早晨宁静的景色，清净脱俗，能给人精神上的慰藉和满足。最后两句"澹然离言说，悟悦心自足"，作者放下佛经，融入到大自然当中，内心感到无比的满足。

[原诗]

汲井漱寒齿[2]，清心拂尘服[3]。闲持贝叶书[4]，步出东斋读[5]。真源了无取[6]，妄迹世所逐[7]。遗言冀可冥[8]，缮性何由熟[9]？道人庭宇静[10]，苔色连深竹。日出雾露余，青松如膏沐[11]。澹然离言说[12]，悟悦心自足[13]。

[校勘]

（1）晨诣超师院读禅经："禅"，《诂训本》作"莲"。
（2）遗言冀可冥：《百家注本》《世彩堂本》《音辩本》句下

注:"'遗',一作'遣'。"

(3) 苔色连深竹:《百家注本》《世彩堂本》句下补注引"《笔墨闲录》云:山谷学徒笔此诗于扇,作'翠色连深竹'。'翠色'语好,而'苔色'义是。"

(4) 澹然离言说:"然",《诂训本》作"言"。

[注释]

[1] 诣（yì）：到,往。超师院：指龙兴寺净土院；超师指住持僧重巽。禅经：佛教经典。

[2] 汲（jí）：从井里取水。

[3] 拂：抖动。

[4] 贝页书：指佛经,因古代印度用贝叶书写佛经而得名,又叫贝书。

[5] 东斋（zhāi）：指净土院的东斋房。

[6] 真源：指佛理"真如"之源。了（liǎo）：懂得,明白。

[7] 妄迹：迷信妄诞的事迹。

[8] 遗言：指佛经所言。冀：希望。冥：领悟极深刻。

[9] 缮性：修养本性。熟：精通而有成。

[10] 道人：指僧人重巽。

[11] 膏：润发的油脂。沐（mù）：湿润、润泽。

[12] 澹（dàn）然：恬静,冲淡。

[13] 悟：醒悟。

[集评]

[1] 许顗曰："柳柳州诗,东坡云在陶彭泽下,韦苏州上。若此诗,即此语是公论。"（《彦周诗话》）

[2] 范温曰："识文章者,当如禅家有悟门。夫法门百千差

别，要须自一转语惊人，如古人文章，真须先悟得一处，乃可通其他妙处。向因读子厚《晨诣超师院读禅经》诗，一段至诚洁清之意，参然在前。'真源了无取，妄迹世所逐。遗言冀可冥，缮性何由熟？'真妄以尽佛理，言行以尽熏修，此外亦无词矣。'道人庭宇静，苔色连深竹，'盖远过'竹径通幽处，禅房花木深。''日出雾露余，青松如膏沐'，予家旧有大松，偶见露洗而雾披，真如洗沐未干，染以翠色，然后知此语能传造化之妙。'澹然离言说，悟悦心自足'，盖言因指而见月，遗经而得道，于是终焉。其本末立意遣词，可谓曲尽其妙，毫发无遗恨者也。"(《潜溪诗眼·柳子厚诗》)

[3]刘辰翁曰："妙处欲不可尽，然去渊明尚远，是唐诗中转换耳。"(《唐诗品汇》引)

[4]元好问曰："柳州《超师院晨起读禅经》五言，深入理窟，高出言外。"(《遗山先生文集》三七《木庵诗集序》)

[5]杨慎曰："不作禅语，却语入禅，妙，妙。吴岷曰：起清极。'道人'二语幽极，'离言说'三字，是真悟。唐汝询曰：首二句，如此读经便非熟人。'真源'四句，得禅理之深者；'道人'四句，语入禅悟，悦心自足，经可无读矣。"(《唐诗选脉会通评林》)

[6]陆时雍曰："起语往往整策，道人四语景色湛对如冰。"(《唐诗镜》)

[7]何焯曰："日来雾去，青松如沐，即去妄迹而取真源也。故下云澹然有悟。"(《义门读书记》卷三十七)

[8]李开邺曰："公诗非不似陶，但音调外不见一段宽然有余处。"(《文章正宗》卷二十四)

[9]汪森曰："胸无真得而作心性语，终是捕空捉影之谈耳。若陶公则实有所见，是春风沂水之流，与佛氏迥别。"(《韩柳诗

选》）

［10］章燮曰："首四句总起，'真源'四句正写禅经也。'道人'以下言超师院之景，幽闲清净，游目赏心，反得雅趣也。"（《唐诗三百首诗注疏》）

［11］吴昌祺曰："言佛家真源在一无所取，世所逐者皆妄耳；我欲言而悟则治性殊难，偶对晨光，又如有得也。"（《删订唐诗解》）

［12］吴文治指出："诗人企图到寺院通过读禅经以求得精神解脱，然不得其门，反使其对禅经产生疑窦；寺院境色宁静，清净脱俗，倒能从中得到一点精神的慰藉与满足。此诗妙处，在于写道人庭院之宁静景物，从而创造得意忘言之境界。"（《柳宗元诗文选评》）

（吕国康）

感遇二首[1]

[题解]

此诗作于元和元年（806）秋。张九龄遇春兰秋桂，感而自勉："兰叶春葳蕤，桂华秋皎洁。欣欣此生意，自尔为佳节。谁知林栖者，闻风坐相悦。草木有本心，何求美人折。"绝妙母诗也。柳宗元遇"永贞革新"，伤王叔文之被害，既悲且惧，遂发其感，亦为华章。因恐遭株连，通篇俱象征入意，乐而有忧，虽"旭日"初照，"鹭斯"飞舞，竟觉凉气逼人，盖言在此而意在彼也！曰"西陆"，曰"凉气"，曰"微霜"，曰"岁寒"，均暗射政局动荡不安；曰"栖息岂殊性，集枯安可任"，曰"所栖不足恃，鹰隼纵横来"，乃叹其"枯"者形容憔悴，"栖"者岌岌可危也；曰"危根一以振，齐斧来相寻"，曰"微霜众所践，谁念岁寒心"，更有墙倒众人推之虞。瞻望"革新"前景，不寒而栗焉！

[原诗]

其 一

西陆动凉气[2]，惊乌号北林。栖息岂殊性[3]，集枯安可任[4]。鸿鹄去不返[5]，勾吴阻且深[6]。徒嗟日沉湎[7]，丸鼓骛奇音[8]。东海久摇荡，南风已骎骎[9]。坐使青天暮[10]，小星愁太阴[11]。众情嗜奸利[12]，居货捐千金[13]。危根一以振[14]，齐斧来相寻[15]。揽衣中夜起[16]，感物涕盈襟[17]。微霜众所践，谁念岁寒心[18]。

其 二

旭日照寒野，鷽斯起蒿莱[19]。啁啾有余乐[20]，飞舞西陵隈[21]。廻风旦夕至[22]，零叶委陈荄[23]。所栖不足恃[24]，鹰隼纵横来[25]。

[校勘]

（1）集枯安可任："集"，《诂训本》作"荣"。《音辩本》《世彩堂本》句下注："'集'，一作'荣'。"

（2）勾吴阻且深：《诂训本》"吴"作"昊"。《世彩堂本》句下注："'吴'，一作'昊'。"

（3）居货捐千金："捐"，《音辩本》《游居敬本》作"损"。吴汝纶《柳州集点勘》注："'损'，'捐'误。"

（4）其二：《诂训本》《世彩堂本》《音辩本》《蒋之翘本》《济美堂本》《游居敬本》《全唐诗》均无"其二"二字。

（5）廻风旦夕至："廻"，《诂训本》作"回"。

[注释]

[1] 感遇：因为自己的遭际和境遇而生发感慨。遇，遭遇。

[2] 西陆：秋天。司马彪《续汉书》："日行西陆谓之秋。"西陆本为星宿名，指昴宿。

[3] 岂：难道，怎么。殊：不同的，特别的。性：习性。

[4]集：群鸟停聚在树上。安：何，怎么。任：凭靠，依托。

[5]鸿鹄（hú）：天鹅。

[6]勾吴：古国名，在今浙江、江苏一带。勾，发音词头，无义。阻：险。

[7]徒：白白地，仅仅。日：一天天地。沉湎（chén miǎn）：沉溺，迷恋。

[8]丸鼓：用铜丸击鼓。《汉书·史丹传》："（元帝）留好音乐，或置鼙鼓殿下，天子自临轩槛上，隤（tuí）铜丸以擿（zhì）鼓，声中严鼓之节。"鹜（wù）：追求。

[9]骎骎（qīn qīn）：疾速，急迫。

[10]坐：因而，导致。

[11]太阴：月亮。

[12]众：世俗者。情：内心。

[13]居：囤积，储存。捐：舍弃，献出，此处为"花费"。

[14]危：高。根：树根，这儿借代为树木。一：一旦。振：直挺。

[15]齐（zhāi）斧：用于征伐之斧。凡师出必斋戒入庙受斧，故曰斋斧。齐，通斋。寻：追逐，跟踪而至。

[16]揽衣：披衣。

[17]物：景物、时事、世事。涕：眼泪。

[18]岁寒心：年终严寒时松柏挺立不屈的精神。《论语·子罕》："岁寒，然后知松柏之后凋（diāo）也。"

[19]鹬（yù）斯：乌鸦。蒿莱：草丛。

[20]啁啾（zhōu jiū）：鸟叫声。余：多余的，十二分的。

[21]陵：山丘。隈（wēi）：山势弯曲的地方。

[22]廻风：旋风。旦夕：早晚间，迟早。

[23] 委：堆落。陈荄（gāi）：腐烂的草根。荄，草根。

[24] 恃：依靠。

[25] 隼（sǔn）：鹗，鹞鹰。纵横：迅猛恣肆。

[集评]

[1] 徐度曰："张嵲舍人……又言子厚《感遇》二诗，始终用太子事，不知其何谓。"（《却扫篇》卷下）

[2] 孙月峰曰："苍古，含味深。音节仿佛陈思《杂诗》。"（评点《柳柳州全集》卷四十三）

[3] 蒋之翘曰："词旨幽邃，音节豪宕，近似陈拾遗，非中唐人口吻。"（《柳河东集》卷四十三）

[4] 近藤元粹曰："写情叙恨，语语幽深。"（《柳柳州集》卷四）

[5] 尚永亮曰："这（《感遇》其一）是一首借物咏怀的诗作，诗情由乐到忧，透露出作者在被贬之后的心理落差和忧恐意绪……其通篇写物，而人的境遇、心绪已跃然于楮墨之间。"（《柳宗元诗文选评》）

（吴同和）

湘岸移木芙蓉植龙兴精舍

[题解]

此诗写于元和元年(806)秋,初贬永州时。作者爱怜木芙蓉,特意将其从潇水西岸移植至居所西轩前。"有美不自蔽,安能守孤根。"有自况之意,借木芙蓉自喻,赞木芙蓉即自赞,抒发了在孤寂中的自信,坚持操守绝不与浮于水面而摇摆不定的芰荷同处,相信自己的才华与理想总会有被人赏识的时候。

[原诗]

有美不自蔽,安能守孤根。盈盈湘西岸,秋至风露繁。丽影别寒水,秾芳委前轩。芰荷谅难杂,反此生高原[1]。

[校勘]

(1) 反此生高原:吴汝纶《柳州集点勘》"'反',疑为'及'。"

[注释]

[1] 木芙蓉:又称木莲,生于陆地,有别于芙蓉——莲花。

[2] 盈盈:姿态美好的样子。湘西:潇水西岸。柳诗中常以湘代潇。

[3] 委:放置,指栽培。轩:西轩:柳宗元在龙兴寺的

住所。

　　[4] 芰荷：荷花。

　　[5] 高原：高地。

[集评]

　　[1] 近藤元粹曰："与前首俱似有寓意，而未足以为妙绝。"(《柳柳州诗集》卷四)

　　[2] 沈德潜曰："'安能'句下：迁谪后有得语。"(《唐诗别裁集》卷四)

　　[3] 高文指出："此诗写木芙蓉美丽而孤独，深受风霜欺凌，诗人同情它的遭遇而移栽于住所轩前。乃以木芙蓉自比，怜花亦即自怜。"(《柳宗元诗文选注》)

（吕国康）

哭连州凌员外司马[1]

[题解]

此诗元和元年冬作于永州,是柳宗元为悼念战友凌准而写的血泪之作,还写有《故连州员外司马凌君权厝志》。全诗首先历叙凌准身世和生平,高度评价了他的才华、道德和政绩,并对他的不幸遭遇表示了深切的同情;接着交代了作者与凌准相交之后彼此相知、共同战斗、同遭厄运的经历;最后诗人既为朋友也为自己发出凄婉的悲声。

[原诗]

废逐人所弃,遂为鬼神欺[2]。才难不其然[3],卒与大患期[4]。凌人古受氏[5],吴世夸雄姿[6]。寂寞富春水,英气方在斯[7]。六学诚一贯[8],精义穷发挥[9]。著书逾十年[10],幽赜靡不推[11]。天庭掞高文[12],万字若波驰。记室征西府[13],宏谋耀其奇。輶轩下东越[14],列郡苏疲羸[15]。宛宛凌江羽[16],来栖翰林枝[17]。孝文留弓剑[18],中外方危疑[19]。抗声促遗诏,定命由陈辞[20]。徒隶肃曹官[21],征赋参有司[22]。出守乌江浒[23],老迁湟水湄[24]。高堂倾故国[25],葬祭限囚羁[26]。仲叔继幽沦[27],狂叫唯童儿。一门既无主,焉用徒生为?举声但呼天,孰知神者谁[28]?泣尽目无见[29],肾伤足不持。溘死委炎荒[30],臧获守灵帷[31]。平生负国谴[32],骸骨非敢私[33]。盖棺未塞责,孤旐凝寒飔[34]。念昔始相遇，腑肠为君知。进身齐选择，失路同瑕疵[35]。本期济仁义，合为众所嗤。灭名竟不试，世义安可支？恬死百忧尽，苟生万虑滋[36]。顾余九逝魂[37]，与子各何之？我歌诚自恸，非独为君悲。

[校勘]

（1）寂寞富春水：《世彩堂本》句下注："'寞'，一作'寥'。"

（2）万字若波驰：《音辩本》《游居敬本》"万"作"寓"。《诂训本》"波"作"池"。

（3）徒隶肃曹官：《世彩堂本》句下注："'曹'，一作'都'。"

（4）老迁湟水湄：《世彩堂本》句下注："'老'，一作'左'。"《何焯校本》批注："重校，'老'，一作'左'。"贬官为"左迁"，凌准自和州刺史贬为连州司马员外郎，疑作"左"是。

（5）臧获守灵帷：《诂训本》"帷"作"帏"。

（6）平生负国谴：《世彩堂本》句下注："'负'，一作'罹'。"

（7）腑肠为君知：《世彩堂本》句下注："'腑'，一作'肺'。"

（8）灭名竟不试：《世彩堂本》句下注："'竟'，今本作'竞'，误。"《音辩本》句下也如上注。

（9）世义安可支：《世彩堂本》句下注："'义'，一作'议'。"《何焯校本》注："'义'作'议'。"

[注释]

[1] 连州：今广东省连州市。凌员外司马：即凌准，王叔文革新集团重要成员，任尚书都官员外郎；永贞元年革新失败后，与柳宗元、刘禹锡等8人被贬为远州司马，史称"八司马事件"。凌准元和元年冬十一月卒于连州。王国安说："孙汝听谓准元和三年（808）卒，即当因元和三年岁在戊子，但由'戊'字而致误也。"（《柳宗元诗笺释》）

[2] 废逐：被贬放逐。鬼神欺：凌准被贬后，接连经历母丧、两个弟弟相继死亡、双眼失明和病死，灾难一个接一个，所以说"鬼神欺"。

[3] 才难句：《论语·泰伯》："才难，不其然乎？"人才难得，难道不是这样吗？意指凌准是难得的人才。

[4] 卒（cù）：突然。大患：死亡。

[5] 凌人：《周礼·天官》记载，古代掌管窖藏冰块的官员叫凌人。受氏：接受姓氏，意指后代都以凌为姓。

[6] 吴世句：《三国志·吴书·凌统传》载："凌统字公绩，吴郡余杭人也"。这里指凌准是凌统的后代。

[7] 这二句指凌统死后，富阳凌氏很久没有出过优秀人才了，现在英气体现在凌准身上。

[8] 六学：即诗、书、礼、乐、易、春秋等六经。一贯：融会贯通。

[9] 精义：精辟的道理。穷：尽。

[10] 著书：凌准着有《后汉春秋》《六经解围人文集》等著作。

[11] 幽赜（zè）：幽深奥妙的道理。

[12] 天庭：宫廷。掞（shàn）：舒展，铺张。

[13] 记室：书记、掌管文书的官。征西府：指邠宁节度

史府。

［14］辎轩（yóu xuān）：使臣乘坐的轻车。东越：现在的浙东地区。

［15］苏：复苏。疲羸（léi）：疲乏瘦弱的样子。

［16］宛宛：翩翩而飞。凌江羽：飞越大江的鸟，这里比喻凌准。

［17］翰林：翰林院。《凌君权厝记》："凌准治浙东有绩，声闻于上，召以为翰林学士。"

［18］孝文：唐德宗李适（kuò）的谥号是"德宗神武孝文皇帝"。

［19］中外：指朝廷内外。危疑：忧惧疑虑。

［20］抗声：高声。定命：决策。

［21］徒隶：囚徒、奴婢。曹官：都官，刑部主管政府没收的奴婢、俘虏等。

［22］参：辅佐。有司：这里指度支司。

［23］乌江浒：乌江边，这里指和州。浒：水边。

［24］左迁：贬职。湟水湄：湟水边，湟水就是今清远连州小北江。

［25］高堂：旧称父母为高堂，这里指母亲。故国：指他乡。

［26］葬祭：安葬、祭奠。羁：束缚。这二句写凌准母亲在家乡过世，而他像囚犯一样受到限制，不能回家参加母亲的葬祭。

［27］幽沦：死亡。这句写二弟三弟相续去世。

［28］举声：高声。这二句的意思就是俗话说的"呼天不应"。

［29］泣尽：哭干眼泪。目无见：两眼失明。这句写凌准悲伤过度以致双眼失明。

[30] 溘（kè）死：突然死去。炎荒：指南方炎热荒远之地。

[31] 臧获（zāng huò）：古代对奴婢的贱称。

[32] 负：遭受。国谴：朝廷的谴谪。谴：官吏谪降。

[33] 骸：通"骸"。非敢私：不敢私自（运回家乡）。

[34] 旐（zhào）：出丧时用的引路旗，俗称招魂幡。飔（sī）：凉风。

[35] 进身：进入仕途。失路：比喻不得志。《文选·扬雄·解嘲》："当涂者升青云，失路者委沟渠。"这里指改革失败。瑕疵（xiá cī）：缺点或毛病。

[36] 恬死：安静地死去。万虑滋：滋生无穷的忧虑。

[37] 九逝魂：《楚辞·九章抽思》："惟郢路之辽远兮，魂一夕而九逝。"这里指作者因极度忧伤而常常脱离躯体的魂魄。

[集评]

[1] 范温曰："子厚诗尤深远难识，前贤亦未推重。自老坡发明其妙，学者方渐知之。……其本末立意遣词，可谓曲尽其妙，毫发无遗恨者也。《哭吕衡州》诗，足以发明吕温之俊伟。《哭凌员外诗》书尽凌准生平。又，蒋之翘辑注《柳河东集》卷四十三：范元宝（温）曰：此诗写尽凌准生平，最是笔力。'骸骨'句下，语凛凛，是子厚榜样，故结云'诚自痛'也。"（《苕溪渔隐丛话前集》卷十九《潜溪诗眼》）

[2] 刘克庄曰："子厚永、柳以后诗，高者逼陶、阮。然身老迁谪，思含凄怆。如《哭凌司马》云：'恬死百忧尽，苟生万虑滋。'为犯孔北海临终之作，不祥甚矣。坡公云：'平生万事足，所欠惟一死。'惜不令子厚见之。"（《后村先生大全集》后集卷一）

[3] 陆时雍曰："冤号恸哭，是其所宜，故其沥衷皆尽。"

(《唐诗镜》卷三十七)

[4] 孙月峰曰："'遂为'句下，起两句奇壮，唤起一篇精神。'孤旐'句下，写得使人不忍读，一步苦一步。'念昔'句下，从肺腑中道出，自有一种真味。总评：悲痛意以感慨调发之，气甚雄肆。"(《评点柳柳州集》卷四十三)

[5] 汪森曰："'卒与'句下，起四句悲感深重。'举声'句下，'呼天'句已与起句相应。'念昔'句下，此段关切到自己，语意沉痛，是屈贾之遗风。"(《韩柳诗选》)

[6] 李光地曰："子美《北征》无一对句。昌黎《与崔群诗》'燕席谢不诣'二句便对。柳诗不能如此高古，其工妙者多似六朝。然《哭凌司马》与《韦道安》二诗，虽曹子建把笔，不能过。"(《榕村语录》卷三十)

[6] 何焯曰："不减陈思《赠白马》之作。"(《义门读书记》)

[7] 章士钊曰："一诗等于作传一篇，细大不捐，情文相生，信是子厚切理餍心之作。子厚一生敦笃友谊，捍卫国家，称心而谈，声泪俱下。"(《柳文指要·体要之部》卷十)

[8] 吴文治曰："诗末以'我歌诚自恸，非独为君悲'作结，点明悼凌君，实亦自悼，沉痛哀婉，令人悲怆。"(《柳宗元诗文选评》)

(张伟)

跂乌词[1]

[题解]

跂乌,一足伤残,只能一足单行的乌鸦。这是一首借跂乌自喻的寓言诗,约作于元和元年。诗中通过对跂乌伤残的肢体、危险的处境以及惶恐退避心理的描述,来比喻自己遭贬落魄、苟延残喘的困境。结尾借《庄子》寓言中支离和无趾的故事,告诫自己要努力自保,免祸终老。该诗反映了作者当时的艰难处境和被压抑的心理,生动真切,凄婉哀怨。

[原诗]

城上日出群乌飞,鹍鹍争赴朝阳枝[2]。刷毛伸翼和且乐,尔独落魄今何为,无乃慕高近白日[3],三足妒尔令尔疾[4]。无乃饥啼走道旁,贪鲜攫肉人所伤。翘肖独足下丛薄[5],口衔低枝始能跃。还顾泥涂备蝼蚁,仰看栋梁防燕雀。左右六翮利如刀[6],踊身失势不得高。支离无趾犹自免[7],努力低飞逃后患。

[校勘]

(1)跂乌词:《世彩堂本》题下注:"一作'跛乌词'。"跂,举一足也。跂乌,病一足,跂而行也。作"跛"非。

(2)鹍鹍争赴朝阳枝:《全唐诗》"鹍鹍"作"鸦鸦"。

(3)无乃慕高近白日:"近",《诂训本》作"竞"。

（4）无乃饥啼走道旁："路"，《蒋之翘本》《全唐诗》作"道"。

（5）翘肖独足下丛薄："翘肖"，《音辩本》作"肖翘"。按：《庄子·胠箧》有"肖翘之物"句，作"肖翘"近是。

[注释]

[1] 跂乌：指伤残的独足而行的乌鸦。

[2] 鸦鸦：犹哑哑，乌鸦的叫声。

[3] 无乃：推测的语气，相当于"只怕"。

[4] 三足：即三足乌，传说是居住在太阳中的乌鸦。

[5] 翘肖：在空中高飞之类的动物，此指乌鸦。章士钊先生认为是"翘首"，即矫首、昂首之意。丛薄：草丛。

[6] 六翮（hé）：指鸟类飞行中的正羽。

[7] 支离、无趾：皆庄子书中的异人。支离，似今之鸡胸驼背者，因其形体不全而得以终其天年。无趾，跛脚者，尝对孔子说，他将记取前次断脚的教训，以保全余年的生命（见《庄子·人间世》及《庄子·德充符》）。

[集评]

[1] 汪森曰："词致历落，自不入平软之调。"（《韩柳诗选》）

[2] 近藤元粹曰："比喻甚切。又：子厚盖食腐鼠见唾弃也，而以蝼蚁、燕雀等语骂人，其轻薄可想也。"（《柳柳州集》卷四）

[3] 章士钊指出："子厚之《跂乌词》，堪与老杜《瘦马行》媲美。"（《柳文指要·通要之部》卷十二）

（吕国康）

笼鹰词[1]

[题解]

这是一首咏物诗，也是一首寓言诗，作于元和元年。全诗以笼鹰自喻，回顾了当年参加永贞革新时叱咤风云的战斗历程，描写了鹰击苍穹、捕狐抓兔、雄视天下的英姿，以及失败后遭到迫害、摧残的种种情景。最后抒发了希望冲出樊笼，展翅高飞、实现其宏伟抱负的理想。采用比拟、象征的手法，咏物即是写人，自然气候的变化隐寓政治气候的影响。背景开阔，内涵丰富，情感波澜起伏，基调高昂向上，是柳诗中少有的豪放之作。

[原诗]

凄风淅沥飞严霜，苍鹰上击翻曙光[2]。云披雾裂虹霓断，霹雳掣电捎平冈[3]。砉然劲翮剪荆棘，下攫狐兔腾苍茫[4]。爪毛吻血百鸟逝，独立四顾时激昂[5]。炎风溽暑忽然至，羽翼脱落自摧藏[6]。草中狸鼠足为患，一夕十顾惊且伤[7]。但愿清商复为假，拔去万累云间翔[8]。

[校勘]

（1）砉然劲翮剪荆棘："剪"，《何焯校本》作"翦"。

（2）下攫狐兔腾苍茫："茫"，《诂训本》作"庄"。

（3）爪毛吻血百鸟逝："百"，《诂训本》作"众"。

(4)拔去万累云间翔：《世采堂本》《百家注本》《音辩本》句下注："'累',一作'里'。"

[注释]

[1] 笼鹰：被人豢养的猎鹰。据《酉阳杂俎》卷二十《肉攫部》载："鹰四月一日停放，五月上旬拔毛入笼。拔毛先从头起，必于平旦过顶，至伏鹑则止。从颈下过扬毛，至尾则止。尾根下毛名扬毛。其背毛并两翅大翎翻覆翻及尾毛十二根等并拔之，两翅大毛合四十四枝，覆翻翎亦四十四枝。八月中旬出笼。"王安国说："据诗意，宗元所咏之笼鹰，正乃脱毛之猎鹰也。"（《柳宗元诗笺释》）

[2] 凄风：指秋风。淅沥：风声。翻：飞翔。

[3] 披：分开。裂：冲破。虹霓（ní）：彩虹。掣（chè）电：闪电。捎：掠过。

[4] 砉（huā）然：象声词。这里指鹰俯冲时发出的响声。劲翮（hé）：强劲有力的翅膀。攫（jué）：抓取。苍茫：指天空。

[5] 爪毛：爪上带着毛。吻血：嘴上沾着血。激昂：心情振奋，气概昂扬。

[6] 炎风溽（rù）暑：盛夏又湿又热的气候。摧藏：受到了挫折摧残而收敛隐藏。

[7] 一夕十顾：一夜之间多次张望。

[8] 清商：指秋风。古人用五音（宫、商、角、徵、羽）中的商声代表秋。复为假：再次给予凭借和帮助。万累：各种束缚。

[集评]

[1] 汪森曰："写得有气概，自见坚响。"（《韩柳诗选》）

[2] 近藤元粹曰："以自家比苍鹰，以他人比狸鼠，亦自不知量处。"（《柳柳州集》卷四）

[3] 许逸民说："顾名思义，'笼鹰'是说堕入樊笼的鹰，是失去自由、无法举翮高翔的鹰。柳宗元觉得他在永州'待罪'，正与笼怜鹰的命运相同，故以'笼鹰'为题。"（《柳宗元诗文赏析集》）

[4] 高文、屈光指出："此诗乃借鹰自喻。前喻参加永贞革新；继喻贬谪永州；结处冀望重被起用。"（《柳宗元选集》）

[5] 孙昌武说："这首诗的寓意是很清楚的，与《行路难》第一首有相似之处。但《行路难》是英雄没路的悲剧，而这首诗写壮志未歇待机而起，更富于积极斗争精神。"（《柳宗元传论》）

[6] 尚永亮、洪迎华指出："这是一首咏物诗，当作于柳宗元初至永州时。革新失败，被贬荒远，诗人如受伤的猎鹰，感到巨大的痛楚和惊惧，同时又满怀对自由的向往和期盼，故以笼鹰为喻，写情言志。"（《柳宗元集》）

[7] 景宏业认为："笼鹰，一般解释为囚禁在笼中的鹰，但以全诗看，并未提到笼子，只是说其因为气候关系羽翼脱落，以至于在野外休息时，'草中狐狸足为患，一夕十顾惊且伤'，绝非被人笼养的苍鹰。故余意以为此处的'笼'当作别解。查'笼'字作动词时有'控别'之义，可引用为受到约束、羁绊，所以，此处应该是比喻苍鹰受到外因的限制，不能任意翱翔。"（《柳宗元集》）

（吕国康）

放鹧鸪词

[题解]

本诗作于元和元年。诗人视笼中鹧鸪起兴，哀怜其处境危险，即将被宰杀亨煮。接着以齐王、简子放生的故事，呼吁破笼放飞远去，让鹧鸪重获自由。联系自己"万里为孤囚"，谁又能让我"破笼展翅"呢？诗人顿生怜悯之心。

[原诗]

楚越有鸟甘且腴，嘲嘲自名为鹧鸪[1]。徇媒得食不复虑，机械潜发罹罝罦[2]。羽毛摧折触笼籞，烟火煽赫惊庖厨[3]。鼎前芍药调五味，膳夫攘腕左右视[4]。齐王不忍觳觫牛，简子亦放邯郸鸠[5]。二子得意犹念此，况我万里为孤囚[6]。破笼展翅当远去，同类相呼莫相顾。

[校勘]

（1）羽毛摧折触笼籞："籞"，《五百家注本》作"御"。
（2）鼎前芍药调五味：《诂训本》"芍"，作"勺"。
（3）二子得意犹念此：《百家注本》《世采堂本》句下注："'二子'，他本作'二君'，或又作'二臣'。"

[注释]

[1] 楚越：泛指南方。楚，周代诸侯国，战国时为七雄之一，在今湖北、湖南一带。越，周代诸侯国，在今浙江一带。腴（yù）：肥。嘲嘲（zhāo）鸟鸣声。鹧鸪：生长于我国南部地区，形似雌雉，体大如鸠，其鸣为"钩辀格磔"，俗以为极是"行不得也哥哥"，故古人常借其声以抒写逐客流人之情。

[2] 徇媒（xùn méi）：利用活鸟做诱饵。用作诱捕他鸟的活鸟。罹：遭遇。罝罘（jū fú）：捕鸟的网。

[3] 御（yù）：竹子做的笼子。赫（hè 贺）：火红色。

[4] 膳（shàn）夫：掌管王家饮食的人，这里是指厨师。攘（rǎng）：撩起、挽起。

[5] "齐王"句：语出《孟子·齐桓晋文之事》："王坐于堂上，有牵牛而过堂下者，……王曰：'舍之！吾不忍其觳觫'"。觳觫（hú sù），因恐惧而发抖。"简子"句：语出《列子》，邯郸之民献鸠于简子，简子厚赏之，客问其故。简子曰："正旦放生，示有恩也。"

[6] 二子：也作"二君"，指齐王和简子。

[集评]

[1] 欧阳修曰："初如食橄榄，真味久愈在。"（《欧阳文忠公集》卷二）

[2] 葛立方曰："柳子厚有《放鹧鸪词》，人徒知其不肯以生命供口腹，其仁如是也。余谓此词乃作于诏追之时，有自悔前失之意。故前言'徇媒得食不复虑'，后言'同类相呼莫相顾。'媒与类皆谓伍、文也。"（《韵语阳秋》卷十六）

[3] 汪森曰："末句下：前云'徇媒得食'，故落句云然。总评：已上三诗（按《跂乌词》《笼鹰词》及本篇）皆兼比兴：

颇寓自伤之意也。"(《韩柳诗选》)

　　[4] 沈德潜曰："'机械'句下，暗指王叔文招之及罹祸事。总评：见此后当自减束，勿更为所引也。"(《唐诗别裁》卷八)

　　[5] 乔亿："子厚寂寥短章，词高意远，是为绝调。若《放鹧鸪》《跛乌词》，并悔过之作，恻怆动人。"(《剑溪说诗》卷上)

（赵新国）

行路难三首

[题解]

《行路难》一诗，作于贬永之后，已成定说。但究竟何年所作，众说纷纭。王国安于《柳宗元诗笺释》中认为：此词与《笼鹰词》《跂乌词》诸作，虽用寓言之体，然词旨悲愤，显以自况，当为初贬之际所作，即系于元和元年。王国安的这一观点，应出自韩醇，因韩醇于《诂训柳集》卷四十三曰："盖言前日居朝而今日贬黜之意也。当是贬永州后作。"也有学者将此诗列为元和七年左右所作。比较而言，系于元和元年为宜。

《乐府解题》中曰："《行路难》，备言世路艰难及离别悲伤之意，多以君不见为首。"在柳宗元《行路难》三首诗中，第一首取材于神话故事，并以磅礴之势对"夸父"逐日的理想与胆识，以及夸父奔走的速度与形态进行了概览性的描述。尽管夸父跳踉北海、腾越昆仑、披霄决汉、瞥裂天宇、遗落星辰。然而，人的体能毕竟有限，于是，没多久便精疲力竭渴死路边，成了野鼠山狐的美餐。第二首诗则以大唐王朝滥伐林木之事，隐喻朝廷人才匮乏之实。写法上几乎可与杜甫的《茅屋为秋风所破歌》和白居易的《卖炭翁》相媲美。第三首诗作者通过对季节气温的变化与万物适时而贵的现实的观察，深刻地体悟到了人生于世只能适时而为，不可强求的哲理。

[原诗]

一

君不见，夸父追日窥虞渊[1]，跳踉北海超昆仑[2]。披霄决汉出沆漭[3]，瞥裂左右遗星辰[4]。须臾力尽道渴死[5]，狐鼠蜂蚁争噬吞[6]。北方竫人长九寸[7]，开口抵掌更笑喧[8]。啾啾饮食滴与粒[9]，生死亦足终天年[10]。睢盱大志小成遂[11]，坐使儿女相悲怜[12]。

[注释]

[1] 夸父：古代神话中的英雄人物。他立志要和太阳竞走。《山海经·海外北经》中记载："夸父与日逐走，入日；渴欲得饮，饮于河渭。河渭不足，北饮大泽。未至，道渴而死。弃其杖，化为邓林。"《列子》："夸父不量力，欲追日景，逐之于隅谷之际。"虞渊：即"隅谷"，神话传说中的日入之处。《淮南子·天文》："日入于虞渊之泛，曙于蒙谷之浦。"

[2] 跳踉（liáng）：腾跃跳动。超：跨越，越过。昆仑：神话中的西方大山。

[3] 披霄：劈开云霄；决汉：冲破银河；汉：银汉。沆漭（hàng mǎng）：浩渺，指自然元气，即水气茫茫的样子。

[4] 瞥裂：迅疾貌。杜子美云："千骑常瞥裂。"遗：留下，丢下。

[5] 须臾：片刻，一会儿。

[6] 噬（shì）：咬。

[7] 竫（jìng）人：古代传说中的小人国名。《山海经·大荒东经》载："有小人国名靖人。"按，靖同竫。《列子》："东北

极有人,名诤人,长九寸。"

[8] 抵(zhǐ)掌:拍手、鼓掌。

[9] 啾啾:虫、鸟的细碎的鸣叫声,这里指矮人吃食时所发出的细碎的声响。饮食滴与粒:意即食量很少,只需几滴水、几粒米便可。

[10] 终天年:平安自得地度过一生。天年:自然寿命。

[11] 睢盱(suī xū):张目仰视,这儿指睁目悲愤激昂的样子。小:通"少"。成遂:成功。

[12] 坐使:致使。

[原诗]

二

虞衡斤斧罗千山[13],工命采斫杙与樕[14]。深林土剪十取一[15],百牛连鞅摧双辕[16]。万围千寻妨道路[17],东西蹶倒山火焚[18]。遗余毫末不见保[19],躏跞磪硊何当存[20]。群材未成质已夭[21],突兀哮豁空岩峦[22]。柏梁天灾武库火[23],匠石狼顾相愁冤[24]。君不见,南山栋梁益稀少[25],爱材养育谁复论!

[注释]

[13] 虞衡:古代管理山林的官。掌山泽者谓之虞,掌川林者谓之衡。斤:斧头。罗:搜寻。

[14] 工命:官命。斫(zhuó):砍伐。杙(yì):小木桩。樕:樕木材。杙樕指建筑材料。

[15] 土剪:齐土砍断。

[16] 鞅(yāng):牛羁,即套在牛、马颈上的皮带,用以驾

驭。摧：折断。辕：驾车用的车杠，设在车前。

[17] 围：两臂合拢来叫围。寻：古长度单位，八尺为寻。

[18] 蹶（jué）：倒。

[19] 毫末：一小点。

[20] 蹸跞（lìn lì）：践踏。磵（jiàn）壑：溪涧和山谷。

[21] 未成：没派到用处。

[22] 突兀（wū）：高耸的样子。嵽嵲：高峻的样子。岩峦：山冈。

[23] 柏梁天灾：汉武帝太初元年（公元前104年）十一月，柏梁台失火。柏梁：西汉未央宫中台名。武库炎：晋惠帝元康五年（公元295年闰十月武库失火。这两次有据可考的火灾事故，损失甚大，历代奇珍异宝皆荡然无存。武库：古代储藏兵器物品的仓库。

[24] 匠石：先秦著名的木匠，这儿借指工匠。狼顾：原意是狼行走时常回头后顾，以防袭击，比喻人有后顾之忧，这里指忧郁、忧心的样子。

[25] 南山：终南山，唐代常有高洁之士隐居于此。

[原诗]

三

飞雪断道冰成梁，侯家炽炭雕玉房[26]。蟠龙吐耀虎喙张，熊蹲豹踯争低昂[27]。攒峦丛崿射朱光[28]，丹霞翠雾飘奇香。美人四向回明珰[29]，雪山冰谷晞太阳[30]。星躔奔走不得止[31]，奄忽双燕栖虹梁[32]。风台露榭生光饰[33]，死灰弃置参与商[34]。盛时一去贵反贱，桃笙葵扇安可当[35]。

[校勘]

（1）"披霄决汉出沆漭"之"决"字，在何焯《义门读书记》中疑为"抉"。

（2）"孤鼠蜂蚁争噬吞"之"蜂"字，在南宋原刻世彩堂本《河东先生集》注："蜂，一作蝼。"

（3）"啾啾饮食滴与粒"之"啾啾"，在南宋原刻世彩堂本《河东先生集》注："一作喽啾。"

（4）"睢盱大志小成遂"，在南宋原刻世彩堂本《河东先生集》句下注中有"大志，一作天志，一作失志，一作志大"。"小"，在《四部丛刊》本《乐府诗集》柳宗元《行路难》中作"少"。何焯批校《增广注释音辩唐柳先生集》中改"小"为"少"。

（5）"工命采斫杙与椽"，在南宋原刻世彩堂本《河东先生集》句下注："杙，音弋。'杙与'，一作'戕为'。"何焯《义门读书记》云："'杙与'作'戕为'。"

（6）"东西蹶倒山火焚"，在《新刊诂训唐柳先生文集》中"倒"作"到"。

（7）"爱材养育谁复论"，在元刻建本《增广注释音辩唐柳先生集》中"材"作"才"。

（8）"星躔奔走不得止"，在《新刊诂训唐柳先生文集》中作"躔""缠"。

（9）"桃笙葵扇安可当"，在南宋原刻世彩堂本《河东先生集》句下注："当"，一作"常"。《乐府诗集》柳宗元《行路难》作"常"。吴文治先生认为，联系上下句诗意，作"常"近是。

[注释]

[26] 侯：王侯。雕玉房：夸饰语，指富丽豪华的住宅。

[27] 此两句中的龙虎熊豹，皆言燃炭之形状。《晋书·羊琇传》："琇性豪侈，费用无复齐限，而屑炭和作兽形以温酒，洛下豪贵，咸竞效之。"裴启《语林》谓兽炭"火热既猛，兽皆开口，向人赫赫然"，诗中"吐耀""张喙"即是指炽炭之状。

[28] 攒峦丛崿（è）：言炽炭堆积之多，犹如山形一般。攒，聚。崿（è愕），山崖。

[29] 明珰：指镶嵌明珠的耳饰。

[30] 晞：晒。

[31] 星躔：日月运转。躔：运行。

[32] 奄忽：忽然，奄然。虹梁：像彩虹一般的大梁，这里借指华屋大宅。

[33] 榭：建筑在台上的房屋。

[34] 参商：两个星体。《左传》："辰为商星，参为晋星，参商相去之远也。"因此，后人常以参商喻隔距离之远。

[35] 桃笙：以桃枝织成的席簟。簟，宋、魏之间谓之笙，又左思太冲《吴都赋》云：桃笙象簟，韬于筒中。注云：桃笙，桃枝簟也。吴人谓簟为笙。葵扇：出《晋·谢安传》：安乡人有蒲葵扇五万，安乃取其中者捉之。京师士庶竞市，价增数倍。

[集评]

[1] 韩醇曰："三诗皆意有所讽，上篇谓志大如夸父者，竟不免渴死，反不如北方之短人，亦足以终天年，盖自谓也。中篇谓人才众多，则国家不能爱养，逮天下多事，则狼顾而叹无可用之材，盖言同辈诸公一时贬黜之意也。下篇谓物适其时则无有不贵，及时异事迁，则贵者反贱，犹如冰雪寒凛，则侯家炽炭无不贵矣。春阳发而双燕来，则死灰弃置，无以用之。盖言前日居朝而今日贬黜之意也。当是贬永州后作。"（《诂训柳集》卷四十三）

[2] 俞镇曰:"柳子《行路难》以喻炎盛,骨至风台露榭,则死灰复不然矣。"(《学易居笔录》)

[3] 邢昉曰:"止咏一物,借题生感,骨力志苍,张王攀之不及矣。"(《唐风定》)

[4] 陆梦龙曰:"稍逼长吉(李贺)。"(《柳子厚集选》卷四)

[5] 汪森曰:"'丹霞'句下:绮丽之语,故自鲜秀。总评:音节古,色泽鲜,绝去纤、伪二种流弊。"(《韩柳诗选》)

[6] 近藤元粹曰:"寓意托深,议论亦甚正。虽然,子厚言此,盖未知其罪过也,可谓颜厚矣。又末句下:悲愤之意在言外。"(《柳柳州集》卷四)

(杨金砖)

早 梅

[题解]

诗约作于元和元年。梅花傲雪斗霜,不屈不挠,其品格和风骨,历来为诗人讴歌,绝妙好诗不乏累累,立意抒情亦各有千秋。柳公乃另辟蹊径,新翻杨柳:歌早梅而寓谪意,叹遭际以话凄寒。前四句歌颂梅花傲雪斗霜的高尚品格,后四句借赠梅以表达思念之情。"寒英坐销落,何用慰远客?"担心早梅早开易落,来不及寄赠便已凋零,隐隐透露孤独寂寞的心情。

[原诗]

早梅发高树,迥映楚天碧[1]。朔吹飘夜香[2],繁霜滋晓白。欲为万里赠,杳杳山水隔[3]。寒英坐销落[4],何用慰远客[5]?

[校勘]

(1)"繁霜滋晓白"句:"白",济美堂、蒋之翘本作"日"。

[注释]

[1] 迥(jiǒng):远。楚天:即楚地天空。永州古属楚地,柳诗多以"楚"称永州之地。

[2] 朔吹:吹着的北风。

[3] 杳杳(yǎo yǎo):远得没有尽头。

[4] 寒英：英，花，寒英是指寒冬开的花。坐：这里是旋即的意思，即不久，很快地。销落：凋谢，散落。

[5] 何用：即用何，宾语前置。

[集评]

[1] 蒋之翘曰："此诗后四句全凭陆凯诗'江南无所有，聊赠一枝梅'翻出，而意致自不同。"（《柳河东集》卷四十三）

[2] 吴文治曰："诗中歌颂梅花在寒风严霜中散发芬芳，以隐喻诗人坚贞不屈的高尚风标和情操，亦咏梅常格。后四句化用六朝时陆凯《赠花蔚宗》诗意，甚贴切。"（《柳宗元诗文选评》）

(吴同和)

种白蘘荷[1]

[题解]

此诗应为宗元元和二年春作于永州。由于政治上的打击，惊魂未定的柳宗元刚贬至永州，既不适应永州的水土而多病缠身；又不理解永州人的纯朴善良，把这里当成"夷獠之乡"，不能不对陌生的永州、永州人怀有高度的戒备心理。全诗前半部分描写永州与中土不同的生活习俗，尤其是令人忧心的蛊毒等；后半部分主要写白蘘荷的功用及栽种的缘由，最后以碧草入眼作结，心旷神怡。

[原诗]

皿虫化为疠[2]，夷俗多所神[3]。衔猜每腊毒[4]，谋富不为仁[5]。蔬果自远至，杯酒盈肆陈[6]。言甘中必苦[7]，何用知其真[8]？华洁事外饰，尤病中州人[9]。钱刀恐贾害[10]，饥至益逡巡[11]。窜伏常战栗[12]，怀故逾悲辛[13]。庶氏有嘉草[14]，攻襘事久泯[15]。炎帝垂灵编[16]，言此殊足珍[17]。崎驱乃有得[18]，托以全余身[19]。纷敷碧树阴[20]，眄睐心所亲[21]。

[校勘]

（1）皿虫化为疠：《音辩本》《诂训本》及《全唐诗》"皿"作"血"。

(2) 衔猜每腊毒："腊"，《诂训本》作"腊"。

(3) 何用知其真：《诂训本》"其"作"且"。

(4) 庶氏有嘉草："氏"，《音辩本》《诂训本》《游居敬本》作"民"，《何焯校本》亦作"民"。《百家注本》注："'氏'，一作'民'，恐非。"

[注释]

[1] 蘘（ráng）荷：草名，亦称阳藿，覆葅，根可入药，其白色者称白蘘荷，相传可以治蛊毒。蛊毒，一种人工制作的毒药，能致人神志昏迷。参见注[2]。

[2] 皿虫：李时珍集解引陈藏器的说法："取百虫入瓮中，经年开之，必有一虫尽食诸虫，即此名为蛊。"孔颖达说："以毒药药人，令人不自知者，今律谓之蛊毒。"皿：器皿，这里指盛酒的器具。

[3] 夷：我国古代对东方各族的泛称。

[4] 衔猜：指内心猜测。时柳宗元初到永州，故云。腊（xī）：很，极。

[5] 谋富不为仁：即为富不仁。相传边远地区人靠制蛊毒，谋人家财，故云。

[6] 肆：店铺。此二句言永州酒店有从远方运来的鲜菜水果，也有令人望而生畏的蛇酒。

[7] 言甘中必苦：《国语·晋语》："言之大甘，其中必苦，谮在其中矣。"谮（zèn）：说坏话诬别人。当指酒店人劝柳宗元喝酒，而柳则惧其言中有诈。

[8] 何用：何以，以何，凭什么。

[9] 病：苦，为难。中州，中原地区。中州人：柳宗元自称。

[10] 钱刀：钱币。贾（gǔ）害：犹言致祸。

[11] 逡（qūn）：犹豫，徘徊。

[12] 窜伏：流放偏远的地方。战栗：恐惧发抖。

[13] 怀故：怀念故乡。逾：更加。

[14] 庶氏：官名，《周礼·秋官·庶氏》："庶氏掌除毒蛊。"嘉草：蘘荷别名。

[15] 攻祋（guì）：《礼·秋官·庶氏》："以攻说之，嘉草攻之。"攻说，祈名，祈其神求去之也。攻：熏。此二句云，自古治蛊毒之法有二，祈神的方法，早已失传，但以白蘘荷熏的方法却仍流传。

[16] 炎帝：神农氏。皇甫谧《帝王世家》云："炎帝神农氏，……尝味百草，宣药疗疾，救夭伤之命。百姓日用而不知，著《本草》四卷。"灵编：即指《本草》。

[17] 殊足珍：言《本草》载蘘荷弥足珍贵。《本草》云："蘘荷叶似初生甘蕉，根似姜芽。中蛊者服其汁，卧其叶，即呼蛊主姓名。"意谓疗效甚奇。

[18] 崎岖：山路不平，谓采药的山路难行。

[19] 全余身：谓全靠白蘘荷来保全自己的性命。

[20] 纷敷：茂盛貌。碧树阴：潘岳《闲居赋》："蘘荷依阴。"言蘘荷性好阴，在木下生者尤美。此句言蘘荷在树荫下茂盛地生长。

[21] 眄（miàn）睐（lài）：顾盼。

[集评]

[1] 俞良甫曰："首句：五字便尽蛊状。末句下：不言蘘荷，如何直以情有致？含意甚悲。"（《新刊五百家注音辨唐柳先生文集》卷四十三）

[2] 陆时雍曰:"结语苦趣。"(《唐诗镜》卷三十七)

[3] 汪森曰:"'托以'句下:一路说来,只为'托以全余身'一句,点明便足。总评:前诗《种术》只略点术之功效,此诗直为推原种白蘘荷之故,便见因题用意之别。"(《韩柳诗选》)

[4] 胡震亨曰:"'嘉草',柳子厚《种白蘘荷》诗:'庶氏有嘉草,攻袘事久泯。'《本草》:蘘荷叶似初生甘蕉,根似姜芽。中蛊者服其汁,卧其叶,即呼蛊主姓名。庶氏以嘉草除蛊毒。宗元憪谓嘉草,即此也。"(《唐音癸签》卷二十)

(张伟)

巽上人以竹间自采新茶见赠酬之以诗[1]

[题解]

诗作于元和二年（807）春。重巽赠以新茶，柳作诗回赠。

这首诗，清丽含蓄，有禅意，有悟觉，有愉悦，有哀愁，柳公之思想矛盾，感情煎熬，欲"跳出三界外，不在五行中"等种种无奈和顿悟，亦有所示。重巽所赠新茶，"圆方丽奇色，圭璧无纤瑕"，饮之则"余馥延幽遐"，大有"还源荡昏邪"之神效，"无乃贵流霞"！然面世睹物，思绪万千：上何聩聩，官何昏昏；情何切切，意何殷殷。困窘之中，幸得良师益友，受馈赠而酬拙句，聊表谢忱，笔触细腻，余韵无穷。

[原诗]

芳丛翳湘竹[2]，零露凝清华[3]。复此雪山客[4]，晨朝掇灵芽[5]。蒸烟俯石濑[6]，咫尺凌丹崖[7]。圆方丽奇色[8]，圭璧无纤瑕[9]。呼儿爨金鼎[10]，余馥延幽遐[11]。涤虑发真照[12]，还源荡昏邪[13]。犹同甘露饭[14]，佛事熏毗耶[15]。咄此蓬瀛侣[16]，无乃贵流霞[17]。

[校勘]

（1）零露凝清华："露"，《诂训本》作"落"。

（2）蒸烟俯石濑：《世彩堂本》句下注："'石'，一作

'古'。"

（3）圭璧无纤瑕：《百家注本》《世彩堂本》句下注："'璧'，一作'玉'。"

[注释]

[1] 巽（xùn）上人：永州龙兴寺僧人重巽。上人，佛教中对有智、德、善行者的称呼，后用作对僧人的尊称。

[2] 芳丛：这里指芳香的茶树丛。翳（yì）：遮蔽，掩覆。湘竹：湘妃竹，斑竹。

[3] 零：落下，降下。清华：清亮的光华。这儿指清莹的水滴。

[4] 复：又，再，更。雪山客：在雪山隐行修禅的佛祖。语出《涅盘经》卷14。这儿指山寺中的重巽上人。

[5] 掇（duō）：拾取，采摘。灵芽：珍异的茶叶嫩芽。

[6] 蒸烟：上升的云气。濑（lài）：湍急的水流。

[7] 咫（zhǐ）尺：距离很近。咫，古代八寸。凌：在……上方，覆压。丹崖：赭红色的山崖。这里其实就是指山崖，丹崖是古代诗文中常用词藻。

[8] 圆方：圆形的和方形的。这儿指盛茶叶的竹器。丽：附着，附有。

[9] 圭（guī）璧：古代帝王、诸侯在盛大典礼活动中所执的两种玉器，比喻人品美好。语出《诗经·卫风·淇奥》。这儿指茶叶质量如同玉一样美好。纤瑕：细微的缺点毛病。

[10] 爨（cuàn）：炊，这儿指煎煮茶水。金鼎：华贵的炊具。金，黄金，喻华贵。鼎，上古贵族所使用的一种炊具，多为礼器。这里金鼎也是古代诗文中常用的词藻，其实是指煎茶的锅子或壶罐之类。

[11] 余馥（fù）：留下的香气。余，剩下的，残留的。延：延伸开来，扩散。幽遐：幽深遥远的地方。遐，远。

[12] 涤（dí）虑：净化心灵。涤，清洗。虑，心思，精神。发：流露，显现出来。真照：真相，本性。

[13] 还源：回到本源，回复本性。源，水的源头，借指人的原初本性或本质。荡：清除，冲洗干净。昏：昏沉，神志不清。邪：邪气，影响身心的不正常因素。

[14] 甘露饭：佛祖如来的斋饭，味如甘露一样香甜。语出《维摩诘所说经》。

[15] 佛事：佛教徒供奉佛祖的法事。这儿指佛祖如来化缘来的斋饭，即上面所说的甘露饭。熏：通薰，指香气散发开来，使别的物体沾染了香气。毗（pí）耶：梵语词，即毗耶离城，佛经中指古印度的一座大城市，为释迦牟尼逝世的地方。

[16] 咄（duō）：叹词，犹嚄，表示惊诧赞叹。这儿用作动词，意思是对……发出赞叹声。蓬瀛侣：仙客的友伴。这里指香茶，如同修行者的友伴，为寺观所常备。蓬瀛，二座仙岛名，即蓬莱和瀛洲。

[17] 无乃：或许，恐怕。贵：比较用法，即比……更珍贵。流霞：流动的红色云彩，后用作仙酒名。语出《论衡·道虚》。

[集评]

[1] 汪森曰："起四语极得茶品。"（《韩柳诗选》）
[2] 近藤元粹曰："风调清迥。"（《柳柳州诗集》卷二）

（吴同和）

构法华寺西亭[1]

[题解]

此诗作于元和二年（807）夏。柳公先陈出游自嘲自慰意绪，盖心情苦闷忧愤，环境恶劣艰险，出游以求排遣。次叙构建西亭之因：一则以东山高峻，可饱览风物，一则以萧散无事，乐而为之，一则以生性疏顽，怡情山水！自嘲自慰，并无忌惮，佛心使然。故赏其景，愉悦非常；置其身，乐而忘忧，"迨今始开颜"。现实残酷，赏心悦目之美景蕴涵幽深寂静之忧怨，不亦悲乎？故曰"赏心难久留，离念来相关"。则其贬谪，企盼，忧恐，闲适……同生互扰，何不"置之勿复道，且寄须臾闲"？结句哀婉怨愤、低沉超然，完成了对人生的咏叹。

[原诗]

窜身楚南极[2]，山水穷险艰[3]。步登最高寺，萧散任疏顽[4]。西垂下斗绝[5]，欲似窥人寰[6]。反如在幽谷[7]，榛翳不可攀[8]。命童恣披翦[9]，茸宇横断山[10]。割如判清浊[11]，飘若升云间。远岫攒众顶[12]，澄江抱清湾[13]。夕照临轩堕[14]，栖鸟当我还[15]。菡萏溢嘉色[16]，篔筜遗清斑[17]。神舒屏羁锁[18]，志适忘幽潺[19]。弃逐久枯槁[20]，迨今始开颜[21]。赏心难久留，离念来相关。北望间亲爱[22]，南瞻杂夷蛮[23]。置之勿复道[24]，且寄须臾闲[25]。

[校勘]

(1) 割如判清浊：《何焯校本》"割"作"豁"。《全唐诗》注："'割'一作'刬'。"

(2) 夕照临轩堕：《世彩堂本》《郑定本》、注"'照'，一作'阳'。"

(3) 筼筜遗清斑：《百家注本》《世彩堂本》句下注"'清'一作'渍'。""斑"原作"班"，据《音辩本》《游居敬本》《蒋之翘本》改。

(4) 志适忘幽潺："幽"，《诂训本》作"忧"。"潺"，《蒋之翘本》《何焯校本》及《全唐诗》作"孱"。《蒋之翘本》并注云："'孱'，鉏山切。诸本皆从水，非是。孱，劣也。冀州人多谓懦弱为孱。"

(5) 且寄须臾闲：《诂训本》"闲"作"间"。

[注释]

[1] 构：建造。

[2] 窜：逃匿。这里形容被放逐的狼狈。极：终极，尽头。

[3] 山水：指环境。穷：极其。

[4] 萧散：闲逸。任：任意，率性。疏：疏放，放诞。顽：顽劣，顽皮不顺从。

[5] 垂：通"陲"，边。斗：通"陡"。

[6] 欲似：好像。欲，似。

[7] 反：相反，指与从山上俯视相反，从山下往上看。

[8] 榛翳（yì）：丛生的草木浓密覆掩。

[9] 童：仆。恣：任意，尽力的。披翦（jiǎn）：砍削。披，砍伐。翦，同剪，削。

[10] 葺(qì)：盖房。宇：屋檐，指亭阁。横：横对着。

[11] 割：切开，划开。判：分开，差别。清浊：天地。古代认为清气上升为天，浊气下降为地。

[12] 岫(xiù)：峰峦。攒(cuán)：聚集，凑拢。顶：峰顶，山头。

[13] 抱：环绕。

[14] 临：对着。轩：窗。

[15] 当：对着。

[16] 菡萏(hàn dàn)：荷花。溢：流出。嘉：美好。

[17] 篔筜(yún dāng)：一种竹子，茎粗而节长，这儿泛指竹子。遗清斑：留下了清晰的斑痕。指湘妃在竹枝上洒下血泪，化为竹上的斑痕。

[18] 屏(bǐng)：除去。

[19] 志适：心情安适。志，心理活动或思想。适，安宁，舒适。幽潺：忧愁。潺，通僝，愁苦，烦恼。

[20] 枯槁(gǎo)：憔悴。

[21] 迨(dài)：到。始：才。

[22] 间：隔离。

[23] 夷蛮：古代称少数民族，东方为夷，南方为蛮。这儿泛指南方各种少数民族。

[24] 置：放下。

[25] 寄：托，靠，凭借。须臾：片刻。

[集评]

[1] 王锡爵曰："格韵俱不见奇。"（《王荆石先生批评韩柳文》卷十一）

[2] 孙月峰曰："'榛翳'句下：四语以文调入诗，大妙。"

(《柳柳州全集》卷四十三)

[3] 陆梦龙曰:"清真。"(《柳子厚集选》卷四)

[4] 蒋之翘曰:闲旷清峭。又,"夕照"二句,自是偶然景,偶然语,亦不可再得。(《柳集辑注》卷四十三)

[5] 汪森曰:"榛翳"句下:作一反顾,笔意更自疏畅。"离念"句下:应起处"窜身"二句意。总评:人以韦、柳并称,不知韦自恬静,柳自悲感,故当不同。韦之风致固佳,其学力非柳比也。(《韩柳诗选》)

[6] 近藤元粹曰:"不能忘其贬谪,狭中可笑。"(《柳柳州集》卷三)

(吴同和)

种 术[1]

[题解]

此诗约元和二年作于永州。由于身体原因,柳宗元在永州种植了一些药物并留下了诗作。诗作前半部分写因健康需要自己种药,描写术叶、花景象,颇有田园乐趣;后半部分由采术联想到采薇,并用单豹、张毅典故,言语放旷,抑郁中隐有自得,以显示自己的守拙清高。

[原诗]

守闲事服饵[2],采术东山阿[3]。东山幽且阻[4],疲苶烦经过[5]。戒徒斸灵根[6],封植闷天和[7]。违尔涧底石[8],彻我庭中莎[9]。土膏滋玄液[10],松露坠繁柯[11]。南东自成亩[12],缭绕纷相罗[13]。晨步佳色媚,夜眠幽气多[14]。离忧苟可怡[15],孰能知其他[16]?爨竹茹芳叶[17],宁虑瘵与瘥[18]。留连树蕙辞[19],婉娩采薇歌[20]。悟拙甘自足[21],激清愧同波[22]。单豹且理内[23],高门复如何[24]?

[校勘]

(1) 疲苶烦经过:《诂训本》"苶"作"蔄"。

(2) 孰能知其他:《音辩本》"他"作"多",《游居敬本》亦作"多"。

(3) 激清愧同波:《诂训本》"愧"作"贵"。

[注释]

[1] 术（zhú）：白术，中草药名，根茎可入药。

[2] 守闲：永州司马为闲职，依唐律不得干预政事，故云。服饵：道家服药养身法。

[3] 东山：《清一统志湖南永州府》"高山在城东隅，亦名东山。"指现在永州市零陵区内之高山，即高山寺之所在地。阿：山中曲处，意指东山下。

[4] 幽且阻：昏暗而险要。

[5] 疲苶（nié）：困极之貌。

[6] 戒：同诫。徒：随从仆人。斸（zhú）：大锄，此处意为用锄头挖。灵根：灵木之根，这里指术根。

[7] 封植：栽培。閟（bì）：关闭，引申为清静、幽深。天和：自然祥和之气。《庄子·知北游》："若正若形，一若视，天和将至。"

[8] 违：离开。

[9] 彻：通"撤"。撤去。莎：植物名，称香附子，可入药。

[10] 土膏：指土地肥沃。液：黑液，指肥水。

[11] 柯（kē）：枝叶。

[12] 亩：畦田，指所种植的术已成片。

[13] 纷：盛貌。罗：如网之互相交错。罗列，指术生长茂密的样子。

[14] 幽气：清幽凉爽气。

[15] 离：通罹，遭遇。离忧，蒙受苦难，指作者被贬永州。苟：如果。可怡：令人感到愉快。

[16] 孰能：谁还要。

[17] 爨（cuàn）：烧火（做饭）。茹：吃。

[18] 宁虑：岂虑。瘵（zhài）：困。瘥（cuó）：病。

[19] 蕙：香草名。古代习俗，烧蕙草以熏除灾邪，故亦名薰草。薰草以产于湖南零陵（今永州）的最为著名，故又名零陵草。树蕙辞：指屈原的《离骚》。《离骚》："余既滋兰之九畹兮，又树蕙之百亩。"

[20] 婉娩（wǎn）：柔顺貌。采薇歌：指《诗经·小雅》中的《采薇》，是戍边的士兵所唱的思乡的歌。

[21] 拙：愚笨。悟拙：明白了自己的愚笨。

[22] 激清：即激浊扬清。同波：指在永贞革新后一同遭遇不幸的朋友。

[23] 单（shàn）豹：人名。《庄子·达生》："鲁有单豹者岩居而水饮。不与民共利，行年七十而犹有婴儿之色。不幸遇饿虎，饿虎杀而食之。豹善养其内而虎食其外。"理内：调养好自己的身体。

[24] 高门：指富贵人家。

[集评]

[1] 晁说之曰："当世容谗贼，他年奈我何？高文兴旧学（原注：子厚文集因晏公乃大备），诗价重东坡（原注：公之诗，前无赏者，自东坡始之）。木槲开能几，子规啼谩多。罗池碑字灭，犹解彻庭莎（原注：子厚诗云：'达尔涧底石，彻我庭中莎。'）。"（《嵩山文集》卷六《通叟年兄视以柳侯庙诗三首辄亦有作所谓增来章之美也》三）

[2] 黄彻曰："旧观《临川集》：'肯顾北山如慧约，与公西崦䶎苍苔。'尝爱其'䶎'字最有力。后读杜集：'当为䶎青冥''药许邻人䶎'，退之'诗翁憔悴䶎荒棘''窰窑䶎林麓'，子厚

'戒徒斸云根',虽一字之法,不无所本。"(《碧溪诗话》卷四)

[3] 许学夷曰:"子厚五言古,较应物有同有异。……至如……'守闲事服饵'……等篇,则经纬绵密,气韵沉郁,与应物大异。"(《诗源辩体》卷二十三)

[4] 贺裳曰:"宋人诗法,以韦、柳为一体,方回谓其同而异,其言甚当。余以韦、柳相同者神骨之清,相异者不独峭淡之分,先自忧乐之别。……《种术》曰:'单豹且理内,高门复如何?'韦安有此愤激?"(《载酒园诗话》又编)

[5] 汪森曰:"术之功效,人多知之,故诗中只略点,与前后二首(前为《种仙灵毗》,后为《种白蘘荷》)不同。亦可知论事论人,断以表微为贵耳。"(《韩柳诗选》)

[6] 近藤元粹曰:"有放旷之意,虽然未免激愤。"(《柳柳州集》卷四)

(张伟)

咏 史

[题解]

这是一首借古喻今的诗作,作于元和二年。诗中借歌咏燕昭王重礼纳贤,乐毅事燕后立下的赫赫战功,指责燕惠王即位后听信谗言、忠奸不辨,致使乐毅蒙冤受屈,以致战果丧失殆尽,"悠哉"与"宁知"二词十分传神地状写出乐毅专直诚笃,光明磊落,不遑顾及世情险恶的精神世界。历史往往存在惊人的相似,诗人及参与永贞革新诸人的身世遭遇,与乐毅的命运确有内在的相似性。抚今追近昔,怎不感慨万千?"风波欻潜构,遗恨意纷纭",这是何等深切的历史经验总结!又是何等沉痛的自我心声表露!从全诗来看,柳宗元虽无意于以乐毅自况,然而我们在乐毅的形象之中,也不难窥见诗人自己的影子。

[原诗]

燕有黄金台[1],远致望诸君[2]。嗛嗛事强怨[3],三岁有奇勋。悠哉辟疆理[4],东海漫浮云[5]。宁知世情异,嘉谷坐熇焚[6]。致令委金石[7],谁顾蠢蠕群[8]。风波欻潜构[9],遗恨意纷纭。岂不善图后,交私非所闻[10]。为忠不内顾[11],晏子亦垂文[12]。

[校勘]

(1) 为忠不内顾:《蒋之翘本》"内顾"作"顾内",《全唐诗》亦作"顾内"。

[注释]

[1] 黄金台:《上谷郡图经》:"黄金台在易水东南十八里。燕昭王置千金于台上,以延天下之士。"

[2] 致:招引,引来。望诸君:即乐毅。《战国策·燕策二》载:"惠王即位,用齐人反间,疑乐毅,而使骑劫代之将。乐毅奔赵,赵封以为望诸君。"

[3] 嗛嗛(qiàn 欠):含恨隐忍的样子。强怨:深仇大恨。《战国策·燕策二》载:"先王命之曰:'我有积怨深怒于齐,不量轻弱,而欲以齐为事。'"诗中代指齐国。

[4] 悠哉:忧思。《诗经·关雎》:"悠哉悠哉,辗转反侧。"理:整治、治理。

[5] 东海:指齐国,齐国位于东海边。浮云:这里指齐国的反间计。

[6] 嘉谷:犹嘉禾,长得特别好的禾稻。引申为伐齐的胜利品。坐:因此,爇(hè 贺)楚:烧掉。

[7] 致令:致使。委金石:抛弃铭金勒石之功。

[8] 蠢蠕群:蠕动的昆虫,诗中借指那些进谗言、搞反间计的小人。

[9] 欻(xū 须):忽然。潜:暗地里。构:造成、形成。指罗织罪名。

[10] 交私:结党营私。

[11] 不内顾:不顾自己。

[12] 晏子:晏婴,春秋时齐国上大夫,著名政治家。垂文:

有文章传下来。晏子有《晏子春秋》传世。

[集评]

[1] 何焯曰："谁顾蠢蠕群"，此句怒而怨矣。乐生报书，自温厚也。此诗以燕惠王比宪宗，然以此称乐生，自为工也。下《三良》篇亦有指斥。（《义门读书记》）

[2] 孙月峰曰："炼意尽深妙，但太涉议论，颇乏圆活之致。"（《评点柳柳州集》）

[3] 章士钊认为："诗全为吊王叔文而作。望诸君，乐毅也，诗即以影射叔文。"（《柳文指要》）

[4] 孙昌武指出："乐毅这个历史人物的特殊经历，柳宗元特别同情。他还写过一篇《吊乐毅文》歌颂乐毅的斗争精神，悲悼他如'大厦之骞兮，风雨萃之；车亡其轴兮，乘者弃之'的悲剧。这篇文章可以说明我们认识《咏史》诗的主题。"（《柳宗元传论》）

[5] 尚永亮指出："将强烈的孤愤融入对历史的观照，反思之中，既得咏史具有浓郁的主观色彩，又赋予史事以丰厚的现实内蕴和情感深度，这是柳宗元为数不多的咏史之作的一大特点。""章士钊谓此诗'全为吊王叔文而作'，不为无理，但将子厚本人的遭际和感受排除在外，似不够准确。"（《柳宗元诗文选评》）

[6] 王成怀认为："细加体味，诗中颇有一股忠愤抑郁之气，这和他在寓言中借禽鸟以骂世；在游记中借山水以吐气一样，是借古人的遭遇以发抒其幽愤之情的。诗歌夹叙夹议，字里行间充溢着诗人的个性气质，可谓情事显而寓意明。尤其是诗的最后一节，以反问句式振起全篇，使境界全出，诗歌也显得跌宕生姿，格高境奇。"（《柳宗元诗文赏析集》）

（吕国康）

植灵寿木[1]

[题解]

此诗约元和二年冬作于永州。诗人描写发现灵寿木并移植的经过，颇多意趣。先写发现灵寿木感叹自己未老先衰，移植后又觉体健步轻；内心感叹系于"蹇连"等句中。全诗前后呼应，多处勾连，法度谨严。

[原诗]

白华鉴寒水[2]，怡我适野情[3]。前趋问长老，重复欣嘉名。蹇连易衰朽[4]，方刚谢经营[5]。敢期齿杖赐[6]？聊且移孤茎。丛萼中竞秀[7]，分房处舒英[8]。柔条乍反植，劲节常对生。循玩足忘疲[9]，稍觉步武轻。安能事翦伐[10]，持用资徒行。

[校勘]

（1）白华鉴寒水：《诂训本》作"照"，《全唐诗》亦作"照"。

[注释]

[1] 灵寿：树木名。《汉书·孔光传》："赐太师灵寿杖。"注："木似竹，有枝节，长不过八九尺，围三四寸。自然有合杖制，不须削治也。"

[2] 白华：头发花白。鉴：照。

[3] 怡：和悦，愉快。形容词使动用法。怡我：使我愉快。适：到……去。适野：到郊外去。情：心情。

[4] 蹇（jiǎn）连：《易经·蹇卦》："往蹇来连。"蹇、连都是难的意思，这里诗人指自己行动艰难。

[5] 方刚谢经营：《诗经·小雅·北山》："旅力方刚，经营四方。"言体力正当强健，可以到处规划创业。谢：辞，不能。这里诗人反用《诗经》之意。

[6] 齿杖：周王授年高者的行杖。敢期：怎敢期望。

[7] 丛萼（è）：指柳宗元所种园圃。竞秀：争逐，表现最为茂盛。

[8] 分房：犹言偏房，指柳宗元住所的偏房。舒英：舒展开花。

[9] 揗：通"揗"，抚摩。玩：赏玩。

[10] 翦（jiǎn）：同"剪"，剪断。伐：砍伐。

[集评]

[1] 孙月峰曰："此两首（按：指《始见白发题所植海石榴树》）犹稍有意趣。"（《评点柳柳州集》卷四十三）

[2] 汪森曰："'丛萼'四句：写物极能刻画。'揗玩'四句：写扶杖意亦极醒露。末句：'徒行'亦与'齿杖赐'相应，中寓感叹。"（《韩柳诗选》）

（张伟）

江 雪

[题解]

该诗是柳宗元的代表作,为千古名篇。元和二年作于永州。据柳宗元自述,元和二年(807)永州下了一场大雪,"前六七年,仆来南,二年冬,幸大雪逾岭被南越中数州。数州之犬皆苍黄吠噬走者累日,至无雪乃已"(《答韦中立论师道书》)。这大自然的奇景,很可能是《江雪》构思的触发点,导火索。该诗写实与写意相结合,将"孤舟蓑笠翁"的劳作转化为"寒江独钓",虚化了实景,留下想象的空白。诗中的渔翁形象,是诗人人格的化身,呈现多元化的心态:既孤独寂寞,又清高倔强;既寒气透骨,又内心火热;既感到失望,又寄托希望;既"性义据野,不能摧折",又期盼昭雪,得到援引。

[原诗]

千山鸟飞绝,万径人踪灭[1]。孤舟蓑笠翁[2],独钓寒江雪。

[校勘]

(1)"百家注本"第二句原文:万径人踪灰。

[注释]

[1] 径:小路。人踪:人的踪影,足迹。灭:淹没。

[2] 蓑（suō）笠翁：身披蓑衣，头戴斗笠的渔翁。

[集评]

[1] 苏轼曰："郑谷诗云：'江上晚来堪画处，渔人披得一蓑归。'此林掌中诗也。柳子厚云：'千山鸟飞绝，万径人踪灭。孤舟蓑笠翁，独钓寒江雪。'人性有隔世哉。殆天所赋，不可及也已。"（《东坡题跋》卷二）

[2] 范晞文曰："唐人五言四句，除柳子厚《钓雪》一首之外，极少佳作。"（《对床夜语》卷四）

[3] 顾璘曰："绝唱，雪景如在目前。"（《评点唐诗正音》）

[4] 胡应麟曰："二十字骨力豪上，句格天成，然律以辋川诸作，便觉太闹。"（《诗薮内编》卷六）

[5] 唐汝询曰："人绝，鸟稀，而披蓑渔翁傲然独钓，非奇士耶？按七古《渔翁》亦极褒美，岂子厚无聊之极，论以自高欤！"（《唐诗解》卷二十三）

[6] 黄生曰："此等作真是诗中有画，不必更作寒江独钓图也。"（《唐诗摘钞》卷二）

[7] 朱子荆曰："千、万、孤、独，两两对说，亦妙。寒江鱼伏，钓岂可得，此翁意不在鱼也。如可得鱼，钓岂独翁哉！"（《增订唐诗摘钞》卷二）

[8] 吴昌祺曰："清极，峭极，傲然独往。"（《删订唐诗解》）

[9] 黄周星曰："只为此二十字，至今递图绘不休，将来竟与天地相终始矣。"（《唐诗快》卷十四）

[10] 吴瑞荣曰："柳州气骨迟重，故摹陶、韦不落浮佻。"（《唐诗笺要》）

[11] 《唐诗三百首》指出："二十字可作二十层，却自一

片，故奇。"

［12］刘文蔚曰："置孤舟于千山万径之间，而一老翁披蓑戴笠独钓其间，虽江寒而鱼伏，非钓之可得，彼老翁独何为而稳坐于孤舟风雪中乎？此子厚贬时取以自寓也。"《唐诗合选详解》卷三

［13］朱庭珍曰："祖咏'终南阴岭秀'一绝，阮亭最所心赏，然不免气味凡近。柳子厚'千山鸟飞绝'一绝，笔意生峭，远胜祖咏之平，而阮翁反有微词，谓未免近俗。殆以人口熟诵而生厌心，非公论也。"（《筱园诗话》）

［14］俞陛云曰："寒江风雪中，远望则鸟飞不到，近观则四无人踪，而独有扁舟渔夫，一竿在手，悠然于严风盛雪间。其天怀之淡定，风趣之静悄，子厚以短歌为己写照。志和《渔夫词》所未道之境也。"（《诗境浅说续编》）

［15］吴小如认为："诗人的主观意图却是在想不动声色地写出渔翁的精神世界。""那个老渔翁竟然不怕天冷，不怕雪大，忘掉了一切，专心地钓鱼，形体虽然孤独，性格却显得清高孤傲，甚至有点凛然不可侵犯似的。这个被幻化了的，美化了的渔翁形象，实际正是柳宗元本人的思想感情的寄托与写照。"（《唐诗鉴赏辞典》）

［16］户崎哲彦分析道："虽然是因永州朝阳岩附近的雪景而作，但是前二句'……鸟飞绝，……人踪灭'暗示的是永贞革新的败北，同志的流放，并不如同诗句那样，对实地景色，生活现状的描写。""该诗是寓过去只回顾而萌发信心，诗中所举之雪，实际上是给当时通俗的读者暗示了政治批判。"（《我读柳宗元〈江雪〉诗》）

（吕国康）

法华寺西亭夜饮[1]

[题解]

柳宗元元和元年筑法华寺西亭,元和三年初吴武陵"坐事流永州",参与夜饮的有吴武陵等八人,故该诗写于元和三年春。

诗中赋与比、象与兴应用得如同羚羊挂角,天衣无缝。在其平淡而简朴的文字里,隐藏的却是翻滚的思绪和难以平静的激情。

诗从"法华寺西亭"起兴,到相互饮酒述情;从日落雾暗,再到月明窗前;从醉眼蒙眬,到相看白首。尤其是"共倾三昧酒"一句,畅快洒脱,全然表现出李白式的"烹羊宰牛且为乐,会须一饮三百杯"的豪迈。三、四句写景清丽雅致,末二句点染与会者的高雅情谊。

[原诗]

祇树夕阳亭[2],共倾三昧酒[3]。雾暗水连堦[4],月明花覆牖[5]。莫厌樽前醉,相看未白首。

[校勘]

(1)《法华寺西亭夜饮》一诗在《百家注本》《世彩堂本》的题下有"本注云:赋得酒字。"并引童宗说注:"集有《法华寺西亭夜饮诗序》,此其诗也。序见二十四卷。"

（2）"雾暗水连堦"："堦"字，在"音辩本"中为"阶"，在"百家注本"为"阶"。

（3）"莫厌樽前醉"："樽"字，在《诂训本》中作"鐏"，《世彩堂本》作"樽"。

[注释]

[1] 题下原注云："'赋得酒字。'按古人集会作诗，往往规定以若干字为韵，个人分韵做诗，并在所分得韵字前加'赋得'二字。"柳《西亭夜饮诗序》曰："是夜，会兹亭者凡八人。"

[2] 祇（qí）树：即祇树给孤独园，释迦往舍卫国说法时暂居之处。此处指法华寺。夕阳亭：即永州法华寺西亭。

[3] 三昧：佛教语，来自梵文，一作"三摩地"，意译"定"。《大乘义章》中："以体寂静，离于邪乱，故曰三昧。"

[4] 水连堦：本意指池水漫涨，连接西亭的台阶。实意是坐在西亭中，一眼望去，潇水绕城而过，远接天际。

[5] 牖：窗户。

[集评]

[1] 曾吉甫曰："又'雾暗水连阶，月明花覆牖'其句律全似谢临川。"（《笔墨闲录》）

[2] 何焯曰："三、四工在次第如画。"（《义门读书记》）

[3] 章士钊认为："西亭者，吾号为子厚一生游运之神经中枢者也，凡关于西亭之记事，无不郑重，凡咏味西亭之诗与文，无不精神饱满，凡约来西亭游宴唱和之友，无不异常知己，此未能脱弃凡近之永州文者，将胡为乎来哉？"（《柳文指要》）

（杨金砖）

梅　雨[1]

[题解]

此诗作于永州，约作于元和三年。南方多雨，晚春梅子成熟时，正是江南梅雨季节。首联实写阴雨绵绵，大地一片苍茫，给诗定下了"忧愁"的基调。颔联诗人由沉闷的梅雨写到哀鸣的楚猿，愁苦之情溢于言表。颈联状写梅雨时景物变化，实则语意双关，有朝政暗淡、欲归无路之感。尾联翻用陆机诗句，直接抒发思念京城之情。全诗因雨起愁，寓情于景，表达了诗人内心深处的悲戚，有老杜沉郁之韵味。

[原诗]

梅实迎时雨，苍茫值晚春[2]。愁深楚猿夜，梦断越鸡晨[3]。海雾连南极，江雪暗北津[4]。素衣今尽化，非为帝京尘[5]。

[校勘]

本篇无异文。

[注释]

[1] 梅雨：也叫黄梅雨。农历四五月间，江南一带杨梅成熟时，常阴雨连绵，所以称作梅雨。这段时间就称作梅雨季节。

[2] 梅实：杨梅的果实，俗称杨梅。迎时雨：晚春梅子未熟

而下雨,称作迎时雨。

[3]楚、越:泛指江南,这里都是指永州。这两句是指,因雨生愁,闻夜猿更苦;因雨惊梦,听晨鸡忽醒,不胜凄婉。

[4]海雾:海上的雾气,这里指梅雨天气云雾迷茫。江雪:江涛如雪。北津:北去的渡口。唐代张若虚《春江花月夜》有"斜月沉沉藏海雾,碣石潇湘无限路"诗句,此处借用其思乡之意。

[5]素衣:白色的衣。这里反用陆机《为顾彦先赠妇》"京洛多风尘,素衣化为缁"诗句之意,是说白衣变成黑色并非帝京灰尘之故,实是寄寓念帝乡、伤放逐之意。瞿满桂认为此句"也寓指服母丧毕"(《柳宗元永州诗文系年考》)。

[集评]

[1]曾吉甫曰:"此诗不减老杜。"(《新刊增广百家详补注唐柳先生文》卷四十三王俦补注引《笔墨闲录》)

[2]张耒曰:"退之作诗,其精工乃不及柳子厚。子厚诗律尤精,如'愁深楚猿夜,梦断越鸡晨'……之类,当时人不能到。退之以高文大笔,从来便忽略小巧,故诗多不工,……柳子厚乃兼之者,良由柳少习时文,自迁谪后始专古学,有当世诗人之习耳。"(《说郛》卷四十三:《明道杂志》)

[3]陈岩肖曰:"江南五月梅熟时,霖雨连旬,谓之黄梅雨。然少陵曰:'南京犀浦道,四月熟黄梅;湛湛长江去,冥冥细雨来。'盖唐人以成都为南京,则蜀中梅雨,乃在四月也。及读柳子厚诗曰:'梅实迎时雨,……非为帝京尘。'此子厚有岭外诗,则南越梅雨,又在春末,是知梅雨时候,所至早晚不同。"(《庚溪诗话》卷上)

[4]孙月峰曰:"不深不浅,意兴有余。"(《评点柳柳州全

集》卷四十三）

［5］唐汝询曰："南方多雨，梅时尤甚。子厚北人，因迁柳而感风气之殊，故以托兴，所以念帝京、伤放逐之意不浅。"（《唐诗解》卷三十八）

［6］周珽曰："前四句写岭外梅天情绪之凄楚，后四句写梅雨时景物变化之惨悲。苏东坡'谓柳子厚诗在陶渊明下，韦苏州上，退之豪放奇丽则过之，而温丽清深不及也'。今读《梅雨》诗，乃知高古蕴秀，不独古体，而五律亦足范世。始信坡老之语不我欺也。"（《删补唐诗选脉笺释会通评林》卷三十四）

［7］蒋之翘曰："此诗颇有气格，可驾中唐，论者乃以为不减老杜，又太过也。"（《柳集辑注》卷四十三）

［8］汪森曰："夜猿、晨鸡用事极稳贴入情，更能无字不典切，故佳。素衣意用古翻新，极典极切，此种可谓用古之法。"（《韩柳诗选》）

［9］沈德潜曰："活用陆士衡语，所以念帝京、伤放逐也。"（《唐诗别裁》卷十二）

［10］纪昀曰："末二句点化得妙。"（《瀛奎律髓刊误》卷十七）

［11］王尧衢曰："前解因雨起愁，后解有念帝京之意。"（《古唐诗合解笺注》卷八）

（张伟）

夏夜苦热登西楼

[题解]

此诗约作于元和三年（809）夏。诗人极写夏夜之酷热，并融会自己的感受和情绪，由自然现象旁及社会现象，这就隐含着一种象征意味。柳宗元生活在唐代由盛而衰的转变时期，统治者奢侈腐化，赋税徭役日增，由于"苛政猛于虎"，广大老百姓陷于水深火热之中，在死亡线上挣扎，还有什么"亭毒"可言！这首诗的可贵之处，在于彰显了一种伟大的人格力量。

[原诗]

苦热中夜起[1]，登楼独褰衣[2]。山泽凝暑气，星汉湛光辉[3]。火晶燥露滋[4]，野静停风威。探汤汲阴井[5]，炀灶开重扉[6]。凭栏久傍徨，流汗不可挥。莫辩亭毒意[7]，仰诉璇与玑[8]。谅非姑射子[9]，静胜安能希[10]。

[校勘]

（1）"莫辩亭毒意"句，"辩"，《世彩堂本》作"辨"。
（2）"仰诉璇与玑"句，"璇"，《文渊阁本》作"璿"。

[注释]

[1] 中夜：半夜。

[2] 褰（qiān）：撩起，披起。

[3] 星汉：银河。湛光辉：淹没了光辉。

[4] 火晶：日头像火一样。《晋书·天文志》上引王仲任云："夫日，火之精也。"燥：干。这里用作动词，烘干。

[5] 探汤：摸着开水般。阴井：背阳之井。

[6] 炀灶：在灶前烤火。引申为焚烧。重扉：指居室的里门和外门。

[7] 亭毒：化育、养成。语出《老子》："长之育之，亭之毒之。"刘峻《辨命论》："生之无亭毒之心，死之岂虔刘之志。"（见《文选》）李周翰注："亭、毒，均养也。"

[8] 璇玑（xuànjī）：亦作"璿玑"，古代称北斗星的第一星至第四星。天空北部有七星聚成斗形，故名北斗星。七星之名，一天枢，二天璇，三天玑，四天权，五玉衡，六开阳，七摇光。一至四为斗魁，五至七为斗柄。斗魁称为璇玑，斗柄称为玉衡。

[9] 谅：料想。姑射子，姑射山上的神女。姑射，山名，亦名石孔山，在今山西临汾市西。相传古时此山住着一个神人，皮肤白得如冰雪，姿态柔美。事见《庄子·逍遥游》："藐姑射之山有神人居焉，肌肤若冰雪，淖约若处子。……大旱金石流，土山焦而不热。"

[10] 静胜：以静取胜。语出《老子》："静胜热。"希，希望。蒋之翘曰："安能希，谓不可望也。"

［集评］

[1] 曾吉甫曰："莫辨二句，以刺当时之政也。"（《笔墨闲录》）

[2] 孙月峰曰："炀灶两语，锻得刻酷。"（《评点柳柳州集》卷四十二）

［3］蒋之翘曰:"莫辩二句,子厚意似感慨,然亦可有可无。或谓专刺时政,尚属影响。"

"安能希,谓不可望也。"(《柳集辑注》)

［4］王夫之曰:"身之所历,目之所见,是铁门限。即极写大景,如'阴晴众壑殊','乾坤日夜浮',亦必不逾此限。非按舆地图便可云'平野入青徐'也,抑登楼所得见者耳。"(《姜斋诗话》)

［5］袁枚曰:"讽刺语,用比兴体,便不露。英梦堂云:'桃花嗜笑非无故,燕子矜飞太自轻。'陈古渔云:'无名草长非关雨,得暖虫飞不待春。'皆有所指也。"(《随园诗话》卷十四)

(唐嗣德)

茅檐下始栽竹

[题解]

韩醇《诂训柳先生集》谓此诗当作于"元和五六年夏,时公方筑愚溪居"。王国安《柳宗元诗笺释》则谓"元和三年作,时尚寓居龙兴寺西轩"。从诗人自叙"重膇疾"的身体状况与运输竹种的情景,王说近是。全诗记叙了种竹的起因,寻竹、栽竹和赏竹的过程,想象竹子成长后带来的阵阵凉意,诗人从而获得精神上的愉悦和满足。对竹子"亭亭质""凌寒色"的赞颂,不难领会绿竹凌寒挺立的本质和诗人的气节操守。

诗叙事为主,兼备比兴,表面平淡无奇而内涵丰富无比,形成"外枯而中膏,似淡而实美"的特色,具有既质朴又雅致的韵味。

[原诗]

瘴茅葺为宇[1],潦暑恒侵肌[2]。适有重膇疾[3],蒸郁宁所宜[4]。东邻幸导我,树竹邀凉飔[5]。欣然惬吾志,荷锸西岩垂[6]。楚壤多怪石,垦凿力已疲。江风忽云暮,舆曳还相追[7]。萧瑟过极浦,旖旎附幽墀[8]。贞根期永固[9],贻尔寒泉滋。伙窗遂不掩,羽扇宁复持。清泠集浓露,枕簟凄已知[10]。网虫依密叶,晓禽栖迥枝。岂伊纷嚣间[11],重以心虑怡[12]。嘉尔亭亭质[13],自远弃幽期。不见野蔓草,蓊蔚有华姿[14]。谅无凌寒色,岂与青山辞。

[校勘]

(1) 茅檐下始栽竹:《世彩堂本》《郑定本》"栽"作"戋"。

(2) 溽暑恒侵肌:《诂训本》《全唐诗》"恒"作"常"。

(3) 纲虫依密叶:《百家注本》《世彩堂本》《音辩本》句下注:"'纲',一作'细'。"

(4) 嘉尔亭亭质:《世彩堂本》《郑定本》注:"'嘉',一作'喜'。"

(5) 自远弃幽期:《世彩堂本》《郑定本》注:"'弃',一作'契'。"何焯《义门读书记》:"'弃'作'契'。"

(6) 谅无凌寒色:"寒色",《百家注本》《音辩本》句下注:"一作'云色'。"《世彩堂本》《郑定本》注下句:"一作'云气'。"

[注释]

[1] 瘴茅:南方瘴疠之地的茅草。瘴,瘴气。葺(qì):用茅草盖屋。

[2] 溽暑:湿热之气。

[3] 重腄(zhuì):足肿。

[4] 蒸郁:湿热之气浓郁、蒸腾。

[5] 凉飔(sī):凉风。

[6] 锸(chà):铁锹、挖土用的工具。垂:山脚。

[7] 舆:抬,运。曳:拉。

[8] 旖旎(yǐnǐ):轻柔貌。墀(chí):台阶前的空地。

[9] 贞根:即竹根。

[10] 簟(diàn):竹席。凄:凉。

[11] 伊：句中语气词。

[12] 怡：和悦，愉快。

[13] 嘉：美好。亭亭：耸立的样子。

[14] 翁（wěng）蔚：茂盛的样子。

[集评]

[1] 陆时雍曰："《栽竹》《种术》数首，写得深稳，所谓本色当家。"（《唐诗镜》卷三十七）

[2] 孙月峰曰："'重以'句下；'岂伊'二句盖本'人境无喧'意化来。总评：就事实叙，自有一种真味，即炼法皆从质中出，盖字陶。"（评点《柳柳州全集》卷四十三）

[3] 蒋之翘曰："情幽兴远，鲜争有规矩，但未路自况，感慨意太露。"（辑注《柳河东集》卷四十三）

[4] 汪森曰："种植诸作，俱兼比兴，其意由迁谪起见也。"（《韩柳诗选》）

[5] 近藤元粹曰："'夜窗'四句，叙来有清气。"（《柳柳州集》卷四）

[6] 尚永亮、洪迎华指出："全诗以栽竹为中心，将前后整个过程娓娓写来，融叙述、写景、抒情、议论为一体，读之情味盎然。而在情致上，淡然冲远，颇得陶渊明诗的韵味。"（《柳宗元集》）

（吕国康）

红　蕉[1]

[题解]

这首咏物诗约元和三年作于永州。前四句描写红蕉的英姿和特色，用语不俗；颈联由"远物"过渡到写"旅人"，抒发了"心独伤"之感；尾联由"回晖"带出一片萧条景象，表达诗人对红蕉难免严寒摧残的深深忧虑，同时寄寓了身世之慨。

[原诗]

晚英值穷节[2]，绿润含朱光[3]。以兹正阳色[4]，窈窕凌清霜[5]。远物世所重[6]，旅人心独伤[7]。回晖眺林际[8]，戚戚无遗芳[9]。

[校勘]

（1）以兹正阳色：《世彩堂本》《百家注本》句下注："'阳'，一作'阴'。"

（2）旅人心独伤：《音辩本》《游居敬本》"独"作"所"。

（3）回晖眺林际：《诂训本》"回晖"作"过辉"。

（4）戚戚无遗芳：《音辩本》《世彩堂本》《百家注本》句下注："'戚戚'，一作'摵摵'。"《蒋之翘本》《全唐诗》作"摵摵"。吴汝纶《柳州集点勘》在"摵摵"下注云："误'戚戚'，校改。"按：作"摵摵"是。

[注释]

［1］红蕉：即美人蕉，形似芭蕉而矮小，花色红艳。范成大《桂海虞衡志》云：其花"春夏开，至岁寒犹芳"。

［2］晚英：秋冬之花，此指红蕉。穷节：岁末时节。

［3］绿润：指红蕉叶的鲜绿。朱光：指红蕉花的红艳。

［4］以兹：凭此。正阳：傅玄《述夏赋》："四月惟夏，运臻正阳。"指农历的四月。正阳色：指红蕉至秋冬仍保持春夏时的颜色。

［5］窈窕（yǎo tiǎo）：美好的样子。凌：乘，凌驾。清霜：寒霜。

［6］远物：边远地区的事物，此指红蕉。

［7］旅人：客居在外的人，被流放的人，此诗人自指。

［8］回晖：夕照。

［9］戚戚（qī）：拟声词，落叶声。

[集评]

［1］汪森曰：短章咏物，简淡高古，都能于古人陈语脱化生新也。（《韩柳诗选》）

［2］陆时雍曰：子厚咏物，绝去芬妩，独抒清素。（《唐诗镜》卷三十七）

［3］近藤元粹曰：寓感甚切。（《柳柳州集》卷四）

（张伟）

游南亭夜还叙志七十韵[1]

[题解]

此诗作于元和三年（808）秋。这是柳宗元诗歌中篇幅最长的作品之一。前半为"游南亭夜还"，后半为"叙志"，两者通过遭贬出游联系起来。因遭贬谪放浪形骸，游历于山川之间聊以自慰；牢笼百态，亦为解脱凄苦；然凡尘之人，难以彻悟，辄转更添苦悲！

观游南亭，情由境生，悲欣交集。其孤寂和愁苦，忘情和无奈，屈从和正直，交互错综；心情郁闷，思念亲友，别是一番滋味在心头！夜还叙志，为自谑自嘲；颂朝廷中兴景象，为表清高；述心灰意冷，为期盼有人施以援手……盖一乐一悲，或恐或惧，且涩且苦，皆由贬谪而起。蒙恩遇赦希望渺茫，回家务农的最低要求也难以实现，因而陷入了极度痛苦、矛盾和怨愤之中。

[原诗]

夙抱丘壑尚[2]，率性恣游遨[3]。中为吏役牵[4]，十祀空悁劳[5]。外曲徇尘辙[6]，私心寄英髦[7]。进乏廊庙器[8]，退非乡曲豪[9]。天命斯不易[10]，鬼责将安逃[11]。屯难果见凌[12]，剥丧宜所遭[13]。神明固浩浩[14]，众口徒嗷嗷[15]。投迹山水地[16]，放情咏《离骚》[17]。再怀曩岁期[18]，容与驰轻舠[19]。虚馆背山郭[20]，前轩面江皋[21]。重迳间浦溆[22]，逦迤驱岩嶅[23]。积翠浮澹滟^[24],始疑负灵鳌^[25]。丛林留冲飙^[26],石砾迎飞涛^[27]。旷朗天景霁^[28],樵苏远相号^[29]。澄潭涌沉鸥^[30],半壁跳悬猱^[31]。鹿鸣验食野^[32],鱼乐知观濠^[33]。孤赏诚所悼^[34],暂欣良足褒^[35]。留连俯棂槛^[36],注我壶中醪^[37]。朵颐进芰实^[38],擢手持蟹螯^[39]。炊稻视鬵鼎^[40],鲙鲜闻操刀^[41]。野蔬盈顷筐^[42],颇杂池沼毛^[43]。缅慕鼓枻翁^[44],啸咏哺其糟^[45]。退想于陵子^[46],三咽资李螬^[47]。斯道难为偕^[48],沉忧安所韬^[49]。曲渚怨鸿鹄^[50],环洲雕兰皋^[51]。暮景回西岑^[52],北流逝滔滔。徘徊遂昏黑^[53],远火明连艘^[54]。木落寒山静,江空秋月高。敛袂戒还徒^[55],善游矜所操^[56]。趣浅戢长枻^[57],乘深屏轻篙^[58]。旷望援深竿^[59],哀歌叩鸣艚^[60]。中川恣超忽^[61],漫若翔且翱^[62]。淹泊遂所止^[63],野风自飋飋^[64]。涧急惊鳞奔^[65],蹊荒饥兽嗥。入门守拘挚^[66],凄戚憎郁陶^[67]。慕士情未忘^[68],怀人首徒搔^[69]。内顾乃无有^[70],德輶甚鸿毛^[71]。名窃久自欺^[72],食浮固云叨^[73]。问牛悲衅钟^[74],说彘惊临牢^[75]。永遁刀笔吏^[76],宁期簿书曹^[77]。中兴遂群物^[78],裂壤分鞬櫜^[79]。岷凶既云捕^[80],吴房亦已麛^[81]。扞御盛方虎^[82],谟明富伊咎^[83]。披山穷木禾^[84],驾海逾蟠桃^[85]。重来越裳雉^[86],再返西旅獒^[87]。左右抗槐棘^[88],纵横罗雁羔^[89]。五辟咸肆宥^[90],众生均覆焘^[91]。安得奉皇灵^[92],在宥解天弢^[93]。归诚慰松梓^[94],陈力开蓬蒿^[95]。卜室有鄠杜^[96],名田占沣涝^[97]。磻溪近余基^[98],阿城连故濠^[99]。螟蜍愿亲燎^[100],茶堇甘自薅^[101]。饥食期农耕^[102],寒衣俟蚕缲^[103],及骭足为温^[104],满腹宁复饕^[105]。安将劘及菅^[106],谁慕梁与膏^[107]。弋林驱雀鹖^[108],渔泽从鳅鲕^[109]。观象嘉素履^[110],陈《诗》谢《干旄》^[111]。方托麋鹿群^[112],敢同骐骥槽^[113]。处贱无涸浊^[114],固穷匪淫慆^[115]。踉跄辞束缚^[116],悦怿换煎熬^[117]。登年徒负版^[118],兴役趋伐薯^[119]。目眩绝浑浑^[120],耳喧息嘈嘈^[121]。兹焉毕余命^[122],富贵非吾

曹[123]。长沙哀纠缧[124]，汉阴嗤桔槔[125]。苟伸击壤情[126]，机事息秋毫[127]。海雾多蓊郁[128]，越风饶腥臊[129]。宁唯迫魑魅[130]，所惧齐焄蒿[131]。知磬怀褚中[132]，范叔恋绨袍[133]。伊人不可期[134]，慷慨徒忉忉[135]。

[校勘]

（1）率性恣游邀："恣"，《音辩本》作"资"。

（2）私心寄英髦：《百家注本》"髦"作"旄"。据取校本改。按《诗·小雅》：烝我髦士。髦，英俊之意。作"髦"是。《尔雅·释言》："髦，俊也。"

（3）屯难果见凌："难"，《诂训本》作"艰"。

（4）神明固浩浩："明"，《诂训本》《音辩本》作"期"，《游居敬本》亦作"期"。《音辩本》句下注："'期'，一本作'明'。"何焯《义门读书记》："神明，谓君也。"按：作"明"近是。

（5）逦迤驱岩嶅："逦迤"，《诂训本》作"迤逦"。

（6）鲙鲜闻操刀：《诂训本》"鲙"作"脍"，"闻"作"闵"。

（7）野蔬盈倾筐："顷"，《百家注本》《音辩本》作"倾"。

（8）啸咏哺其糟："哺"，《诂训本》作"餔"。

（9）旷望援深竿："竿"，《蒋之翘本》《济美堂本》作"竽"。

（10）漫若翔且翱："漫"，《诂训本》作"谩"。

（11）怀人首徒搔："首"，《诂训本》作"手"。

（12）宁期簿书曹："簿"，《百家注本》作"溥"。

（13）再返西旅獒："獒"，《百家注本》作"熬"。

（14）三辟咸肆宥："三"，《百家注本》作"五"。

（15）卜室有鄠杜：《百家注本》《世彩堂本》"卜"原作"十"，据《音辩本》《诂训本》《游居敬本》《蒋之翘本》及《全唐诗》改。按：此句与下句"名田占沣涝"相对，据文义作"卜"是。

（16）名田占沣涝："沣"原作"澧"，据《世彩堂本》《音辩本》《济美堂本》《游居敬本》《蒋之翘本》及《全唐诗》改。按《游朝阳岩》诗有"故墅即沣川"句，作"沣"是。

（17）阿城连故濠：《百家注本》《世彩堂本》《音辩本》句下注：一本作"壕"。《诂训本》"濠"作"壕"。

（18）谁慕粱与膏：《百家注本》《诂训本》"粱"作"梁"。

（19）弋林驱雀鷃："弋"原作"戈"，据《音辩本》《诂训本》《游居敬本》《蒋之翘本》及《全唐诗》改。按：此句与下句"渔泽从鲴魳"相对，据文义作"弋"是。

（20）登年徒负版："徒"下《全唐诗》注："一作'从'。"

（21）兴役趋伐薯：《全唐诗》"伐"作"代"。

（22）长沙哀纠纆：《诂训本》"纠"作"紏"。"纆"原作"纙"，据《音辩本》《世彩堂本》《游居敬本》《蒋之翘本》及《全唐诗》改。吴汝纶《柳州集点勘》："'纙'误'纆'。"作"纆"是。

（23）知罃怀褚中："褚"原作"楮"，据取校诸本及《左传》成公三年改。

[注释]

[1]南亭：永州城南某处的亭台。据永州刘继源先生考证，南亭遗址位于袁家渴南面之"南馆高嶂"处。叙志：陈述情怀。志，心志。七十韵：诗题为七十韵，应为一百四十句，而实际上只有六十九韵，一百三十八句。

[2] 夙（sù）：平素，素来。抱：心中怀有。丘壑：山水。

[3] 率性：顺着天性，由着性情。率，循，顺着。性，天性，性情。恣（cì）：任意的、尽情尽兴的。

[4] 中：指人生半途之中。吏役：官务，官府差使。牵：羁绊。这里指被牵绊而脱不开身。

[5] 祀：年，岁。悁（juàn）：忧。

[6] 外曲：外表上身子屈曲着。指遵守君臣之礼而屈身。外，外表。指内心之外，即身体。《庄子·人世间》："然则我内直而外曲。……内直者，与天为徒；……外曲者，与人为徒也。擎跽曲拳，人臣之礼也。人皆为之，吾敢不为邪？"徇：屈服而顺从。尘辙：世俗的道路。指社会中追求入仕做官的风气。

[7] 私心：自己的内心。私，个人，自己。寄：依托，随附。英髦（máo）：俊杰，英豪。髦，长发，喻杰出人才。

[8] 进：指进入仕途。廊庙器：能辅佐帝王，善于处理朝廷国事的才干。廊，殿廊。庙，太庙。这都是古代帝王议事的场所，故"廊庙"借指朝廷。器，才干。

[9] 退：指退出仕途。乡曲：乡里。曲，曲折处，角落。借指偏僻处。

[10] 天命：天性。《礼记·中庸》："天命之谓性。"

[11] 鬼责：鬼神的斥责。指灾祸。安：何，哪儿，怎么。

[12] 屯：卦名，象征艰难。见凌：蒙受凌辱。

[13] 剥：卦名，象征厄运。丧：不利，灾厄。

[14] 神明：神灵。这儿指帝王的神圣贤明。固：通"故"，原本。浩浩：广阔宽宏的样子。

[15] 徒：空，白白地。嗷嗷（ao ao）：众声噪杂。

[16] 投迹：止步不前。这儿指徘徊、徜徉。

[17] 《离骚》：战国时代楚国大夫屈原的代表作。

[18] 曩（nǎng）岁：往年，早年。曩，昔，从前。

[19] 容与：闲逸自得的样子，自由自在的。驰：赶马快跑。这儿指驾船。舠（dāo），小船。

[20] 虚：空的，空寂的。背：背靠。山郭：山城，如城郭一样高陡的山带。郭，外城，城墙。

[21] 轩：槛栏。皋（gāo）：水边高地，河岸。

[22] 间：隔断。浦溆（xù）：水边。溆，与浦同义。

[23] 逦迤（lǐyǐ）：绵延不断的样子。驱：马快跑。这儿指山势起伏不断，给人以奔跃的动感。嶅（áo）：石山。

[24] 积翠：堆栈的翠绿。这儿指高出于江面的绿岛。澹滟（dàn yàn）：水面微微波动的样子。

[25] 负：载。这儿是被动的用法，被……载起。灵鳌（áo）：神龟。鳌，海中的大龟。

[26] 留：存留，保持不散。冲飙（biāo）：上旋的大风。冲，直着向上。飙，暴风，旋风。

[27] 砾（lì）：小石子。

[28] 天景：天光，天气。景，日光。霁：雨雪云雾消散。

[29] 樵苏：打柴打草。这儿指打柴草的村民。

[30] 涌：水腾冒而上。这儿指大群的沙鸥如波浪一样从水中腾飞而起。

[31] 悬：悬空。这儿指猿猴翻空时离开了山崖或树枝。猱（náo）：猕猴。

[32] 鹿鸣验食野：鹿群在野外吃着草，它们互相鸣叫召唤，十分友善，这从叫声中可以证实。《诗经·小雅·鹿鸣》："呦呦鹿鸣，食野之草。"

[33] 鱼乐知观濠：鱼儿快乐，到沟壕去看，就可以知道。《庄子·秋水》："庄子与惠子游于濠梁之上，庄子曰：'儵

(chóu)鱼出游从容,是鱼之乐也。……吾知之濠上也。'"

[34] 诚:确实。悼:哀。

[35] 暂:片刻。良:很,极。足:可,值得。褒:赞美,称道。

[36] 留连:舍不得离开。棂(líng)槛:栏杆。棂,栏杆或窗上雕花的格子。

[37] 注:倒入。醪(láo):浊酒。

[38] 朵颐:嚼食。朵,动。颐,腮,颊。芰(jì):菱角。

[39] 擢(zhuó)手:伸手。擢,抽,拔。蟹螯(áo):螃蟹的钳状前足。

[40] 爨(cuàn):在灶中烧火。鼎:古代一种烹饪器,多为三足两耳。这儿指锅子一类炊器。

[41] 脍(kuài)鲜:细切鱼肉。脍,细切。鲜,活鱼。

[42] 顷筐:斜口筐。这儿就指箩筐之类竹器。《诗经·周南·卷耳》:"采采卷耳,不盈顷筐。"顷,通倾,斜。

[43] 颇:很,多。芼(mào):水草。

[44] 缅慕:深深仰慕。缅,遥远,深长。鼓枻(yì)翁:划桨的渔翁。《楚辞·渔夫》:"渔夫曰:'圣人不凝滞于物,而能与世推移。世人皆浊,何不淈(gǔ 搅拌)其泥而扬其波?众人皆醉,何不哺其糟而啜其醨?何故深思高举,自令放为?'……渔夫莞尔而笑,鼓枻而去。"鼓,动,划动。枻,桨。

[45] 啸咏:长歌。啸,发音悠长。哺其糟:吃那些酒糟。参见上注。

[46] 退想:后来想到,又想到。退,后,再。于陵子:战国时代齐国的廉士陈仲子。他认为其兄食禄万钟为不义,去了楚国,居于于陵。楚王欲用他为相,不去就职,与妻逃走,替别人浇园。《孟子·滕文公下》:"陈仲子岂不诚廉士哉!处于于陵,

三日不食,井上有李,螬食实者过半矣,匍匐往将食之,三咽,然后耳有闻、目有见也。"

[47] 资:借助,凭借。这儿指靠着……才活下来。李螬(cáo):即螬李,因押韵而变动词序。螬,虫蛀。参见上注。

[48] 斯道:这样的处世方式。斯,这。道,道路,方式。为:与。偕(xié):一起,共同。

[49] 沉:深。安:何,那里。韬(tāo):掩藏不露。

[50] 怨:哀。这儿指哀叫,悲鸣。鸿鹄(hú):天鹅。

[51] 环:圆的。雕:通凋,凋谢,凋零。皋(gāo):花。

[52] 景:日光。岑(cén):小而高的山。

[53] 遂:终于。

[54] 火:渔火,渔船上的灯光。艘:船。

[55] 敛袂(mèi):整理衣袖。这是古人表示庄重肃敬的礼仪。敛,收聚,收拢。袂,袖子,袖口。戒:通"诫",告诫,提醒注意。徒:众人。

[56] 矜(jīn):慎重,小心。

[57] 趣:通趋,往。戢(jí):收起。

[58] 乘:乘坐车船。这儿指驾船。屏(bǐng):除去。

[59] 旷望:开阔地远望。

[60] 叩:敲打。艚:船。

[61] 中川:河中。超忽:轻快的样子。

[62] 漫:随意,任由。这儿指听由小船漂行。

[63] 淹泊:滞留,停留。遂:顺着,就着。

[64] 飀飀(sāo sāo):风声,犹如"飕飕"。

[65] 鳞:鱼。

[66] 入门:进入住处房门。守:坐守,安守。指不违犯放逐期间的规定。拘絷(zhí):束缚。指对放逐官员的限制。

[67] 凄戚：悲惨。戚，忧，悲。郁陶（táo）：忧思积聚的样子。

[68] 慕士：仰慕英豪之士。

[69] 怀人：怀念亲人。首徒搔：白白地抓挠头皮。指白白地苦思而毫无办法。搔首，抓头，挠发。借指心中忧思焦虑。

[70] 内顾：在内心中审视自己。顾，回视，反视。乃：却。无有：没有。这儿指没有才德。

[71] 輶（yóu）：轻。甚：超过，比……更……

[72] 窃：不当据有而据有。这儿指不是凭自己的真实才德而获得。

[73] 食浮：食禄过多。食，俸禄。浮，在上，超过。固：实，确实。云：说，称为。叨，通饕，贪食，贪婪。

[74] 问牛悲衅钟：询问牛被牵到什么地方去，而后可怜它将被杀来衅钟。《孟子·梁惠王上》："王坐于堂上，有牵牛而过堂下者。王见之，曰：'牛何之？'对曰：'将以衅钟。'王曰：'舍之，吾不忍见其觳觫，若无罪而就死地。'"悲，哀悯，可怜。衅，用牲血涂器祭祀。

[75] 说彘（zhì）惊临牢：来到猪栏因为猪怕死而感到惊异，于是就对猪加以劝说。《庄子·达生》："祝宗人玄端以临牢筴说彘，曰：汝奚恶死？吾将三月豢汝，十日戒，三日斋，藉白茅，加汝肩尻乎雕俎之上，则汝为之乎？"为彘谋曰："不如食以糟糠而错之牢筴之中。"说，劝说。牢，猪栏。临，来到。

[76] 遁：逃开。刀笔吏：主办文案的官吏。刀笔，古代在甲骨或竹木简牍上刻字、写字的工具。

[77] 宁：岂，怎么。期：期望，希望。簿书曹：掌管文书的官吏。簿书，公文册籍。

[78] 中兴：在衰落走下坡路时又兴盛起来。这儿指唐代经

安史之乱后再次兴盛。遂：顺，顺利。这儿指顺利地生存发展。群物：万物，所有的人和事物。

[79] 裂壤：分封土地。裂，分割。鞬櫜（jiān gāo）：盛弓箭的器具。这儿借指武将的装束或武将。

[80] 岷凶：岷地的凶犯。这儿指唐宪宗时谋反的知西川节度刘辟。

[81] 吴虏：吴地的敌虏。这儿知唐宪宗时反叛的镇海节度使李锜。虏，对敌人的轻蔑称呼。鏖（áo）：激烈的拼杀。这儿指斩杀。

[82] 扞（hàn）御：抵御。扞，抵抗、卫护。盛：强，强过。方虎：周宣王时著名的战将。

[83] 谟（mó）：谋略。富：丰，多。这儿指比……更多。伊咎（gāo）：伊指伊尹，商汤时著名宰辅。咎指咎繇，即皋陶，舜帝时著名贤臣。

[84] 披山：砍伐草木而开辟山路。穷：一直通到尽头。木禾：神话传说中高大如同树木一般的禾稻。产于昆仑山，这儿借指昆仑山。

[85] 蟠桃：神话传说中树枝蟠屈几千里的大桃树。产于东海岛中，故这儿借指东海。

[86] 越裳：周代海国名，在交址郡以南。雉：野鸡。这儿指越裳国进贡的白色野鸡。

[87] 西旅：周代古国名，在葱岭以西。獒（áo）：高大的猛犬。这是西域进贡的贡品。

[88] 抗：抗衡，并列。槐棘：众公卿。周代，朝廷种三槐九棘，公卿分坐其下。故以槐棘指代公卿或公卿之位。

[89] 罗：罗列，分布。雁羔：卿大夫。周代卿大夫相见时所持的礼品，卿为羔，大夫为雁。故以雁羔指称卿大夫。

[90] 五辟：五种刑罚。唐代为笞、杖、徒、流、死五种。这儿泛指各种犯罪受刑的人。咸：都。肆宥：宽赦罪人。这儿指大赦。肆，宽纵。宥，宽恕。

[91] 覆焘（tāo）：遮盖。喻恩泽庇荫。焘，通帱，覆盖，遮蔽。

[92] 灵：福。这儿指恩泽。

[93] 在宥：处在被宽宥的队列中。解天弢（tāo）：从朝廷的法网中解脱出来。天，上天，指皇上、朝廷。弢，弓袋。喻束缚、法网。

[94] 诚：确实。松梓：祖先的故里。这儿指家族亲人。

[95] 陈力：施展才力。这儿指使尽气力。蓬蒿：荒草丛。

[96] 卜室：择地定居。卜，选择。有：在。鄠（hù）杜：鄠县和杜陵。皆在长安附近。鄠县，今改为户县。杜陵，汉宣帝陵墓。

[97] 名田：以私人名义领有田地。名，姓名。这儿用作动词，使……归于私人名下。沣涝：沣水和涝水。皆为渭水支流。

[98] 磻（pán）溪：渭水支流。相传姜子牙钓鱼处。

[99] 阿（ē）城：阿房宫。秦代宫殿名，为项羽所烧毁，故址在今陕西长安县西。

[100] 螟蟊（móu）：危害庄稼的害虫。

[101] 荼堇（tú jǐn）：田中杂草。

[102] 期：期待。

[103] 寒衣：寒于衣，因衣单而寒冷。俟：等待。蚕缫（sāo）：养蚕缫丝。这儿指纺织。

[104] 及骭（gàn）：衣长达到小腿。及，达到。骭，胫骨，小腿。为：算作，算得上。

[105] 宁：岂，那里，怎么。饕（tāo）：贪食无厌。

[106] 安：安心，满足。将：用，享用。蒯（kuǎi）及菅（jiān）：蒯草和菅草。都是茅草之类，可用来编织。这儿指粗劣的衣服、鞋履、席垫等草织品。

[107] 梁与膏：小米和肥美的肉。这儿泛指美味佳肴。

[108] 弋（yì）：射猎。驱：驱赶，追打。雀鷃（yàn）：麻雀和鹌鹑。这儿泛指各种鸟雀。

[109] 从：追逐，追捕。鳅魛（qiú dāo）：江鳅和刀鱼。这儿泛指各类小鱼。

[110] 观象：察看卦象。嘉：赞美，欣赏。素履：朴素无华的鞋子。这儿指朴实无华因而无灾无祸的卦辞。《易·履》："素履往，无咎。"

[111] 陈《诗》：讲述《诗经》。陈，陈述，讲说。谢：辞谢，推辞不能。这儿指不能讲述，懂不了。《干旄》：《诗经·墉风》中的一首诗歌。诗意是赞美喜爱善道的大臣。《诗经·墉风·干旄》序："《干旄》，美好善也。卫文公臣子多好善，贤者乐告以善道也。"

[112] 麋鹿：指代山林或山野草民。

[113] 敢：怎敢。骐骥：千里马。这儿指有才干而飞黄腾达的俊杰高官。

[114] 溷（hùn）浊：污秽。溷，混浊。

[115] 固穷：安守穷困。固：安稳，安守。匪：通非，无，不。淫慆（tāo），逸乐，过分享乐。淫，过分。慆，悦乐。

[116] 踉跄（liàng qiàng）：行路急促的样子。

[117] 换：改换，替换。

[118] 登年：多年。登，盛，高，多。徒：白白的，无益地。负版：背负着国家的图籍。这儿指带着官府的公文任状而奔波。

[119] 兴役：发动官府役事。趋：快步走，赶过去。伐鼛（gāo）：击鼓。鼛，一种长鼓，古代官府用来鼓动役事。

[120] 绝：断开。这儿指看不到。浑浑：混浊纷乱的样子。这儿指混浊的世俗情景。

[121] 喧：闹。这儿指耳膜聊鸣失聪。息：停息。这儿指听不到。嘈嘈：众声杂乱的样子。这儿指闹哄哄的世俗声音。

[122] 兹：此，这样。焉：乃，就。毕：完结，了结。

[123] 吾曹：我们这班人。曹：班、辈、批。

[124] 长沙哀纠纆（mò）：贾谊因为祸福无常如同绞缠绕结的绳索而悲哀。《史记·屈原贾谊列传》："贾生既以谪居长沙，长沙卑湿，自以为寿不得长，伤悼之，乃为赋以自广。其辞曰：'……夫祸之与福兮，何异纠纆。'"纠，绞缠。纆，绳索。

[125] 汉阴嗤桔槔（jiē gāo）：汉阴丈人以为机械将诱发人们的机巧心思而鄙弃桔槔。事见《庄子·天地》。桔槔，古代一种从井中汲水的器具。嗤，耻笑，讥讽。

[126] 苟：假如，只要。伸：伸张，发扬。击壤：古代一种游戏。用手中土石块抛击若干步之远的地上土石块，中者为胜。相传尧帝时有老人一边玩击壤的游戏一边唱歌，歌词是："日出而作，日入而息，凿井而饮，耕田而食，帝何于我哉？"因而后来成为歌颂太平盛世的典故。其中还包含着向往上古质朴无诈，逍遥自在，无与国事的道家思想色彩。击壤情就是指这种社会风情。

[127] 机事：机巧的心事。息：消除。秋毫：秋天时细长的兽毛，比喻细微的事物。

[128] 蓊（wěng）郁：浓密的样子。

[129] 饶：丰，多。腥臊（sāo）：鱼类和鸟兽等散发出来的那种难闻的秽气。

[130] 宁：岂，难道，那里。迫：威胁。魑魅（chīmèi）：山神鬼怪。为山林异气所生，害人。

[131] 齐：等同，一样。焄蒿（xūnbiāo）：香气散发，比喻死亡。焄，香气。蒿，通薰，气耗散蒸发。

[132] 知罃（yīng）怀褚（zhǔ）中：知罃怀念别人的救援之情。《左传·成公三年》："知罃之在楚也，郑贾人有将置诸褚中以出。既谋之，未行，而楚人归之。贾人如晋，知罃善视之，如实出己。"知罃，晋国将领，与楚作战时被俘，两国交换战俘而被放归。褚，囊袋。

[133] 范叔恋绨（tí）袍：范雎顾念故人所赠绨袍的情谊。《史记·范雎、蔡泽列传》载，范雎曾受辱于魏中大夫须贾，逃至秦国而为相。后须贾出使秦国，范雎乔装穿破衣去见须贾。须贾可怜他，留他饮食，并赠送一件绨袍。不久须贾知道范雎竟然是秦国丞相，大惊请罪。范雎因为须贾赠送绨袍，有故旧的情谊，宽宏大量而赦免了他。恋，眷顾，顾念。绨，厚缯。

[134] 伊：此，这样的。期：期望。

[135] 慷慨：情绪愤激。忉忉（dāodāo）：忧烦的样子。

[集评]

[1] 孙月峰曰："意态大约近谢，写景处甚工，但以篇太长，翻觉味减，若删去少半即尽善。'饥食（饥食期农耕，寒衣俟蚕缲）'下四句：'剪字法，本谢来，錬句则比谢更巧。'"（《评点柳柳州集》卷四十三）

[2] 蒋之翘曰："艰难险韵，颇类昌黎《联句》诸诗。"（《柳集辑注》卷四十三）

[3] 汪森曰："长篇中极能琢韵，用韵亦险峻，而兼以多用对句为工。"又曰："此诗约略分作四段，一起，一收，前半为南

亭夜还，后半则叙志也。通篇以'丘壑尚'为主，南亭之游，适起归田之望，所叙之志，正谓此耳。"(《韩柳诗选》)

[4] 王二梧曰："长古喜用窄韵，与昌黎同，生辣处亦间相似。"(《唐四家诗》)

[5] 近藤元粹曰：世皆以子厚为自知其罪，虽然，读此等诗，其实盖为自知也。又："丛林"句五平，肆笔道丽清润，才锋可畏。又："涌"字"跳"字，大奇。又评"木落"二句，妙句天来。又评"中川"以下四句：情思回折，却有宽闲之意。又评"入门"四句：幽愁至此，何等狭中。是子厚之所以不及子瞻也。又评"安得"二句：希望特赦归乡，其情可悯，其愚可笑。总评：满腹愤慨，极口吐露，使人悯然。(《柳柳州集》卷三)

(吴同和)

赠江华长老[1]

[题解]

这是写给一位江华长老的赠诗，约作于元和三年。柳宗元的赠答诗，一般都是写给亲朋好友的，像本诗这样写给既非亲故，又无深交的一般僧侣，是少之又少。究其原因，大致有二：一是，中唐时期佞佛成为朝野的风气。诗人居住在寺庙，被贬后心灵需要慰藉，感情也需寄托。习佛成为他南荒"系囚"生活中重要的一部分。其二是，长老崇佛达到了诗人心中理想的境界：心无旁骛，对物质无所欲求。诗中的这位长老生性喜静，沉于佛事，佛理精熟，生活俭朴，其高洁、脱俗的人格气质形象可感。全诗自然流畅，表现了诗人对长老的敬仰与羡慕。

[原诗]

老僧道机熟[2]，默语心皆寂。去岁别春陵[3]，沿流此投迹。室空无侍者，巾屦唯挂壁[4]。一饭不愿余，跏趺便终夕[5]。风窗疏竹响，露井寒松滴。偶地即安居[6]，满庭芳草积。

[校勘]

（1）去岁别春陵："春"，《音辩本》作"舂"。
（2）跏趺便终夕："跌"，《诂训本》作"跌"。

[注释]

[1] 长老：对寺庙住持或德高年长之僧的尊称。

[2] 机：关键、要点。

[3] 舂（chōng）陵：地名，在今湖南宁远县柏家坪。

[4] 屦（jù具）：用麻、葛等制成的鞋。

[5] 跏趺（jiāfū）：佛教徒结跏趺坐的略称，双足交叠而坐，是佛教中修禅者的坐法。

[6] 偶：谐合。

[集评]

[1] 何焯曰："'风窗疏竹响'二句，借竹风、松露喻老僧之真寂也。"（《义门读书记》）

[2] 近藤元粹曰："赠方外人，故诗亦清逸，无怒目掀髯之状。"（《柳柳州诗集》卷三）

[3] 邢昉曰："柳诗气色鲜新，此首尤可见。"（《唐风定》）

[4] 姚范曰："按'室空无侍者'，用《维摩诘经》。"（《援鹑堂笔记》）

[5] 方东树曰："'去岁'句倒入。"（《昭昧詹言》）

（吕国康）

初秋夜坐赠吴武陵[1]

[题解]

此诗作于元和三年（808）秋。吴武陵，元和初擢进士第。元和三年"坐事流永州"。宗元贤其人，二人甚投缘，无话不谈，遂为知己。

此诗妙处，为柳公将兄弟之谊喻以男女之爱，可谓新翻杨柳，别有匠心。君不见，秋夜之时，"雨侵竹"，顾盼之间，"鹊惊丛"；而时势之险恶、政局之将倾，可知矣。此情此境，遥想"恋人"，则平添几分忧苦，加多重挂牵也！伊人才学出众，色艺超群，惜乎"抱奇音"，"缃枯桐"，"激西颢"，"凌长空"，曲高和寡，"聋俗何由聪"！人世间，识得"此中须有玉如丹"者，毕竟少数，诗人为"恋人"才华被埋没而深感愤疾。

柳公之诗，尤有深意：寓人才被摧残之慨，表惺惺相惜之情，射宪宗用人不当之弊，讽"聋俗"者尸位素餐之实……可谓妙绝。

[原诗]

稍稍雨侵竹[2]，翻翻鹊惊丛[3]。美人隔湘浦[4]，一夕生秋风。积雾杳难极[5]，沧波浩无穷[6]。相思岂云远[7]，即席莫与同[8]。若人抱奇音[9]，朱弦缃枯桐[10]。清商激西颢[11]，泛滟凌长空[12]。自得本无作[13]，天成谅非功[14]。希声阂大朴[15]，聋俗何由聪[16]。

[校勘]

(1)朱弦緪枯桐:"弦",《何焯校本》作"弦"。《韩醇诂训》句下注:"'緪',古邓切,急张也。"

[注释]

[1] 吴武陵:柳宗元在贬谪永州时最亲密的友人之一。《新唐书·文艺传》:"吴武陵,信州(今江西上饶)人。元和初擢进士第……初,柳宗元谪永州,而武陵亦坐事流永州,宗元贤其人。"

[2] 稍稍:萧森,阴晦。

[3] 翻翻:翩翩,鸟飞轻疾的样子。

[4] 美人:此指吴武陵。按,以美人喻指心中仰慕赞美之人,是《诗经》和《楚辞》以来的传统手法。湘浦:潇水边。湘,这儿实为潇水。浦,水边。

[5] 杳(yǎo)幽暗深远。极:穷尽,这儿指看到尽头。

[6] 沧:水青苍色。

[7] 云:谓,说。这儿是说得上的意思。

[8] 即席:就席,在座席上。莫与同:不能与他同坐。莫,没,不。

[9] 若人:伊人,此人。若,此。抱:怀有。

[10] 緪(gēng):紧绷。这儿指琴弦紧紧地张在琴上。枯桐:焦枯的桐木。这儿借指琴身。相传东汉蔡邕用烧焦了一截的桐木制琴,音甚美,故名焦桐,又叫焦尾琴。

[11] 清商:古代以宫、商、角、徵、羽表示五阶声律,商音清越,故名清商。激:激扬,飞荡。西颢(hào):秋天。古人

以东南西北配春夏秋冬，西代表秋。又古人称西方为颢天。《吕乐春秋·有始》："西方曰颢天，其星胃、昴、毕。西方八月建酉，金之中也，金色白，故曰颢天。"颢，白色。

[12] 泛滟（yàn）：浮光闪动的样子。这儿比喻琴声美妙感人，使人心波动荡。凌：直冲向上。

[13] 自得：自有所得，自己心中有所感受体会。得，心得感受。作：造作，做作。

[14] 天成：天然而成，不借助人力。谅：确实，真的。功：人工。

[15] 希声：细微的声音。希，细。閟（bì）：关闭，封闭。大朴：本质，本性。大，重大的，基本的。朴，未经加工成器的原材料，借指朴质的天性。

[16] 聋俗：愚昧不明事理的世俗之人。聋，听觉丧失或迟钝，喻愚昧无知。何由：由何，从何。聪：听觉灵敏，听得很清楚。

[集评]

[1] 孙月峰曰："寄兴高远，犹有建安遗意。"（《评点柳柳州集》卷四十二）

[2] 唐汝询曰："此因离索而想其抱负也。"（《唐诗解》卷十）

[3] 周珽曰："首触于雨洒鹊惊，动怀人之念；次阻于雾积波浩，起聚首之思。既美其人有奇抱，末惜其世无知音。"（《唐诗选脉会通》）

[4] 汪森曰："柳诗五言古，清迥绝尘，人以为近陶，不知其兼似大谢也。"（《韩柳诗选》）

[5] 汪立名曰："柳诗一清到骨，而安雅冲和之气不可得矣。

是唐人手笔，不似子昂、太白、曲江、苏州犹有古味也。"（《唐四家诗》）

[6] 高步瀛曰："风神淡远，意象超妙。'即席莫兴同'以上，秋夜忆武陵。末结出感慨之意。喻武陵，亦以自喻。"（《唐宋诗举要》卷一）

[7] 沈德潜曰："'一夕生秋风'下：风神。'天成谅非功'下：千古文章神境。'聋俗何由聪'下：下半借情以喻文才，董庭兰（盛唐开元、天宝时期的著名琴师）一辈人，未能知也。"（《唐诗别裁集》卷四）

[8] 何焯曰："起二句暗藏'风'字，'积雾杳难极'一联，起'远'字。"（《义门读书记》卷三十七）

[9] 蒋之翘曰："有笔意，萧散自得。"（《柳河东集》卷四十三）

（吴同和）

视民诗

[题解]

此诗作于永州，过去注家一般放在《贞符》（《贞符》写于元和三年）之后，也写作《眎民诗》。全诗大力歌颂房玄龄、杜如晦的功绩，所谓"明翼者何？乃房乃杜。惟房与杜，实为民路。"韩醇《诂训柳集》卷一："诗专以美房玄龄、杜如晦，意有仿于《大雅·嵩高》《烝民》等诗耳。"

[原诗]

帝视民情，匪幽匪明[1]。惨或在腹，已如色声[2]。亦无动威，亦无止力。弗动弗止，惟民之极[3]。帝怀民视，乃降明德，乃生明翼[4]。明翼者何？乃房乃杜[5]。惟房与杜，实为民路[6]。乃定天子，乃开万国。万国既分，乃释蠹民[7]，乃学与仕，乃播与食，乃器与用，乃货与通。有作有迁，无迁无作[8]。士实荡荡，农实董董，工实蒙蒙，贾实融融[9]。左右惟一，出入惟同[10]。摄仪以引，以遵以肆[11]。其风既流，品物载休[12]。品物载休，惟天子守，乃二公之久。惟天子明，乃二公之成。惟百辟正，乃二公之令[13]。惟百辟谷，乃二公之禄。二公行矣，弗敢忧纵。是获忧共，二公居矣[14]。弗敢泰止，是获泰已[15]。既柔一德，四夷是则[16]。四夷是则，永怀不忒[17]。

[校勘]

(1) 视民诗：《世彩堂本》此句下多："一本此诗在外集。"按：今存《永州外集本》录此诗。《音辩本》此诗在《贞符》之前。

(2) 以遵以肄：《世彩堂本》"肄"字下注："音曳，一作'肄'。"《蒋之翘本》也注云："'肄'疑作'肄'。音曳，习也。"按：蒋说疑是。

[注释]

[1] 帝：上帝，天帝。视：古"视"字，审察。这里指上帝视察民情。匪：非。言不论幽明皆察之。

[2] 惨腹：肚痛。二句谓或疼在腹中，已得如有色声见于外者而知之。

[3] 极：最高准则。

[4] 民视：下民的观察。《孟子·万章上》：《泰誓》曰："天视自我民视，天听自我民听。"这句指上天以人民的视听为视听。明德：指明德之君。翼：辅佐之臣。

[5] 房：房玄龄，唐太宗时任中书令、尚书左仆射。杜：杜如晦，唐太宗时任尚书右仆射。二人同为太宗贤相，时号"房杜"。

[6] 路：大道，正路。这句指房杜为民引路。

[7] 释：消除。蠹民：侵夺或损耗财物的人。

[8] 作：创造，作为。迁：变易。

[9] 荡荡：胸怀宽广。董董：憨厚貌。蒙蒙：幼稚貌。融融：和乐貌。

[10] 左右：指左右仆射房玄龄、杜如晦。这里指房、杜二人同心协力辅佐唐太宗。

［11］摄仪：法度。引：引导。遵：遵循、遵守。肄（yì）：通"肄"，学习。

［12］品物：万物。休：美。

［13］守：主持，掌管。百辟：指诸侯。辟即君。后也泛指公卿大官。

［14］忧纵：忧虑和放纵。忧共：共忧患难。

［15］泰止：安居。泰：骄纵，奢侈。

［16］柔：安抚。一德：同心同德。则：仿效。

［17］忒（tè）：变更，差错。

[集评]

［1］近藤元粹曰："押韵欠明了。"（《柳柳州集》卷一）

［2］章士钊认为："文中之'乃房乃杜'，表面以房玄龄、杜如晦为号，实则子厚用作符记。'房'者取其形近音同于防，而义在防止之防。'杜'者取其字形同一，而义在杜绝之杜，乃取譬与'防微杜渐'也。"（《柳文指要》体要之部卷一）

（张伟）

贞符（并序）[1]

[题解]

《贞符（并序）》始作于永贞元年（805），至元和三年谪居永州时完稿。

这是一篇比较集中地反映柳宗元政治思想和哲学观点的重要著作。文中列举大量史实，批判了盘踞在史学领域中的种种神学迷信思想，指出"符命说"纯粹是"妖嚚淫昏好怪之徒"的胡说，是"淫巫瞽史"捏造的欺人之谈。文章以历史进化论的观点，叙述人类社会的形成和发展，总结了古代各王朝兴衰的原因，明确提出帝王"受命不于天于其人，休符不于祥于其仁"和"正德受命于生人之意"的论断，充分体现了柳宗元以德治国，"利安元元为务"的民本思想。

[原文]

负罪臣宗元惶恐言[2]：臣所贬州流人吴武陵为臣言[3]："董仲舒对三代受命之符，诚然，非耶[4]？"臣曰："非也。何独仲舒尔[5]！自司马相如、刘向、扬雄、班彪、彪子固[6]，皆沿袭嗤嗤，推古瑞物以配受命[7]。其言类淫巫瞽史，诳乱后代[8]，不足以知圣人立极之本[9]。显至德，扬大功，甚失厥趣[10]。"臣为尚书郎时[11]，尝著《贞符》，言唐家正德受命于生人之意[12]，累积厚久，宜享年无极之义[13]。本末闳阔[14]。会贬逐中辍，不克备究[15]。武陵即叩头邀臣[16]："此大事，不宜以辱故休缺[17]，使圣王之典不立，无以抑诡类，拔正道，表核万代[18]。"臣不胜奋激，即具为书[19]。念终泯没蛮夷[20]，不闻于时，犹不为也[21]。苟一明大道，施于人代，死无所憾，用是自决[22]。臣宗元稽首拜手以闻[23]。曰：

[注释]

[1] 贞：正，合乎正道的。符，符命、符瑞。

[2] 负罪臣：有罪的臣子。这段序文是柳宗元谪贬永州后加写的，所以这样自称。

[3] 所贬州，指永州。流人：被流放的人。吴武陵：江西上饶人。祖籍河南濮阳。元和二年中进士。元和三年因触犯权贵被流放永州，成为柳宗元的密友。

[4] 董仲舒：西汉思想家，宣扬唯心主义的"天人感应论"和"天不变、道亦不变"的形而上学观点。对：回答。三代：指夏、商、周三代。

[5] 何独：何只。

[6] 司马相如：西汉著名文学家，曾在其《封禅书》里大谈"受命之符"。刘向：西汉学者，常用阴阳灾异推论时政得失。杨雄：西汉辞赋家，曾胡诌王莽"受命"的祥瑞。班彪：东汉学者，在其《王命论》中鼓吹"天命论"。班子固：班彪的儿子班固，东汉史学家，《汉书》作者，曾在其《典引》中，宣扬汉朝"受命"的符瑞。

[7] 嗤嗤（chī）：同"蚩蚩"，无知。配：配合、附和。

[8] 淫：指行为不正派。瞽史：周代两种官，太师和太史。太师管音乐，以盲人充任，故称为"瞽"。太史管礼仪。这两种人都搞占卜吉凶的迷信活动。

[9] 极：君位。立极：建立统治权。

[10] 显：显示。扬：宣扬。厥：其，代"圣人"。趣：意旨。

[11] 尚书郎：官名。805年，柳宗元任礼部员外郎。礼部属尚书省。尚书郎是尚书省所管各部的员外郎的通称。

[12] 唐家：唐王朝。正德：使德正，推行正确的政治措施。生人之意：人民的意愿。

[13] 享年无极：永远保持帝位。

[14] 闳（hóng）阔：广大，内容丰富。

[15] 会：恰逢。中辍：中途停止。备究：详尽考究，指推敲。

[16] 邀：请求。

[17] 辱：被贬。休缺：停止写作而造成缺陷。

[18] 诡类：欺骗人的东西。拔：表彰。表：榜样。核：验证。表核万代：作为万代的榜样和检验的依据。

[19] 奋激：兴奋激动。具：评。

[20] 泯没：埋没。蛮夷：这里指永州。

[21] 犹：等于。

[22] 用是：因此。自决：自己下定决心。

[23] 稽首拜手：叩头作揖。以闻：将它报告给您听。

［原文］

孰称古初朴蒙侗而无争[1]，厥流以讹[2]，越乃奋敛斗怒震动，专肆为淫威[3]？曰：是不知道[4]。惟人之初，总总而生，林林而群[5]。雪霜风雨雷雹暴其外[6]，于是乃知架巢空穴，挽草木，取皮革[7]；饥渴牝牡之欲欧其内[8]，于是乃知噬禽兽，咀果谷，合偶而居。交焉而争，睽焉而斗[9]，力大者搏，齿利者啮，爪刚者决，群众者轧，兵良者杀，披披藉藉，草野涂血[10]。然后强有力者出而治之。往往为曹于险阻[11]，用号令起[12]，而君臣什伍之法立[13]。德绍者嗣，道怠者夺[14]。于是有圣人焉曰黄帝[15]，游其兵革，交贯乎其内[16]，一统类，剂制量[17]，然犹大公之道不克建[18]。于是有圣人焉曰尧，置州牧四岳，持而纲之[19]，立有德有功有能者参而维之[20]，运臂率指，屈伸把握，莫不统率[21]。尧年老，举圣人而禅焉，大公乃克建[22]。由是观之，厥初罔匪极乱，而后稍可为也[23]。非德不树[24]。故仲尼叙《书》[25]，于尧曰"克明俊德[26]"；于舜曰"濬哲文明"；于禹曰"文命祗承于帝"；于汤曰"克宽克仁，彰信兆民"[29]；于武王曰"有道曾孙[30]"。稽揆典誓[31]，贞哉！惟兹德实受命之符[32]。以奠永祀[33]。

[注释]

[1] 孰：谁。古初：上古时代。朴蒙倥侗（kōng tóng）：蒙昧无知。

[2] 流：与"源"相对，指后代。讹：谬误、变坏。

[3] 越：发语词。乃：于是。奋敓斗怒：激烈争夺，发怒相斗。敓，古"夺"字。震动：动荡不安。肆：放肆。淫：过多、过甚。

[4] 是：这。知：懂得。道：这里指历史发展的道理。

[5] 惟：发语词。总总、林林：众多成群的样子。

[6] 暴其外：从外面侵袭他们的机体。

[7] 空穴：挖洞。挽：拔取。

[8] 牝（pìn）：雌兽。牡：雄兽。这里用"牝牡"代表男女。欧：通"驱"。

[9] 交：相遇。睽：违背，指利害冲突。

[10] 披披藉藉：形容尸体交横的样子。

[11] 为曹：成群，结伴群居。

[12] 用：因此。起：出现。

[13] 什伍：古代军队和户籍编制。十人（十户）为什，五人（五户）为伍。法：制度。

[14] 绍：继承。嗣：接位。怠：荒废。夺：被夺。

[15] 黄帝：古传说中最早的帝王。

[16] 游：巡行。交贯：交错贯穿。

[17] 一：统一。统类：纲纪、法则。剂：整齐。制量：各种制度和度量标准。

[18] 大公之道：指任用贤能的人治理国家。

[19] 四岳：四方诸侯之长。持：扶持，辅助。纲之：作为他的主要助手帮他统领政事。

[20] 参：辅佐。维：维护、维系。

[21] 运臂：运动手臂。率指：指挥手指。莫不统率：没有不能指挥如意的。

[22] 禅：古帝王让位给别人。

[23] 厥初：人类的原始阶段。罔：无。匪：不是。可为：能有所作为，指进行治理。

[24] 树：指树立统治地位。

[25] 仲尼：孔丘的字，孔子。叙：整理、编排。《书》：指《尚书》，是儒家《五经》之一。

[26] 于尧曰：讲到尧时说。克明：能表彰。俊：美好。

[27] 浚哲：高深的智慧。文明：文德光明，指政治教化很好。

[28] 文命：文德教命，即政治、思想方面的成就。祗承：敬承。帝：指尧。

[29] 克宽克仁：能宽厚、能仁爱。彰：明，昭著。兆：万亿以上为兆，形容多。

[30] 有道曾孙：武王是太王的有道德的曾孙。

[31] 稽揆：查考揣度。典誓：是《尚书》中的一种文体，这里指代《尚书》。

[32] 兹德：这样的德。实：乃，是。

[33] 奠：奠定。永祀：千秋万代。

[原文]

后之妖淫嚚昏好怪之徒[1]，乃始陈大电、大虹、玄鸟、巨迹、白狼、白鱼、流火之乌以为符[2]，斯皆诡谲阔诞，其可羞也，而莫知本于厥贞[3]。汉用大度，克怀于有氓[4]，登能庸贤，濯痍煦寒，以瘳以熙[5]，兹其为符也[6]。而其妄臣乃下取虺蛇，上引天光，推类号休，用夸诬于无知之氓[7]。增以驺虞神鼎[8]，胁驱纵臾，俾东之泰山石闾，作大号，谓之封禅[9]。皆《尚书》所无有。莽述承效，卒奋骜逆[10]。其后有贤帝曰光武[11]，克绥天下，复承旧物[12]，犹崇赤伏，以玷厥德[13]。魏、晋而下，尨乱钩裂[14]，厥符不贞，邦用不靖，亦罔克久[15]，驳乎无以议为也[16]。积大乱至于隋氏[17]，环四海以为鼎，跨九垠以为炉[18]，爨以毒燎，煽以虐焰[19]。其人沸涌灼烂，号呼腾蹈，莫有救止[20]。

[注释]

[1] 嚚（yín）昏：顽固、愚蠢。

[2] 陈：陈说，宣扬。大电：传说黄帝母亲附宝见闪电而孕，生黄帝。大虹：传舜的母亲握登见长虹而孕，生舜帝。玄鸟：燕子，传说简狄吞食了燕子的卵而生下契（xiè 谢），下契是

尧帝名臣。巨迹：巨大的脚印，传说姜嫄踏了上帝的巨大脚印而生下稷，稷是尧帝名臣。白狼：传说商汤时有神牵着一条白狼衔着钩子步入商的朝廷，并认为这是上天赐给汤王的符命。白鱼：传说武王伐纣，渡黄河的时候，有白鱼跃进武王的龙舟。流火之乌：传说武王伐纣，有大火从天降下，集在武王住的屋顶上，后来变成一只赤鸟。

[3] 诡谲（jué）：欺诈。阔诞：不实在。

[4] 汉：指西汉刘邦。用：因。大度：广阔胸怀。怀：安抚、关心。有氓：老百姓。

[5] 登：提拔。庸：用。濯：洗。痍：创伤。煦：暖。煦寒：给寒冷者以温暖。瘳（chōu抽）：病愈。熙：快乐、和乐。

[6] 兹：此，这。指刘邦任用贤能、安抚人民的政治措施。

[7] 虺（huǐ）：一种毒蛇。妄臣：无知胡乱的臣子。天光：传说刘邦母亲在野外睡，梦中与神人相遇，当时天上雷电闪耀而怀孕生下刘邦。推类：列举这一类无稽之谈。号：称。休：美好。夸诬：夸耀、欺骗。

[8] 驺（zōu）虞：一种野兽，儒家说它是"仁兽"。神鼎：古人认为是帝王权力的象征。

[9] 胁驱：胁迫驱使。纵臾（sǒng yǒng）：怂恿，煽动。俾：使。东：向东。之：往。石闾：当道的大门。封禅：古人祭天叫"封"，祭地叫"禅"。儒家鼓吹封禅是帝王向天地报告大功完成的盛典。

[10] 莽：王莽。述：公孙述。王莽时，他在蜀郡做地方长官，借赤眉、铜马起义之机自立为王，实行封建割据。《后汉书》说，他厅堂内出现一条"龙"，大殿中夜晚有光辉，认为这是符瑞，就自称皇帝。承效：继承，仿效。鹜逆：叛逆。

[11] 光武：东汉的开国君主刘秀。

[12] 绥：安定。旧物：指西汉的典章制度。

[13] 崇：崇信。赤伏：指赤伏符。

[14] 厖（máng）乱：纷乱。钩裂：交错分裂。

[15] 邦：国家。用：因此。靖：安宁。罔克久：不能久长。

[16] 驳：混乱驳杂。无以议为：不值得讨论。

[17] 积大乱：经过长期大乱。隋氏：隋朝。这里指隋炀帝统治时期。

[18] 垠：边际。九垠：九州岛，指全中国。炉：冶炼工具。

[19] 爨（cuàn）：烧。燔：用大火烧。毒燎、虐焰：都是凶猛的火焰。把整个国家当作炉鼎，焚烧烈火，比喻隋朝对人民的残酷统治。

[20] 沸涌：沸腾翻涌。号呼：哭叫。腾蹈：跳跃，指人民在烈火沸汤中挣扎。莫有救止：无人解救。

[原文]

于是大圣乃起[1]，丕降霖雨，浚涤荡沃[2]，蒸为清氛，疏为泠风[3]。人乃漻然休然，相睎以生，相持以成，相弥以宁[4]。琢斲屠剔，膏流节离之祸不作[5]，而人乃克完平舒愉，尸其肌肤，以达于夷途[6]。焚坏抵掎，奔走转死之害不起[7]，而人乃克鸠类集族，歌舞悦怿，用祗于元德[8]。徒奋祖呼，犒迎义旅[9]，讙动六合，至于麾下[10]。大盗豪据，阻命遏德[11]。义威殄戮，咸坠厥绪，无刘于虐[12]。人乃并受休嘉，去隋氏，克归于唐[13]。踯躅讴歌，灏灏和宁[14]。帝庸威栗，惟人之为[15]。敬奠厥赋，积藏于下，是谓丰国[16]。乡为义廪，敛发谨伤[17]，岁丁人侵，人以有年[18]。简于厥刑，不残而惩，是谓严威[19]。小属而支，大生而孥[20]，恺悌祗敬，用底于理[21]，凡其所欲，不谒而获[22]；凡其所恶，不祈而息[23]。四夷稽眼，不作兵革，不竭货力[24]。

丕扬于后嗣，用垂于帝式[25]。十圣济厥里，孝仁平宽，惟祖之则[26]。泽久而愈深，仁增而益高[27]。人之戴唐，永永无穷[28]。是故受命不于天，于其人；休符不于祥，于其仁[29]。惟人之仁，匪祥于天；匪祥于天，兹惟贞符哉[30]！未有丧仁而久者也，未有恃祥而寿者也[31]。商之王以桑谷昌，以雉雊大[32]；宋之君以法星寿[33]，郑以龙衰[34]，鲁以麟弱[35]；白雉亡汉[36]，黄犀死莽[37]。恶在其为符也不胜[38]？唐德之代，光绍明浚[39]，深鸿庞大，保人斯无疆[40]。宜荐于郊庙，文之雅诗，祗告于德之休[41]。

帝曰："湛哉！"[42]乃黜休祥之奏，究贞符之奥[43]，思德之所未大，求仁之所未备，以极于邦理，以敬于人事[44]。

[注释]

[1] 大圣：指李世民。他是唐王朝的实际创立者。

[2] 丕：大。霖雨：连绵不断的雨，这里指解除烈火之苦的好雨。浚涤：冲洗。荡沃：润泽。

[3] 疏：散。泠（líng）风：和风。

[4] 漻（liáo）然：清爽的样子。休然：美好的样子。睎（xī）：爱慕。弥：安。

[5] 琢：同斲（zhuó），阉割生殖器的刑罚。斮（zhuō）：斩、屠、杀。剔：挖骨头的刑罚。膏：血。节：肢体。作：发生、兴起。

[6] 完平：完好平安。尸：主宰。夷途：平坦的道路，指安定的生活。

[7] 抵掎（jī基）：拥挤推撞。焚圻抵掎：指兵荒马乱，动荡不安的生活。奔走：逃亡。转死：流离死亡。

[8] 鸠：集合。悦怿：高兴快乐。祗：敬。元德：大德。

[9] 徒：空手。袒：袒露。义旅：正义的军队。

[10] 六合：上下四方，指整个中国。麾（huī）：旗帜。谨：同"欢"。

[11] 大盗：指李氏军队以外的其他军事势力。豪据：称雄割据。阻命：抗拒命令。遏德：拒绝德化。

[12] 义威：正义的威力。殄（tiǎn）戮：消灭。绪：事业，这里指统治权。刘：杀害。虐：这里指残暴的人，即前面所说的"大盗"。

[13] 受：得到。休嘉：美好幸福。去：脱离。

[14] 踯躅（zhízhú）：徘徊走动，这里形容歌舞欢腾的样子。灏灏（hào）：广宽平坦的样子，形容人民心情畅快，无忧无虑。

[15] 帝：李世民。威栗：威严。惟人之为：只为人民着想。

[16] 敬：认真。奠：定。赋：指赋税制度。积藏于下：把财富积藏在民间。

[17] 廪：仓库。敛发：收集和发放。谨饬（chì）：谨慎。

[18] 丁：当，遭到。大侵：荒年。有年：丰年。

[19] 简：省。简于厥刑：指唐太宗时修订《唐律》，比《隋律》减少死刑九十二条，又废除了断指刑，禁止鞭打人的脊背。残：指伤害人的肢体。惩：指收到惩罚的效果。

[20] 支：指宗支亲属。小属尔支：指社会安定，人们的亲属能够团聚。孥：妻子儿女。

[21] 恺悌：和乐。祗敬：恭敬、严肃。底：达到。

[22] 其：代指皇帝。谒：请求，指求于天。

[23] 祈：求。息：停止。

[24] 四夷：四方，指周围少数民族。兵单：兵器，引申为战争。

[25] 丕扬：大大地发扬。垂：流传。帝式：皇帝的规范。

[26] 十圣：指唐朝最先的十个皇帝。济厥理：使他们的治

理得到成功。惟祖之则：以祖先为榜样。

[27] 泽：恩惠。增：积累。

[28] 戴：拥戴、爱戴。

[29] 休符：美好的符命。祥：祥瑞，象征吉祥的事物。

[30] 惟：只有，是。匪：不是。

[31] 寿：久。

[32] 商：商朝。桑谷：桑树和谷树。雊：野鸡。雊（gòu 够）：野鸡叫。大：兴盛。

[33] 法星：荧惑星。

[34] 郑：春秋时郑国。

[35] 鲁：春秋时鲁国。

[36] 白雉：白野鸡。亡汉：促使汉朝灭亡。

[37] 黄犀：黄支国的犀牛。死莽：促使王莽死亡。

[38] 恶（wū）：哪里。不胜：不美。

[39] 代：代兴，继起。唐德之代：即唐代的继起。绍：继承。明竣：指尧舜，用两人的品德代表两人。

[40] 鸿：大。庞：厚。保：拥有。

[41] 雅诗：这里指歌颂帝王功德的庄严的诗歌。祗告：敬告，指将唐朝皇帝的美德向天地报告。

[42] 帝：指唐宪宗。谌（chén）：诚，确实如此。

[43] 黜：斥退。休祥之奏：关于所谓祥瑞的报告。

[44] 邦理：对国家的治理。敬：严肃认真。人事：关于人民的事情。

[原诗]

其诗曰：于穆敬德，黎人皇之[1]。惟贞厥符，浩浩将之[2]。仁函于肤，刃莫毕屠[3]。泽濈于爨，沸炎以瀚[4]。殄厥凶德，乃驱乃夷[5]。懿其休风，是煦是吹[6]。父子熙熙，相宁以嬉[7]。赋彻而藏，厚我糗粻[8]。刑轻以清，我肌靡伤[9]。贻我子孙，百代是康[10]。十圣嗣于理，仁后之子，子思孝父，易患于己[11]。拱之戴之，神具尔宜[12]。载扬于雅，承天之嘏[13]。天之诚神，宜鉴于仁[14]。神之曷依？宜仁之归[15]。濮沿于北，祝栗于南[16]。幅员西东，祇一乃心[17]。祝唐之纪，后天罔坠；祝皇之寿，与地咸久[18]。曷徒祝之，心诚笃之[19]。神协人同，道以告之[20]。俾尔亿万年，不震不危，我代之延，永永毗之[21]。仁增以崇，曷不尔思[22]？有号于天，金曰呜呼[23]！咨尔皇灵，无替厥符[24]！

[注释]

[1] 于：感叹词。穆：美好。敬德：严肃奉行道德原则的人。黎人：黎民，百姓。皇之：把他当作自己的君主。

[2] 浩浩：广大的样子，这里指广大人民。将之：助之，扶助他，支持他，拥护他。

[3] 函：包函，遍布。肤：指广大地方。刃莫毕屠：屠杀完毕之后刀刃如新，还可削铁。莫：削的意思，形容唐朝在完成统一后，武器还完好无缺。

[4] 泽：滋润。熯（hàn）：烧干，指受煎熬的人们。沸：开水。炎：火光。沸炎：这里指处在水深火热中的人们。澣（huǎn）：洗涤。

[5] 凶德：道德败坏的人。夷：扫平。乃驱、乃夷：驱除扫平。乃：就。

[6] 懿（yì）：美好。其：助词。休风：和风。是：乃、就。

[7] 熙熙：和乐的样子。嬉：欢乐。

[8] 赋：作动词用，缴赋税。彻：十分之一的税率。藏：储藏。厚：使……丰足，作动词用。糗（qiǔ）粻（zhāng）：粮食。

[9] 清：明，公正。靡：不。

[10] 贻：赐。是：助词。康：幸福。

[11] 嗣：继续。仁后：仁君。易：治。已：止，指祸患还未发生的时候。

[12] 拱、戴：都是拥护之意。之：指唐朝皇帝。具：都。尔宜：认为你好。

[13] 载：语助词。扬：颂扬。雅：指雅诗。嘏（jiǎ）：大福。

[14] 诚神：如果真有神灵。鉴：照、看。

[15] 曷（hē）：何。宜仁之归：应当依归于"仁"。

[16] 濮（pú）沿、祝栗：代表四方极远的地方。

[17] 幅员：疆域。一：统一、集中。乃：其，他们的。

[18] 纪：年代。后天：在天地之后，即比天地还悠久。罔坠：不坠坏。咸久：同样久。

[19] 徒：仅仅。笃：厚，敬爱。

[20] 户协人同：家家和睦，人人同心。道：由，通过。道以告之：通过这首诗报告天地。

[21] 俾（bǐ）：使。尔：你，指唐朝。震、危：动摇、颠危。代：世代。毗（pí）之：助它。

[22] 尔思：即"思尔"，思念你。

[23] 有号于天：向上天呼号。佥（qiān）：都。呜呼：表示感叹的象声词。

[24] 咨：感叹词，无义。皇灵：伟大的神灵，指天地。无：不要。替：废、改变。

[校勘]

(1) 贞符并序：《英华本》题作"唐贞符解"。

（2）负罪臣宗元惶恐言：《诂训本》"臣"上无"负罪"二字。

（3）臣所贬州流人吴武陵为臣言：《英华本》"所"上无"臣"字，"流"上有"量移"二字。《文粹本》作"臣贬所量移流人吴武陵为臣言"。

（4）其言类淫巫瞽史："瞽史"，宋刻《文粹本》作"瞽叟"。

（5）显至德扬大功：《英华本》"大功"作"太公"。《百家注本》作"大功"。《世彩堂本》《音辩本》注："'功'一作'公'。"

（6）甚失厥趣：《音辩本》"甚"作"盛"。

（7）宜享年无极之义：《百家注本》《世彩堂本》句下注"一无'年'字。"《音辩本》《游居敬本》《蒋之翘本》及《全唐诗》"无"上均无"年"字。

（8）不克备究：《英华本》作"不免究备"《文粹本》作"不克究备"。

（9）武陵即叩头邀臣：《诂训本》《全唐诗》"头"作"首"字《英华本》《文粹本》"叩"作"扣"。

（10）独不为也：《何焯校本》"独"改"犹"。《全唐诗》作"犹"，《世彩堂本》句下注"'独'一作'犹'。"

（11）施于人世："世"，《世彩堂本》《英华本》作"代"。按：柳文原当作"代"，避唐太宗李世民讳。宋人刻书时已作"世"，今不再回改。

（12）死无所憾：《诂训本》《英华本》《文粹本》"死"上均有"臣"字。《世彩堂本》句上注："一本'死'字上有'臣'字。"

（13）用是自决：《文粹本》"用是"作"是用"。《济美堂本》《蒋之翘本》"自决"作"以决"。

（14）越乃奋敛斗怒震动专肆为淫威："敛"，《文粹本》作"击"。《百家注本》注："'敛'古'夺'字，一作'击'。"《诂训本》"动"下有"静"字。《百家注本》《世彩堂本》句下引沈晦曰："诸本作'振动静专'。"《唐书》无"静"字。

（15）雪霜风雨雷雹暴其外：《五百家注本》"雷雹"作"雷电"。《文粹本》"雪霜"作"霜雪"。

（16）饥渴牝牡之欲驱其内：《百家注本》《音辩本》"驱"作"欧"。《世彩堂本》句下注："'驱'作'欧'。"《诂训本》"驱"作"欧"。

（17）于是乃知噬禽兽咀果谷：《诂训本》"知"作"始"。

（18）睽焉而鬬：《世彩堂本》句下注："'睽'，一作'际'。"《英华本》《文粹本》"睽"作"际"。

（19）草野涂血：《世彩堂本》句下注："'涂'，一作'流'。"

（20）用号令起：《世彩堂本》句下注："一无'用'字。"《文粹本》"号"上无"用"字。

（21）游其兵车：《文粹本》"游"作"造"。《百家注本》《世彩堂本》《音辩本》句下注："一无'游'字。"

（22）立有德有功有能者参而维之：《英华本》《文粹本》"有功"下有"有才"二字。语意似更完满。

（23）尧年老：《音辩本》《游居敬本》"年"上无"尧"字。《百家注本》《世彩堂本》句下注："一无'尧'字。"按：从上下文义看，疑当无"尧"字。

（24）厥初罔匪极乱，而后稍可为也：《世彩堂本》句下注："'匪'，一作'不'。"《文粹本》"匪"作"不"；"为"下有"世"字。

（25）非德不树：《百家注本》句下注："一有'而'字。"《音辩本》《英华本》《游居敬本》《全唐诗》"非"上有"而"字。《文粹本》"非"上有"以"字。

（26）于尧曰"克明俊德"："俊",《诂训本》《五百家注本》《英华本》《济美堂本》《蒋之翘本》《全唐诗》均作"峻"。

（27）彰信兆民：《英华本》"兆"作"万"。《何焯校本》"彰"改"章"。

（28）斯皆诡谲阔诞："皆"原作"为"，据《五百家注本》《音辩本》《诂训本》《英华本》《文粹本》改。《世彩堂本》作"为"。

（29）其可羞也：《世彩堂本》句下注："'其'，一作'甚'。"《英华本》《文粹本》"其"作"甚"。

（30）登贤庸能：《世彩堂本》《音辩本》《诂训本》《五百家注本》《英华本》《文粹本》《游居敬本》，均作"登能庸贤"。

（31）而其妄臣乃下取虺蛇：《世彩堂本》句中注："一本作'臣妾'。"《英华本》"臣"下有"妾"字。《文粹本》"妄臣"作"臣妾"。

（32）用夸诬于无知之氓："知"下原脱"之"字，据《英华本》《文粹本》补。

（33）胁驱纵臾："臾",《文粹本》作"踊"。《何焯校本》"臾"改"踊"。《世彩堂本》注："'臾'，一本作'踊'。"

（34）莽述承效："承",《英华本》作"成"。何焯《义门读书记》云当作"成"。

（35）驳乎无以议为也：《文粹本》"议"作"讥"。

（36）蒸为清氛：《文粹本》"氛"作"气"。

（37）人乃漻然休然：《全唐诗》"乃"作"皆"。

（38）相睎以生：《诂训本》《英华本》"睎"作"晞"。《世彩堂本》注："'睎'，一作'晞'。"

（39）琢斲屠剔："琢斲"，《诂训本》《英华本》作"剒屑"，《文粹本》作"琢斫"。《世彩堂本》注："'琢'，一作'椓'。"按：陈景云《柳集点勘》云："琢"，当改作"椓"。

（40）焚炕扺掎："炕"，《诂训本》《五百家注本》《全唐诗》均作"拆"；《英华本》作"折"；《文粹本》作"析"。

（41）奔走转死之害不起："转死"，《全唐诗》作"转徙"。《百家注本》《世彩堂本》句下注："'死'，一作'徙'。"《音辩本》注："'死'，或作'徙'。""不起"，原作"不作"，据取校诸本改。

（42）岁丁大侵："侵"，《英华本》作"祲"，《文粹本》作"浸"，《何焯校本》作"祲"。

（43）简于厥刑："刑"，《世彩堂本》作"形"。

（44）小属而支："支"，《文粹本》作"友"。

（45）用底于治："治"，《世彩堂本》及《英华本》《文粹本》作"理"。《百家注本》"治"下注："一作'理'。"按宋人避唐高宗李治讳，"治"均作"理"。下同。

（46）用垂于帝式："帝"，《英华本》《何焯校本》作"常"。

（47）十圣济厥治：《世彩堂本》《诂训本》《文粹本》《蒋之翘本》及《全唐诗》"治"均作"理"，避唐高宗李治讳。《百家注本》注："'治'，高宗讳，恐作'理'字。"

（48）泽久而逾深：《百家注本》《世彩堂本》句下注："'逾'，一作'愈'。"《诂训本》作"愈"。

（49）宋之君以法星寿：《英华本》"法"作"德"。

（50）以极于邦理："极"，《英华本》作"抵"。"治"，《世彩堂本》《文粹本》作"理"。

（51）黎人皇之："皇之"，《英华本》作"皇皇"。

（52）浩浩将之："将之"，《英华本》作"将将"。

（53）厚我糇粮：《英华本》"粮"作"量"。《文粹本》亦作"量"。

（54）我肌靡伤："肌"，《音辩本》《诂训本》《英华本》《游居敬本》均作"完"。《文粹本》"我肌"作"俾我"。《世彩堂本》注："'肌'，一本作'宗'，一本作'完'。"

（55）十圣嗣于治："治"《世彩堂本》《英华本》《文粹本》《蒋之翘本》《全唐诗》均作"理"，避唐高宗李治讳。

（56）仁后之子："仁"，《英华本》作"神"。

（57）易患于己：《百家注本》《世彩堂本》《音辩本》句下注："'于'，一作'乎'。"

（58）神具尔宜：《世彩堂本》句下注："一作'神其佑尔'。"《文粹本》作"神其佑尔"。

（59）宜鉴于仁："宜"，《文粹本》作"冥"。

（60）宜仁之归：《世彩堂本》注："一本'仁'作'人'字。"《百家注本》句下注："晏本'仁'作'人'字。"

（61）濮沿于北：《诂训本》"沿"作"铅"。《世彩堂本》句下注："晏本'沿'，作'铅'字。"《百家注本》句下注："晏本'沿'作'铅'字。"按：《文苑英华辩证》"沿"作"铅"。《尔雅·释地》"南至于濮铅"，作"铅"是。

（62）祝唐之纪：《世彩堂本》句下注："'纪'一作'祀'。"

（63）曷徒祝之："徒"，《文粹本》作"从"。

（64）神协人同："神"，《英华本》《文粹本》作"户"。《百家注本》句下引沈晦曰：旧本作"尸协"。《世彩堂本》注："旧本作'尸协'，《唐诗》作'神协'。"

（65）俾弥亿万年："弥"《世彩堂本》作"尔"。《文粹本》无"弥"字。《英华本》无"亿"字。

[集评]

[1] 宋祁曰:"柳子厚《正符》《晋说》,虽模写前人体裁,然自出新意,可谓文矣。"按:林纾《柳文研究法》曰:"言新意者,即归本于德,不以符瑞为报应,自是此文之本旨。诗平易可诵。"(《笔记》)

[2] 朱熹曰:"古人作文作诗,多是模仿前人而作之,盖学之既久,自然纯熟。如相如《封禅书》模仿极多,柳子厚见其如此,却作《贞符》以反之,然文体亦不免乎蹈袭也。"又曰:"《宾戏》《解嘲》《剧秦》《贞符》诸文,皆祖宋玉之文。"(《朱子语类》卷一百三十九)

[3] 徐师曾曰:"按符命者,称述帝王受命之符也。夫帝王之兴,固有天命,而所谓天命者,实不在乎祥瑞图谶之间,故大电、大虹、白狼、白鱼之属,不见于经,而见于史。史其可尽信邪?后世不察其伪,一闻怪诞,遂以为符,而以封禅答之,亦惑之甚矣。自其说昉于管仲,其事行于始皇,其文肇于相如,而千载之惑,胶固而不可破。于是扬雄《美新》、班固《典引》、邯郸淳《受命述》,相继有作,而《文选》遂立'符命'一类以列之。夫《美新》之文,遗秽万世,淳亦次之,固不足道;而马、班所作,君子亦无取焉。惟柳氏《贞符》以仁立说,颇协于理,然苏长公犹以为非,则如斯文不作可也。"(《文体明辨序说》)

[4] 何良俊曰:"唐人如李百药《封建论》、崔融《武后哀册文》、柳子厚《贞符》、韩退之《进学解》,犹是文章之遗,此后不复见矣。"(《四友斋丛说》卷二十三)

[5] 孙月峰曰:"立意好文,则远让马、扬、班。"又评其诗曰:"平澹有余,符命家文还宜高古宏丽,乃为合作。"(《柳柳州集》卷一)

[6] 蒋之翘曰："《贞符》体制虽诘屈幽玄，而意义自缭然可寻，会须观其步骤神奇处。"(《柳集辑注》卷一)

[7] 陆梦龙曰："序如《书》，诗略如《雅》。"(《韩退之柳子厚集选》)

[8] 郑瑗曰："柳子厚《贞符》，效司马长卿《封禅书》体也。然长卿之谀，不如子厚之正。子厚《答问》，效东方曼倩《答客难》体也。然子厚之怼，不如曼倩之安。"(《井观琐言》卷二)

[9] 何焯曰："《贞符》以德为符，其论伟矣。然亦本末不该。柳子持论，往往皆据一面，如《封建》则直舍本而齐末者，所以不逮韩子。'乃始陈大电、大虹、玄鸟、巨迹、白狼、白鱼、流火之乌。'玄鸟、巨迹，着于雅颂，不得而并议之也。'谓之对禅。'柳子独排对禅，断以六艺为考信。"(何焯《义门读书记》评语)

[10] 章士钊曰："《贞符》有大义二：一反对封禅，一以仁为归。"(《柳文指要·体要之部》卷一)

[11] 韩醇认为，序云："臣为尚书郎时，尝著《贞符》。"公为尚书礼部员外郎，在永贞元年，《贞符》盖是时作。然是年冬，公继贬永州司马，而序又云："臣所贬州吴武陵为臣言董仲舒对三代受命之符"，则序盖在永州作。(《诂训柳先生文集》)

(吴同和)

唐铙歌鼓吹曲十二篇[1]（并序）

[题解]

此诗约元和三年作于永州。创作目的是，假歌高祖神功讽当世之朝政，借颂太宗武德寄志士之忠心，以使"上闻"，并借之表白效忠皇上，冀东山再起。

就艺术特色而论，《唐铙歌鼓吹曲十二篇》承前启后，成为铙歌这一文学样式"断层期"的经典作品。与汉铙歌进行对照，有如下特色：从题材看，汉铙歌比较广泛，但失却了悲壮铿锵，融入了哀怨缠绵；唐铙歌全是战事，极能鼓舞士气：场面壮阔，声势威武。依格调言，汉铙歌多低沉哀婉，唐铙歌皆高昂豪壮。就语言论，汉铙歌因"声辞相杂""字多讹误""胡汉相混"故，有许多诗不容易看懂，甚至不能句读；唐铙歌语言风格是，通俗而不失典雅，晓畅而绝无俗气，字字珠玑，句句溢彩。

[序文]

负罪臣宗元言：臣幸以罪居永州，受食府廪，窃活性命，得视息[2]，无治事，时恐惧；小闲，又盗取古书文句，聊以自娱。伏惟[3]汉魏以来，代有铙歌鼓吹词，唯唐独无有。臣为郎时，以太常联礼部[4]，尝闻鼓吹署有戎乐[5]，词独不列。今又考汉曲十二篇，魏曲十四篇，晋曲十六篇，汉歌词不明纪功德，魏晋歌功德具。今臣窃取魏晋义，用汉篇数，为唐铙歌鼓吹曲十二篇。纪高祖太宗功能之神奇，因以知取天下之勤劳，命将用师之艰难。每有戎事，治兵振旅，幸歌臣词以为容[6]。且得大戒，宜敬而不害。臣沦弃即死，言与不言，其罪等耳。犹冀能言，有益国事，不取效怨怼[7]默已，谨冒死上。

[校勘]

（1）唐铙歌鼓吹曲十二篇并序：《世彩堂本》注："一本序在篇末。"

（2）负罪臣宗元言：《注释音辩本》校："一本无'负罪'二字。"《诂训本》无"负罪"二字。

（3）"时事"原作"事时"，《诂训本》《世彩堂本》同，即断作"无治事，时恐惧；小闲"，亦通。此据注释音辩本改。

[注释]

[1] 郭茂倩曰："铙歌十二曲，柳宗元作以纪高祖、太宗功德及征伐勤劳之事……按此诸曲，史书不载，疑宗元私作而未尝奏，或虽奏而未尝用，故不被于歌，如何承天（南朝·宋文学家）之造宋曲云。"铙（náo）歌：军乐，又谓之骑吹。行军时，马上奏之，通谓之鼓吹。汉制，大驾出行，所列鼓吹为短箫铙歌之乐，亦即此歌。

[2] 视息：视，看；息，呼吸。目仅能视，鼻仅能息，含有偷生苟活之意。

[3] 伏惟：伏着想，下对上陈述己见时所用的敬词，此处是观的意思，也是敬词。

[4] 太常联礼部：因礼部属尚书省，与太常寺甚近，故曰"联"。太常：为掌礼乐效庙社稷事宜的官员，此处所指为太常寺。

[5] 戎乐：军乐。

[6] 容：人的仪节有一定的法度，故称法度为容。一说容为容颜，引申为（军队的）威仪。

[7] 憝（duì）：怨恨。

[原诗]

隋乱既极，唐师起晋阳，平奸豪，为生人义主，以仁兴武。为《晋阳武》第一。

晋阳武[1]，奋义威。炀之渝，德焉归[2]？氓毕屠，绥者谁[3]？皇烈烈，专天机[4]。号以仁，扬其旗。日之升，九土晞[5]。斥田圻，流洪辉[6]。有其二，翼余隋[7]。斯枭鸷，连熊螭[8]。枯以肉，勃者羸[9]。后土荡，玄穹弥[10]。合之育，莽然施[11]。惟德辅，庆无期[12]。

右《晋阳武》二十六句。

[注释]

[1] 晋阳武：隋大业13年（617），唐高祖李渊为太原留守。时隋乱已炽，李密、窦建德，杜伏威等皆已起兵反隋。高祖举事，九月，入关据有长安。十月，立代王侑为天子，遥尊炀帝为太上皇。义宁二年（618），百僚劝进，遂即帝位，改号为唐武德元年。晋阳：县名，秦置，属太原郡，故城在今山西太原市。

[2] 炀：隋炀帝杨广。渝：违背，泛滥，指隋炀帝因失德而亡其国。

[3] 氓（méng）：百姓。绥（suí）：（使）安定。

[4] 烈烈：光明显赫的样子。专，单独占有，引申为"执掌"。天机：国家大政。

[5] 九土：指九州岛。晞：干燥。

[6] 斥:一作"诉",开拓。圻(qí):皇帝都城千里之地叫圻。斥田圻:指疆土被开拓扩展。

[7] 有其二:指"三分天下有其二",言唐皇有至德。翼:像鸟翅覆盖的样子。余隋:指三分天下之一的隋地。这两句诗的意思是,唐皇至德,拥有三分之二的天下,并控制着隋的地域。

[8] 斲(zhuó):斩。枭鸒(xiāo áo):不祥之鸟,喻顽敌。熊螭(chī):威猛之兽,喻李密、窦建德等各路义军。这两句诗的意思是,枭鸒般的顽敌被消灭,熊螭般的义军们同仇敌忾,同心协力抵御敌人。

[9] 以:连词,相当于"而"。肉:用如动词,生肉。勍(qíng):强劲。羸(lěi):弱,瘦。这两句诗的意思是,枯骨可使生肉,强敌可被削弱。

[10] 后土:大地。荡:平坦。玄穹(qióng):高天。弥:覆盖。这两句诗的意思是,大地已被荡平,苍天又覆盖了人间,天下从此太平,一切恢复正常。

[11] 合:弥合。育:滋生、繁衍。芥芥:无边无际。这两句诗的意思是,天地相合,万物得以生长;皇恩浩荡,百姓受益不浅。

[12] 惟德辅:(苍天)只辅佑有德之人。

[原诗]
唐既受命,李密自败来归,以开黎阳,斥东土,为《兽之穷》第二

兽之穷,奔大麓[1]。天厚黄德,狙犷服[2]。甲之櫜,弓弭欠韣[3]。皇旅靖,敌逾蹙[4]。自亡其徒,匪予戮[5]。屈赑猛,虔栗栗[6]。縻以尺组,啖以秩[7]。黎之阳[8],土茫茫。富兵戎,盈仓箱。乏者德,莫能享。驱豺兕,授我疆[9]。

右《兽之穷》二十二句。

[注释]

[1] 武德元年九月,李密与王世充战于邙山,为世充所败,遂举两万余人归唐,本诗以兽喻密,以大麓喻唐。穷:穷途末路。麓:山脚。

[2] 黄德:指大唐,《尚书·舜典》云:"唐以土德代隋,故云黄德。"狙犷(jū guǎng):这里指凶恶的野兽。这两句诗的意思是,上天厚爱大唐,连凶恶的兽类也肯臣服。

[3] 櫜(tuó):口袋,这里指弓箭铠甲之袋。弓弭:合称弓,古人以有装饰者谓之弓,无装饰者谓之弭。箙(fú 服):盛箭的用具。

[4] 靖:绥靖,保持地方平静。逾:通"愈"。蹙:局促。这两句诗的意思是,(唐)皇的部队维持地方平安,敌人部队愈加局促不安。

[5] 自亡其徒:指李密自失其众。匪:通"非"。予:通"与",给予。这两句诗的意思是,他们自己(李密)失去了徒众,并不是为唐皇师旅所屠戮。

[6] 虣(bào):凶暴。栗栗(lì):恐惧。这两句诗的意思是,凶暴的虣兽也为之屈服,虔诚而畏惧地发抖。

[7] 縻:牛缰绳,引申为束缚。尺组:喻官职。秩,爵禄。这两句话的诗的意思是,用功名利禄羁縻李密,使之安分。

[8] 黎阳:古县名,汉置,故城在今河南浚县东北。

[9] 兕(sì):雌犀牛,此处谓猛兽。授:交付,给予。这两句诗的意思是,驱赶了豺狼和凶兕,这片土地终于属于我们。

[原诗]

太宗师讨王充,建德助逆。师奋击武牢下,擒之,遂降充。为《战武牢》第三。

战武牢[1],动河朔[2]。逆之助,图掎角[3]。怒鷇麛,抗乔岳[4]。翘萌牙,傲霜雹[5]。王谋内定,申掌握[6]。铺施芟夷,二主缚[7]。惮华戎,廓封略[8]。命之蕡,毕以斲[9]。归有德,唯先觉[10]。

右《战武牢》十八句。

[注释]

[1]武德三年(620)七月,秦王李世民奉诏讨王世充,次年二月,窦建德率兵救世充,三月,秦王入武牢,进其营,多所杀伤。五月,秦王大破建德军,擒建德,王世充遂率其将吏至军门降唐。武牢:县名,故城在今河南汜水县。

[2]河朔:黄河以北,当时为窦建德所据之地。这两句诗的意思是,武牢决战震动了河朔,震动了窦建德的领地。

[3]逆:指王世充、窦建德,掎(jǐ)角:"绁(xiè)其后曰掎,絓(guà)其前曰角。"此处指分兵牵制,夹击之意。这两句诗的意思是,王、窦二逆互相帮助,妄图形成夹击之势。

[4]鷇(kòu):待哺食的小鸟。麛(mí):幼鹿,泛指小兽。乔岳:高大的山岳,指泰山。这两句诗的意思是,王、窦就如刚出壳的小鸟和初生的小鹿,竟敢与泰山对抗。

[5]翘:抬起(头),引申为植物刚破土而出。牙:同"芽"。

[6]申:施展。

[7]芟(shān)夷:削除。二主:指王世充、窦建德。这两句诗的意思是,撒下天罗地网铲除残贼,将王、窦二逆双双

擒住。

[8] 华戎：华，我国古称华夏，省称华。戎：指军队。"华戎"指各路军队，具体指王、窦二逆所率之军队。廓：扩大，开拓。封略：即封疆，疆界也。这两句诗的意思是，华夏内外的敌人都深感恐惧，大唐的疆界已越来越大。

[9] 命：天命，天神的意旨。瞢（méng）：目不明，这里指昏暗不清。毕：完毕，结束。斲（zhuó）：斩。这两句诗的意思是，天意难明，最终定用刀兵。

[10] 归有德：（天下）终将归于有德之人。唯先觉：唯有先觉之人能启迪后觉之人。《孟子·万章》："天之生斯民也，使先知觉后知，使先觉觉后觉也。"按：人有先知先觉者、后知后觉者和不知不觉者之分。

[原诗]

薛举据泾以死，子仁杲尤勇以暴，师平之。为《泾水黄》第四。

泾水黄[1]，陇野茫。负太白，腾天狼[2]。有鸟鸷立，羽翼张。钩喙决前，钜趯傍[3]。怒飞饥啸，翾[4]不可当。老雄死，子复良[5]。巢岐饮渭[6]，肆翱翔。顿地纮，提天纲[7]。列缺掉帜，招摇耀铓[8]。鬼神来助，梦嘉祥。脑涂原野，魄飞扬。星辰复，恢一方[9]。

右《泾水黄》二十四句。

[注释]

[1] 隋朝末年，河东汾阳人薛举与其子仁杲（gāo）反于陇西，自称西秦霸王。大历十三年（616）僭（jiàn）帝号于兰州，唐武德元年（618）举军谋取长安时，举染疾而卒，其子仁杲立，

为秦王李世民所破，仁杲率部归降，被斩，陇西遂平。《泾水黄》所叙即为此事。

[2] 太白、天狼，均为秦之疆域；又，古人以太白主杀伐，故用以喻兵戎，以天狼喻贪残。这两句话一语双关。负：仗恃。

[3] 喙（huì）：鸟嘴。钜，一作"距"，指禽类脚掌后的尖端突起的部分。趯（tì）：跳跃的样子。这两句诗的意思是，带钩的嘴突起在前方，有力的脚掌依傍在边上跃跃欲飞。

[4] 翾（xuān）：飞翔。

[5] 老雄死：指武德元年（618）薛举率部谋取长安，临发时染病，未几而卒。良，甚也，意思是更加厉害。

[6] 巢岐饮渭：指仁杲的军队已进驻关中之地。巢：用如动词，筑巢，引申为安营扎寨。岐：岐山。渭：渭水。

[7] 纮（hóng 红）：成组的绳子。地纮：系地的大绳，喻维系国家的法律。纲：渔网上的总绳，引申为事物的主要部分。天纲：天布的罗网，亦喻国家的法律。这两句诗的意思是，整顿纲纪国法。

[8] 列缺：闪电。帜：旗帜。招摇：星名，在北斗构端，为北斗第七星。铓（máng）：刀剑的尖端部分。这两句诗的意思是，旗帜飞动如闪电一般，刀剑耀眼像北斗一样。

[9] 这两句诗的意思是，天空的星辰又恢复了原来的样子，闪耀在自己的位置上。

[原诗]

辅氏凭江、淮，窥东海，命将平之。为《奔鲸沛》第五。

奔鲸沛[1]，荡海垠[2]。吐霓翳日，腥浮云[3]。帝怒下顾，哀垫昏[4]。授以神柄，推元臣[5]。手援天矛，截修鳞[6]。披攘蒙霜[7]，开海门。地平水静，浮天根[8]。羲和显耀，乘清氛[9]。赫炎溥畅，融大钧[10]。

右《奔鲸沛》十八句。

[注释]

[1] 辅氏：辅公祏，隋末与杜伏威曾起兵淮南。伏威自号总管，以公祏为长史。武德二年（619），伏威降唐，诏授公祏淮南道行台尚书左仆射，封舒国公。武德六年，伏威入朝，公祏诈以伏威之令欺哄众人叛变，八月，僭（jiàn）位称帝，国号宋。高祖命赵郡王李孝恭率诸将破之，传首京师。

[2] 沛：行动迅速。垠（yín）：岸，引申为边际，尽头。这两句诗的意思是，奔驰的鲸鱼遨游在大海上，无边无涯的海洋也为之动荡。

[3] 霓（ní）：副虹，位于主虹外侧，色带内红外紫。翳（yì）：遮蔽。这两句诗的意思是，它吐出的霓雾遮蔽了太阳，浮云因而有了腥臊。

[4] 垫昏：指百姓困于兵灾。这两句诗的意思是，皇帝愤怒地四下环顾，非常同情陷于兵灾的百姓。

[5] 元臣：指赵郡王李孝恭。

[6] 修鳞：巨鱼，鲸鱼，喻辅氏。修：同"脩"，长。截修鳞：意谓李孝恭击败辅氏，字面意义是，除却鲸鱼的长鳞。

[7] 披攘：拨开。霿（méng）：同"雾"。

[8] 天根：氐（dī）宿星别名，二十八宿之一。这两句诗的意思是，从此土地平定、海面平静，天根星又在天空闪烁。

[9] 羲（xī）和：神话中太阳的御者，这里指太阳。乘：升、登。这两句诗的意思是，太阳显耀，天空一片清明。

[10] 赫炎：旱热，赫：红如火烧，炎：火光上腾。溥畅：普遍通畅。大钧：天，自然界。这两句诗的意思是，阳光普照万

物，大自然从此和顺快乐。

[原诗]

梁之余，保荆、衡、巴、巫，穷南越，良将取之不以师。为《苞枿》第六。

苞枿[1]黝矣，惟根之蟠[2]。弥巴蔽荆，负南极以安。曰我旧梁氏[3]，缉绥艰难[3]。江汉之阻，都邑固以完。圣人作，神武用[4]。有臣勇智，奋不以众[5]。投迹死地，谋猷纵[6]。化敌为家，虑则中[7]。浩浩海裔，不威而同[8]。系缧降王，定厥功[9]。澶漫万里，宣唐风[10]。蛮夷九译，咸来从[11]。凯旋金奏，像形容[12]。震赫万国，罔不龚[13]。

右《苞枿》二十八句。

[注释]

[1]萧铣：后梁宣帝曾孙。大业十三年（617）起兵反隋，义宁二年（618）僭称皇帝，置百官，拥兵四十余万。万武德元年（618）迁都江陵。武德四年，唐高祖命赵郡王李孝恭及李靖率巴蜀兵发自夔州，沿流而下，讨铣，十月，铣出降，囚送长安，斩于都市，年三十九。铣自初起，五年而灭。

[2]枿（niè）：树木经砍伐后重新生长的枝条，同"蘖"。（duì）：茂盛的样子。蟠：盘伏、屈曲的样子。这两句诗的意思是，苞枿之所以茂盛，是因为它盘根错节。

[3]冃（mào）：重复。这两句诗的意思是，沿袭了往昔梁朝的势力，缉拿征服它非常困难。

[4]圣人：指唐高祖李渊。作：起也。神武：神明威武。这两句诗的意思是，圣人兴起，神明振作。

[5]有臣：指河间王李孝恭。奋不以众，震惊（敌人）并不

依靠人多势众。

[6] 投迹：止步不前。谋猷（yóu）：计谋。这两句诗的意思是，萧铣地险士众，孝恭长驱直入，危险之极，于是孝恭施展谋略。

[7] 化敌为家：化敌为友也。虑：谋。中（zhòng）：适合，符合，引申为成功，奏效。

[8] 裔（yì）：边远的地方。同：统一。这两句诗的意思是，浩浩荡荡的海边，无须动武便统一起来。

[9] 缧（léi）：捆绑犯人的大绳。厥：那。这两句诗的意思是，将投降的叛王（萧铣）捆绑到长安，那不朽的战功就此奠定。

[10] 澶（dàn）漫：宽而长，指面积方圆。

[11] 九译：多次翻译，九，言其多也。这两句诗的意思是，通过重重翻译，蛮夷（少数民族）地区的人们好不容易弄懂意思，都来顺从（大唐）。

[12] 金奏：奏乐，击钟而奏乐。像形容：李孝恭凯旋，高祖大悦，拜孝恭荆州大总管，使画工貌而视之。这两句诗的意思是，孝恭凯旋，京师奏乐庆贺，高祖命画工将孝恭的形象绘制出来。

[13] 龚：通"恭"。这两句诗的意思是，（这件事）震动了万国君臣，没有不对大唐表示恭敬的。

[原诗]

李轨保河右，师临之不克，变，或执以降。为《河右平》[1]第七。

河右澶漫，顽为之魁[2]。王师如雷震，昆仑颓[3]。上聋下聪，鹜不可回[4]。助雠抗有德，惟人之灾[5]。乃溃乃奋，执缚归厥命[6]。万室蒙其仁,一夫则病[7]。濡以鸿泽,皇之圣。威畏德怀,功以定[8]。顺之于理,物咸遂厥性。

右《河右平》十八句。

[注释]
[1] 李轨:字处则,武威姑臧人。薛举乱金城,轨聚兵保据河右,自称河西大凉王。武德元年(618)冬,僭称帝。不久,拥有河西五郡之地。唐高祖要平薛举,派使者拜轨为凉王、凉王总管,李轨不愿去帝号,仍称大凉皇帝而不受封,高祖怒。后轨为其部将安兴贵、安修仁执以降,被斩于长安。自起至亡,仅只三年。

[2] 澶(dàn)漫:宽而长,指面积方圆。顽:此处指李轨。魁:首领。这两句诗的意思是,河右地方非常辽阔,凶顽的敌人在那里做了首领。

[3] 昆仑以颓:昆仑山因而倾塌。颓:倒塌。

[4] 上聋下聪:上聋指李轨,下聪谓其部将安兴贵。骜:通"傲"。这两句诗的意思是,李轨昏聩,下属们聪明,但李轨傲气十足,(称帝之心)坚决不肯回转。

[5] 雠(chó):通"仇"。有德:有德之君。这两句诗的意思是,帮助仇敌来对抗有德之君,这是人民的灾难。

[6] 乃溃乃奋:(人们)恼怒,于是奋起(出击)。溃:恼怒,奋:奋起、举起。厥:代词,指李轨。这两句诗的意思是,百姓于是怒而奋起,将李轨擒住归顺大唐。

[7] 万室蒙其仁,一夫则病:万室蒙其仁:谓万众百姓都蒙受皇恩的仁厚。一夫则病:诛杀李轨。一夫:指李轨。病:使……受严厉惩罚,这里指处以极刑。

[8] 威畏德怀:使动用法,意思是:威严令人畏惧,德仁使

人感怀。这两句诗的意思是,高祖的威严令人畏惧,其德仁使人感怀,因而成就功业。

[原诗]

突厥之大,古夷狄莫强焉。师大破之,降其国,告于庙。为《铁山碎》第八。

铁山碎[1],大漠[2]舒。二虏劲,连穹庐[3]。背北海,专坤隅[4]。岁来侵边,或傅于都[5]。天子命元帅,奋其雄图[6]。破定襄,降魁渠[7]。穷竟窟宅,斥余吾[8]。百蛮破胆,边氓苏[9]。威武焯耀,明鬼区[10]。利泽弥万祀,功不可踰[11]。官臣拜手,惟帝之谟[12]。

右《铁山碎》二十二句。

[注释]

[1] 铁山,在今内蒙古阴山北,为突厥族所居之地,突厥六世纪中叶开始强盛,隋时极盛。唐王朝大败突厥后,突厥首领颉利可汗为获喘息机会,曾派使者伪言请和,但其阴谋被识破,颉利被俘,大唐北部边境因而安定五十余年。"铁山碎",即颉利阴谋被彻底粉碎之意。

[2] 大漠:指我国西北部的广大沙漠地区。舒:舒展,引申为广袤、宽阔无边。

[3] 二虏:指突厥的颉利可汗、突利可汗两股势力。劲:强悍、强劲。穹庐:古时游牧民族居住的圆顶毡帐。这两句诗的意思是,突厥的两个可汗(当年)何其强劲,(他们)穹庐相连。

[4] 北海:贝加尔湖。专:独占。坤隅:西南一方。这两句诗的意思是,(二虏)背靠着北海,占据着那一方的地盘。

[5] 或:有时。傅:同"附",靠近。都:唐朝京城长安。

据史载：唐武德九年（626），突厥曾侵扰到长安附近。

［6］天子：李世民（太宗）。元帅：并州总督李世绩和兵部尚书李靖。太宗即位后，曾命二人率兵分六路讨伐突厥。奋其雄图：施展其雄才大略。

［7］定襄：郡名，汉置，辖境各朝代不同，一般认为相当于今山西忻县和定襄县两地，一说在今山西大同县西北。降（xiáng）魁渠：使动用法，使那些大首领投降。渠：通"巨"，大也。

［8］穷竟窟宅：彻底捣毁敌人巢穴。斥：拓展。余（xú 徐）吾：县名，汉置，故城在今山西长治市。这两句诗的意思是，（大唐的军队）彻底捣毁了敌人老巢，并深入到余吾一带。

［9］百蛮：泛指当时侵扰中原地区的北方、西北方少数民族侵略者。边氓：边疆的百姓。苏：困顿后得到休息，引申为舒坦、获救。

［10］燀（chǎn）耀：光辉照耀。鬼区：鬼方，此处称突厥所居之地。这两句诗的意思是，威武之师军功光耀夺目，连遥远的突厥也得到光明。

［11］弥：久远，引申为延续。祀（sì）：年。这两句诗的意思是，恩泽将延续千年万代，没有什么功绩可超过。

［12］拜手：古代男子常用的表示礼节的方式，就是行礼叩头，统称"拜"，"拜手"指跪下，两手拱合，俯首至手与心平的跪拜礼。谟：计谋、谋略。

[原诗]

刘武周败裴寂，咸有晋地，太宗灭之。为《靖本邦[1]》第九。

本邦伊晋，惟时不靖[2]。根柢之摇，枯叶攸病[3]。守臣不任,勩于神圣[4]。惟钺之兴,翦焉则定[5]。洪惟我理,式和以敬[6]。群顽既夷,庶绩[7]咸正。皇谟载大,惟人之庆[8]。

右《靖本邦》十四句。

[注释]

[1] 唐武德二年(619),刘武周率兵南侵,破榆次,拔介休,进逼太原。唐高祖遣太常少卿李仲文抵御,全军覆没,仲文大败逃还。裴寂请命讨伐刘贼,亦败。武周力据太原,复攻陷晋州。高祖乃命秦王李世民督兵进讨,武德三年平刘武周,尽收河东失地。靖:安定。本邦:指太原、平阳、晋阳等地,属大唐所辖。

[2] 伊:语助词,无义。惟:副词,相当于"只是"。"本邦伊晋",倒装。这两句诗的意思是,晋地是唐朝的国土,只是时常出现不安定的局面。

[3] 柢(dǐ):树根,常用于比喻事业的根本。攸,副词,相当于"就"。这两句诗的意思是,如果根本有所动摇,树叶就会得病。

[4] 守臣:指裴寂。不任:不胜任。勩(yì 亦):劳苦。神圣:指皇上。这两句诗的意思是,裴寂等大臣承担不了如此重大的责任,只好有劳于神圣的帝王亲自挂帅出征。

[5] 惟:助词,无实义。钺之兴:倒装,兴钺也,意思是兴兵(讨伐)。翦:同"剪",剪除,铲去,引申为消灭。这两句诗的意思是,兴兵讨伐刘武周,剪除叛逆,国家得以安定。

[6] 洪:同"弘",扩大、弘扬。式:制度。这两句诗的意思是,弘扬大唐的德义,法令制度(讲究)和谐而严肃。

[7] 庶绩:各种事功。

[8] 谟:计谋、谋略。这两句诗的意思是,巨大的谋划得以

实现，这是人民最大的欢庆。

[原诗]

李靖灭吐谷浑西海上。为《吐谷浑[1]》第十。

吐谷浑盛强，背西海以夸。岁侵优我疆，退匿险且遐。帝谓神武师，往征靖皇家。烈烈旆其旗，熊虎杂龙蛇[2]。王旅千万人，衔枚默无哗[3]。束刃逾山徼，张翼纵漠沙[4]。一举刈膻腥[5]，尸骸积如麻。除恶务本根，况敢遗萌芽。洋洋西海水，威命穷天涯。系虏来王都，犒乐穷休嘉[6]。登高望还师，竟野如春华。行者靡不归，亲戚谨要遮[7]。凯旋献清庙，万国思无涯[8]。

右《吐谷浑》二十六句。

[注释]

[1] 吐谷浑：其先居于徒河之清山……隋炀帝时，其王伏允来犯塞。……太宗即位，伏允遣其洛阳公来朝，使未返，大掠鄯州（今青海西宁乐都一带）而去。……时，伏允年老昏耄，其邪臣天柱王惑乱之，拘鸿胪丞赵德楷，太宗频遣宣谕，使者十余返，竟无悛心（悔改之意）。贞观九年（635），吐谷浑寇边，以靖为西海道行军大总管，……大破其国，吐谷浑之众遂杀其可汗来降。

[2] 烈烈：炽烈貌。旆（pèi）：古时末端形状像燕尾的旗，此处泛指旌旗。熊虎龙蛇，指旗帜上的图形。古时交龙为旗（qí，古代一种旗子），……熊虎为旗，鸟隼（sǔn）为旟（yú，古代一种军旗），龟蛇为旐（zhào，古代一种旗子）。这两句诗的意思是，旌旗招展如火焰燃烧，旗上图画着熊虎龙蛇等各种形象。

[3] 衔枚：古代军队秘密行动时，让士兵口中横衔着枚（象筷子似的东西），防止说话，以免敌人发觉。这两句诗的意思是，

皇家的军队有千千万万人,都衔枚前进,不发出一点声音。

[4]徼(jiào):边界。这两句诗的意思是,他们捆束着刀刃翻过山路,又如鸟翼张开翅膀似的穿过沙漠。

[5]膻(shān):像羊肉的气味。

[6]犒乐:指犒赏的音乐,庆功的音乐。这两句诗的意思是,吐谷浑的首领被绑到京城,犒赏的音乐尽显吉祥欢乐之声。

[7]亲戚:亲人和亲戚。讙(huān欢):同"欢"。要遮:拦截,阻留。这两句诗的意思是,远征的士兵都回家,亲人和戚友们欢天喜地(在路旁迎接),以致把凯旋的士兵们都给拦住了。

[8]清庙:宗庙的通称,清:肃穆清静。这两句诗的意思是,唱着凯歌,将功绩呈献于宗庙,各国(君主)都思无邪念。

[原诗]

李靖灭高昌,为《高昌[1]》第十一。

曲氏雄西北,别绝臣外区[2]。既恃远且险,纵傲不我虞。烈烈王者师,熊螭以为徒[3]。龙旗翻海浪,驲骑驰坤隅[4]。贲育搏婴儿,一扫不复余[5]。平沙际天极,但见黄云驱。臣靖执长缨,智勇伏囚拘[6]。文皇南面坐,夷狄千群趋。咸称天子神,往古不得俱。献号天可汗,以覆我国都[7]。兵戍不交害,各保性与躯[8]。

右《高昌》二十二句。

[注释]

[1]《新旧史·高昌传》及《李靖传》,均无李靖灭高昌之事,本篇所述与史料有出入。史书载,贞观十三年(639),太宗命吏部尚书侯君集为交河道大总管,率步骑数万众以击高昌,贞观十四年灭高昌。

[2] 曲（qū）氏：《旧唐书·高昌传》："其王曲伯雅，即后魏时高昌王嘉之六世孙也。……武德二年，伯雅死，子文泰嗣。"这里所指的就是伯雅子文泰。臣外区：指曲氏臣西突厥。这两句诗的意思是，曲氏家族雄镇西北，不忠于唐朝，而对突厥族称臣。

[3] 烈烈：威武貌。熊螭（chī）：喻士兵如熊螭一般勇猛。这两句诗的意思是，大唐军队威武无比，士兵们如熊螭一般。

[4] 龙旗（qí）：上绣龙形之旗。驲（yì）：古代驿站用的车。驲骑：指车骑。坤：西南方向。这两句诗的意思是，龙旗挥舞如海浪，骑兵骁勇，奔驰在曲氏所辖西南方向的领地。

[5] 贲（bì）育：指古时两位勇士孟贲和夏育。传说孟贲"水行不避蛟龙，陆行不避豺狼，发怒吐气，声响动天。"搏：空手而执也。这两句诗的意思是，将士们仿佛孟贲、夏育抓婴儿一般，扫除乱贼一点也不留余地。

[6] 囚拘：象犯人一样受拘束。这两句诗的意思是，大将李靖手持长缨，智勇双全，降伏了敌人首领。

[7] 天可汗：《旧唐·唐太宗纪》："贞观四年夏四日丁酉，御顺天门，军吏执颉利以献捷，自是西北诸蕃咸请上尊号为'天可汗'……"意思是称唐太宗为天可汗。这两句诗的意思是，进献了"天可汗"的称号给皇上，拜倒在大唐的国都之下。

[8] 兵戍：一作"兵戎"，指军队。性与躯：指生命财产。这两句诗的意思是，从此后互不侵犯，大家都平平安安，保住各自的生命财产。

[原诗]

既克东蛮，群臣请图蛮夷状，如《周书·王会》。为《东蛮[1]》第十二。

东蛮有谢氏,冠带理海中[2]。自言我异世,虽圣莫能通。王卒如飞翰,鹏骞骇群龙[3]。轰然自天坠,乃信神武功。系房君臣人,累累来自东[4]。无思不服从,唐业如山崇。百辟拜稽首,咸愿图形容[5]。如周王会书,永永传无穷。睢盱万状乖,咿嗢九译重[6]。广轮抚四海,浩浩如皇风[7]。歌诗铙鼓间,以壮我元戎。

右《东蛮》二十二句。

[校勘]

(1) 唐铙歌鼓吹曲十二篇并序:《世彩堂本》注:"一本序在篇末。"

(2) 负罪臣宗元言:《诂训本》无"负罪"二字。

(3) 臣幸以罪居永州句下注:"宪宗即位,十一月,公贬永州司马"。"宪宗即位"下原有"改元元和"四字,据"通鉴"卷二三六、二三七删。按:柳宗元贬永州司马是在永贞元年十一月己卯,此时宪宗李纯虽已即位,但尚未改元为元和,改元是在第二年正月。原注及《五百家》《世彩堂本》注均误。

(4) 伏惟汉魏以来:"惟",《音辩》《诂训》《五百家本》均作"观"。

(5) 今又考汉曲十二篇句下注:"列于鼓吹"。"鼓吹"原作"歌吹",据《诂训本》改。

(6) 晋曲十六篇句下注:"改《雍离》为《时运多难》。改《战城南》为《景龙飞》。原脱后八字。又改《务成》为《唐尧》。《玄云》依旧名。"原脱后五字。均据《诂训本》及《晋书》卷二三《乐志下》补。

(7) 魏晋歌功德具:《诂训本》"德"下无"具"字。五字作一句连读,亦可通。

(8) 今臣窃取魏晋义:"魏晋"原作"晋魏",据取校诸本改。

（9）诉田圻句下注："一作'斥田圻'。"蒋之翘本注云："以后题有'斥东土'较之，其作'斥'字是矣。但'斥'字乃分裂之义，又于文理未妥，今当更定为'斥田圻'（蒋原书误作'坼'），盖谓开拓其郊甸以流洪光于宇内也。"按：蒋说是。

（10）兽之穷第二题下注："以策于东郡贼翟让"。"东郡"原作"东都"，据世彩堂本及《新唐书》卷八四《李密传》改。"让推密为盟主。""盟主"原作"谋主"，据诂训本改。"据桃林城"。"桃林"原作"姚林"，据《世彩堂本》及《旧唐书》卷五十三《李密传》改。世彩堂本《为兽之穷》下尚有如下注文："邵本云：《兽之穷》十九句，其十五句句三字，其三句句七字，其一句句四字。"以"天厚黄德狙犷服""自亡其徒匪予戮""縻以尺组噉以秩"为三七字句，"弓弽矢箙"为四字句。

（11）敌逾蹙："逾"，《诂训本》作"途"。

（12）战武牢第三题下注："王世充举东都降，河南平。""河南"原作"河东"，据《世彩堂本》改。

（13）毕以斲："毕"原作"卑"，《世彩堂本》注："'卑'一作'毕'，又'毕'是。《楚辞》：羌足以毕斲。"今据改。

（14）泾水黄句下注："东南至阳陵入渭。""阳陵"原作"陵阳"，据《世彩堂本》改。

（15）钜趯傍句下注："'钜'，一作'距'。"蒋之翘本谓"'距'为是"。按：蒋说近是。

（16）列缺掉帜句下注："列缺气去地二千四里。""二千四里"，《五百家》《世彩堂本》作"二千四百里"。

（17）招摇耀铓句下注："北斗居四方宿之中。""四方宿"原作"方宿"，据《五百家本》及《礼记·曲礼上》补"四"字。

（18）推元臣：《世彩堂本》注："'推'，一作'雄'。"

（19）曰我旧梁氏："曰"，音辩本、《四部丛刊》本、《乐府诗集》及《全唐诗》作"曰"。

（20）澶漫万里句下注："杜诗：澶漫山东一百州"。"一百"原作"二百"，据《四部丛刊》本《分门集注杜工部诗》卷一五《承闻河北诸道节度入朝欢喜口号绝句十二首》之八改。

（21）河右平第七题下注："自称河西大凉王"。"凉"原作"梁"，据《诂训》《世彩堂本》及《旧唐书》卷五五《李轨传》改（下文同改）。"轨将安兴贵执轨以闻"。按：此注误（诗中"惊不可回"句下注"轨将安兴贵士长安"，亦误）。据《旧唐书李轨传》及《通鉴》卷一八七载，安兴贵乃唐将，其弟修仁为轨将。

（22）昆仑以颓句下注："昆仑，山名，在凉地。""凉地"原作"梁地"，据《诂训本》改。又，"梁地"，《世彩堂本》作"西域"，指昆仑北支。亦通。

（23）铁山碎第八题下注："唐武德二年卒，立突利可汗。""卒"原作"又"，据《世彩堂本》改。"突利"，《世彩堂本》作"颉利"。按：据《旧唐书》卷一九四上《突厥传》：武德二年始毕可汗卒，其弟处罗可汗立。三年，处罗可汗卒，其弟颉利可汗立，居五原之北；而以始毕可汗之子什钵苾为突利可汗，居幽州之北。因颉利与突利叔侄同治，故下文有"承父兄之资"一语。"复定襄、恒安之地"。"恒安"原作"安常"，据《世彩堂本》及《新唐书》卷二一五上《突厥传》改。

（24）靖本邦第九题下注："高祖遣李仲文讨之"。"李仲文"原作"李文仲"，据《诂训》《世彩堂本》及《旧唐书》卷五五《刘武周传》改。"败金刚于雀鼠谷"，"雀鼠谷"，原作"雀儿谷"，据《世彩堂本》及《旧唐书·刘武周传》改。"又破武周于浩州","浩州"原作"洛州",据《世彩堂本》及《新、旧唐书·刘武周传》、《通鉴》卷一八八改。

（25）衔枚默无哗句下注："盖为结纽而绕项也"。"结纽"原作"结绕",据《五百家本》及《汉书》卷一上《高帝纪》颜师古注改。

（26）高昌第十一题下注："曲文泰嗣立为王"。"曲文泰"原作"曲文雅",据《世彩堂本》及《旧唐书》卷一九八《高昌传》改。

（27）兵戍不交害句下注："'戍',一作'戎'"。诸本同。《诂训本》及《乐府诗集》《全唐诗》作"戎"。按：作"戎"近是。

（28）东蛮第十二题下注："其酋长谢元深入朝"。"谢元深"原作"谢元升",据《世彩堂本》及《旧唐书》卷一九七《东谢蛮传》改。下同改。"冠乌熊皮冠","皮冠",原作"皮履",据《五百家本》及《旧唐书·东谢蛮传》改。

[注释]

[1]《旧唐书·南蛮西南蛮传》："东谢蛮其地在黔州之西数百里……其首领谢元深,既世为酋长,其部落皆尊畏之。……贞观三年（629）,元深入朝,冠乌龙皮冠,若今之髦头,以金银络额,身披毛帔,韦皮行縢（téng 腾,封闭）而着履。中书侍郎颜师古奏言：'昔周武王时,天下太平,远国归款,周史以书其事为《王会图》。今万国来朝,至于此辈章服,实可图写。今请撰为《王会图》。'从之。以其地为应州,仍拜元深为刺史,隶黔州都督府。"

[2] 谢氏：指东蛮首领谢元深。冠带：借指士族、官吏。海中：指距唐王朝京城较远的海边。

[3] 飞翰：高飞之鸟。骞（qiān）：高飞貌。这两句诗的意思是，大唐的士兵如飞鸟从天而降，像大鹏飞举天空，令群龙为之惊骇。

[4] 系虏君臣人：意思是东蛮君臣被拘系俘虏。累累：接连成串，言其多也。

[5] 百辟：诸侯，辟，君也，这里泛指公卿大官。这两句诗的意思是，百官都叩首跪拜，都希望将蛮夷的形象画入图中。

[6] 睢盱（suī xū）：朴素貌，亦有仰视之意。乖：行为欠正常。咿喔（yī wà）：言语不明。这两句诗的意思是，蛮夷之人睁目瞪眼，似不正常，颇为质朴；言语不通，须经多重翻译，方可明白。

[7] 广（guàng）轮：东西为广，南北为轮，指土地面积。引申为大唐。这两句诗的意思是，大唐保护着四海臣民，皇恩浩荡如风。

[集评]

[1] 胡应麟曰："退之《琴操》、子厚《鼓吹》，锐意复古，亦甚勤矣。然《琴操》于文王列圣，得其意不得其词；《鼓吹》于《铙歌》诸曲，得其调不得其韵。其犹在晋人下乎！"（《诗薮内编》卷一）

[2] 孙月峰曰："前《雅》果雅，此《铙歌》信铮铮有金铁声，皆操觚上技，但微觉人巧力多。"又曰："《诗谱》谓汉郊庙诗煅意刻酷，炼字神奇，此诗亦从彼派来，虽失之太峻，然于戎乐固自当行。"又曰："汉歌卓不可及，此歌当在魏晋之间，正可与韦弘嗣埒。"（《评点柳柳州集》卷一）

[3] 常安评："颂前即以戒后，大有裨益。"（常安《古文披金》评语卷十四柳文）

[4] 光聪谐曰:"子厚《唐铙歌鼓吹曲》第四《泾水黄》言平薛举父子,就举字生义,故云:'有乌鸷立,羽翼张,钩喙决前,钜趯傍。怒飞饥啸,翾不可当。'第五《奔鲸沛》,则因辅氏凭江淮竟东海也,故比之以鲸。"(《有不为斋随笔》辛部)

[5] 贺裳曰:"《铙歌鼓吹曲》又不及《皇武》《方城》,然较之《七德舞》则绵蕞犹胜盆子君臣也。"(《载酒园诗话·又篇》)

[6] 张谦宜曰:"唐《铙歌鼓吹曲》,若仿汉调,音节颇近,以汉乐原不纯乎古也。"(《絸斋诗谈》卷五)

[7] 曰:"子厚唐《铙歌鼓吹曲》第四《泾水黄》言平薛举父子,就举字生义,故云:'有为鸷立,羽翼张,钩喙决前,距趯傍,怒飞饥啸,翾不可当。'第五《奔鲸沛》则因辅氏凭江淮竟东海也,故比之以鲸。"(光聪谐《有不为斋随笔》卷三)

[8] 胡薇元曰:"《平淮西雅》力追《雅》《颂》,《唐铙歌十二篇》,大力复古。"(《梦痕馆诗话》卷二)

[9] 宋芸子(育仁)曰:"柳州古诗,得于谢灵运,而自得之趣鲜可俦匹,此其所短。然在当时,作者凌出其上多矣。《平淮雅诗》足称高等,《铙歌鼓吹曲》其在唐人鲜可追躅,而词饰促急,不称雅乐,七德九功之象,殆可如此!"(《唐诗品》)

(吴同和)

零陵春望

[题解]

《零陵春望》,约作于元和四年(809)春。"春望"即望春。"平野春草绿,晓莺啼远林",何其赏心悦目,然"云断岣嵝岑",则隐含诗人北望长安,为"衡山"所"断"之酸楚,贬谪之意遂初见端倪,犹杜甫"国破山河在,城春草木深"之笔法。"仙驾不可望",意谓欲求皇上效法先圣尧舜治理天下,无异于井中捞月!诗人报国无门,空余嗟叹。最后两句实写苍梧,暗指舜帝,为劝谕皇上励精图治,点在一个"阴"字上,则其"春望",亦不乏"感时花溅泪,恨别鸟惊心"之况味!

全诗景清境明,情幽意微,望中有怨,春而含秋。当是时,贬永多年,盼望回长安的心情更为急切,故以《零陵春望》述志,遣词造句颇见亮色!

[原诗]

平野春草绿,晓莺啼远林。日晴潇湘渚[1],云断岣嵝岑[2]。仙驾不可望[3],世途非所任。凝情空景慕[4],万里苍梧阴[5]。

[校勘]

(1)"晓莺啼远林"句:《郑定本》《世彩堂本》《济美堂本》《蒋之翘本》《何焯校本》及《全唐诗》"晚"作"晓",近是。

(2)"万里苍梧阴"句下注"舜崩于苍梧之野,葬于江南九疑"。"崩于"原作"葬","于江南"上原脱"葬"字,据《史记》卷一《五帝本纪》补改。

[注释]

[1]潇湘:湖南潇水和湘江的合称。潇水出自湖南永州市蓝山县紫良乡野狗山南麓,湘水出自广西兴安越城岭海洋山,二水自永州零陵蘋岛汇合,自湘江发源地至永州,谓之潇湘,而大部分在永州境内,因而永州也有潇湘之称。渚(zhǔ):水中间的小块陆地。

[2]岣嵝(gǒulǒu):衡山的主峰,岣嵝岑,乃指"衡山"。岑(cēn):岑崟(yín),山高峻貌。司马相如《子虚赋》:"岑崟参差,日月蔽亏。"此为岣嵝山之高峻。

[3]仙驾:驾,特指大禹的车。《辞源》:"古代神话传说,禹在此(岣嵝峰)得到金简玉书。"

[4]凝情:凝,凝聚,集中,这里指怀着深情。景慕:崇敬景仰。

[5]苍梧:山名,即九疑山。古苍梧之野,其地甚广,凡九疑山前后数百里,粤西、湖南之地,兼跨而有之。阴:通荫。

[集评]

[1]蒋之翘曰:"此以处末世而思圣君也,即西方美人之意。"(《柳集辑注》卷四十三)

[2]黄叔灿曰:"'世途非所任',言不耐尘世也。"(《唐诗笺注》卷三)

[3]陆梦龙曰:"直写,自深。"(《柳子厚集选》卷四)

(吴同和)

掩役夫张进骸[1]

[题解]

此诗作于元和四年孟春，住城南龙兴寺时。全诗记叙了掩埋役夫张进骸骨的过程。诗中借用"猫虎获迎祭"和"犬马有盖帷"两个典故，来感慨人不如犬马，心中很不平静。诗人持畚锸将役夫尸骨掩埋，并为自己能做这件善事而感到心有所安。作者认为"为役孰贱辱，为贵非神奇"，当役夫没有什么低贱耻辱，作贵人也没有什么了不起，表现出作者对劳动人民的深切同情和平等的思想。

[原诗]

生死悠悠尔，一气聚散之[2]。偶来纷喜怒，奄忽已复辞。为役孰贱辱[3]？为贵非神奇。一朝纩息定[4]，枯朽无妍媸[5]。生平勤皂枥[6]，刈秣不告疲[7]。既死给槥椟[8]，葬之东山基。奈何值崩湍[9]，荡析临路垂[10]。髐然暴百骸[11]，散乱不复支。从者幸告余，眡之涓然悲[12]。猫虎获迎祭[13]，犬马有盖帷。伫立唁尔魂[14]，岂复识此为？畚锸载埋瘗[15]，沟渎护其危。我心得所安，不谓尔有知。掩骼着春令[16]，兹焉值其时。及物非吾辈[17]，聊且顾尔私。

[校勘]

(1) 偶来纷喜怒:"纷",《诂训本》作"分"。

(2) 剉秣不告疲:"剉",《诂训本》作"摧"。《世彩堂本》句下注:"'剉'作'莝'。"按剉,折伤。莝,斩刍,即铡碎刍草。作"莝"或"摧"是。

(3) 荡析临路垂:《诂训本》"析"作"枥"。

(4) 髐然暴百骸:《音辩本》、《世彩堂本》句下注:"'骸',一作'体'。"《诂训本》"骸"作"体"。

(5) 睠之涓然悲:"睠",《百家注本》作"睫"。

(6) 及物非吾事:《世彩堂本》、《百家注本》句下注:"'辈',一作'事'。"《蒋之翘本》《全唐诗》"辈"作"事"。按"吾事"与下句"尔私"相对,作"事"近是。

[注释]

[1] 役夫:旧时指供使唤的仆人。骸(hái):即人的尸骨。

[2] 气:元气,指人体的本原。《论衡·言毒》:"万物之生,皆禀元气。"元气聚而生,元气散而死。

[3] 奄忽:指时间非常快速。辞:指辞世,即死亡。

[4] 纩(kuàng):指棉絮。纩息:就是用棉丝置于垂死者的鼻孔边,测试其是否绝气。

[5] 妍媸(yán chī):相貌美丽与相貌丑陋。

[6] 皂枥:皂是指差役,枥指马槽。

[7] 剉秣(cuò mò):为牲口铡草料。

[8] 槥(huì):粗陋的小棺材。椟(dú):匣子。槥椟,即像匣子一样小的薄皮棺材。

[9] 崩:指山倒塌。湍:指激流。崩湍:就是能冲垮山坡的激流。

[10]荡析临路垂:指坟墓被冲垮后,尸骨暴露在路旁。荡析:冲散。垂:通"陲",边。

[11]髐(xiāo):指骷髅。髐然:白骨森森的样子。

[12]睼(juàn):看到。涓:细小的水流,这里指眼泪。

[13]猫虎获迎祭:据《礼记》记载:"古之君子,使之必报。迎猫,为其食田鼠也;迎虎,为其食田豕也;迎而祭之也。"

[14]犬马有盖帷:《礼记》"仲尼之畜狗死,使子贡埋之,曰:'吾闻之也,敝帷不弃,为埋马也;敝盖不弃,为埋狗也。'"

[15]畚(běn):古代用蒲草编织的盛土工具,后改为竹编。锸(chā):即铁锹。瘗(yì):埋葬,这里指埋葬品。

[16]掩骼:《礼记·月令》有"掩骼埋胔"句。即掩埋腐烂的尸骨。着春令:意为正值孟春之月的时候,合乎习俗。

[17]及物:指对天下人民的关爱。非吾辈:意为像诗人这样无职无权的人是做不到的。

[集评]

[1]范温曰:"《掩役夫张进骸》,既尽役夫之事,又反复自明其意。此一篇笔力规模,不减庄周、左丘明也。"(《苕溪渔隐丛话》前集卷十九引《潜溪诗眼》)

[2]刘辰翁曰:"学陶不如此篇逼近,亦事题偶足以发尔,故知理贵自然。"(《唐诗品汇》卷十五引)

[3]谢榛曰:"余读柳子厚《掩役夫张进骸》诗,至'但愿我心安,不为尔有知',诚仁人之言也。夫子厚一代文宗,故其摛词振藻,能占地步如此。"(《四溟诗话》卷四)

[4]沈德潜曰:"'一朝纩息定'二语,见贵贱贤愚,古今同尽,此达人之言也。'我心得所安'二语,见求安恻隐,非以

示恩，此仁人之言也。"（《唐诗别裁集》卷四）

［5］余成教曰："柳子厚文章卓伟精致，与古为侔，尤擅西汉诗骚，一时行辈推仰。贬官后，自放山泽间，其堙厄感郁，一寓于诗。'志适不期贵，道存岂偷生。'《掩役夫张进骸》云：'我心得所安，不谓尔有知。'此等吐属，大有见解。"（《石园诗话》卷一）

［6］许印芳曰："五言起句之妙，……最为警策者，如汉人拟苏李诗：'红尘蔽天地，白日何冥冥。'……柳宗元：'生死悠悠尔，一气聚散之。'此散行者也。"（《诗法萃编》卷九）

［7］吴昌祺曰："此亦叙事耳。宋人极口，所以变为杨廷秀一派也。"（《删订唐诗解》卷五）

［8］陆时雍曰："称衷语悰，非为诗作也。"（《唐诗镜》卷三十七）

［9］汪森曰："起意旷达，后意仍见凄恻，都是真实语耳。故足为见道之言。"（《韩柳诗选》）

［10］孙月峰曰："'一气'句下，起句大妙，然用于役夫最切。若朋友便须哀痛，岂得用此宽语？总评：一团真意，写出自别。且事新，亦自易为辞。又：遣调以从容，佳。三段《礼》插得自然。想见其一时感叹，漫出数语，宛然无要紧意，所以味长。"（《评点柳柳州集》卷四十三：）

［11］陆梦龙曰："起语见道。"（《柳子厚集选》卷四）

［12］许学夷曰："子厚五言古，如《掩投夫骸》、《咏三良》、《咏荆轲》，亦渐涉议论矣。"（《诗源辨体》卷二十三）

［13］高棅辑桂天祥曰："极好，气格变化，全似庄周。"（《批点唐诗正声》卷七）

［14］近藤元粹曰："后来王阳明《瘗旅文》，颇有此诗之况味。"（《柳柳州集》卷四）

（张伟）

戏题石门长老东轩[1]

[题解]

此诗作于永州。有学者据王昶《金石萃编》卷一〇五载元和元年三月柳宗元与其弟宗直游华严岩题名，推断此诗约作于元和二年。《韩醇诂训》认为约在元和四五年间，又章士钊认为柳集中只有本诗与《冉溪》两首为转韵体；此诗作于元和四年。此诗展现作者难得一见的幽默，虽为戏作，但全篇赞扬觉照（石门长老）修佛有成，也隐隐透露求偶的意识。

[原诗]

石门长老身如梦，旃檀成林手所种[2]。坐来念念非昔人，万遍莲花为谁用[3]？如今七十自忘机，贪爱都忘筋力微[4]。莫向东轩春野望，花开日出雉皆飞[5]。

[校勘]

（1）旃檀成林手所种：《蒋之翘本》注："'旃'当作'栴'。"《集韵》："栴檀，香木也。"按：蒋说是。

[注释]

[1] 戏题：游戏之作。石门：明《一统志·永州》载有"华严岩在县南三里，唐为石门精舍，据法华寺南隅崖下。"长

老:对和尚的尊称。东轩:指东边的窗户或门。

[2] 身如梦:指人生往事如梦。旃檀(zhāntán):梵文"旃檀那"的省称,即檀香木。手所种:指旃檀的幼树是石门长老亲手栽种。

[3] 坐来:佛家语,指移时、少顷。念念:刹那。这里化用梵志"吾犹昔人,非昔人也"之意。万遍:形容反复念诵。莲花:指《妙法莲华经》,这里泛指一切佛经。为谁用:意为没有人愿意听他念诵佛经。

[4] 忘机:指忘却计较或没有巧诈之心。这里指自甘恬淡与世无争。贪爱:指世俗的欲望。筋力微:形容身心老迈,壮志消沉。

[5] 雉(zhì):即野鸡。雉皆飞:比喻诗人亲友多丧、孤苦伶仃的意思。典出乐府琴曲《雉朝飞》。

[集评]

[1] 杨慎曰:"柳子厚《戏题石门长老东轩》诗曰:'坐来念念非昔人,万遍莲花为谁用?'《法苑珠林》:梵志出家,白首而归,邻人见之,曰:'昔人尚存乎?'梵志曰:'吾犹昔人,非昔人也!'子厚正用此事,而注者不知引。"(《升庵诗话》卷四)

[2] 何焯曰:"'花开日日雉皆飞'戏之也。公暗以长老自比。"(《义门读书记》卷三十七)

[3] 钟惺曰:"穆然深朴,似元道州七言歌。'雉皆飞'三字禅机。"(《唐诗归》卷二十九)

[4] 陆梦龙曰:"调笑却精微。"(《韩退之柳子厚集选》卷四)

[5] 近藤元粹曰:"戏语。"(《柳柳州集》卷三)

[6] 章士钊曰:"本诗是五十六字转韵体,子厚诗全集只有此种体裁两首,除本篇外,他一首曰《冉溪》。"(《柳文指要·通要之部》卷十五)

(张伟)

饮 酒

[题解]

人们常说柳体受陶渊明的影响，此诗即为明证。约作于元和四年。在永州，柳宗元的郊游是转移视线，以摆脱世俗烦恼，饮酒是自我陶醉，忘却现实遭遇。但柳宗元并不同于陶渊明，陶是自愿归隐，出入自然，柳是被迫离开朝廷，遭贬的打击像沉重的包袱压在心头。诗一开始就点明"少愉乐"，通过饮酒来"驱忧烦"。全篇重点描述了饮酒后的心情与美好的世界，反映出借酒消愁的陶然自乐，在经历忧乐交织的情感起伏后，体现了蔑视世俗的个性。故整个基调并不衰飒，与一般的反映闲适心态的饮酒诗也不同。

[原诗]

今旦少愉乐，起坐开清樽。举觞酹先酒[1]，为我驱忧烦。须臾心自殊[2]，顿觉天地喧[3]。连山变幽晦[4]，绿水函晏温[5]；蔼蔼南郭门[6]，树木一何繁[7]！清阴可自庇[8]，竟夕闻佳言[9]。尽醉无复辞，偃卧有芳荪[10]。彼哉晋楚富[11]，此道未必存[12]。

[校勘]

(1) 今夕少愉乐："旦"，《全唐诗》作"夕"。

(2) 起坐开清樽："樽"，《音辩本》《诂训本》《游居敬本》

《全唐诗》作"鑐"。

（3）为我驱忧烦："遗"，《世采堂本》《蒋之翘本》《济美堂本》及《全唐诗》作"为"，近是。

（4）绿水函晏温："渌"，《世采堂本》《蒋之翘本》《济美堂本》及《全唐诗》作"绿"。

（5）此道未必存："必"，《诂训本》作"当"。

[注释]

[1] 酹（lèi）：以酒洒地，表示祭奠或立誓。先酒：指第一个发明酿酒的人。相传杜康是我国酿酒的创始人。

[2] 须臾（yú）：一会儿。殊：不一样。

[3] 喧：热闹。

[4] 幽晦：昏暗不明。

[5] 函：包含。晏温：晴天的暖气。

[6] 蔼蔼：茂盛的样子。陶渊明《和主簿》有"蔼蔼堂前林"诗句。南郭门：指永州外城的南门。郭，外城。

[7] 何：多么。一，助词，用以加强语气。

[8] 清阴：指草木。

[9] 竟夕：整夜。

[10] 偃卧：仰卧。芳荪：指草地。

[11] 晋楚富：《孟子·公孙丑下》说："晋楚之富，不可及也。"这里指财雄一方的富豪。

[12] 此道：指饮酒之乐。

[集评]

[1] 曾吉甫曰："《饮酒》诗绝以渊明。"（《笔墨闲录》）

[2] 陆时雍曰："同一饮酒，陶令趣真，子厚趣假，此其中

固不可强。"(《唐诗境》)

[3] 孙月峰曰:"亦有澹趣,然效之却不难。"(《评点柳柳州集》)

[4] 蒋之翘曰:"陶诗人信不可学。子厚读书、饮酒二首,不知如何费许多力气摹仿,终是做自家诗耳。论者遂以逼真渊明,不特不知陶,并不知柳矣。"(《柳集辑注》)

[5] 胡士明指出:"它写出了诗人在特定环境中似醉非醉的特有状态,以及他蔑视世俗的鲜明个性,不失为自画像中的一幅佳作。"(《柳宗元诗文选注》)

[6] 孟二冬认为:"这首诗写饮酒,'驱忧烦'是全篇的精神所在。诗人是在一种半醉半醒的特殊状态下,将饮酒时的所感、所见和所闻一一写来,而渗透在其中的,正是那种忘却现实遭遇和摆脱世俗烦恼的特殊心境。"(《韩愈柳宗元诗选》)

[7] 下定雅弘说:"总而言之,此诗是借鉴陶诗各种表现而写作的,其中《和郭主簿二首》其一的影响最大。陶诗吟咏在树木茂密下的清荫安慰自己的舒服心情。柳就把这个陶渊明恬静、安宁的世界与陶渊明发现的'酒中深味'结合起来,表现了陶然自乐的闲适世界。"(《柳宗元如何咏出对陶渊明的敬慕》)

[8] 尚永亮、洪迎华指出:"他的饮酒之举和《饮酒》之作学渊明,又不尽似渊明。陶在酒中叙求真意而达到物我两忘的境界,柳在酒中欲求超脱,忘怀痛苦;陶的《饮酒》诗情理浑然,指在写意,柳的《饮酒》诗情感跌宕,旨在泄情。"(《柳宗元集》)

(吕国康)

读 书

[题解]

柳宗元在永州十年,写作了大量精美诗文,这是与他刻苦攻读分不开的。他在《与李翰林建书》中说:"仆近求得经史、诸子数百卷,常候战悸稍定,时即伏读,颇见圣人用心,贤士君子立志之分……今仆虽羸,亦甘如饴矣。"本诗约写于元和四年(809),以叙述、议论为主,诉说读书的自得自乐,讽刺那些逢迎投机、争名夺利的"世儒",抒发不为世俗偏见、流言蜚语所左右的心志。"书史足自悦,安用勤与劬?贵尔六尺躯,勿为名所驱。"由读书之乐悟到虚名之无益,并以旷达之语作结,立意深远。有人认为该诗写的是子厚"夜读",实质上是其读书生活的高度概括,是其人生理想的真实写照。且写得"萧散简逸,秾纤合度","诗亦无穷起伏",是了解柳宗元、研究柳宗元的一篇重要作品。

[原诗]

幽沉谢世事[1],俯默窥唐虞[2]。上下观古今,起伏千万途[3]。遇欣或自笑[4],感戚亦以吁[5]。缥帙各舒散[6],前后互相逾[7]。瘴疠扰灵府[8],日与往昔殊。临文乍了了[9],彻卷兀若无[10]。竟夕谁与言?[11]但与竹素俱[12]。倦极更倒卧[13],熟寐乃一苏[14]。欠伸展肢体[15],吟咏心自愉[16]。得意适其适,非愿为世儒[17]。道尽即闭口[18],萧散捐囚拘[19]。巧者为我拙[20],智者为我愚[21]。书史足自悦,安用勤与劬[22]?贵尔六尺躯[23],勿为名所驱[24]。

[校勘]

(1) 前后互相逾:《世采堂本》句下注:"'前后',一作'得失'。"

(2) 竟夕谁与言:《诂训本》"竟"作"竞"。《世采堂本》句下注:"'竟'字,今本多误作'竞'。"

(3) 倦极便倒卧:"更"《全唐诗》作"便"。《世采堂本》句下注:"'更',一作'便'。"

(4) 欠伸展肢体:《音辩本》《游居敬本》"肢"作"支"。

[注释]

[1] 幽沉:幽谷沉沦。指诗人被贬在穷乡僻壤。谢世事:不问世事。谢,谢绝。

[2] 俯默:低头不语。窥:窥探,研究。唐虞:唐尧、虞舜,古代传说中的圣君。

[3] 起伏千万途:指历史长河波澜起伏,千变万化。

[4] 欣:高兴。

[5] 戚:悲伤。吁(xū):叹气。

[6] 缥帙(piǎo zhì):用青白色帛做的书套。这里指书卷。

[7] 逾:越过,超越。

[8] 瘴疴(kē):泛指南方湿热蒸郁引发的各种疾病。瘴,瘴气;疴:病。灵府:心灵。

[9] 临文:打开书本阅读。乍:刚刚,初。了了:佛教语,清楚明了。

[10] 彻：通"撤"，撤除。彻卷：丢开书本。兀（wù）：犹兀然。依然还是。

[11] 竟夕：一天到晚。

[12] 竹素：指书籍。古代在使用纸张之前，文字都刻在竹简或书写在绢子上。俱：在一起。

[13] 更：百家本注为"'更'一作'便'"。

[14] 熟寐：熟睡，睡足。苏：苏醒，引申为精神恢复。

[15] 欠伸：伸伸懒腰。

[16] 吟咏：声调抑扬地吟诗读书。心自愉：心里自觉愉快。

[17] 世儒：只会传授经学的儒生、庸俗的儒生。

[18] 道尽：把书中的道理阐述清楚。

[19] 捐：除去，抛弃。囚拘：拘囚，束缚。

[20] 巧者：乖巧的人。为：谓，说。

[21] 智者：聪明，智慧的人。这里反其意而用之，讽刺那些逢迎投机，争名夺利的世儒。

[22] 勤与劬：指为争名逐利而奔走钻营，费尽心力。劬（qú）：劳苦。

[23] 贵：珍惜。尔：你。躯：身躯。六尺躯，疑为七尺之误。

[24] 名：名利。驱：驱使。

[集评]

[1] 贺赏曰："《读书》曰：'上下观古今，起伏千万途。遇欣或自笑，感戚亦以吁。'殆为千古书淫墨癖人写照。又曰：'临文乍了了，彻卷兀若无，则如先为余辈一种困学人解嘲矣。'"（《载酒园诗话又编》）

[2] 汪森曰："观此亦可见古人读书苦志，然乐境亦只在

此。"(《韩柳诗选》)

[3]《蛩溪诗话》曰：柳《读书》篇云："瘴疠扰灵府，日与往昔珠。临文乍了了，彻卷兀若无。"盖尝《答许京兆书》云："往时读书不至底滞，今每读一传，再三伸卷，复观姓氏，在宗元则为瘴疠所扰，他人乃公患也。"

[4] 曾季狸曰："柳子厚《觉衰》《读书》二诗，萧散简逸，秾纤合度，置之渊明集中，不复可辨。"(《艇斋诗话》)

[5] 孙月峰曰："炼澹意入妙。"(《评点柳柳州集》卷四十三)

[6] 何焯曰："诗亦无穷起伏。"(《义门读书记》)

[7] 尚永亮、洪迎华指出："博览群书不仅使其思想更趋于成熟，观察问题更为敏锐深刻，亦能如出游山水，饮酒参禅一样，让其心灵获得暂时的平静和满足。"(《柳宗元集》)

[8] 孟二冬指出："诗人自贬至永州以来，深感孤独苦闷，加之疾病缠身，益觉衰倦。无奈之中，只得埋头于书卷，唯求自得其乐。这首诗就主要描写读书的乐趣。尽管诗人反复表明'自愉''自悦'，但字里行间无处不传达其内心深处的孤独苦闷与衰怨愤激。"(《韩愈、柳宗元诗选》)

（吕国康）

咏三良[1]

[题解]

柳宗元元和四年（809）贬谪永州期间读书有感而作。"三良"即春秋时代秦国子车氏的三个儿子奄息、仲行、针虎。《左传·文公六年》载有秦伯任好（即秦穆公）卒，三良皆被殉葬的事件，《咏三良》即取材于此。诗的前半部分写三良忠心参政到殉死身亡的过程，实则寓永贞革新派首领王叔文被赐死，成员王伾、凌准相继贬死的事件，不无悲悼之情。诗的后半部分就殉葬之事发表议论，评点历史，批判现实。他咏叹三良的被殉而死，实即痛悼王叔文等革新志士的悲剧命运，借以抒发自己的孤愤情怀。

[原诗]

束带值明后[2]，顾盼流辉光。一心在陈力，鼎列夸四方。款款效忠信，恩义皎如霜。生时亮同体，死没宁分张？壮躯闭幽隧[3]，猛志填黄肠[4]。殉死礼所非，况乃用其良？霸基弊不振，晋楚更张惶[5]。疾病命固乱，魏氏言有章。从邪陷厥父[6]，吾欲讨彼狂[7]。

[校勘]

（1）咏三良：《音辩本》无"咏"字。

（2）顾盼流辉光：《百家居本》《世采堂本》《何焯校本》"盼"原作"眐"，据《诂训本》及《全唐诗》改。《音辩本》亦作"眐"。按"眐"，怒视。盼，顾盼，作"盼"是。

（3）鼎列夸四方："列"，《诂训本》作"烈"。

（4）吾欲讨彼狂："狂"，《诂训本》作"康"。《百家居本》《世采堂本》《音辩本》句下注："'彼狂'，谓穆公子康公也。一作'彼康'。"

[注释]

[1] 秦穆公卒，以子车氏之三子奄息、仲行、针虎为殉，皆秦之良也。

[2] 明后：明君，谓秦穆公。

[3] 幽隧：墓道。

[4] 黄肠：苏林曰：以柏木黄心致累棺外，故曰黄肠，指棺木。

[5] 张惶：张大、扩大。

[6] 从邪：指殉葬之作法。

[7] 彼狂：指秦穆公子康公。

[集评]

[1] 葛立方曰："三良以身殉秦缪之葬，《黄鸟》之诗哀之。序《诗》者谓'国人刺缪公以人从死'，则咎在秦缪而无在三良矣。王仲宣云：'结发事明君，受恩良不訾。临没要之死，焉得不相随。'陶元亮云：'厚恩固难忘，君命安可违。'是皆不以三良之死为非也。至李德裕则谓社稷死则死之，不可许之。死欲与梁丘据、安陵君同，讥则是罪。三良之死，非其所矣。然君命之于前，而众驱之于后，为三良者，虽欲不死，得乎？唯柳子厚

云：'疾病命故乱，魏氏言有章。从邪陷厥父，吾欲讨彼狂'。使康公能如魏颗不用乱命，则岂至陷父于不义如此者？东坡《和陶》亦云：'顾命有治乱，臣子得从违。魏颗真孝爱，三良安足希。'似与柳子之论合。而《过秦缪墓》诗乃云：'缪公不诛孟明，岂有死之日而忍用其良。乃知三子殉公意，亦如齐之二子从田横。'则又言三良之殉，非缪公意也。"（《韵语阳秋》卷九）

[2] 严有翼曰："秦缪公以三良殉葬，诗人刺之，则缪公信有罪矣。虽然，臣之事君，犹子之事父也。以陈尊己、魏颗之事观之，则三良亦不容无讥焉。昔之咏三良者，有王仲宣、曹子建、陶渊明、柳子厚。或曰'心亦有所施'，或曰'杀身诚独难'，或曰'君命安可违'，或曰'死没宁分张'，曾无一语辨其是非者。惟东坡《和陶》云：'杀身故有道，大节要不亏。君为社稷死，我则同其归。顾命有治乱，臣子得以违。魏颗真孝爱，三良安足希。'审如是言，则三良不能无罪。东坡一篇，独冠绝古今。按，《艺苑》此说，王若虚颇不然之。其《滹南遗老集》卷三十曰：'三良殉葬，秦伯之命。诗人刺之，左氏讥之，皆以见缪公之不道。而后世文士，或反以是罪三子。'葛立方曰：'君命之于前，众驱之于后，三良虽欲不死，得乎？'此说为当。东坡诗云：'顾命有治乱，臣子得从违。魏颗真孝爱，三良安足希。'若以魏颗事律之，则正可责康公耳。柳子厚所谓'从邪陷厥父，吾欲讨彼狂'是也。"（《艺苑雌黄》）

[3] 孙月峰曰："前半祖陈思，后半评论多，翻觉板拙，似史断不似诗。"（《评点柳柳州集》卷四十三）

（吕国康）

咏荆轲[1]

[题解]

元和四年读书有感而作。"荆轲",战国时著名侠客,后受燕太子丹所遣,入秦刺杀秦王嬴政。历代多有歌咏。柳诗内涵更为丰富,用具有高度概括性和巨大包容性的语言成功描述了这一重大事件的错综复杂的情节,精心制造了一个接一个的高潮。特别是绘声绘色地描写了荆轲临行时悲壮和刺秦王时的紧张激烈场面,生动体现了荆轲的勇敢、真诚、刚毅、愚狂的性格特征,从而使荆轲的形象跃然纸上。而本诗的新意更在于对荆轲作出了"勇且愚"的评价,也表达了作者在国家统一上排斥"诈力"的观念。

[原诗]

燕秦不两立,太子已为虞[2]。千金奉短计[3],匕首荆卿趋。穷年徇所欲[4],兵势且见屠[5]。微言激幽愤,怒目辞燕都[6]。朔风动易水,挥爵前长驱。函首致宿怨[7],献田开版图。炯然耀电光,掌握罔正夫。造端何其锐,临事竟趑趄[8]。长虹吐白日,苍卒反受诛。按剑赫凭怒,风雷助号呼。慈父断子首,狂走无容躯。夷城芟七族[9],台观皆焚污[10]。始期忧患弭[11],卒动灾祸枢。秦皇本诈力,事与桓公殊[12]。奈何效曹子,实谓勇且愚。世传故多谬[13],太史征无且[14]。

[校勘]

（1）千金奉短计：《世采堂本》句下注："一本'计'作'策'。"

（2）掌握罔正夫：《百家居本》《世采堂本》句下注："'正'，一作'匹'。"按匹夫，似指秦始皇。据诗意，疑作"匹"是。

（3）仓卒反受诛：《蒋之翘本》《全唐诗》"苍"作"仓"。《世采堂本》句下注："'反'，一作'乃'。"《何焯校本》"反"韩作"乃"。

（4）台观皆焚污：《诂训本》"污"作"污"。《世采堂本》句下注："'焚'，一作'潴'。"

（5）世传故多谬："故"，《诂训本》作"固"。

[注释]

[1] 荆轲：战国时期卫国人，好读书击剑，入燕，燕之处士田光亦善待之，后受燕太子丹所遣，入秦刺秦王嬴政。

[2] 虞：忧患，引申为心病。

[3] 千金：指代秦将樊于期之首级。

[4] 穷年：整年。徇（xùn）：顺从。

[5] 且见屠：将要被屠杀。

[6] 微言：暗地里的言辞。燕都：指燕国首都。

[7] 函首：将首级装入匣子。宿怨：指代秦王。

[8] 趑趄：犹豫，不进貌。

[9] 芟（shān）：割草，引申为除去。七族：指亲姻家族。

[10] 台（tái）：古代官署名。

[11] 弭（mǐ）：消除、停止。

[12] 桓公：春秋五霸之一，齐桓公以"信"为号召，与秦之并兼诈力不同。

[13] 故：通"固"本来。

[14] 征（zhēng）：证明、应验。无且：指秦王侍医夏无且。

[集评]

[1] 刘克庄曰："咏荆卿者多矣，此篇'勇且愚'之评，与渊明'惜哉剑术疏'之语，同一意脉。陶、柳诗率含蓄不尽。"（《后村先生大全集新集》卷五）

[2] 刘云曰："结得此事较有体。"太史公曰："世言荆轲伤秦王，非也。始，公孙季功，董生与夏无且游，具知其事，为余道之如是。"（《唐诗品汇》）

[3] 孙月峰曰："亦嫌实叙多，衬贴少。起句用得恰好，以下亦有炼法，但郁而不畅，看渊明诗彼何等磊落。"（《评点柳柳州集》卷四十三）

[4] 何焯曰："'长虹吐白日'，用事变换。'秦皇本诈力'以下，又即荆轲必欲生靮之，以报太子之意，与上'临事竟趑趄'一层反复呼应，言所患不在无勇，而反失'燕秦不二立'之本谋，则短于计而失诸愚也。"（《义门读书记》）

[5] 尚永亮、洪迎华指出：孙月峰评出"扬陶抑柳，未为公允"。若从柳诗表现的旨意来看，其客观实叙是不可少的，而这些叙述笔墨也保持了柳诗一贯的简练、准确、生动性，显示了作者深厚的语言功力。所以贺裳《载酒园诗话》有云："子厚有良史之才，即以韵语出之，亦自须眉欲动。"（《柳宗元集》）

（吕国康）

杨白花[1]

[题解]

此诗作于永州，时间不确；王国安认为"似亦元和四年读书有感之属，姑系于此"。这是柳宗元借用乐府旧题的拟古之作，全诗模拟胡太后怀人情思，写得幽婉情深，凄美感人。"摇荡春光千万里"句，写出了杨花在春天的妩媚姿态。结句借用诗题的源头来诉说悲愤之情，言婉意深，耐人寻味。

[原诗]

杨白花，风吹渡江水[2]。坐令宫树无颜色，摇荡春光千万里。茫茫晓日下长秋，哀歌未断城鸦起[3]。

[校勘]

(1) 风吹渡江水：《百家注本》《音辩本》"渡"作"度"。
(2) 茫茫晓日下长秋："秋"，《全唐诗》注："一作'林'。"
(3) 哀歌未断城鸦起："城"，《诂训本》作"晨"。

[注释]

[1] 杨白花：乐府杂曲歌辞名。《南史·王神念传》："（杨）华，本名白花，武都仇池人，父大眼为魏名将。华少有勇力，容貌魁伟，魏胡太后逼幸之，华惧祸，及大眼死，拥部曲，载父

尸，改名华，来降。胡太后追思不已，为作《杨白花》歌辞，使宫人昼夜连臂蹋蹄歌之，声甚凄断。"古乐府有《杨白花歌》，故柳宗元仿作《杨白花》。

[2] 杨白花：白色的杨柳花絮。这二句以杨花飞扬比喻杨白花由魏南奔于梁。

[3] 长秋：指长信宫，汉代皇后所居宫室名。城鸦：或作"晨鸦"，意谓忧思之深，几忘旦暮。

[集评]

[1] 许𫖮曰："言婉而情深，古今绝唱也。"（《彦周诗话》）

[2] 王楙曰："今市井人言快乐则有唱《杨白花》之说，其事见《北史》。……柳子厚有《杨白花》诗，此正与汉宫人歌《赤凤来》曲相似。见《赵后外传》。"（《野客丛书》卷十）

[3] 胡应麟曰："李杜外，短歌可法者，岑参《蜀葵花》《登邺城》……王建《望夫石》《寄远曲》，张籍《节妇吟》《征妇怨》，柳宗元《杨白花》，虽笔力非二公比，皆初学易下手者。"（《诗薮》内编卷三）

[4] 沈德潜曰："长秋宫，太后所居。通篇不露正旨，而以'长秋'二字逗出，用笔用意在微显之间。"（《唐诗别裁集》卷八）

[5] 贺裳曰："凡编诗者，切不宜以乐府编入七言古。如柳诗：'杨白花，……哀歌未断城鸦起。'真可谓微而显，宛肖胸中所欲言。然不先知胡太后事，安知此诗之妙？"（《载酒园诗话》卷一）

[6] 高棅引刘辰翁语："语调适与事情俱美，其余音杳杳，可以泣鬼神者，惜不令连臂者歌之。"（《唐诗品汇》卷三十六引）

[7] 顾璘曰："更不浅露，反极悲哀。"（批点《唐诗正音》

卷五）

[8] 陆时雍曰："较本词觉雅。"（《唐诗镜》卷三十七）

[9] 唐汝询曰："此为太后怀人之词，而借杨花以托意也。风吹渡江者，谓白花南奔于梁也。所怀既远，足使我宫树无颜色，而彼摇荡春光于万里之外，于是作此哀歌，几忘晷刻。才睹晓日，忽闻晚鸦之起矣。唐人用乐府旧题，咸别自造意，惟此篇为拟古。"（《唐诗解》卷十八）

[10] 周珽曰："风吹渡江水，谓白花南奔于梁也。宫树无颜色，以春色摇荡他地，怀念既远，不胜改容也。才睹晓日，忽闻晚鸦，恍惚哀歌，摹情极尽，正得拟古之正格者。唐仲言云：此为太后怀人之词，而借杨花以托意也。唐人率借乐府发己情，此用本题意。末句忧思之深，几忘旦暮。郭浚曰：情思悠远，备至无聊，太白有此风味。吴山民曰：'茫茫'句见得是太后。"（《删补唐诗选脉笺释会通评林》卷二十四）

[11] 孙月峰曰："微而显，语简而含味长。音节最妙。'江水''宫树''长秋''哀歌'字点得最醒。"（评点《柳柳州全集》卷四十三）

[12] 陆梦龙曰："妙绝。"（《柳子厚集选》卷四）

[13] 蒋之翘曰："子厚乐府小曲如《杨白花》，似得太白遗韵。"（《柳集辑注》卷四十三）

[14] 邢昉曰："音节浑是盛唐。"（《唐风定》卷十）

[15] 王夫之曰："顾华玉称此诗更不浅露，反极悲哀。其能尔者，当由即景含情。"（《唐诗评选》卷一）

[16] 吴昌祺曰："直欲亚太白《乌栖曲》。又：宫树无声，太后憔悴也。摇荡春光，心驰万里也。唐（汝询）解参。"（《删订唐诗解》卷十）

（张伟）

觉 衰

[题解]

　　此诗作于永州,王国安系于元和四年,何书置系于元和八年。柳《寄许京兆孟容书》《与杨京兆凭书》皆有觉衰之叹,王说可信。本诗风格酷似陶渊明诗,有超脱旷达的胸襟;写法上也极富转折变化,自首句起,一句一转,独具韵味。诗的第一层写"衰至"的感受,衰老不期而至且来势凶猛,可谓曲尽老态。诗的第二层写对"衰至"的认识和理解。笔势一转,陡然生力,表现了诗人的独特见识。他以穿越古今、看透人生的目光,找到了面对衰老最好的方法是潇洒和超脱。"但愿得美酒,朋友常共斟",与朋友常举酒杯,放怀痛饮,何愁之有,此其一也;"出门呼所亲,扶杖登西林",呼朋唤友,成群结队,郊外踏青,登高抒怀,又何忧之来,此其二也;"高歌足自快,商颂有遗音"。放声高唱古代颂歌,情韵悠扬余音不绝,何闷不去,此其三也。柳宗元以洒脱的外在形式,抒发出内心深处的哀怨之情。从这首诗,我们看到了柳宗元人生、性格的又一侧面。

[原诗]

　　久知老会至,不谓便见侵[1]。今年宜未衰,稍已来相寻[2]。齿疏发就种,奔走力不任[3]。咄此可奈何,未必伤我心[4]。彭聃安在哉?周孔亦已沉[5]。古称寿圣人,曾不留至今。但愿得美酒，朋友常共斟。是时春向暮，桃李生繁阴。日照天正绿，杳杳归鸿吟[6]。出门呼所亲，扶杖登西林。高歌足自快，商颂有遗音[7]。

[校勘]

（1）朋友常共斟：《诂训本》"常"作"尝"。《蒋之翘本》"斟"作"酌"。

（2）桃李生繁阴：《诂训本》"繁"作"蘩"，《济美堂本》亦作"蘩"。

[注释]

[1] 老会至：屈原《离骚》有"老冉冉其将至"句。不谓：不打招呼。侵：渐近。

[2] 宜：应该。稍已：已经。

[3] 发就种：形容头发短少。力不任：谢灵运《登池上楼》有"进德智所拙，退耕力不任"。

[4] 咄：叹词，表示失意或无奈。

[5] 彭聃：即彭祖和老聃，为古代长寿者。周孔：即周公和孔子，为古代圣人。

[6] 杳杳：高远的样子。

[7] 遗音：声音不断，余音袅袅。

[集评]

[1] 曹季狸曰：柳子厚《觉衰》《读书》二诗，萧散简远，秾纤合度。置之渊明集中，不复可辨。予尝三复其诗。（《艇斋诗话》）

[2] 贺裳曰：《南涧》诗从乐而说至忧，《觉衰》诗从忧而

说至乐,其胸中郁结则一也。柳子之答贺者,曰:"庸讵知吾之浩浩,非戚戚之尤者乎?"读此文可解此诗,每见评者曰近陶,或曰达。余以《山枢》之答《蟋蟀》,犹谓其忧深音戚,然即陶诗"今我不为乐,知有来岁不"意也。此更云死不足畏而且乐,其衷怀何如?如此说诗,正未梦见。《觉衰》诗极有转折变化之妙,起曰:"久知老会至……稍已来相寻。"一句一转,每转中下字俱有层折。"齿疏发就种,奔走力不任。"二语。正见"见侵"处,若一直说去,便是俗笔。遽曰:"咄此可奈何……《商颂》有遗音"。中间转笔处,如良御回辕,长年捩舵。至文情之美,则如疾风卷云,忽吐华月,危峰才度,便入锦城也。(《载酒园诗话》又编中唐)

[3] 何焯曰:"是时春向暮"至"商颂有遗音"。旨趣在此,盖感十年不召也。(《义门读书记》)

[4] 方东树曰:"但愿得美酒"二句似陶。(《昭昧詹言》卷七)

[5] 顾璘曰:起二语善说,"古称寿圣人"四句达。(批点《唐诗正音》卷五)

[6] 高棅曰:"稍已"句:刘(辰翁)云:跌怨动人。"朋友"句:刘云:其最近陶,然意尤佳。末句:刘云:怨之又怨,而疑于达。《庄子》曰:"曳纵而歌《商颂》,声满天地,若出金石。"(《唐诗品汇》卷十五)

[7] 杨士弘曰:"久知"二句批云:眼前事,眼前语,能道人所不能道。(《唐音》卷二)

[8] 陆时雍曰:末数语得兴浓,自谓适情,正其愁绪种种。(《唐诗镜》卷三十七)

[9] 唐汝询曰:此因衰而行乐自慰也。言衰老之征虽见,未足为我忧,正以修短贤愚同归于尽耳。不然,寿如彭聃,圣如周

孔,独不留至今乎?我但愿有酒,即与朋友共之。及此暮春,景物明丽,而登高赋诗,以快我志,乘化而归,尽可也。其真乐天知命者耶?(《唐诗解》卷十)

[10] 周珽曰:诗言人当及时行乐也。"人生忽如寄,寿无金石固。万岁更相送,圣贤莫能度。"古人言之熟矣。"能向花前几回醉,十千沽酒莫辞贫。"人人识得破,人人行不出,奈何?此诗刘会孟所谓怨之又怨,而疑于达者也。顾璘曰:起二语,善说。"古称寿圣人"四句,达。唐汝询曰:"齿疏"二语,曲尽老态。"是时春向暮"四句,景佳。吴山民曰:起说得出。"未必伤我心",好自宽解。下四句见老不足伤。"但愿"二语意超。末四句从"美酒"联生意。周珽曰:绝透,绝灵,绝劲,绝谈。前无古人者以此。(《删补唐诗选脉笺释会通评林》卷十二)

[11] 邢昉曰:入渊明阃奥,其微逊者,稍涉于直。(《唐风定》卷五)

[12] 孙月峰曰:全学陶,然比陶力量较薄。起四句佳甚,道情真切,以叹惋意出之,尤觉有味。(评点《柳柳州全集》卷四十三)

[13] 陆梦龙曰:故是达。(《柳子厚集选》卷四)

[14] 蒋之翘曰:诗不可学,皆人人自为诗耳。只如此诗,子厚乃有意学靖节者,读之觉神气索然,反失却子厚本色。(《柳集辑注》卷四十三)

[15] 吴昌祺曰:此"种"却不佳,"就种"更误,故解亦不必。宋人诗曰:"无药能留炎帝在,有人曾哭老聃来。"可为注脚。(《删订唐诗解》卷五)

(张伟)

酬韶州裴曹长使君寄道州吕八大使因以见示二十韵一首并序[1]

[题解]

诗作于元和四年秋。这是一首唱和诗，却不是一般的应景之作，诗中寄寓着诗人无法排遣的愁肠。诗是写给两位友人的：一位是裴曹长，其名不详，曾为京官，现在被贬到了韶州；一位是吕温，他因参与王叔文新政而被贬，与柳宗元可谓同病相怜。此诗所描述的是柳、裴、吕三人的共同遭际，所抒发的也是三人的共同情怀，只因柳宗元被贬的官位最低，遭遇最惨，故而愁情也最深。

[原诗]

韶州幸以诗见及，往复奇丽，邈不可慕，用韵尤为高绝。余因拾其余韵酬焉。凡为韶州所用者置不取，其声律言数如之。

金马尝齐入[1]，铜鱼亦共颁[2]。疑山看积翠[3]，渍水想澄湾[4]。标榜同惊俗[5]，清明两照奸。乘轺参孔仅[6]，按节服侯姗[7]。贾傅词宁切[8]，虞童发未斑[9]。秉心方的的[10]，腾口任喧喧[11]。圣理高悬象[12]，爱书降罚款[13]。德风流海外，和气满人寰。御魅恩犹贷[14]，思贤泪自潸[15]。在亡均寂寞，零落间恇鳏[16]。夙志随忧尽，残饥触瘴帡。月光摇浅濑，风韵碎枯菅。海俗衣犹卉[17]，山夷髻不鬟[18]。泥沙潜虺蜮[19]，榛莽斗豺貙[20]。循省诚知惧，安排只自惭[21]。食贫甘茶卤，被褐谢斓斒[22]。远物裁青罽[23],时珍馔白鹇[24]。长捐楚客佩[25],未赐大夫环[26]。异政徒云仰,高踪不可攀。空劳慰鶒领[27],妍唱剧妖娴[28]。

[校勘]

(1) 酬韶州裴曹长使君寄道州吕八大使因以见示二十韵一首并序:《音辩本》《游居敬本》"使君"作"史君",无"并序"二字。《何焯校本》"使君"作"史君"。《百家注本》《世彩堂本》均与底本原文一致。

(2) 韶州幸以诗见及:"幸"《音辩本》《游居敬本》作"因"。

(3) 铜鱼亦共颁:《诂训本》"亦"作"或"。

(4) 标榜同惊俗:《音辩本》"榜"作"牓",《世彩堂本》亦为"牓"。《百家注本》作"榜"。

(5) 德风流海外:《诂训本》"外"作"州",清抄本作"甸"。

(6) 存亡均寂寞:"存",《音辩本》《世彩堂本》《蒋之翘本》《济美堂本》《游居敬本》《全唐诗》均作"在"。《百家注本》作"存"。

(7) 零落间悍鳏:"零"《诂训本》作"寥"。

(8) 月光摇浅濑:《世彩堂本》句下注:"'月',一作'日'。"《郑定本》《何焯校本》"月"作"日"。

(9) 安排祇自惆:"惆",《世彩堂本》《何焯校本》《济美堂本》作"痌"。《百家注本》《音辩本》作"惆"。"祇",《百家注本》《诂训本》《音辩本》作"祗"。

(10) 被褐谢斓斒:《诂训本》"褐"作"葛"。

(11) 远物裁青罽:《音辩本》《百家注本》"罽"作"罽"。《世彩堂本》《何焯校本》《全唐诗》均作"罽"。

（12）空劳慰颙颙："颙颙",《世彩堂本》作"鹓鶵",《诂训本》作"憔悴"。

[注释]

[1] 金马：据《史记滑稽列传》载，金马门为官署门，因门旁有铜马而谓之金马门。

[2] 铜鱼：《隋书·高祖纪》："京官五品以上佩铜鱼符"；共颁，此处意指朝廷一同颁发官符。裴曹长和吕八大使同出为刺史。

[3] 疑山：即九疑山。

[4] 浈水：在韶州曲江县东一里。

[5] 标榜：称扬。

[6] 轺：由一匹马驾驶的轻便马车。孔仅：汉代官员，官至大司农，位列九卿。

[7] 按节：持节。节，出使时所用的凭证。侯狦，即稽侯狦，匈奴王子，后即位为呼韩邪单于，称臣事汉，此处指吕八大使曾出使吐蕃，使吐蕃宾服。

[8] 贾傅：即贾谊，曾为太子少傅，故称贾傅。

[9] 虞童：即虞翻，三国时吴国人，少有才名，后触罪被贬，曾上书孙权说自己"形容枯悴，发白齿落"，此处是反用其意。

[10] 的的：即清楚明白。

[11] 嘲颇：争斗貌。

[12] 圣理：即圣治，为避唐高宗李治的名讳而改称治为理。

[13] 爰书：以文书代换其供词。

[14] 御魅：抵御魑魅之灾。这里指贬谪到边荒之地。

[15] 思贤：指思念同自己一样被贬的友人。

[16] 惸鳏：无兄弟曰惸，老来无妻曰鳏。

[17] 卉衣：用葛织成的衣服。

[18] 山夷：指永州土著。鬈：将头发弯曲为发髻。

[19] 虺：毒蛇。蜮：传说中能含沙射影害人的水怪。

[20] 貗：狼的一种。

[21] 憪：愉快。

[22] 斓斒：颜色不纯。

[23] 罽：用毛做成的毡子。

[24] 白鹇：俗名银雉，似山鸡而白。

[25] 楚客佩：《楚辞·湘君》："捐余玦兮江中，遗余佩兮澧浦。"王逸注云："屈原既放逐，常思念君，设欲远去，犹捐玦佩置于水涯，冀君求己，示有还意。"

[26] 环：圆环形玉饰。"环"寓含"反还"之意。

[27] 鹪顿：即憔悴。

[28] 妖娴：指精巧雅致。

[集评]

[1] 曾吉甫曰："《酬韶州裴使君二十韵》，尤见奇险之功，盖'山'字不比'邋'字之多也。"（《笔墨闲录》）

[2] 孙月峰曰："'涢水想澄湾'下：起四句总说，如破题然。'妍唱剧妖娴'下：'妖'字终未雅。总评：拾余韵格，前所未有，此亦只是斗险。"（《评点柳柳州集》卷四十二）

[3] 汪森曰："观小序意专以用韵见奇，然裴之所用者平，而公之所用者险，非大手笔不能此雅驯。"又曰："用韵奇险，不让昌黎，然昌黎之用险韵也，以险峻之气驭之；而河东则一归之典雅，使险者帖然不觉：皆能事也。"（《韩柳诗选》）

（吕国康）

酬娄秀才寓居开元寺早秋月夜病中见寄[1]

[题解]

此诗约作于元和三年。元和二年,娄图南来永州,柳宗元挽留他居永三年,元和五年秋冬离开。柳宗元常来开元寺与娄探讨佛理,交往颇深。开头四句点明娄图南生病的原因,一是羁旅天涯,客居他乡,难免"思""愁";二是娄魂牵梦绕的是如何入道,虽然被称为"居士",但终究还没有入道。中间四句,诗人借娄生病对其进行劝慰。壁空、门掩二句最得后人赞赏,写出了秋景的萧瑟,意境深远。最后四句,既是劝慰,又是抒怀。诗人指出"碧霄无枉路",求道的结果只会是"徒此助离忧",奉劝娄应清醒过来,奉行"君子之道"。

[原诗]

客有故园思[2],潇湘生夜愁[3]。病依居士室[4],梦绕羽人丘[5]。味道怜知止[6],遗名得自求。壁空残月曙,门掩候虫秋[7]。谬委双金重,难征杂佩酬[8]。碧霄无枉路,徒此助离忧[9]。

[校勘]

(1) 题目"月夜":《训诂本》作"夜月"。
(2) 碧霄无枉路:《世彩堂本》句下注:"枉"一作"往"。

第二辑　永州十年诗

[注释]

[1] 娄秀才：即娄图南。开元寺：位于永州城南二里。

[2] 客：指娄图南。何焯《义门读书记》："谓娄将入道也"。

[3] 潇湘：二水名，潇水跟湘江在今永州市零陵区汇合后，称为"潇湘"，然后北上。

[4] 居士室：指娄图南所居开元寺的房舍。慧远《维摩义记》："居士有二：一、广积资产，居财之士，名为居士；二、在家修道，居家道士，名为居士。"当时，娄图南寓居开元寺修道，故称之为"居士"。

[5] 羽人丘：传说中的羽人国。据《山海经》说："有羽人之国，不死之民，或人得道身生羽毛也……丹丘昼夜常明。"

[6] 道：揣摩、品味"中道"之说。《后汉书·申屠蟠传》："安贫乐潜，味道守真。"知止：《老子》："知足不辱，知止不殆。"

[7] 候虫秋：秋虫入室鸣叫。《诗经·豳风》："七月在野，八月在宇，九月在户，十月蟋蟀入我床下。"

[8] 谬：错，差错。双金：一对金杯。佩：玉佩，通作"珮"。杂佩：古代饰物。委金、酬佩：是指柳娄二人唱和应答。

[9] 枉路：即路径。离忧：离人之忧。

[集评]

[1] 苏轼曰："柳柳州《酬娄秀才寓居开元寺早秋病中见寄》……元符己卯十一月十九日，忽得龙川信，寄此纸，试书此篇。"（《东坡题跋》卷二《书柳子厚诗》）

[2] 叶梦得曰："蔡天启云：尝与张文潜论韩、柳五言警句，

文潜举退之'暖风抽宿麦,清雨卷归旗',子厚'壁空残月曙,门掩候虫秋。'皆为集中第一。"(《石林诗话》卷上)

[3] 曾季狸曰:"柳子厚诗:'壁空残月曙,门掩候虫秋。'语意机佳。东湖诗云:'明月江山夜,候虫天地秋。'盖出于子厚也。"(《艇斋诗话》)

[4] 瞿佑曰:"宋蔡天启与张文潜论韩、柳五言警句,文潜举退之'暖风抽宿麦,清雨卷归旗。'子厚'壁空残月曙,门掩候虫秋。'皆为集中第一。今考之,信然。"(《归田诗话》卷上)

[5] 薛雪曰:"贾长江'独行潭底影,数息树边身。'只堪自爱。柳河东'壁空残月曙,门掩候虫秋。'恨少人知。"(《一瓢诗话》)

[6] 孙月峰曰:"起有逸思。律中带古意。"(评点《柳柳州全集》卷四十二)

[7] 蒋之翘曰:"得句最清利。"(辑注《柳河东集》卷四十二)

[8] 汪森曰:"起极超,似王孟。'壁空'二句,声光俱见,正在'曙'字、'秋'字用得活耳。"(《韩柳诗选》)

[9] 陈衍曰:"苏堪平日论诗,甚注意写景,以为不易于言情,较难于叙事。所举名句,若柳州之'壁空残月曙,门掩候虫秋。''回风一萧瑟,林影久参差。'……皆各极超妙者。"(《石遗室诗话》十四)

[10] 章士钊曰:"'子厚尝作《梦归赋》,不梦则已,梦则思归,而娄梦羽人之丘,则其入道之志坚矣。'又:'壁空'一联,张文潜誉为柳诗第一,然此诗亦善于描写开元寺之月夜寂寞景象而已。"(《柳文指要体要之部》卷二十五)

(张伟)

游石角过小岭至长乌村[1]

[题解]

诗约写于元和四年秋。大致而言，柳宗元此诗亦为记游诗，其游踪所至较前面几首诗所到的距离都远，所以诗人用了"遐征"二字。"岁月杀忧栗"，时间之流可以洗去一切血痕，当然就更能洗去人的郁闷；而更重要的是，随着诗人生活阅历的加深，与下层百姓的多方接触，他看清了小我的"身世轻"，终于从个人荣辱的小圈子中跳了出来。所以诗人对景色的描写也更见质朴，"奇峭如画"的小石峰，只一笔带过，平常的田园景色反而浓墨重彩，这不是诗人的疏忽，更不是本末倒置，而是诗人的心境变化使然。最后表达了"释志东皋"、归隐躬耕的愿望。从"道存""窜逐""忧栗""慵疏""追游"到"皋耕"，诗人经历了一个复杂的心路历程。故此诗根本就不能当作游览诗读，而应将它看作一篇心理自传。

[原诗]

志适不期贵，道存岂偷生？久忘上封事[2]，复笑升天行[3]。窜逐宦湘浦，摇心剧悬旌[4]。始惊陷世议，终欲逃天刑[5]。岁月杀忧栗，慵疏寡将迎[6]。追游疑所爱，且复舒吾情。石角恣幽步，长乌遂遐征。磴回茂树断，景晏寒川明。旷望少行人，时闻田鹳鸣。风篁冒水远[7]，霜稻侵山平。稍与人事间[8]，益知身世轻。为农信可乐，居宠真虚荣。乔木余故国[9]，愿言果丹诚[10]。四支反田亩[11]，释志东皋耕[12]。

[校勘]

（1）志适不期贵，道存岂偷生："不期贵"，《诂训本》作"不自期"，《全唐诗》注："一作'不自期'。""岂"，《诂训本》作"贵"，《全唐诗》注："一作'贵'。"疑《诂训本》误。

（2）追游疑所爱：《世彩堂本》《郑定本》《何焯校本》注"'疑'，一作'款'。"

（3）风篁冒水远：《世彩堂本》《郑定本》注"'冒'，一作'映'。"

（4）乔木余故国：《世彩堂本》《郑定本》注"'余'，一作'望'。"

（5）释志东皋耕：《世彩堂本》《音辩本》句下注"'释志'，一本作'泽志'。"

[注释]

[1] 石角：即石角山。据《湖南通志》卷十八《山川地理》篇载："石角山在（零陵）县东北十里，山有小洞，极深远。连属十余小石峰，奇峭如画。"山已被毁，残留遗迹。

[2] 封事：奏章。

[3] 升天行：指求仙学道之举。

[4] 摇心：心忧不宁。

[5] 天刑：朝廷的惩罚。天，上天，指朝廷，皇上。

[6] 将迎：送迎。指人际交往应承。

[7] 风篁：风吹竹丛。篁，竹丛。

[8] 稍：已，既。

[9] 乔木：《孟子·梁惠王下》："所谓故国者，非谓有乔木之谓也，有世臣之谓也。"

[10] 丹诚：即赤诚。

[11] 四支：即四肢。反：通返。

[12] 东皋：潘岳《秋兴赋》："耕东皋之沃壤兮。"李善注："水田曰皋。东者，取其春意。"又，唐初王绩有战功，官至大乐丞，而自号东皋子，"挂冠归田，葛巾联牛，躬耕东皋"。

[集评]

[1] 陆时雍曰："语如寒风。"(《唐诗镜》)

[2] 蒋之翘曰："昔人论此诗，以为逼真韦左司游览诸作，予深不然之。子厚意志感慨已不如韦之恬淡，句调工致已不如韦之萧散，是本同道而异至，乌可谩论云乎？"(《柳集辑注》卷四十三)

[3] 汪森曰："'释志'句下'故国'正与'窜逐'相应。东皋耕，乃一诗感触归结处也。总评先用虚写，后用实叙，章法自变。"(《韩柳诗选》)

[4] 孙月峰曰："全仿谢《池上楼》篇。"(《评点柳柳州集》)

[5] 尚永亮、洪迎华指出："此诗中作者所游则是历'奥如''而见''旷如'之景。先在林中'恣幽步'，茂密的树木遮住了上山的道路。穿过树林，'旷望'便可见寒川、遍野的霜稻等等。而这些景物皆生动形象，传神如画。特别是其中的动词用得凝练精确，如'恣''断''冒''侵'等，自然贴切、神韵独具，表现出诗人非凡的语言功力。"(《柳宗元集》)

(吕国康　陈仲庚)

冉 溪[1]

[题解]

根据诗题"冉溪"及诗句"愿卜湘西冉溪地",该诗当作于元和四年冬柳宗元迁居冉溪之畔,改称愚溪之前。前四句回顾了被贬前的经历,从小立志建功立业,报效国家,积极投身永贞革新。革新失败后遭受残酷打击,落得一个"囚犯"的处境,充满激烈悲壮的感情。后四句写当下的生存状态和心理状态,抒发坚持理想、有所作为的打算。卜居冉溪并非隐居,而是磨炼意志的一种方式,他真正的寄托在于"成器"——实现其宏伟的抱负。诗构思精到,朴实真实,首尾照应,正气浩然。

[原诗]

少时陈力希公侯[2],许国不复为身谋[3]。风波一跌逝万里[4],壮心瓦解空缧囚[5]。缧囚终老无余事[6],愿卜湘西冉溪地[7]。却学寿张樊敬侯[8],种漆南园待成器[9]。

[校勘]

本篇无异文。

[注释]

[1] 冉溪:又名染溪,柳宗元将其改名为愚溪。溪在永州市

零陵区河西,发源于梳子铺大古源,长41公里,东流入潇水。

[2] 陈力:贡献才力。希:希求。公侯:古代五等爵位中最高的两级。这里指创建公侯般的业绩。

[3] 许国:为国家献身,效力。许,应允。为身谋:为自己打算。

[4] 风波一跌:指在永贞革新的风波中遭到失败。跌,失足、挫折。逝万里:指被贬谪到遥远的永州。逝,去。

[5] 壮心:雄心壮志。缧(léi)囚:囚犯。缧,捆犯人的绳子。

[6] 余事:以外的事。余,以后,以外。

[7] 卜:选择。湘西:潇水西边。柳宗元诗文中常以湘代潇。

[8] 寿张:地名,即今山东省寿张县。樊敬侯:指东汉人樊重,字君云,汉光武帝的内戚。封寿张侯,死后谥号为"敬",故又称樊敬侯。

[9] 种漆南园:据《后汉书》记载,樊重想做器物,但没有木材,便在南园栽种梓树和漆树。当时的人都嘲笑他。日后树长成材,器物终于做成了。嘲笑过他的人都来向他借用。

[集评]

[1] 章士钊曰:"结联'却学寿张樊敬侯'二语,有深远意义,足见子厚一生政治抱负。""一腔热血,遂由本身而逐渐移转到下一代去,因而触景吟咏,冲口获得如寿张樊重、种漆南园之诗句,定非偶然。"(《柳文指要》)

[2] 吴文治曰:"读此篇,应与本书中《愚溪诗序》同读。宗元于卜居冉溪时作此诗,旨在抒发他对被贬来冉溪闲居胸有不满;但末二句用《后汉书·樊宏传》典故,说自己愿向后汉寿张

樊敬侯学习，在南园种漆树，等待树大成器。其实作者此言，并不愿缧囚终老，也并不真想在此种漆成器，不过是故作平缓之言，聊以自慰而已。"（《柳宗元诗文选评》）

[3]尚永亮曰："全诗顺序写来，从京城到贬所，从少年到中年再到设想中的晚年，从'陈力''许国'到'壮心瓦解'再到'种漆南园待成器'，既展示行迹，也表现心理，诗情由高趋低，再由低至高，真切地呈露出诗人的心路历程，也为我们认识柳宗元提供了最详实的第一手数据。"（《柳宗元诗文选评》）

（吕国康）

种仙灵毗[1]

[题解]

诗作于元和四年冬。柳在这年写的《与李翰林建书》说:"仆自去年八月来,痞疾稍已。往时间一二日作,今一日乃二三作。……行则膝颤,作则髀痹。所欲者,补气丰血,强筋骨,辅心力。有与此宜者,更致数物。"仙灵毗即其一。诗便是写他这时的生活情状和心态。首先交代种仙灵毗的原因,接着描写求药种、种药、采药、制药的过程,然后说明药理。诗人相信仙灵毗药性很好,表达了渴盼病愈的心情,让读者看到了一位与病魔斗争的强者形象。结尾"神哉辅吾足,幸及儿女奔",既希望医好风痹病,使行动方便,更希望摆脱困境,获得自由。

[原诗]

穷陋阙自养[2],疠气剧嚚烦[3]。隆冬乏霜霰[4],日夕南风温。杖藜下庭际[5],曳踵不及门[6]。门有野田吏[7],慰我飘零魂。及言有灵药,近在湘西原[8]。服之不盈旬,蹩躄皆腾骞[9]。笑忭前即吏[10],为我擢其根[11]。蔚蔚遂充庭,英翘忽已繁[12]。晨起自采曝,杵臼通夜喧。灵和理内藏,攻疾贵自源。拥覆逃积雾[13],伸舒委余暄。奇功苟可征,宁复资兰荪。我闻畸人术[14],一气中夜存。能令深深息,呼吸还归跟[15]。疏放固难效,且以药饵论。痿者不忘起[16],穷者宁复言。神哉辅吾足,幸及儿女奔。

[校勘]

(1) 野田吏:《郑定本》《世彩堂本》注:"吕作'田野'。"何焯《义门读书记》:"'吏'疑'更'。"

(2) 腾骞:《音辨本》《蒋之翘本》《游居敬本》《全唐诗》"骞"作"鶱"。

(3) 壅覆:《音辨本》《诂训本》《游居敬本》《全唐诗》"壅"作"拥"。

(4) 伸舒:《百家注本》"伸"原作"神",据《音辨本》《诂训本》《郑定本》《世彩堂本》《游居敬本》及《全唐诗》改。

(5) 归跟:《世彩堂本》句下注:"'跟',音根,一作'根'。"

[注释]

[1] 仙灵毗:《本草》作"仙灵脾",即淫羊藿(huò),味辛寒,益气力,强志,坚筋骨。青叶似杏,叶上有刺,茎如粟秆,根紫色,有须。

[2] 阙:通缺。

[3] 疠气:不正之气。

[4] 霰:雪珠。

[5] 藜:藜科植物,茎可制杖。这里指拐杖。

[6] 曳踵:拖着脚跟小步走,形容行走艰难。

[7] 野田吏:管理田亩赋税的小官。

[8] 湘西原:潇水之西的原野。柳宗元诗中常以湘代潇。

[9] 蹩躠(bì):跛行貌。腾骞,飞腾貌。

[10] 笑抃(biàn):笑着鼓掌。

[11] 擢其根:拔这种药的根。

[12] 英翘：指植物长得高大。

[13] 壅覆：遮蔽。余暄：日光的温暖。有学者认为，这两句应排在"晨起有采曝"之前，先叙仙灵毗生长，后谈采摘泡制，这样诗意才上下连贯。

[14] 畸人术：谓已患腿疾，而得痊愈之事。

[15] 跟：脚后跟。

[16] 痿者：患风痹病的人。《史记·韩王信传》："痿人不忘起，盲者不忘视。"

[集评]

[1] 汪森曰："起法与前首（指《茆檐下始栽竹》）同，由南方瘴疠兴感。"（《韩柳诗选》）

[2] 孙月峰曰："种药诸篇，大约是陶调，然亦微兼古乐府意。"（评点《柳柳州全集》卷四十三）

[3] 陆梦龙曰："自有名理。"（《柳子厚集选》卷四）

[4] 何焯曰："结少味。"（《义门读书记》卷三十七）

[5] 洪淑苓指出："试想，本为朝中要臣，而今足疾缠身，不得不遍寻药方，在繁茂的仙灵毗前，那瘦削失意的身影，又怎能不令人感叹呢？"（《柳宗元诗选》）

（吕国康）

钴鉧潭

[题解]

《钴鉧潭》诗是柳宗元的一首佚诗,康熙版《永州府志》(刘道著主修、钱邦芑编纂)和清末版《湖南通志》均有记载。但各种版本的《柳宗元集》均未收录。据雷运福先生考证,诗是柳宗元在永州所作八愚诗之一。该诗以钴鉧潭为题,以溪喻人,运用"愚公移山"的典故,以"南国"与"北山"对举,"智"与"愚"对举,是柳宗元遭贬心情的真实写照,也体现了柳宗元的"智""愚"观。诗中回答了将冉溪改名愚溪,取愚丘、愚泉、愚沟、愚池、愚潭、愚亭、愚岛等八愚的本质与思想来源,与《愚溪诗序》《愚溪对》的内涵相一致。"潺潺只自如"的溪水,是愚公挖山不止精神的体现,也是"天行健,君子自强不息"的中华民族精神的象征。诗为古体,与五言绝句《江雪》的写法相似,其意境宽广,用典自如。

[原诗]

曾闻南国智[1],谁识北山愚[2]?试问溪中水[3],潺潺只自如[4]。

[校勘]

(1)曾闻:清光绪《湖南通志》为"常闻"。《许虬游记》

为"尝闻"。

(2) 只自如:《许虬游记》为"即自如"。

[注释]

[1] 南国智:南国,南方。《韩非子·五蠹》:"鲁哀公,下主也,南面君国。"(南面:面向南方,古代以坐北朝南为尊位。)魏晋南北朝时,由于玄学、佛教和道教相继兴起,而儒学则形成南北不同的特点:"南人简约,得其精华,北学深芜,穷其枝叶。"诗中以"南国智"与"北山愚"对举。

[2] 北山愚:《列子·愚公移山》载:"北山愚公者,年且九十,面山而居。惩山北之塞,出入之迂也,聚室而谋曰:'吾与汝毕力平险,指通豫南,达于汉阴,可乎?'杂然相许。"对愚公移山的打算,他的妻子提出疑问,河曲的智叟进行讥笑并且劝阻。后来,上帝被愚公的精诚所感动,就派大力神夸娥氏的两个儿子背走两座山。从此以后,冀州的南部直到汉水的南岸,便畅通无阻了。

[3] 溪中水:指愚溪,原名冉溪、染溪,柳宗元迁居于此,改其名曰愚溪。他在《愚溪诗序》中说自己"触罪"南贬是因为"愚",因而将此溪"更名为愚溪",以表现内心的愤郁不平。

[4] 自如:流动自然,不受阻碍。

[集评]

[1] 吴文治曰:"《钴鉧潭》诗为五言绝句……风格颇近似柳诗。《南池》诗为七言律诗,真似尚有待考证。"(《怎样读柳宗元的诗》)

(吕国康)

从崔中丞过卢少府郊居[1]

[题解]

此诗作于元和五年春。诗人陪同永州刺史崔敏去看望曾任全义县县丞的内弟卢遵,从"郊居"入手,点出此地超越俗世,主人也是清高隐世之士。清泉、浅石、高柳、垂藤和绿竹,加上"五禽""鸥鸟",一同构造出幽静的"野趣"。颔联历来为人称颂,"国老""贤人"一语双关既指"甘草""浊酒",也不着痕迹地抬高了刺史崔敏的身份。"虚室"喻卢遵清静的心态,一位隐者的形象。此诗有陶渊明《归园田居》之意境。

[原诗]

寓居湘岸四无邻,世网难婴每自珍[2]。莳药闲庭延国老[3],开罇虚室值贤人[4]。泉回浅石依高柳,径转垂藤间绿筠[5]。闻道[6]偏为五禽戏[7],出门鸥鸟更相亲。

[校勘]

(1)从崔中丞过卢少府郊居:《音辩本》《游居敬本》"居"作"舍"。《全唐诗》"少府"作"少尹"。

(2)开罇虚室值贤人:《诂训本》"罇"作"樽","室"作"席"。

[注释]

[1] 崔中丞：崔敏，曾任御史中丞，乃朝廷大僚，元和三年任永州刺史，与诗人关系较好，元和五年秋去世。卢少府：即卢遵，卢弘礼，柳宗元母亲卢氏哥哥的儿子。根据零陵华严岩题岩石刻："永州刺史冯叙、永州员外司马柳宗元、永州司户参军柴察、进士卢弘礼、进士柳宗直。元和元年三月八日，宗直题。"说明卢是进士。元和四年任全义县县丞，有政声，旋即弃官仍返回永州。少府：官名，唐代因县令称明府，县尉为县令之佐，遂称县尉为少府。

[2] 婴（yīng）：缠绕，羁绊。

[3] 延：邀请。

[4] 罇（zūn）：同"樽""尊"，酒杯，引申为盛酒的器皿。值：当值，引申为接待。

[5] 筠（yún）：竹子的表皮。引申为竹子的别称。

[6] 闻道：闻：布达。闻道：声闻于路，即上路。

[7] 五禽戏：古代一种体育治疗法。其法仿虎、鹿、熊、猿、鸟的姿态。五禽：指鸡、鸭、鹅、鸽、鹌五种家禽，五禽中鹅追赶人。诗中以五禽代鹅既写丰足，暗寓自己的衷曲。

[集评]

[1] 陈岩肖曰："古今以体物语形于诗句，或以人事喻物，或以物喻人事。……及观柳子厚《过卢少府郊居》云：'莳药闲庭延国老，开樽虚室值贤人。'则语尤自在而意胜。"（《庚溪诗话》卷下）

[2] 黄彻曰："《宾客集》：'添炉祷鸡舌，洒水净龙须。'骆宾王：'桃花嘶别路，竹叶泻离尊。'此体甚众，惟柳子厚《从崔中丞过卢少府郊居》一联最工，云：'莳药闲庭延国老，开尊虚

室值贤人。'只似称坐客,而有两意:盖甘草为国老,浊酒为贤人故也。"(《碧溪诗话》卷三)

[3] 吴以梅曰:"通首言卢少府也。国老,甘草;浊酒为贤人,句有线索,双夹,且贤人也可指崔中丞相过,构思饶仙灵之气。结以五禽引出鸥鸟,更通。"(《唐诗贯珠》卷三十七)

[4] 吴景旭曰:"柳子厚诗:'莳药闲庭延国老,开尊虚室值贤人。'吴旦生曰:《埤雅》:蘦,大苦,今之甘草是也。杭州小说,甘草,市语国老。然此不可谓市语。确有至理。按本草云:甘草一名国老,解百药毒。安和七十二种石,一千二百种草,故号国老之名。国老者,宾师之称,莳药有一君、二臣、三佐、四使,甘草又其宾师也,故药罕不用者。虽非其君,而君实宗焉。"(《历代诗话》卷四十九)

[5] 孙月峰曰:"颔联非大雅,然意巧语工,间尔为之亦足嬉。"(评点《柳柳州全集》卷四十三)

[6] 蒋之翘曰:"'泉回'二句:写景极婉曲有致。"(辑注《柳河东集》卷四十三)

[7] 黄周星曰:"国老、贤人天然妙侣,不独对偶之工。"(《唐诗快》卷十二)

[8] 金圣叹曰:"题是从崔过卢,诗却云四面无邻,然则从崔,崔自何来?过卢,卢又何往耶?反复读之,不得其说。一日,忽然有悟。此诗乃是特写出门,今在上解,则先极写其断断不宜出门也。夫先生之来南也,只为婴世网故也。以婴世网之故,而直至于来南,而今又容易出门,则一何其不能自珍之至于斯也!是故自到贬所,所卜之居,必欲四面无邻,自令此身欲从则无所从,欲过则无所过,以庶几得脱免于世网之外焉。三、四,忽插一国老,一贤人,又妙。初然触眼,斗地惊心。此二闲客缘何得闻?反复认之,而后知并是先生妙文寓意。盖言参苓补

泄,皆有专性,莫如国老,一味和光。圣人之清,渔父切讥,莫如哺糟,玄同无外。此便是避世网人心头独得之秘诀,而先生一口遂自说出也。(后解)此下解方写是日出门。五、六是写从崔过卢,一路闲景。七、八是写崔与卢之人也。'依高柳'想尽二子萧疏。'间绿筠',想尽二子精挺。然则亦不必至七、八再写之者。先生之于世间,真乃不能一朝又与居矣,必也鸟兽差可同群。今闻二子略去衣冠,人同牛马,此则正是世网以外自珍尤独至者。我虽开关破戒,力疾走访,想于前誓固不相妨也。"(《贯华堂选批唐才子诗》卷五上)

[9]何焯曰:"'葑药闲庭延国老':国老比中丞。'开尊虚室值贤人':贤人则谦言己非清流也。"(《义门读书记》卷三十七)

[10]近藤元粹曰:"国老、贤人,何等奇警!"(《柳柳州集》卷三)

(张伟)

溪 居

[题解]

诗作于元和五年,系迁居愚溪后所作。永贞革新的失败给柳宗元惨重难当的打击,然而这困顿并未影响作者在瘴湿的永州执着地生活。"始至若有得,稍深遂忘疲"。他从南国的穷乡僻壤发现了溪石幽趣、自然的生机,感受到田园的寂静、农耕的欢欣,幽愤从此远斥,心境归复淡泊,于是长歌于楚天,寄意于诗文,字里行间便流露出诸多高蹈谢世、归返自然的心迹。该诗正是充满了"复得返自然"的欣喜之情的南楚风光与农家生活的再现,透过"闲适"的外衣,从心灵深处抒发了以文墨为武器的赤子情怀!

[原诗]

久为簪组累[1],幸此南夷谪。闲依农圃邻,偶似山林客[2]。晓耕翻露草,夜榜响溪石[3]。来往不逢人,长歌楚天碧。

[校勘]

(1)夜榜响溪石:《世采堂本》《音辨本》句下注:"榜",一作"搒"。

[注释]

[1] 簪（zān）组：古代官吏的冠饰，此处即指做官。

[2] 山林客：山林间隐士。

[3] 榜（pēng）：进船。响溪石：因撑船靠岸，船触及溪石而有声。

[集评]

[1] 刘辰翁曰："境与神会，不由诗得，欲重见自难耳。"（《唐诗品汇》引）

[2] 顾璘曰："超逸"（《唐诗选脉会通》引）

[3] 陆时雍曰："音如琢玉。"（《唐诗选脉会通》引）

[4] 周珽曰："因谪居寻出乐趣来，与《雨后寻愚溪》、《晓行至愚溪》二诗，点染情兴欲飞。"（《唐诗选脉会通》）

[5] 孙月峰曰："脱洒。"（《评点柳柳州集》卷四十三）

[6] 贺裳曰："（东坡）语曰：'所贵于枯淡者，谓外枯而中膏，似淡而实美，渊明、子厚之流是也，若中边皆枯，淡亦何足道。'自是至言。即如'晓耕翻露草，夜榜响溪石'；'引杖试荒泉，解带围新竹'；'寒花疏寂历，幽泉微断续'；'风窗疏竹响，露井寒松滴'，孰非目前之景，而句字高洁，何尝不淡，何病于秾。"（《载酒园诗话又编》）

[7] 沈德潜曰："愚溪诸咏，处连蹇困厄之境，发清夷淡泊之意，不怨而怨，怨而不怨，行间言外，时或遇之。"（《唐诗别裁》卷四）

[8] 陆莹曰："昔人谓'诗中有画，画中有诗'，然亦有画手所能到者。先广光尝言……柳子厚《溪居》诗：'晓耕翻露草，夜榜响溪石。'《田家》诗：'鸡鸣村巷白，夜色归暮田。'此岂画手所能到耶？"（《问花楼诗话》）

[9] 近藤元粹曰："似仄律。"（《柳柳州集》卷四）

[10] 高步瀛曰："清泠旷远。"（《唐宋诗举要》卷四）

[11] 章士钊曰："子厚自表谪居，不一其态。而此云'久为簪组累，幸此南夷谪'，颇近于隐居求志，自适其适，与平时伊郁自怼者迥乎不同。未云'来往不逢人，长歌楚天碧'，又与'烟消日出不见人，欸乃一声山水绿'，仿佛一致。顾读者《渔翁》一首，千人共噪，而《溪居》则渺无人知，可见人于柳诗，大抵以耳代目，能精心治之者，罕已。""晓耕翻露草一联，即切实为自己写照"（《柳文指要》）

[12] 吴文治曰："通篇蕴涵无限不平之气，但写得平淡含蓄，意在言外。诗意突兀，耐人寻味。贬官本是不如意事，诗人却以反意着笔，所谓久为做官所'累'，而以贬窜南荒为'幸'，实际是含着痛苦的笑。'闲依'、'偶似'相对，也有强调闲适意味，'闲依'包含着投闲置散的无聊，'偶似'说明他并不真正具有隐士的淡泊、闲适。'来往不逢人'句，看似自由自在，无拘无束，实际也是以困厄孤独强作闲适。"（《柳宗元诗文选评》）

[13] 刘继源认为："长歌楚天碧是《溪居》的主题思想"；"古诗文中，有'长歌当哭'之叹，以歌咏诗文抒发悲愤的情感"；"诗人长歌楚天碧，就是宣誓撰写出一批千古不朽的传世名篇。"（《柳宗元诗文研究》）

[14] 尚永亮认为："这首题名《溪居》的诗作，便表现了柳宗元在大自然的怀抱中，超越忧患以寻求解脱的努力。""在表现手法上，此诗不假雕琢，放笔写来，自然平淡而又清新旷远，与其名作《渔翁》有异曲同工之妙。"（《柳宗元诗文选评》）

（吕国康）

新植海石榴[1]

[题解]

本诗约元和五年作于永州,新植的海石榴即《始见白发题所植海石榴树》诗中所言之海石榴树。诗人怜惜海石榴的幼小,生长环境恶劣,及忧虑为谁生长。由树及己,慨叹了自身遭际:诗人自中土南迁移居到蛮荒之地,与从蓬瀛移植到粪壤的海石榴的处境十分相似。以物自况,咏物自怜。三四句描写清婉,当为警句。

[原诗]

弱植不盈尺[2],远意驻蓬瀛[3]。月寒空阶曙[4],幽梦彩云生[5]。粪壤擢珠树[6],莓苔插琼英[7]。芳根閟颜色[8],徂岁为谁荣[9]。

[校勘]

(1) 幽梦彩云生:"彩",《诂训本》作"经"。

[注释]

[1] 海石榴:由古朝鲜传入我国的石榴品种,以其自海东传入,故名,以区别自西域安国传入的安石榴。

[2] 弱植:软弱,扶不起来。指新移的海石榴树尚未成活。

不盈尺：高不足一尺。

[3] 远意：意趣高远。驻：扎，指生长。蓬瀛：即蓬莱瀛州，海上仙山。

[4] 空阶：空空的台阶。曙：曙光。这句指石榴在寒月空阶里等待黎明。

[5] 幽梦：隐隐约约的梦境。

[6] 擢（zhuó）：拔，抽。指石榴在肥土的滋润下会茁壮成长。珠树：神话中能结珠的树，这里想象满树石榴如珠美丽。

[7] 莓苔：青苔。琼英：琼：赤玉。英：花。这里想象满树石榴花的光艳。

[8] 芳根：指石榴的根。閟（bì）：掩闭。颜色：指石榴花果美丽。这句意思是往日美丽的花果现在全保留在它的根中。

[9] 徂（cú）岁：经年。徂：往。

[集评]

[1] 孙月峰曰："花木诸诗，俱以淡意胜。盖畏堕落耳。然于情境未极，且连篇观之，更觉一律。"（《评点柳柳州集》卷四十三）

[2] 归有光曰："读柳州《海石榴诗》疑是今之千叶石榴。今志书亦云。"（《震川先生文集》别集卷七）

[3] 近藤元粹曰："幽婉。"（《柳柳州集》卷四）

(张伟)

戏题阶前芍药[1]

[题解]

诗作于元和五年迁居愚溪之畔后。这首咏物诗，以戏谑的语气、轻松的笔调、清新的词句，描写了芍药不同凡花的美好形象。从白天到夜晚，独自玩赏，香气弥漫窗内外。见名花而思美人，表达了作者的爱情渴望。

[原诗]

凡卉与时谢[2]，妍华丽兹晨[3]。欹红醉浓露[4]，窈窕留余春[5]。孤赏白日暮，暄风动摇频[6]。夜窗蔼芳气[7]，幽卧知相亲。愿致溱洧赠[8]，悠悠南国人[9]！

[校勘]

（1）欹红醉浓露："欹"，《全唐诗》作"敧"。欹，不齐貌。据诗意，作"欹"近是。

（2）孤赏白日暮：《百家注本》"白"原作"自"，据取校诸本改。

[注释]

[1] 芍药：系多年生草本植物，羽状复叶，小叶卵形或披针形，五月上、中旬开花，花大而美丽，有紫红、粉红、白等颜

色，供观赏，根可入药。鉴于牡丹与芍药有许多相似之处，故李时珍在《本草纲目草部》中又将牡丹释名木芍药。

[2] 凡卉与时谢：普通的花随着时令的变化而凋落。

[3] 妍华：美丽的花。

[4] 欹（qī）红：倾斜的红花。

[5] 窈窕：美好貌。留余春：因芍药花开于春末，故云。

[6] 暄（xuān）风：暖风。

[7] 蔼（ǎi）：通霭，云气。这里作动词用，弥漫着。

[8] 溱洧赠：《诗经·郑风·溱洧》云："维士与女，伊其相谑，赠之以芍药。"说郑国上巳节男女青年到溱水、洧水边相会，以芍药（香草）相赠表示愿结情好。

[9] 南国人：柳宗元自谓，因永州地处江南，唐时隶属江南西道，故云。

[集评]

[1] 黄彻曰：柳子厚《牡丹》曰："欹红醉浓露，窈窕留余春。"坡云："殷勤木芍药，独自殿余春。""留"与"殿"，重轻虽异，用各有宜也。（《碧溪诗话》卷五）

[2] 姚范曰："花卉九首……（按：指柳宗元《戏题阶前芍药》，苏轼《和陶胡西曹示顾贼曹诗》，党怀英《西湖晚菊》、《西湖芙蓉》等）以上凡九首，元裕之尝请赵闲闲秉文共作一轴写，自题其后云：'柳州怨之愈深，其辞愈缓，得古诗之正，其清新婉丽，六朝辞人少有及者。东坡爱而学之，极形似之工其怨则不能自捺也。党承旨出于二家，辞不足而意有余。……大都柳出于雅，坡以下皆有骚人之遗，所谓生不并世，俱名家者也。'遗山北学之雄……而其论诗如此，虽云扬榷骚雅，要不离乎肤以。且芍药之作，亦平平耳，而言六朝少及。东坡诸作，本非其

至。且咏赵昌之画，殊无怨意，而曲而深之，亦岂衷论耶？"（《援鹑堂笔记》卷四四）

[3] 吴乔曰："柳子厚《芍药》诗曰：'歇红醉浓露，窈窕留余春。'近体中好句皆不及。可见体物之妙，古体胜唐体。"（《围炉诗话》卷二）

[4] 何焯曰："'愿致溱洧赠'二句：陈思王诗：'南国有佳人，华容若桃李。'结名虽戏，亦《楚辞》以美人为君子之旨也。"（《义门读书记》卷三十七）

[5] 近藤元粹曰："可为后人咏物轨范也。"（《柳柳州集》卷四）

[6] 尚永亮、洪迎华指出："此诗借题芍药以咏怀，既表达了诗人被贬后的幽独，也寄寓了诗人内心高洁不凡的志趣。""诗中的'溱洧赠'究竟何意？芍药赠与何人？有不同的说法。或以为表现了见名花而思美人之意，或以为'结句虽戏，亦《楚辞》以美人为君子之旨也'（何焯《义门读书记》），或以为极巧妙而委婉地表达了急于用世、希求援引的愿望。"（《柳宗元集》）

（吕国康）

夏初雨后寻愚溪

[题解]

这首五言古诗作于元和五年（810）。诗题交代了出游的时间为初夏雨后，诗人兴致勃勃地去寻看愚溪的情景，以及自己的感慨。

被贬永州几年来，柳宗元遭受到了接二连三的打击，"国忧加身愁"使他的许多诗文都或多或少地夹杂着一种愤懑、孤寂之情。但这首诗并没有表达自己在政治上失意的郁闷和苦恼，而是以难得的欣喜舒畅之心，赏玩眼前明丽动人的景物；"引杖试荒泉，解带围新竹"。对清新明丽的大自然，深感庆幸，喜悦之情溢于字里行间，因而几乎忘却了所有的寂寞、烦忧和夏日的炎热。

[原诗]

悠悠雨初霁[1]，独绕清溪曲。引杖试荒泉，解带围新竹[2]。沉吟亦何事，寂寞固所欲[3]。幸此息营营[4]，啸歌静炎燠[5]。

[校勘]

（1）夏初雨后寻愚溪：《百家注本》"愚"作"渔"，据取校诸本改。

（2）啸歌静炎燠：《诂训本》"静"作"尽"。

[注释]

[1] 初霁：雨后初晴。霁（jì）：雨后或雪后转晴。

[2] 吴文治《柳宗元选集》注："引杖"二句：用手杖试试荒泉的深浅，解下衣带围着新生的竹，量量它有多粗。

[3] 沉吟：深沉的吟哦叹息。二句意为：还有什么事情需要我深沉叹息呢？过眼下这种孤独寂寞的生活，本来也是自己所曾经向往的。这自问自答，反映了作者无可奈何的心情。

[4] 营营：往来不绝貌。《诗·小雅·青蝇》："营营青蝇。"毛传："营营，往来貌。"本句谓幸好止息了与官场的往来。

[5] 炎燠：炎热。燠（yù）：热。

[集评]

[1] 皇甫枚曰：柳子厚溪、丘、泉、沟、池、亭、堂、岛，皆以愚名之，号八愚。(《三水小牍》逸文补)

[2] 许学夷曰：子厚五言古，较应物有同有异。如……"悠悠雨初霁"等篇，萧散冲淡，与应物相类。(《诗源辨体》卷二十三)

[3] 黄周星："可知避暑之方矣。"(《唐诗快》卷五)

[4] 高步瀛曰："'引杖试荒泉'一联，情景真切。"(《唐宋诗举要》卷一)

[5] 孟二冬曰："此诗作于永州时期。'愚溪'，原作'渔溪'，据诸校本改。诗歌前四句写景，后四句抒情，鲜明地传达出诗人寂寞的心灵世界。"(《韩愈柳宗元诗选》)

(骆正军)

雨后晓行独至愚溪北池[1]

[题解]

这首五言古诗作于元和五年（810），也是柳宗元被贬永州司马的第五年。诗题首先交代了出游的时间为雨后的清晨，观景的地点在愚溪北池边，观景时的情形是独自一人漫步和欣赏。

一、二句写远景，空中的云与太阳；三、四句是近景，高树与清池，雨珠洒落，一会儿消失得无影无踪；五、六句抒情，闲适中顿觉大自然是主人，捧出奇异的美景招待我，令人欣喜不已。全诗移情入境，清新明丽，有如一道电光，在众多山水诗中显现出亮丽的色彩。

[原诗]

宿云散洲渚[2]，晓日明村坞[3]。高树临清池，风惊夜来雨。予心适无事，偶此成宾主[4]。

[校勘]

（1）雨后晓行独至愚溪北池：《诂训本》"池"作"地"。
（2）晓日明村坞：《诂训本》"明"作"鸣"。

[注释]

[1] 愚溪北池：愚溪在今零陵城潇水的西边，原名冉溪，柳

宗元将之称为愚溪。北池在溪北约六十步。

[2] 洲渚（zhǔ）：水中间的小块陆地。《尔雅·释水》："水中可居者曰洲，小洲曰渚。"宿云：昨夜雨后之残云。

[3] 村坞（wù）：指防御用的建筑物，小型的城堡，此处即指村落。

[4] 偶此：指眼前所见景物。

[集评]

[1] 吴可曰：柳诗："风惊夜来雨"，"惊"字甚奇。（《藏海诗话》）

[2] 贺裳曰：又编柳宗元：大历以还，诗多崇尚自然。柳子厚始一振厉，篇琢句锤，起颓靡而荡秽浊，出入《骚》、《雅》，无一字轻率。其初多务溪刻，故神峻而味洌，既亦渐近温醇。如"高树临清池，风惊夜来雨"……不意王、孟之外，复有此奇。（《载酒园诗话》）

[3] 方东树曰："宿云散洲渚"，奇逸。（《昭昧詹言》卷七）

[4] 陈时雍曰："'高树'二语，高韵卓出。"（《唐诗选脉会通》）

[5] 蒋之翘曰："'高树'二句，与韦左司'微雨夜来过，不知春草生'同一机趣。"（《柳集辑注》卷四十三）

[6] 唐汝询曰："宿雨初霁，树间余点未消，风触之而散洒若惊之使然。对此景而心无挂碍，所遇之物皆良朋也。"（《唐诗解》卷十）

[7] 吴山民曰："境清心寂。"（《唐诗选脉会通》）

[8] 郭濬曰："闲适之兴，寂悟之言。"（《唐诗选脉会通》）

[9] 孙月峰曰："淡而腴，意调同《南涧》首。"（《评点柳柳州集》卷四十三）

[10] 王尧衢曰:"夜雨初晴,隔宿之云散于洲渚,初升之日明于村坞。有高树下临北池,树间尚有余雨,因风一触而洒落,若惊之者。吾心适然无事,偶值此景,独步无侣,即此便成宾主矣。"(《古唐诗合解》卷二)

[11] 王文濡曰:"心与物化,结句是'独至'二字反衬法。"(《唐诗评注读本》卷一)

[12] 高步瀛曰:"诸诗(按:谓咏愚溪诸作)皆神情高远,词旨幽隽,可与永州山水诸记并传。"(《唐宋诗举要》卷一)

[13] 方东树曰:"奇逸。"(《昭昧詹言》卷七)

[14] 尚永亮曰:"诗仅六句,似是顺手写来,兴尽即止,没有丝毫人工安排的痕迹。但细细品味,其中每个词语都被运用得恰到好处……诗人在静默中发现了自然的大美,也使自己忧怨的心绪得到了暂时的消解,从而趋于一种平和。"(《柳宗元诗文选注》)

(骆正军)

第二辑　永州十年诗

雨晴至江渡

[题解]

诗写于元和五年（810）。诗的前两句，写他在雨后初晴的一天傍晚，独自到江边散步；后两句写他在愚溪渡口旁，雨停水退后所见到的景象。诗人采用了小中见大、平淡之中寓含深意的写作手法，从表面上看来，四句都是写景，其实字字皆是抒情：诗人因久雨在家蛰居的苦闷、远谪永州漂泊在南方的悲痛、同情百姓遭遇的忧患意识、感叹自己空有经国济世的抱负，却又无法施展的愤激心情，都在不言之中凸显出来。真是"不着一字，尽得风流"。

[原诗]

江雨初晴思远步，日西独向愚溪渡[1]。渡头水落村径成[2]，撩乱浮槎在高树[3]。

[校勘]

（1）渡头水落村径成："迳"，《诂训本》作"径"。

[注释]

[1] 愚溪：即冉溪。柳宗元出于被贬逐的愤激，自称为"愚"，并把居地冉溪改名为"愚溪"。

[2] 村径:乡村小路。成:显现。

[3] 撩乱:搅乱的意思,同"缭乱"。浮槎:水中漂浮的木筏。此句言潮退之后,零乱的浮木挂在高高的树上。

[集评]

[1] 孙月峰曰:"偶然景。"(《评点柳柳州集》卷四十三)

[2] 蒋之翘曰:"落句大有画意。"(《辑注〈柳河东集〉卷四十三》)

[3] 黄叔灿曰:"与韦苏州'野渡无人舟自横'致同,而笔力横硬。"(《唐诗笺注》卷九)

[4] 胡士明曰:"全诗精深含蓄,抒情婉转。诗人久雨蛰居之苦,远谪漂泊之痛,皆在不言之中。"(《柳宗元诗文选注》)

(骆正军)

旦携谢山人至愚池[1]

[题解]

此诗元和五年秋作于永州。柳宗元元和四年冬移居河西愚溪之畔,精心打造了"八愚"。诗人与朋友谢山人来到人工打造的"愚池",一同享受环境的幽美。首句用《楚辞·渔父》典故,暗示了诗人与朋友新沐后的清高飘逸,后面几句直写二人的逍遥自在,但激切中仍难掩无奈之慨。

[原诗]

新沐换轻帻[2],晓池风露清。自谐尘外意[3],况与幽人行[4]。霞散众山迥[5],天高数雁鸣。机心付当路[6],聊适羲皇情[7]。

[校勘]

(1)新沐换轻帻:《诂训本》"轻"作"巾"。

(2)晓池风露清:"露",《音辩本》《诂训本》《游居敬本》作"雾"。

(3)况与幽人行:《诂训本》"况"作"向"。

[注释]

[1]谢山人:一位姓谢的隐士,名字生平均不详。愚池:

"八愚"胜景之一,始见柳宗元《愚溪诗序》。

[2] 新沐:刚洗过头发。帻(zé):古代的一种头巾。

[3] 谐:和谐。尘外:超出尘俗、尘世之外。

[4] 幽人:隐士,指谢山人。

[5] 迥:远。

[6] 机心:机变诡诈之心。付:付予,交付。当路:担任重要官职,掌握政权。此处指当权的人。

[7] 聊:姑且。适:往、去到。羲皇情:伏羲时代的民情。羲皇,古帝伏羲。

[集评]

[1] 孙月峰曰:"意兴洒然。"(评点《柳柳州全集》卷四十三)

[2] 汪森曰:"柳诗短章极有言外之意,故佳。"(《韩柳诗选》)

[3] 陆梦龙曰:"令人心淡。"(《唐子厚集选》卷四)

[4] 陆时雍曰:"起调迥仄。'霞散'二韵,气韵高标。"(《唐诗镜》卷三十七)

[5] 黄周星曰:"发付机心,甚妙。"(《唐诗快》卷九)

[6] 许学夷曰:"子厚五言古,较应物有同有异。如'新沐换轻帻'等篇,萧散冲淡,与应物相类。"(《诗源辨体》卷二十三)

[7] 近藤元粹曰:"清气袭人。'机心付当路'二句:强为宽绰之语耳。"(《柳柳州集》卷三)

(张伟)

酬娄秀才将之淮南见赠之什[1]

[题解]

此诗元和五年作于永州，为柳宗元与娄图南酬赠之作。好友即将离开永州游淮南，诗人为此写下这首感情真挚、哀婉深情的五言古诗。首句"远弃甘幽独"，直抒贬谪永州后的孤独忧愤，接着叙说两人的交往和友情。"好音"二句，真实流露对娄的感激之情。最后叙别情，结句"只应西涧水，寂寞但垂纶"，二人从此远别，只留下诗人寂寞地在西涧边垂钓自娱。由此可见，柳宗元对友人的依恋不舍。

[原诗]

远弃甘幽独，谁言值故人？好音怜铩羽，濡沫慰穷鳞[2]。困志情惟旧，相知乐更新。浪游轻费日，醉舞讵伤春[3]？风月欢宁间，星霜分益亲[4]。已将名是患，还用道为邻。机事齐飘瓦，嫌猜比拾尘[5]。高冠余肯赋，长铗子忘贫[6]。睆晚惊移律，暌携忽此辰[7]。开颜时不再，绊足去何因[8]？海上销魂别，天边吊影身。只应西涧水，寂寞但垂纶[9]。

[校勘]

（1）酬娄秀才将之淮南见赠之什："什"，《音辩本》《诂训本》《游居敬本》均作"作"。《中华本》据《百家注本》和

《世彩堂本》改。

（2）谁言值故人："言"《全唐诗》作"云"，并注："一作'言'。"

（3）濡沫慰穷鳞：《诂训本》"慰"作"尉"。诸本均作"慰"。

（4）困志情惟旧：《百家注本》《世彩堂本》句下注："'困'，一作'同'。"陈景云《柳集点勘》："'困'，一作'同'为是。《礼记》郑注：同志曰友。又子厚有《送秀才序》，言相识在未第之前。则有旧久矣。"按：陈说近是。

（5）瞬携忽此辰：《音辩本》《世彩堂本》"瞬"作"瞬"。《百家注本》亦作"瞬"。

[注释]

[1] 娄秀才：即娄图南，当时寓居永州的一位失意秀才，与柳宗元交往颇深。

[2] 铩羽：被摧落羽毛的鸟。穷鳞：受困窘的鱼。

[3] 浪游：随意游逛。费日：耗费时日。

[4] 间：间隔，间断。分（fēn）：情分。

[5] 机事：机巧的心事。飘瓦：语出《庄子·达生》："虽有忮心，不怨飘瓦。"喻指无意识的行为。拾尘：据《吕氏春秋·任数》记载：孔子受困于陈、蔡之间。颜回找到米后烧火做饭，孔子看见颜回在甑中抓饭吃。饭熟后，颜回拿饭给孔子吃。孔子说："我梦见先君吃完饭后再送给我吃。"颜回知道孔子误会了，就说："刚才炭灰掉进甑中，我觉得丢掉可惜，所以捡出来吃了。"孔子听了笑着说："所信者目矣，目犹不可信；所恃者心矣，而心不足恃。弟子记之。"后遂以"拾尘"喻误会致疑。

[6] 高冠：高高的帽子。《楚辞·涉江》："高余冠之岌岌

分，长余配之陆离。"屈原以"高冠"喻自己的高洁质量。长铗：《战国策·齐策》记载：冯谖做了孟尝君的门客。孟尝君身边的人都看不起他，冯谖就弹着他的长剑唱道："长铗归来乎，食无鱼。"孟尝君听说后满足了他的要求。他后来为孟尝君称相立下了大功。这里是说娄图南虽然像冯谖一样贫穷而能安然若素。

[7] 晼（wǎn）晚：日将暮。移律：岁月迁移。睽（kuí）携：分离。

[8] 绊足：绊住了脚，指有所拘束而不能施展才华。

[9] 垂纶：垂钓。纶：钓丝。

[集评]

[1] 孙月峰曰："柳律诗大约以属对妙。"（评点《柳柳州全集》卷四十二）

[2] 何焯曰："发端直贯注'销魂''吊影'一联。"（《义门读书记》卷三十七）

[3] 近藤元粹曰："辞旨凄婉，怨意自深，是其境遇使然也。"（《柳柳州集》卷二）

（张伟）

湘口馆潇湘二水所会

[题解]

这是一首写景诗,约作于元和五年秋。湘口馆位于零陵城北十里的潇水东岸,面对苹岛。前十句是写景,从远而近,动静结合,秋高气爽,水天一色,宛如人间仙境。而且,所写皆高远之景,如高楼、纤云、江天等,故境界开阔,气势博大。后八句是借景抒怀。"杳杳渔父吟,叫叫羁鸿哀。"因为有了"羁鸿"的哀鸣作陪衬,"渔父"之"吟"便也有了悲音,这悲音其实并非来自渔父之口,而是发自诗人的心底,由"羁鸿"的哀鸣,诗人不能不想到自己被贬他乡羁留穷乡僻壤的痛楚,因而再美妙的景色也不属于他,这景色不仅不能使他愉快起来,相反,他越想借它来排遣乡思,乡思反而越来越浓。"归流驶且广,泛舟绝沿洄",表达了诗人徘徊于江河之间,无处可依、岌岌可危的漂泊心境。

[原诗]

九疑浚倾奔[1],临源委萦回[2]。会合属空旷,泓澄停风雷[3]。高馆轩霞表[4],危楼临山隈。兹辰始澄霁[5],纤云尽褰开。天秋日正中,水碧无尘埃。杳杳渔父吟[6],叫叫羁鸿哀。境胜岂不豫[7],虑分固难裁[8]。升高欲自舒,弥使远念来[9]。归流驶且广[10],泛舟绝沿洄[11]。

[校勘]

(1) 九疑浚倾奔:《百家注本》"奔"作"莽"。

(2) 兹辰始澂霁:《诂训本》"澂"作"澄"。《百家注本》《世彩堂本》《音辩本》句下注:"'澂',清也,与'澄'同。"

(3) 升高欲自舒:"舒",《济美堂本》作"馆"。

[注释]

[1] 浚:此处指水深。

[2] 临源:山名,《百家注柳集》云:"九疑、临源,潇湘所出。"

[3] 泓澄:水清而广。停风雷:谓波平涛息,水流转缓。

[4] 轩霞表:高耸于云霄之外。轩,飞貌。

[5] 澄霁:天色清朗。

[6] 杳杳:远貌。

[7] 豫:欢乐。

[8] 裁:自制。

[9] 远念:对远方故乡的思念。

[10] 驶:快速行进。

[11] 沿洄:顺流而下曰沿,逆水而上曰洄。

[集评]

[1] 汪森曰:"柳州于山水文字最有会心,幽细澹远,实兼陶谢之胜。"(《韩柳诗选》)

[2] 陈衍曰:"柳州五言刻意陶、谢,兼学康乐制题,如《湘口馆潇湘二水所会》《登蒲州石矶望横江口潭岛深迥斜对香零山》等题,皆极用意。惜此旨自柳州至今,无闻焉尔。"(《石遗室诗话》卷四)

[3] 陆时雍曰："清澄无滓。"(《唐诗镜》)

[4] 邢昉日评云："悲凄宛曲，音旨哀绝，而无怨怼叫噪之气，所以得风人之正也。"(《唐风定》)

[5] 贺棠曰："余以韦、柳相同者神骨之清，相异域者不独峭淡之分，先自忧乐之别……《湘口馆》曰：'升高欲自舒，弥使远念来。'韦又安有此愁思？"(《载酒园诗话又编》)

[6] 近藤元粹曰："闲旷之景，叙来如见，宛然一幅活画。"(《柳柳州诗集》卷三)

[7] 尚永亮、洪迎华指出："此诗与谢灵运山水诗颇有神似处。首先是诗题。""其次，诗中对湘口馆山水景物客观、细致的描摹刻画，表现出与谢诗相似的精工之美。""再者，写景语言属对工整，表现出和谢诗一样经过锤炼之后，凝炼精丽的风格。""另外，在结构上，此诗前半幅写景，后半幅转于抒情，这也是谢灵运山水诗中常用的手法。"(《柳宗元集》)

(吕国康　陈仲庚)

同刘二十八哭吕衡州兼寄李、元二侍御[1]

[题解]

此诗元和六年九月作于永州。当时,柳宗元表亲兼好友吕温在衡阳刺史任上去世,柳宗元曾写《唐故衡州刺史东平吕君诔》和《祭吕衡州文》表示哀悼。在接到刘禹锡所作《哭吕衡州时予方谪居》的哀挽诗后,柳宗元便再和了这首律诗深致哀悼,并将此诗寄给当时在江陵幕府的李景俭、元稹二侍御。在诗中,诗人称颂吕温的品德和才干,对他壮志未酬、中年夭折,以及死后的萧条给予深切的同情。尾联巧妙用典赞誉吕温的同时,又兼及李、元二人,做法上尤见高明。

[原诗]

衡岳新摧天柱峰[2],士林憔悴泣相逢。只令文字传青简[3],不使功名上景钟[4]。三亩空留悬磬室[5],九原犹寄若堂封[6]。遥想荆州人物论[7],几回中夜惜元龙[8]。

[校勘]

(1)祇令文字传青简:《百家注本》"祇"作"秪"。《诂训本》"令"作"今"。

(2)不使功名上景钟:《诂训本》《蒋之翘本》《全唐诗》"钟"作"钟"。

(3) 三亩空留悬罄室：《世彩堂本》"罄"作"磬"。

(4) 几回中夜惜元龙：《音辩本》《世彩堂本》《蒋之翘本》《济美堂本》《游居敬本》"回"作"回"。

[注释]

[1] 刘二十八：即刘禹锡，二十八是兄弟之间的排行。吕衡州：即吕温，生前为衡州刺史，故称吕衡州。李、元二侍郎：指李景俭和元稹，当时同被贬在江陵。

[2] 衡岳：衡山。摧：倒，折断。天柱峰：衡山群峰之一。这里比喻吕温之死。

[3] 只令：只使。青简：竹简，古时曾用竹片书写文章和典籍。

[4] 景钟：大钟，有些古钟上刻有铭文，记载当时的某些大事和人物的功绩。

[5] 悬罄（qìng）：室内空虚，只有梁椽，如同古代用作乐器的磬石只有一个人字形架子一样，古人常用以形容家中一无所有。

[6] 九原：春秋时晋国卿大夫的墓地，后来泛指墓地。堂封：指坟墓，《礼记·檀弓》："吾见封之若堂者也。"意思是把坟墓筑成高高的方形，像堂一样。

[7] 荆州人物论：据《三国志·魏书·陈登传》载，东汉末，荆州牧刘表曾与刘备、许汜谈论天下人物，刘备极力推崇陈登，时陈登已死。

[8] 中夜：深夜。元龙：陈登的字。他曾任广陵太守，帮助曹操消灭吕布。

[集评]

[1] 苏轼曰:"柳宗元敢为诞妄,居之不疑。吕温为道州、衡州,及死,二州之人哭之逾月,客舟之过于此者,必呱呱然。虽子产不至此,温何以得之?"(《东坡志林》)

[2] 范温曰:"其本末立意遣词,可谓曲尽其妙,毫发无遗恨者也。《哭吕衡州诗》,足以发明吕温之俊伟;《哭凌员外》诗,书尽准平生。"(《潜溪诗眼》)

[3] 廖文炳曰:"首言温之死,士林相逢者,莫不悲泣而悼,盖惜其传文字于青简,未勒功名于景钟也。且官清而贫,室如悬磬,今已物化,见其封若高堂耳,昔刘备知惜元龙,岂二侍御而不惜衡州哉?"(《唐诗鼓吹注解》卷一)

[4] 许学夷曰:"惟子厚上承大历,下接开成,乃是正对阶级。然子厚才力虽大,而造诣未深,兴趣亦寡。故其五言长律及七言律对多凑合,语多妆构,始渐见斧凿痕,而化机遂亡矣,要亦正变也。……七言如……'三亩空留悬磬室,九原犹寄若堂封。'等句,对皆凑合,语皆妆构,较之大历,则自不同矣。"(《诗源辨体》卷二十三)

[5] 沈德潜曰:"哀怨有节,律中骚体,与梦得故是敌手。"(《说诗晬语》)

[6] 蒋之翘曰:"使事甚切,而且化。"(辑注《柳河东集》卷四十二)

[7] 黄周星曰:"哀挽诗中最为得体。"(《唐诗快》卷十一)

[8] 汪森曰:"'九原'句:用经传事,极稳贴。"(《韩柳诗选》)

[9] 金圣叹曰:"(前解)衡岳五峰,天柱其一,吕温卒于衡州,故遂以天柱比之。士林憔悴者,言此一株既萎,便已不复成林也。泣相逢之,为言我方泣,不谓刘二十八亦来泣,于是遂

同泣也。三、四，则其泣之辞也。（后解）五，言吕之不能自葬也。六，言无人曾谋葬吕也。夫朋友死而不得葬，此亦后死者之责也。然则与其几回惜之，无宁一抔掩之。遥寄江陵二子，其必有以处此矣。"（《贯华堂选批唐才子诗》卷五上）

[10] 何焯曰："元微之有《哭吕衡州》诗六首。'九原犹寄若堂封'：杜《哭王彭州伦》：'之官方玉折，寄葬与萍漂。'同此意也。"（《义门读书记》卷三十七）

[11] 朱三锡曰："吕温卒于衡州，故以天柱峰比之。泣相逢，言与刘同哭也。三、四句伤其才不逢时，五、六哀其贫不能葬，七、八写寄江陵二侍郎，故即以刘荆州比之。言下有责望二公之意。"（《东岩草堂评订唐诗鼓吹》卷一）

[12] 胡以梅曰："名家必一句擒题。起处妙在是哭。吕在衡州，推尊现成，不可移易。'憔悴'二字，更写得淋漓有神。磬室，言其原籍。堂封，则谓旅葬之处。结言寄江陵之意也。……陈登卒年三十九，温卒年亦壮，故比之。"（《唐诗贯珠》卷三十三）

（张伟）

闻籍田有感[1]

[题解]

诗作于元和五年。是年十月，宪宗下诏来年正月十六日东郊籍田。柳《与杨诲之书》云"有北人来，示将籍田敕"。作者曾任礼部员外郎，职司礼仪，因贬永州，不能参与其事，念及司马谈父子的故事，有感而发。诗从"籍田"国事与自身处境着笔，巧用两个典故，表明积极进取、经世致用的心志，而身处南荒、报国无门的痛苦与遗憾。

[原诗]

天田不日降皇舆[2]，留滞长沙岁又除[3]。宣室无由问釐世[4]，周南何处托成书[5]。

[校勘]

（1）《注释音辨》注曰："籍，潘（纬）本作籍，亦作藉。"蒋之翘辑注本作"藉"。二字通。

[注释]

[1] 籍田：古代天子/诸侯征用民力耕种的田地。每逢春耕前天子、诸侯亲执耒耜在田上三推或一拔，称为"籍礼"，象征亲耕和勤政。《诗经·周颂·载芟》毛传："籍田，甸师氏所掌，

王载耒耜所耕之田。天子千亩，诸侯百亩。籍之言借也，借民力治之，故谓之籍田。"宪宗下诏籍田之事后因"水旱用兵"并未实行，从此再也未提及。

[2] 天田：即籍田。皇舆：皇帝坐的车。

[3] 留滞长沙句：汉贾谊贬为长沙王傅，作者以贾自比，遭贬永州又经过一年。

[4] 宣室：汉未央宫宣室殿，是皇帝斋戒的地方。釐（xī）：通"禧"，祭过神的福肉。问釐事，即谓问鬼神之事。《汉书·贾谊传》：贾谊贬后岁余，被召回京，文帝正在宣室受釐（将福肉献给皇帝，表示受福叫受釐），因感鬼神事而问贾谊鬼神之本。

[5] 周南：古地名，即今洛阳。《史记·太史公自序》载：汉武帝封泰山，太史令司马谈因病溜滞周南，临终时嘱咐司马迁一定要继承其志，写完《史记》。本句有两层意思，一是以司马谈不得随武帝封禅泰山，比喻自己不能跟随天子籍田；二是司马谈有子可以嘱其继志成书，我又何以"托成书"呢？作者当时尚无子嗣，故有此感叹。

[集评]

[1] 近藤元粹曰："一声一泪，自负亦甚矣。"（《柳柳州诗集》卷四）

[2] 洪淑苓曰："这首七绝，短短四行，却一声一泪，憾恨至极。柳宗元始终不能释怀的，还是那辅佐帝王，经世致用的心意。"（《柳宗元诗选》）

（吕国康）

独 觉

[题解]

此诗约作于元和五年冬。全篇六句三联，第一联描写景物，第二联怨伤身世，第三联嗟叹际遇。脉络清晰，环环紧扣，一气呵成。首联诉诸视觉和听觉，用"空"和"寥落"来渲染一种寂静的境界，显现出诗人失意不平、孤独无依的情感轨迹。接下二句写一"怨"一"惊"的心理活动，叹惋时光的流逝不返和成就一番事业的艰难。结尾二句语气豪迈旷达，虽是自宽自慰，实则是自怨自愤，巧妙地升华了全诗的意境。诗题《独觉》，暗含着"举世混浊而我独清，众人皆醉而我独醒"的深意，其实也是一种自宽自慰。

[原诗]

觉来窗牖空[1]，寥落雨声晓[2]。良游怨迟暮[3]，末事惊纷扰[4]。为问经世心[5]，古人谁尽了[6]？

[校勘]

（1）"为问经世心"句，"世"，《郑定本》《世彩堂本》作"济"。

（2）"古人谁尽了"句，"谁"，《全唐诗》作"难"。

[注释]

[1] 窗牖（yǒu）：窗户。牖：《说文·穴部》："在墙曰牖，在屋曰窗。"窗牖空，写窗外空旷，草木花卉凋落。

[2] 寥落：稀疏。晓：天明。

[3] 良游：佳游，尽兴之游。

[4] 末事：琐碎小事，这里指世俗之事。

[5] 经世：治理世事。

[6] 尽：一一，全部。了：《尔雅序》："其所易了。"《释文》："了，照察也。"谓晓解之意。

[集评]

[1] 王安石曰："古人赋《诗》，独断章见志。固有本语本意若不及此，而触景动怀，别有激发。"（《唐百家诗选序》）

[2] 蔡启曰："子厚之贬，其忧悲憔悴之叹，发于诗者，特为酸楚。闵以伤志，固君子所不免，然亦何于是，卒以愤死，未为达理也。"（《蔡宽夫诗话》）

[3] 陆时雍曰："末二语名言，通恨。"（《唐诗镜》卷三十七）

[4] 孙月峰曰："首二句：写景妙。""末二句：点得透快。"（《评点柳柳州集》卷四十三）

（唐嗣德）

中夜起望西园值月上[1]

[题解]

此诗约作于元和六年秋,搬迁愚溪新居之后。构思新巧,对仗工整,描写月夜幽静之境和寂寞之情。诗人夜不能寐,刚一睡觉很快就醒了,外面的点滴动静都听得一清二楚,于是干脆披衣而起,循声探听。原来是西园菜圃中露珠滴落,掷地有声。东边岭上升起的月儿显得格外清冷,耳畔传来泉流冲刷竹根的"泠泠"声,泉水从岩石上飞泻而下,愈流愈远,越远却显得越发响亮。山上不时传来几声凄厉的鸟鸣,使冷寂之境更加冷寂。笔笔都在抒景,却笔笔都在写情,反衬出诗人的黯淡、凄凉、孤寂。就这样,诗人靠在柱子上直至天亮,心底的寂寞感彻骨铭心,经久弥深。

[原诗]

觉闻繁露坠[2],开户临西园[3]。寒月上东岭[4],泠泠疏竹根[5]。石泉远逾响[6],山鸟时一喧[7]。倚楹遂至旦[8],寂寞将何言。

[校勘]

(1) 倚楹遂至旦:《百家注本》"旦"作"日"。《何焯校本》:"'至'一作'达'。"《世彩堂本》《郑定本》注:"'至'

一作'达'。"

[注释]

[1] 中夜：半夜。值：碰上……的时候。

[2] 觉（jiào）：睡醒。繁露：浓重的露水。

[3] 临：面对。西园：指诗人住房西面的菜圃。

[4] 东岭：指住处东面的山岭。

[5] 泠泠（líng）：形容声音清越。

[6] 逾（yú 余）：更加。

[7] 时一喧（xuān）：不时叫一声。

[8] 倚（yǐ）：斜靠着。楹（yíng）：房屋的柱子。旦：天明、天亮。

[集评]

[1] 孙月峰曰："偶然景，道得妙。"（《评点柳柳州集》）

[2] 王尧衢曰："睡醒而闻庭之露滴，起而开户，临彼西园，只见寒月出于东山，泠泠然渐照至疏竹根矣。"（《古唐诗合解》）

[3] 唐汝询曰："此伤志之不伸也。言睡醒而闻滴露之声，于是开户临园，则月已映于竹间矣。泉鸣鸟喧，夜景清绝，令人意夕不寐，寂寞之怀，将复何言。此盖有不堪者，其迁谪之意乎？"（《唐诗解》）

[4] 陆时雍曰："语有景趣，然此等景趣在冥心独悟者领之。"（《唐诗镜》）

[5] 周廷曰："伤己志之见屈，故封幽景，情有未易语人者。"（《唐诗选脉会通评林》）

[6] 蒋之翘曰："语语得自实景，故其神意尤觉悄然。"

(《柳集辑注》)

　　[7] 邢昉曰:"柳与韦同一淡,而音节较亮,气色较鲜,乃微异也。"(《唐风定》)

　　[8] 王尧衢曰:"夜静则石泉虽远而逾响,月明则山鸟有时而一喧,如此清绝之景,令人忘寐,不妨倚柱以至旦。……三首(按指此及《雨后晓行独步至愚溪北池》、《秋晓行南谷经荒村》)即事成咏,随景写情,颇有自得之趣。然毕竟有'迁谪'二字横于意中,欲如陶、事之脱,难矣。"(《古唐诗合解》)

　　[9] 许敏岐曰:"艺术上的通感,并不始自十九世纪末、二十世纪初的法国象征派诗人们,柳宗元这首诗里就已经用了。'泠泠疏竹根',这形象,既是视觉的,又是听觉的。'泠泠'之感,物象实无,心象却有。人们不会追究它的'不真实',因为它本身就是诗人灵魂的回响。""诗人以极其敏锐、细腻的感受,以物之有声,写心之无声,既精巧而又自然。苏轼说柳宗元的诗'发纤浓于简古,寄至味于淡泊。'是极为中肯的。"(《柳宗元诗文赏析集》)

　　[10] 尚永亮曰:"'觉闻繁露坠,开户临西园。'表现则是他的迁谪之感。这种迁谪之感横亘胸中,是极为沉重的,接下来本应加以抒发,但他却压下不说,转而写景,最后仅用'倚楹遂至旦,寂寞将何言'二句作结,在独对幽景的不言之中,作者寂寞悲伤之情已跃然欲出。这种将主观情意投射景中,借景达情、不写而写的手法,形成了柳宗元咏山水诸作的一个基本特点。"(《柳宗元诗文选评》)

(吕国康)

南涧中题

[题解]

本诗颇具特色,是柳宗元的代表作之一,约作于元和六年(811)。以记游的笔调,写出了诗人被放逐后忧伤寂寞的心情。全诗可分两部分,前八句描写游历南涧所见景物。时值深秋,诗人独自来到南涧游览。涧中寂寞、肃杀之气独聚于此。虽日当正午,而秋风阵阵,林影稀疏,仍给人以萧瑟之感。诗人初到时若有所得,忘却了疲劳。可随即忽闻失侣之禽鸣于幽谷,眼见涧中水藻在波面上荡漾,却引起无限慨叹。后八句抒写诗人的种种感慨。诗人自迁谪永州以来,时常神情恍惚,怀人不见泪空垂。政治上的失意,使诗人遭受折磨。如今处境索寞,竟成何事?于此徘徊,亦只自知。以后谁再迁谪来此,也许会理解我这种心情吧!苏轼称赞此诗"妙绝古今","熟视有奇趣"。

[原诗]

秋气集南涧,独游亭午时[1]。回风一萧瑟,林影久参差[2]。始至若有得,稍深遂忘疲。羁禽响幽谷,寒藻舞沦漪[3]。去国魂已游,怀人泪空垂。孤生易为感,失路少所宜。索寞竟何事?徘徊只自知[4]。谁为后来者,当与此心期[5]。

[校勘]

（1）南涧中题："涧"，《诂训本》《蒋之翘本》《全唐诗》作"磵"。

（2）秋气集南磵：《百家注本》句下注"'磵'与'涧'同。"《世采堂本》句下注"古'磵'字"。

（3）回风一萧瑟："瑟"，《诂训本》作"索"。

（4）去国魂已游："游"，《蒋之翘本》及《全唐诗》作"远"。陈景云《柳集点勘》："'游'一作'远'，恐皆误，似当作'逝'。又《惩咎赋》及《哭凌准》诗中皆用'魂逝'语。"

[注释]

[1] 亭午：正午，中午。李白《古风》诗："大车飞扬尘，亭午暗阡陌。"

[2] 萧瑟（xiāosè）：秋风吹拂树叶发出的声音。曹操《步出东门行》诗："秋风萧瑟，洪波涌起。"参差：亦作"篸"。古乐器名，相传舜所造。《楚辞·九歌·湘君》"望夫君兮未来，吹参差兮谁思？"王逸注："参差，洞箫也。"

[3] 羁（jī）：系住。《淮南子·氾论训》："乌鹊之巢可俯而探也，禽兽可羁而从也。"

[4] 索寞：枯寂没有生气，形容消沉的样子。冯延巳《鹊踏枝》词："休向尊前情索寞。"

[5] 期（qī）：约会。《诗·墉风·桑中》："期我乎桑中。"

[集评]

[1] 苏轼曰："柳子厚南迁后诗，清劲纡徐，大率类此。"（《东坡题跋》卷二）苏轼又曰："柳仪曹《南涧》诗，忧中有乐，乐中有郁，盖绝妙古今矣。然老杜云：'王侯与蝼蚁，同尽

随丘墟。'仪曹何忧之深也。"(《苕溪渔隐丛话》)

[2] 曾吉甫曰:"《南涧》诗平淡有天工,在《与崔策登西山》上,语奇故世。"(《笔墨闲录》)

[3] 钟惺曰:"非不似陶,只觉调外一段宽然有余处。"(《唐诗归》)

[4] 唐汝洵曰:"因游南涧写迁谪之意。言此地风景冷落,而我爱之,故始至恍若有得,久则忘倦矣。但悲怀触物而生,即羁禽寒藻劫我去国之思,正以孤客易伤,失路鲜所宜耳。今斯情既难语人,诗虽留题,谁谓后来者知我心乎?盖柳州叔衣权之党而被黜,悔恨之意,每见于篇。"(《唐诗解》卷十)

[5] 陆事雍曰:"言言深诉,却有不能诉之情。'索莫','徘徊',末二语大堪喟息。"(《唐诗选脉会通》引)

[6] 陈继儒曰:"读柳州《南涧》,《田家》诸诗,觉雅裁深识,菲菲来会,令人目不给赏,意无留趣。"(同上引)

[7] 周珽曰:"古雅,绝无霸气,结未有章法,亦在魏冀之间。"(同上引)

[8] 孙月锋曰:"此是入选最有名诗,兴趣音节俱佳,盖以炼意妙,若字句则炼入无痕,遂近自然,调不陶却得陶之神。"(《评点柳柳州集》卷四十三)

[9] 蒋之翘曰:"柳州《南涧》诗意致已似恬雅,而中实孤愤沉郁,此是境与神会,非一时凑泊可成。先正李于麟尝选柳古诗,特取此作,大是具眼。"(《柳集辑注》卷四十三)

[10] 徐增曰:"时方深秋,南涧落寞,若秋气于此独聚,故云'集'。又是一人去游,到南涧日亭午矣,忽风回转来,觉身上一寒,风去林影摇动,良久犹参差不歇也。其始至时若有纤得,稍至深处,遂忘罢疲,听失侣之禽鸣于幽谷,又见涧中之藻舞于纶漪。……所闻所见,惟此而已。于是迁谪之况,顿起于

怀，杯去国日久，而魂已远，怀人不见，下泪皆空。盖人孤则易为感伤，失路则百无一宜。始慕南涧而来，今则不耐烦南涧矣。迁谪同于我者，当与此心期而已。柳州潦倒乃至于此，何其不自广也。"（《而庵说唐诗》卷二）

[11] 贺裳曰："《南涧》诗从乐而说至忧，《觉衰》诗从忧而说至乐，其胸中郁结则一也，柳子之《答贺者》曰：'庸讵知吾之浩浩，非戚之尤者乎？'读此文可解此诗。每见评者曰近陶，或曰达，余以山枢之答《蟋蟀》，犹谓其忧深音蹙，然即陶诗'今我不为乐，知有来岁不'意也。"（《载酒园诗话》又编）

[12] 汪森曰："起结极有远神，正以平淡中有纡徐之致耳。"（《韩柳诗选》）

[13] 沈德潜曰："语语是独游。东坡谓柳仪曹《南涧》诗，忧中有乐，妙绝古今，得其旨矣。'始至若有得，稍深遂忘疲'，为学仕宦亦如是观。"（《唐诗别裁》卷四）

[14] 刘熙载曰："韦云'微雨夜来过，不知春草生'，是道人语；柳云'迥风萧瑟，林影久参差'，是骚人语。"（《艺概·诗概》）

[15] 施补华曰："柳子厚幽怨有得骚旨，而不甚以陶公，盖怡旷气少，沉至语少也。《南涧》一作，气清神敛，宜为坡公所激赏。"（《岘佣说诗》）

[16] 何焯曰："'秋气集南涧，'万感俱集，忽不自禁。发端有力。'羁禽响幽谷'一联，似缘上风字，直书即目，其实乃兴中之比也。羁禽哀鸣者，友声不何求，而断乔迁之望也，起下'怀人'句。寒藻独舞者，潜鱼不能依，而乖得性之乐也，起下'去国'句。"（《义门读书记》）

(吕国康)

送元嵩师诗[1]

[题解]

此诗约元和六年作于永州,诗前有序,仅见于宋干道永州本《柳柳州外集》和日静嘉堂藏《唐柳先生文集》。按世彩堂本题下注:"此序永州作也。次前篇,当元和六年"。亦有学者系于元和七年。元嵩经刘禹锡的介绍专程到永州来拜访宗元,离去的时候,宗元写序作诗送行。全诗多用典,如"去鲁心犹在,从周力未能",用孔子事和元嵩归葬先人无力来影射自己不得志和受迁谪,抒发了空怀壮志的感慨。

[原诗]

侯门辞必服,忍位取悲增[2]。去鲁心犹在,从周力未能[3]。家山余五柳,人世遍千灯[4]。莫让金钱施,无生道自弘[5]。

[校勘]

本篇无异文。

[注释]

[1] 元嵩(hào):丹阳人,晋陶侃的后代。与刘禹锡交好。

[2] 侯门:指显贵之家。元嵩远祖为通侯,故云。服:居丧。柳宗元在《送元嵩师序》中称:"元嵩衣粗而食菲,病心而

墨貌,以其先人之葬未返其土,无族属以移其哀……"这里指元暠为了佛法而离开家乡不能安葬先人非常哀伤。

[3]去鲁:孔子离开鲁国。这里指元暠离乡。从周:《论语·八佾》:子曰:"周监于二代,郁郁乎文哉!吾从周。"这里指元暠想按照礼仪归葬其先人却苦于无力。

[4]家山:家乡。五柳:陶潜自称五柳先生,这里指家乡祖先所植五柳还在。遍千灯:佛家称传法为传灯,这里指元暠弘法很广。

[5]无生:佛教语,指万物的实体无生无灭。

[集评]

[1]王国安先生指出:"此诗不见诸本,惟宋干道永州本《柳柳州外集》及日静嘉堂藏《唐柳先生文集》(残本)录之。元暠与宗元、禹锡皆有交游,宗元另有《送元暠师序》,诗亦可信为宗元作。……《送元暠南游诗引》曰:'予策名二十年,百虑而无一得,然后知世所谓道,无非畏途,惟出世间法可尽心尔。'禹锡贞元九年(793)登进士第,下推二十年为元和七年(812),暠谒宗元当在其时,诗亦必是年作也。"(《柳宗元诗笺释》)

(吕国康　张伟)

南中荣橘柚[1]

[题解]

诗约作于迁居愚溪后的元和六年。柳宗元对屈原的思想品格十分敬仰,此诗就表示自己愿师法屈原,赞赏并保持橘树"受命不迁"的坚定品格,同时抒发了被贬永州的别样情怀。

首联暗引屈原《橘颂》"后皇嘉树,橘徕服兮。受命不迁,生南国兮"句。赞其傲骨而外,亦哀"受命不迁"之信念难以固守,乃假屈子之际遭射自身之困境,抒去国怀乡之悲!颔联绘南中橘柚荣华之能事:"密林"中,"朱绿"争艳;"晚岁"时,"余芳"犹存。颈联一转,若将橘柚移至北土,其能事则必因"清汉""飞雪"之时空转换而无从施展,使人联想到《愚溪诗序》"余虽不合于俗,亦颇以文墨自慰,漱涤万物,牢笼百态,而无所避之"句,遂惊诧于柳公"不滞凝于物,而能与世推移"之应变方略,似胜屈子一筹。尾联将无可奈何心境再着一墨。暗引《周礼·考工记》"橘逾淮而北为枳"句,抒发被贬后无法施展自己才华的郁闷之情。然橘柚北移,色香味俱损;柳公南迁,却找到了实现自身价值的新坐标!

在写作上,亦极为考究:描橘柚,穷形尽相,活灵活现;喻高洁,据典引经,弦外有音。寥寥40字,蕴含何其宏富!

[原诗]

橘柚怀贞质[2],受命此炎方[3]。密林耀朱绿[4],晚岁有余芳[5]。殊风限清汉[6],飞雪滞故乡。攀条何所叹?北望熊与湘[7]。

[校勘]

(1)"受命此炎方"句下注"《楚辞·橘颂》"。《橘颂》原作"惜往日章",据世彩堂本及《楚辞》改。

[注释]

[1]南中:泛指我国南方。荣:茂盛。橘柚:生长于我国南方的两种果树,为常绿乔木。古人橘柚连用者,往往仅指橘。谢玄晖《酬王晋安》:"南中荣橘柚,宁知鸿雁飞。"此用其中的句子为题。

[2]贞质:坚定不移的本质。

[3]受命:受大自然的命令。炎方:南方,此谓永州。

[4]朱绿:指橘柚树的果实和叶子红绿相映。

[5]余芳:橘柚的果实到了年末还散发出香味。

[6]殊风:指长江南北土风各异。清汉:银河,借指淮河,传说橘至淮北就变成了枳。

[7]熊与湘:熊,熊耳山,在河南卢氏县南;湘,湘山,一名艑山,即现在的君山,在洞庭湖中。

[集评]

[1]吴文治曰:"屈原作《橘颂》,以橘的坚贞自比;宗元此诗亦以橘自比,然二者却又同中有异:橘受命江南,不可迁徙;种于北地,则化而为枳。末二句联系自己遭际,谓作者受命

之地本在北方,而现在被贬南方,完全违背自己意愿。其内心痛苦可想而知。"(《柳宗元诗文选评》)

(吴同和)

郊居岁暮[1]

[题解]

此诗约元和六年底作于永州。一二句点明了时间、地点，三四句描绘永州特有的风俗，"野迥樵唱"充满了田野自然风味。后四句抒发了诗人时光消逝之叹。

[原诗]

屏居负山郭[2]，岁暮惊离索[3]。野迥樵唱来[4]，庭空烧烬落[5]。世纷因事远，心赏随年薄[6]。默默谅何为[7]，徒成今与昨。

[校勘]

（1）郊居岁暮：《诂训本》"暮"作"首"。
（2）庭空烧烬落："庭"，《诂训本》作"廷"。

[注释]

[1] 岁暮：晚冬。郊：城郊，当时柳宗元住在愚溪，属城郊。

[2] 屏居：隐居。《史记·魏其侯列传》"魏其谢病，屏居蓝田南山下数月。"山郭：山峦。

[3] 离索：隐居。《礼记·檀乡》"吾离群而索居。"

[4] 迥：远。

[5] 烬：《左传·咸公三年》："烬，火余木。"杜田说："楚俗烧榛种田，田畲（shē）。"

[6] 心赏：有契于心，悠然自得。薄：迫近。

[7] 谅：料想。

[集评]

[1] 邢昉曰："宾、主，今、昨，俱偶得匠心之语，而从无人道。"（《唐风定》卷五）

[2] 汪森曰："'野迥'二语，自然生动，在四虚字下得恰好。"（《韩柳诗选》）

[3] 章士钊曰："唐宋士大夫之引田家逸趣自慰，大致如此。然亦止于躬居田里，藉耕耨为啸咏而已。"（《柳文指要通要之部》卷一）

（张伟）

田家三首

[题解]

《田家》三首约写于元和七年,是一组反映劳动人民疾苦的优秀现实主义诗篇,比较深刻地反映了中唐时期的农民与农村问题,体现了子厚一贯重视民生的民本思想。三首诗是一组完整的诗篇,体现了一些共同的特色。其一是叙事朴实生动,客观真实;其次是语言质朴无华,几近口语,体现了田园诗的本色;其三是运用生动的形象描写与对话描写,极富艺术感染力。从某种意义上说,本诗与《捕蛇者说》有异曲同工之妙。

[原诗]

其 一

蓐食徇所务,驱牛向东阡[1]。鸡鸣村巷白,夜色归暮田。札札耒耜声,飞飞来乌鸢[2]。竭兹筋力事[3],持用穷岁年[4]。尽输助徭役[5],聊就空舍眠[6]。子孙日以长[7],世世还复然[8]。

其 二

篱落隔烟火,农谈四邻夕[9]。庭际秋虫鸣,疏林方寂历[10]。

蚕丝尽输税,机杼空依壁[11]。里胥夜经过,鸡粟事筵席[12]。各言长官峻,文字多督责[13]。东乡后租期,车毂陷泥泽[14]。公门少推恕,鞭朴恣狼藉[15]。努力慎经营,肌肤真可惜[16]。迎新在此岁,唯恐踵前迹[17]。

其 三

古道饶蒺藜,萦回古城曲[18]。蓼花被堤岸,陂水寒更绿[19]。是时收获竟,落日多樵牧[20]。风高榆柳疏,霜重梨枣熟。行人迷去住,野鸟竞栖宿[21]。田翁笑相念,昏黑慎原陆。今年幸少丰,无厌饘与粥[22]。

[校勘]

其 一

(1) 尽输助徭役:《世彩堂本》句下注:"'徭役',一作'淫佟'。"何焯《义门读书记》亦云:"'徭役',一作'淫佟'。"

(2) 聊就空自眠:《世彩堂本》句下注:"'自',一作'舍'。"《何焯校本》注:"重校(指郑定本)'自'作'舍'。"

(3) 子孙日已长:"已",《音辩本》《诂训本》《世采堂本》《游居敬本作》"以"。

其 二

(1) 疏麻方寂历:《世彩堂本》句下注:"'寂',一作

'析'。"《何焯校本》注:"韩本'寂'作'析'。"

(2) 公门少推恕:《世彩堂本》句下注:"'少',一作'日'。'恕',作'问'。"

(3) 鞭朴恣狼藉:"扑",《世采堂本》作"朴"。

(4) 迎新在此岁:《世彩堂本》句下注:"'此',一作'今'。"《何焯校本》注:"重校(郑定本)'此'作'今'。"

其 三

(1) 萦回古城曲:《世彩堂本》句下注:"'古',一作'故'。"《何焯校本》注:"重校(郑定本)作'故'。"

(2) 蓼花被堤岸:《世彩堂本》"堤"作"堤",通。

(3) 陂水寒更绿:《世彩堂本》句下注:"'渌',一作'绿'。"《何焯校本》注:"'渌'作'绿'。"《全唐诗》作"绿"。

(4) 风高榆柳疎:"疎",《全唐诗》作"疏"。

[注释]

[1] 蓐食:坐在草席上吃饭。蓐(rù)睡觉垫的草席。徇(xùn):环绕。所务:从事的事业。此处指致力于农业生产。

[2] 札札:象声词,形容农具翻土的声音。耒耜(lěi sì):翻土的农具。飞飞:形容鸟儿不断飞行的样子。乌鸢(yuán):乌鸦和老鹰。

[3] 竭:用尽。兹:这个。筋力事:体力劳动。

[4] 持:拿。穷岁年:过完一年。

[5] 输:交纳。徭役:封建社会规定农民除缴纳田赋外,每个成年男子还要在一年中无偿地替官府劳动若干天,称为"徭

役"。

[6] 聊：姑且。就：归。

[7] 日：一天天。以：同"已"。

[8] 然：这样。

[9] 篱落：篱笆。烟火：指人家。

[10] 庭际：院落边。疏麻：麻名。屈原《九歌·大司命》："折疏麻兮瑶华。"这里泛指一般的苎麻。

[11] 尽输税：全部拿去交了税。机杼：指织布机。

[12] 里胥（xū）：乡村小吏。事：备办。

[13] 峻：严厉。各言长官峻：指来的里胥是一批，他们各自都说官长严厉。文字：指文书。督责：督促，责备。

[14] 后租期：延误了交税的期限。毂（gǔ）：车轮中心贯轴的圆木，这里是指代车轮。车毂陷泥泽，是解释"后租期"乃因车轮陷进了泥潭里的缘故。

[15] 公门：官府。少推恕：很少酌情宽恕。鞭朴：鞭打。恣（zì）：肆意，指肆意鞭打。狼藉：纵横散乱的样子。

[16] 可惜：可怜。

[17] 迎新：迎接新谷登场。唐德宗时开始分秋夏两季征收赋税，规定夏税要在六月交毕，秋税要在十一月交毕。新谷登场也就是交秋税的时候到了。在此岁：在这个时候。踵（zhǒng）前迹：指踏着前人的足迹。

[18] 饶（ráo）：富足、多。蒺藜（jílí）：草本植物，茎平铺在地上，果皮有尖刺，种子入中药。萦（yíng）：围绕、缠绕。

[19] 蓼（liǎo）花：草本植物，果实卵形，扁平。全草入中药。被：遮盖。陂（běi）：池塘。

[20] 竟：完毕。

[21] 竞：竞争、竞赛。

[22] 厌：满足。饘（zhān）：稠粥。

[集评]

[1] 周敬曰："有悯农之思者，读是诗宁无恻然！本实事真情以写痛怀，如泣如诉，读难终篇。"（《唐诗选脉会通》）

[2] 钟惺曰："诉得静，一觉情苦。"（《唐诗归》）

[3] 何焯曰："'东乡后租期'四句，车陷泥泽，非敢后期而遭鞭朴，故曰'少推怒'也。（《义门读书记》评语）

[4] 余成教曰："柳子厚《田家》真能写尽田家风景。东坡谓韩退之豪放奇险则过子厚，温丽清新不及也。朱子谓学诗须从陶、柳门庭入。盖子厚之诗，脱口而出，多近自然也。"（《石园诗话》卷一）

[5] 沈德潜曰："里胥恐吓田家之言，如闻其声。"（《唐诗别裁》卷四）

[6] 吴大受曰：严沧浪谓柳子厚五言古诗在韦苏州之上，然余观子厚诗似得摩诘之洁，而颇近故峭。其山水诗，类其钴鉧潭诸记。虽边幅不广，而意境已足。如武陵一隙，自有日月。与苏州诗未易优劣。惟《田家》诗直与储光羲争席，果胜苏州一筹耳。（《诗筏》）

[7] 章士钊曰："《田家三首》，乃子厚代表农民之控诉书，诸注家谓是点染田园本色之清真语，饶有渊明风味，何啻痴人说梦！"（《柳文指要》下《通要之部》卷一）

（赵新国）

渔 翁[1]

[题解]

《渔翁》写于迁居愚溪后,作于元和七年,是一首脍炙人口的佳作。前四句展示了一幅幅形象鲜明、意境优美的图画,"西岩""清湘""山水绿"为永州特有的风物,"夜傍""晓汲""烟销日出"乃时空的转换,"欸乃一声山水绿",境界顿开,声色并茂,为全诗妙句、精华。体现了恬淡自适的心境。"回看天际下中流,岩上无心云相逐",画面更为开阔,首尾照应,相得益彰。诗中的"渔翁"折射屈原笔下"鼓枻而去"的渔父形象,也是《江雪》中高洁孤寂之渔翁的另类写照。

[原诗]

渔翁夜傍西岩宿[2],晓汲清湘燃楚竹[3]。烟销日出不见人,欸乃一声山水绿[4]。回看天际下中流,岩上无心云相逐[5]。

[校勘]

(1)欸乃:《百家注本》《音辨本》作"疑",据《世采堂本》《蒋之翘本》及《全唐诗》改。

(2)山水绿:原作"山水渌",据《世采堂本》《济美堂本》《蒋之翘本》及《全唐诗》改。

[注释]

[1] 渔翁：诗以"渔翁"作为抒情对象，表面上是客观地描述渔翁，实际上在渔翁身上有着诗人的影子，诗中的意象是其心灵的物化。柳常"行歌坐钓，望青天白云，以此为适"。

[2] 西岩：指潇水河西岩石。并非历代注家所说"朝阳岩""西山山岩"。何书置先生指出："潇水从朝阳岩至愚溪渡上约百来米，水深流急，唯有愚溪渡上下二百来米，水面比较平静，渡口下当时已有小村庄（《雨晴至江渡》），这里是渔船夜宿的理想地段"（《柳宗元研究》）。

[3] 清湘：清澈的湘江水，实指潇水。楚竹：楚地的竹子。

[4] 欸（ǎi）乃：象声词，民歌号子声，代指渔歌。唐有《欸乃曲》，元结作《欸乃曲五首并序》，自注：欸乃，棹船之声。故有注家认为欸乃是"摇橹声"。

[5] 无心：形容云彩的悠然飘荡。晋陶渊明《归去来辞》有"云无心以出岫"之句。

[集评]

[1] 苏东坡曰："诗以奇趣为宗，反常合道为趣。熟味此诗有奇趣。然其尾两句，虽不必亦可。"（《苕溪渔隐丛话》引）严羽认为："东坡删去后两句，使子厚复生，亦必心服。"（《沧浪诗话》）沈德潜也说："东坡谓删去末二语，余情不尽，信然！"（《唐诗别裁》）阮亭云："柳子厚《渔翁》一首，如作绝句，以'欸乃一声山水绿'作结，便成高作，二句真蛇足耳，而盲者顾称之何耶？"

[2] 刘辰翁曰："或谓苏评为当，非知言者，此诗气泽不类晚唐，正在后两句，非蛇安足者。"（《唐诗品录》）田艺蘅认为"全章本自悠扬，去之则局促矣"（《留青日札》卷五）。汪森评

点:"歌行短章与绝句只是一例耳。此诗固短篇之有致者,谓当截去末二句与否者,皆属迂论。"(《韩柳诗选》)

[3] 王文禄曰:"柳柳州《渔翁》诗曰:'渔翁夜傍西岩宿,……'气清而飘逸,殆商调欤!"(《诗的》)

[4] 唐汝询曰:"此盛称渔翁之乐,盖有欣美之意,言彼寝食自适而放歌于山水之间,泛舟中流与无心之云相逐,岂不萧然世外耶!"(《唐诗解》卷十八)

[5] 吴山民曰:"首二句清,次二句有趋景慕,深推赞切,岂子厚失意时诗耶?"(《唐诗选脉会通》引)

[6] 孙月峰曰:"是神来之调,句句险绝,炼得浑然无痕。后二句尤妙,意竭中复出余波,含景无穷。"(《评点柳柳州集》卷四十三)

[7] 蒋之翘曰:"此诗急节闲奏,气已太峻削矣,自是中、晚伎俩,宋人极赏之,岂以其蹊径似相近乎!"(《柳柳州辑注》卷四十三)

[8] 章士钊认为:"前四句是主,后两句是宾,宾主合参,始成全璧";"以'岩上无心云相逐'作结,完成当时境地,如此焉得认末二句语为蛇足乎?此于渔翁之意识形态,与岩下真实情况,毫无心得,妄事割裂,斤斤于七言古与七绝之区别,以贴括之叔辈,测高人之意境,可笑之至"(《柳文指要》)。

(吕国康)

夏昼偶作

[题解]

此诗约作于元和七年。写永州夏日的一个生活片断,富有浓厚的生活气息,是一首恬静淡雅、意蕴丰富、文外曲致的佳作。地处南国的永州,盛夏酷热,白天尤甚。"溽暑"言既潮湿又闷热的气候特点;"醉如酒"状人们难熬而昏昏欲睡的形态。这首句张力颇大,叙事、抒情和寄慨,均由此而生发。接下三句写诗人的夏日闲逸中的谐趣:洞开北窗,凉风习习,酣然入睡直至中午,醒来后万籁俱寂,只听见隔着竹林那边敲茶臼的声音。诗人写闲逸的生活,写幽静的心境,清静、自然、和谐。

[原诗]

南州溽暑醉如酒[1],隐机熟眠开北牖[2]。日午独觉无余声[3],山童隔竹敲茶臼[4]。

[校勘]

(1)"隐机熟眠开北牖"句:"机",《蒋之翘本》《朝鲜本》作"几"。

[注释]

[1]南州:《楚辞·远游》:"嘉南州之炎德,丽桂树之冬

荣。"南州：这里指永州。溽暑：又湿又热，指盛夏的气候。《说文》卷十一："溽，湿暑也。"醉如酒：意谓暑气蒸腾，令人昏昏欲睡。

[2] 隐机："机"同"几"，案也。隐机，凭靠着小几案。

[3] 日午：中午。

[4] 茶臼（jiù）：唐人制茶时用以捣茶的容器。章士钊《柳文指要·通要之部》卷十四："敲茶臼者，谓制新茶也。唐人饮茶不尚购买制成品种，往往自采而自制之，制就即饮，以新为贵。此子厚所以闻茶臼也。"

[集评]

[1] 黄彻曰："杜《寻范十隐居》云：'侍立小童清。'义山《忆正一》云：'炉烟销尽寒灯晦，童子开门雪满松。'子厚：'日午独觉无余声，山童隔竹敲茶臼。'秀老云：'夜深童子唤不起，猛虎一声山月高。'闲弃山间累年，颇得此数诗气味。"（《䂬溪诗话》卷四）

[2] 范晞文曰："七言仄韵尤难于五言。长孙佐辅有诗云：'独访山家歇还涉，茅屋斜连隔松叶。主人闻语未开门，绕篱野菜飞黄蝶。'好事者或绘为图。柳子厚云：'南州溽暑醉如酒，隐机熟眠开北牖。日午独觉无余声，山童隔竹敲茶臼。'言思爽脱，信不在前诗下。"（《对床夜语》卷四）

[3] 谢榛曰："诗有简而妙者，……亦有简而弗佳者，若鲍玄'夕鸟飞向月'，不如曹孟德'月明星稀，乌鹊南飞'；刘禹锡'欲问江深浅，应如远别情'，不如太白'请君试问东流水，别意与之谁短长'；李洞'花杵声中捣残梦'，不如柳子厚'日午独觉无余声，山童隔竹敲茶臼。'"（《四溟诗话》卷二）

[4] 胡应麟曰："裴迪'舣舟一长啸，四面来清风'，语亦

轩爽，而会梦鄱为不佳。子厚'日午独觉无余声，山童隔竹敲石臼，'意亦幽闲，而华玉短其无味。二语皆当领略。"(《诗薮·内编》卷六)

[5] 周珽曰："好一幅山居夏景图。""暑窗熟眠，一茶白外无余声，心地何等清静。惟静生凉，溽暑无能困之矣。日午独觉，见一种凉思，有人所不及知者。"《唐诗选脉会通》引

[6] 黄叔灿曰："清绝。柳州诗大概以清迥绝尘见长，同乎王、韦，却是别调。"(《唐诗笺注》卷九)

[7] 吴汝纶曰："柳州五言佳处在长篇，世徒赏其短章，以配韦苏州，未为知言。又称柳多以五言，不知其七言古诗，清新高迈，足与韩公相敌。如此惜其所作殊少，不足衣被后世耳。兹尽录之，付史女芝瑛。暇时讽咏，可增长笔力。谢庭咏絮，不足专美也。"(《桐城吴先生文集》卷四)

[8] 尚永亮、洪迎华曰："诗的末两句，以有声衬无声，益发展显了'无余声'的静谧气氛。这种手法在古代诗歌中常常见到，如王藉之'蝉噪林愈静，鸟鸣山更幽'(《入若耶溪》)，杜甫之'春山无伴独相求，伐木丁丁山更幽'(《题张氏隐居二首》)，都是用声响来衬托一种静的境界。这种有声的宁静，不仅赋予大自然以生机和灵气，更给人一种静美、和谐的诗意。"(《柳宗元集》)

(唐嗣德)

秋晓行南谷经荒村[1]

[题解]

此诗元和七年秋作于永州，应在《南涧中题》后。全诗描绘深秋清晨行经山村所见景象。首联叙时间、地点和行踪，中四句以黄叶为背景，描绘了一幅荒村、古木、寒花、幽泉交织成的深秋画卷，疏阔寂寥，秋意萧瑟。尾联化用庄子典故，既借麋鹿之惊，点缀寂然秋景之动感，亦蕴藏幽怨于清丽之中。情景交融，耐人寻味。

[原诗]

杪秋霜露重，晨起行幽谷[2]。黄叶覆溪桥，荒村唯古木。寒花疏寂历，幽泉微断续[3]。机心久已忘，何事惊麋鹿[4]？

[校勘]

（1）杪秋霜露重：《诂训本》"杪"作"抄"。

[注释]

[1] 南谷：结合柳宗元《南涧中题》诗，大致可以推断，南谷、南涧、幽泉皆在一起，即今零陵区杨梓塘码头西南方向。

[2] 杪（miǎo）：树梢，引申为事物或时间的末尾。杪秋：秋末，深秋指九月季节。幽谷：深谷。

[3] 疏：稀疏。寂历：寂寞，寂静。韩偓《曲江晓思》："云物阴寂历，竹木寒青苍。"微：指泉声细微。

[4] 机心：机巧的心计。《庄子·天地》："有机械者必有机事，有机事者必有机心，机心存于胸中则纯白不备。"柳诗化用其意。麋鹿：稀有珍贵动物，鹿属，形体庞大，俗称"四不像"。

[集评]

[1] 顾璘曰："诗意高妙。后二句觉泛浑厚。"（批点《唐诗正音》卷三）

[2] 唐汝询曰："此叙山行之景。因言机心已忘，则当入兽不乱，曷为惊此麋鹿乎？此乃辋川落句翻案。"（《唐诗解》卷十）

[3] 吴昌祺曰："霜露重而晨行，言其不得已也。子厚自言不惊，唐（汝询）以说惊，故易之。"（即将唐评之句易为"何得复惊麋鹿乎"。）（《删订唐诗解》卷五）

[4] 王尧衢曰："'荒村'句下：杪，末也。九月始寒，霜露交下，起行南谷，只有黄叶覆于溪桥，荒村但有古木，九月苍凉之景也。末句下：寒花之态疏淡而寂寥，幽泉之声微闻其断续，此皆天地自然之妙。人生若无机械之心，鸥鸟可狎，何事而惊麋鹿乎？余久已忘机，将鹿群可入矣。"（《唐诗合解笺注》卷二）

[5] 吴瑞荣曰："清空莹澈。子厚诗在渊明下，韦苏州上，朱子谓学诗须从陶、柳门庭入观，此数作益信。"（《唐诗笺要》）

（张伟　唐嗣德）

零陵赠李卿元侍御简吴武陵[1]

[题解]

此诗作于元和七年。是年吴武陵遇赦北还,柳宗元乃赠诗好友李深源、元克己,并寄赠吴武陵表露心迹。

本诗对朝廷权贵扼杀人才,反语讥讽,曰"理世固轻士",不亦谬乎?虽"阳光",仍"敲石",益可怪也!则愤懑之意,痛切之情,溢于言表!时势危恶,如吴武陵辈,虽"尚容与",坚其操守,仍不免"惨凄日相视,离忧坐自滋。"遭受的打击更为无情,处境更为悲惨。痛定思痛,唯依附于"樽酒",寄情于"放歌",聊以自慰!好友知音阅之,定可了悟柳公之良苦用心。

[原诗]

理世固轻士[2],弃捐湘之湄[3]。阳光竟四溟[4],敲石安所施[5]。铩羽集枯干[6],低昂互鸣悲。朔云吐风寒[7],寂历穷秋时[8]。君子尚容与[9],小人守兢危[10]。惨凄日相视,离忧坐自滋[11]。樽酒聊可酌[12],放歌谅徒为[13]。惜无协律者[14],窈眇弦吾诗[15]。

[校勘]

(1)阳光竟四溟:《百家注本》《世彩堂本》句下注:"'竟',一作'竞'。"《音辩本》"竟"作"竞",并于句下注云

"'竞'一本作'竟'。"

(2) 敲石安所施：《百家注本》"敲"作"歆"。

(3) 朔云吐风寒：《诂训本》此句作"朔风吐云寒"。

(4) 窈眇弦吾诗：《诂训本》"弦"作"弦"。

[注释]

[1] 李卿：李幼清，亦即李深源，又称李睦州。元侍御：元克己。简：信札，这儿用做动词，寄赠书信。吴武陵：吴子松。

[2] 理世：治世，太平世界。理，避高宗李治讳而代替"治"字。固：本来，当然。

[3] 弃捐：弃舍，遗弃。指不加任用。湄：水边。

[4] 竟：终，完全。这儿是遍布的意思。溟：海。

[5] 敲石：这儿指敲击石块以取火光。安：何，什么。施：为，用。

[6] 铩（shā）羽：羽毛被摧残脱落。铩，伤残。集：群鸟停聚在树上。

[7] 朔：北方。

[8] 寂历：犹寂寥，冷寂空旷的样子。穷秋：深秋。穷，终尽，末了。

[9] 尚：崇尚。容与：安逸自得的样子。

[10] 兢危：小心畏惧。兢，小心谨慎。危，畏惧忧恐。守：保全。

[11] 离忧：忧愁怨愤。坐：因。自：自然地。

[12] 聊：姑且。

[13] 谅：确实，委实。徒：白白地。为：做事。这里指唱歌。

[14] 协律，调正音律，使之协和。

[15] 窈眇（yǎo miǎo）：美妙。弦：琴弦。这儿用作动词，用琴弹奏。

[集评]

[1] 孙月峰曰："古炼，耐细玩，是有意脱唐。"（《评点柳柳州集》卷四十二）

[2] 陆梦龙："澹荡。"（《柳子厚集选》卷四）

[3] 汪森曰："哀怨是楚骚之遗。"（《韩柳诗选》）

[4] 近藤元粹曰："悲惋微至。"（《柳柳州诗集》卷二）

（吴同和）

与崔策登西山

[题解]

诗写于元和七年秋。崔策,字子符,柳宗元姐夫崔简的弟弟,当时就学于诗人。柳写有《送崔子符罢举诗序》,说他"少读经书,会文辞,本于孝悌,理道多容,以善别时,刚以知柔,进于有司,六选而不获"。亲戚加师生的双重关系,心中的真情得以应时而发。诗与山水记《始得西山宴游记》应是姊妹篇,一诗一文情怀相似,忧思相同,而且都未具体描写西山的景色,而是发登临后幽古之思情。刻画了一个执着追求而又窘迫无奈的忧愁苦闷的自我形象。在写景时,隐约可见诗人的愉悦心情;在抒情时,谪居之痛、乡思之苦终不能释怀。诗以离骚手法,凭丰富的想象,跳跃的情感,显理念与期盼之光,抒悲愤和无奈之情。

值得指出的是,诗中以"鹤鸣"暗喻、"连袂"点题,点明两人的关系和崔策对诗人的敬重,结尾以一"幸"字收束,表明对亲情的感激和对自由的向往,通篇未涉及崔策,而是言事抒情明志。

[原诗]

鹤鸣楚山静[1],露白秋江晓。连袂度危桥[2],萦回出林杪[3]。西岭极远目,毫末皆可了。重叠九疑高,微茫洞庭小。迥穷两仪际[4],高出万象表[5]。驰景泛颓波[6],遥风递寒筱[7]。谪居安所习，稍厌从纷扰。生同胥靡遗[8]，寿等彭铿夭[9]。蹇连困颠踣[10]，愚昧怯幽眇[11]。非令亲爱疏，谁使心神悄[12]。偶兹循山水，得以观鱼鸟。吾子幸淹留，缓我愁肠绕。

[校勘]

（1）遥风递寒筱：《百家注本》"递"作"遁"。

[注释]

[1] 鹤鸣：语出《易·中孚》："鹤鸣在阴，其子和之，我有好爵，吾与尔靡之。"原文意为白鹤在山北鸣叫，小白鹤们唱和着。"我有好的雀儿（爵边雀），我和你们来享受它（靡，奢侈，引申为享受）。"诗中既写实又借意。

[2] 连袂（mèi）：即手拉着手。袂，衣袖。危（wēi，旧读wéi）；危险。

[3] 杪（miǎo）：树的末梢。

[4] 迥（jiǒng）穷：极尽很远很远的地方。迥，远；穷，尽。两仪：古指天地或阴阳。《易·系辞上》："是故易有太极，是生两仪。"诗中指天地间。

[5] 万象：宇宙间的一切。

[6] 颓波：向下流的水势。《水经注》："又东，颓波泻涧，一丈有余。"

[7] 筱（xiǎo）：小竹。《书经·禹贡》："篠簜既敷。"孔安国传："篠，竹箭；簜，大竹。"孔颖达疏："篠为小竹，簜为大竹。"

[8] 胥靡：又作"缗靡"，古代对一种奴隶的称谓，因被用绳索牵连着强迫劳动而得名。《庄子·庚桑楚》："胥靡登高而不惧，遗死生也。"

[9] 彭铿（kēng）：同"彭亨"、"膨脖"，腹胀大的样子。韩愈《城南联句》："苦开腹彭亨。"孙伯野注："苦开，乃破瓜瓠之苦者也。"

[10] 蹇连：如跛足的驴子行路艰难。蹇，跛足。《楚辞·七谏·谬谏》："驾蹇驴而无策兮，有何路之能极？"颠踣（bó）：犹颠踬，倾倒。《抱朴子·百里》："冒昧苟得，闇于自量者，虑中道之颠踬，不以驽茧服鸾衡。"引申为挫折。

[11] 幽眇：精微深妙。韩愈《进学解》："补苴罅漏，张惶幽眇。"

[12] 悄（qiǎo）：忧愁的样子。《诗·陈风·月出》"劳心悄兮。"

[集评]

[1] 苏轼曰："柳子厚诗云'鹤鸣楚山静'。"又云："隐忧倦永夜"，东坡曰："子厚此诗，远在灵运之上。"（《东坡题跋》）

[2] 何焯曰："'鹤鸣楚山静'，鹤半夜而惊露。此句是不眠待晓，即隐忧倦永夜之意，尤不露骨也。"（《义门读书记》）

[3] 唐汝询曰："此诗首叙向晓之景，次状西山之高，次纪谪居之况，末冀崔之暂留也。言于鹤鸣露白之时，与崔君连袂而行，历危桥、林杪，以至西山之顶，极目而望，毫末了然，若登九疑而临洞庭，信象外之壮观也。我之谪居，本非所习，纷扰颇亦厌，从此生既同胥靡，虽年齐彭祖，亦不为寿，岂有心于养生哉！日始以连蹇而遭颠沛，终以黑蒙而怯幽微，每以亲人见疏为苦。今得以君遁山水、观鱼鸟，良足乐矣。子何不淹留于此，以缓我之愁肠乎？"（《唐诗解》）

[4] 吴岷曰："景语清微。遁山水、观鱼鸟亦足寄慨。结语

炼。"(《唐诗选脉会通》引)

[5] 陆时雍曰:"谢灵运:'猿鸣诚知曙,谷幽光未显。岩下云方合,花上露犹泫。'语势如峰峦起伏,委有余态。柳子厚'鹤鸣楚山静'一联,陡然直上矣。'连袂度危桥'一联,语堪入画。"(《唐诗选脉会通》引)

[6] 周珽曰:"'重迭'名,援喻西岑。'微茫'句,指秋江说。'迥穷'四句,远景。'生同'、'寿等'二句,假放达。'非令亲爱疏,谁使心神悄','疏'、'悄'二字相应。"(《唐诗选脉会通》引)

[7] 孙月峰曰:"是响调,读之令人心快,类张景阳。"(《评点柳柳集卷》卷四十三)

[8] 汪森曰:"子厚山水诗极佳,然每篇之中必见羁宦迁谪之意,此是胸中所积,不可强者。"(《韩柳诗选》)

[9] 李袁二曰:"借疏于所亲,以幸得从游于崖,此抑扬法。"(《唐诗训解》)

[10] 吴昌祺曰:"刘(辰翁)谓此诗语奇,非也。谓《南涧》胜此,则深于古矣。言九疑,洞庭皆在指顾中,可以揽天地,凌万物,而日驰风起,游兴尽矣。我安逐客而离纷扰,生无用、寿无益也。唐(汝询)多未到。"(《删定唐诗解》)

[11] 尚永亮、洪迎华指出:"全诗从叙出游,到写见闻,最后发感喟,行文结构极似南朝诗人谢灵运的山水诗。诗歌境界高远,情感跌宕,既有秀丽幽怨,又有壮阔雄健。苏轼《东坡题跋》云:'此诗远在灵运之上。'"(《柳宗元集》)

(吕国康)

弘农公以硕德伟材屈于诬枉左官三岁复为大僚天监昭明人心感悦宗元窜伏湘浦拜贺未由谨献诗五十韵以毕微志[1]

[题解]

元和七年秋，柳宗元岳父杨凭自杭州长史升迁为大傅，宗元献诗五十韵以贺。全诗50韵共100句，大致可分为5段：首先从杨氏家世说起，历叙杨凭的功绩；次辨杨屈于诬枉出任湖南，赞颂其刚正；接着感叹其远谪江浙；再写杨凭因赦回朝深受爱戴；最后反思自己贬谪永州、多年囚居而空有一身才华不能施展的无奈和忧伤；连用贾谊、邹阳、屈原典故，抒发了离乡去国的感伤骚情。

[原诗]

知命儒为贵[2]，时中圣所臧[3]。处心齐宠辱，遇物任行藏[4]。关识新安地[5]，封传临晋乡[6]。挺生推豹蔚[7]，遐步仰龙骧[8]。干有千寻竦[9]，精闻百炼刚[10]。茂功期舜禹[11]，高韵状羲黄[12]。足逸诗书囿[13]，锋摇翰墨场。雅歌张仲德[14]，颂祝鲁侯昌[15]。宪府初腾价[16]，神州转耀铓[17]。右言盈简策[18]，左辖备条纲[19]。响切晨趋佩[20]，烟浓近侍香。司仪六礼洽[21]，论将七兵扬[22]。合乐来仪凤[23]，尊祠重饩羊[24]。卿材优柱石，公器擅岩廊[25]。

峻节临衡峤[26]，和风满豫章[27]。人归父母育[28]，郡得股肱良[29]。细故谁留念[30]？烦言肯过防[31]。璧非真盗客[32]，金有误持郎[33]。龟虎休前寄[34]，貂蝉冠旧行[35]。训刑方命吕[36]，理剧复推张[37]。直用明销恶[38]，还将道胜刚。敬逾齐国社[39]，恩比召南棠[40]。

希怨犹逢怒[41]，多容竞怃强[42]。火炎侵琬琰[43]，鹰击谬鸾凰[44]。刻木终难时[45]，焚芝未改芳。远迁逾桂岭，中徙滞余杭[46]。顾土虽怀赵，知天讵畏匡[47]？论嫌齐物诞[48]，骚爱远游伤[49]。

丽泽周群品[50]，重明照万方[51]。斗间收紫气[52]，台上挂精光[53]。福为深仁集[54]，妖从盛德禳[55]。秦民啼畎亩[56]，周土舞康庄[57]。采绶还垂艾[58]，华簪更截肪[59]。高居迁鼎邑[60]，遥傅好书王[61]。碧树环金谷[62]，丹霞映上阳[63]。留欢唱容与[64]，要醉对清凉。故友仍同里[65]，常僚每合堂。渊友过许劭[66]，冰鲤吊王祥[67]。玉漏天门静[68]，铜驼御路荒[69]。涧瀍秋潋滟[70]，嵩少暮微茫[71]。遵渚徒云乐，冲天自不遑[72]。降神终入辅[73]，种德会明扬[74]。

独弃伧人国[75]，难窥夫子墙[76]。通家殊孔李[77]，旧好即潘扬[78]。世议排张挚[79]，时情弃仲翔[80]。不言缧绁[81]枉，徒恨墨徽长[82]。贾赋愁单阏[83]，邹书怯大梁[84]。炯心那自是[85]？昭世懒佯狂。鸣玉机全息，怀沙事不忘[86]。恋恩何敢死[87]？垂泪对清湘[88]。

[校勘]

（1）遐步仰龙骧："遐"《诂训本》作"高"。

（2）精闻百炼刚："刚"原作"钢"，据《诂训本》改。

（3）高韵状羲黄：《百家注本》《世彩堂本》句下注：

"'状',一作'上',又作'抶'。"

（4）响切晨趋佩：《音辩本》《诂训本》《游居敬本》"佩"作"佩"。《百家注本》《世彩堂本》作"佩"。

（5）妖从盛德禳：《诂训本》《济美堂本》"禳"作"穰"。《百家注本》《世彩堂本》均作"禳"。

（6）渊龙过许劭：《音辩本》《诂训本》《游居敬本》"劭"作"邵"。《百家注本》《世彩堂本》作"劭"。

（7）嵩少暮微茫：《诂训本》"暮"作"步"。

（8）徒恨墨徽去：《音辩本》《百家注本》句下注："'徽',一作'牵'。"《世彩堂本》"徽"作"牵"，并于句下注云："'縻牵长'，出《战国策》。一本以'牵'为'徽'，非。"《诂训本》"縻"作"墨"。

（9）炯心那自是：《音辩本》《诂训本》"那"作"郍"。《百家注本》《世彩堂本》均作"那"。

（10）昭世懒佯狂：《音辩本》《诂训本》《游居敬本》"懒"作"嫩"。《百家注本》《世彩堂本》作"懒"。

[注释]

[1] 弘农公：即杨凭，弘农县人，故称弘农公。柳宗元贬永州时，杨凭为潭州刺史湖南观察史，永贞元年十一月移江西观察史。元和二年由江西道入为京兆尹。元和四年，"以贪污僭侈"罪贬为临贺尉，不久，迁杭州长史。元和七年，遂王宥立为皇太子，大赦天下，杨凭入朝为太傅。左官：降职。

[2] 知命：知天命。《论语》："不知命，无以为君子也。"与后文"知天"义同。

[3] 时中：中庸之道。臧（zāng）：善。

[4] 行藏，《论语》："用之则行，舍之则藏。"

[5] 新安，地名。元鼎三年冬，楼船将军杨仆立了大功，从函谷关迁往新安。

[6] 临晋，地名。秦将杨朗有功，封临晋君。杨仆、杨朗均为杨凭先辈。

[7] 挺生：挺拔突出。孔稚圭《祭张长史文》："唯君之德，高明秀挺。"豹蔚：比喻有文采。《易·革》："君子豹变，其文蔚也。"

[8] 龙骧（xiāng）：形容威武。骧：马在跑。

[9] 千寻：形容枝干高耸。

[10] 精闻：精炼博学。《三国志·魏志·钟会传》："及壮，有才数技艺，而博学，精炼名理，以夜续昼，由是获声誉。"百炼刚：如百炼钢铁般刚强。

[11] 茂功：丰功。

[12] 高韵：高洁的气质。韵：气质。羲（xī）黄：伏羲、黄帝。

[13] 足逸：逸足，犹言捷足。傅毅《舞赋》"良骏逸足，跑捍凌越。"比喻才能超逸的人。囿（yòu）：借指诗书萃集之处。司马相如《上林赋》："游于六艺之囿。"

[14] 张仲：《毛传》："（张）贤臣也，善父母为孝，善兄弟为友。"

[15] 鲁侯：《鲁颂·閟（bì）宫序》："閟宫，颂僖公能复周公之宇也。"昌：显达。

[16] 宪府：御史府。

[17] 神州：中国。《史记》："中国名赤县神州。"这里指京师。

[18] 右言：杨凭曾为起居舍人，居天子右侧记言，故称"右言"。

[19] 左辖：杨凭曾担任左司员外郎，辖制诸司，称"左辖"。

[20] 晨趋佩：早朝时佩戴环佩。

[21] 六礼：冠、婚、丧、祭、乡、相见，并称"六礼"。

[22] 七兵：中兵、外兵、骑兵、别兵、都兵、左中兵、外中兵，并称"七兵"，受兵部尚书辖管。

[23] 仪凤：凤在起舞，且有容仪。《尚书·益稷》："《箫韶》九成，凤凰来仪。"

[24] 尊祠：尊崇祠祀。饩（xì）羊：古时用于祭祀的生羊。

[25] 岩廊：严峻的廊庙，这里比喻为朝廷。

[26] 衡峤（qiáo）：地名，今衡山。

[27] 豫章：地名，今江西南昌。

[28] 父母：指杨凭身为父母官，爱民若子。

[29] 股肱（gōng）：比喻辅助得力的大臣。《王褒四子讲德论》："盖君为元首，臣为股肱。"

[30] 细故：微琐之事。

[31] 烦言：烦琐之言，这里指争执。

[32] 真盗客：指张仪。《史记·张仪列传》："（仪）尝从楚相饮，已而楚相亡璧，门下意张仪：'仪贫无行，必此盗相君之璧。'共执张仪，掠笞数百，不服，释之。"

[33] 误持郎：指直不疑。《史记·范石张叔列传》："直不疑者，南阳人也。为郎事文帝，其同舍有告归，误持同舍郎金去，已而金主觉，忘意不疑。不疑谢有之，卖金偿，而告归者来而归金，而前亡金郎者大惭，以此称为长者。"

[34] 龟虎休前寄：印符被收回。龟虎：印符。休前寄：去官之意。

[35] 貂蝉冠旧行：指杨凭任左散骑常侍。貂蝉冠，元代之

前，皇帝近侍大臣官帽上均系貂尾、黄蝉。

[36] 命吕：指杨凭任刑部侍郎。吕：指吕侯，郑国大臣，曾得郑穆王之命掌管训刑之法，作吕刑。

[37] 理剧复推张：治理剧郡像张敞一样（受人爱戴）。理：处理。剧：繁难的政务。张：张敞，汉宣帝时名臣，治理有方，深得宣帝赏识。

[38] 销：销除。

[39] 齐国社：指齐国大臣石庆为相时，辅助齐王大治天下。石庆死后，立石相祠，为后人景仰。

[40] 召南棠：《诗径·召南甘棠序》："甘棠，美召伯也。召伯之教，明于南国。"据史书记载，周召伯巡行乡邑时，曾在甘棠之下决讼，后人由是歌颂他。

[41] 希怨：《论语·公冶长》："伯夷、叔齐不念旧恶，怨用希。"

[42] 忤（wǔ）：违逆，抵触。《新唐书·李义府传》："凡忤意者，皆中伤之。"

[43] 琬琰：琬、琰均为玉名。

[44] 谬：错误，荒谬。这里是误伤之意。

[45] 刻木：《汉书·路温舒传》："画地为狱，议不入；刻木为吏，期不对。"狱吏极端苛刻，因此连木头做的假吏也不敢见，形容对狱吏的深恶痛绝。

[46] 滞余杭，指杨凭于元和四年贬谪为临贺尉，后又从临贺迁徙到杭州，任杭州长史。

[47] 讵畏匡：不怕受匡人畏迫。匡：春秋时地名，今河南长垣县。《论语·子罕》："子畏于匡。"讵（jù）：表示反问，相当于"难道"之意。

[48] 齐物：庄子著《齐物论》。他否定一切，齐万物，一死

生,泯是非得丧,以求内心调和、精神胜利。柳宗元认为这种齐物论调怪诞而不苟同。

[49] 骚:指屈原的《离骚》。"骚爱远游伤":指"爱骚、远游伤",即喜欢《离骚》《远游》一样的感伤情怀。远游:指屈原的《远游》。

[50] 周群品:普施百官。周:遍及。群品:百官。

[51] 重明照万方:日月照亮四方。重明:指日月。

[52] 斗:北斗星。

[53] 台:三台,星名,又名泰阶。

[54] 深仁:仁义深厚。

[55] 禳(ráng):扫除。

[56] 畎亩:田地。畎(quǎn):田间小沟。

[57] 康庄:大道。《尔雅·释宫》:"四达谓之衢(qú渠),五达谓之康,六达谓之庄。"

[58] 采绶:彩色的艾绶。

[59] 华簪更截肪:古人用簪子把帽子别在头发上,华簪为贵官所用,故常用来指显贵的官职。陶潜《贺郭主簿》:"此事真复乐,聊用忘华簪。"截肪(fáng):腰间那段脂肪。《文选·魏文帝·〈与钟大理书〉》:"白如截肪。"李善注引《通俗文》曰:"脂在腰曰肪。"

[60] 鼎邑:指洛阳。

[61] 遥傅好书王:从遥远的地方回来,担任喜欢读书的王子的太傅。

[62] 金谷:金谷园,今河南洛阳西北。

[63] 上阳:上阳宫。

[64] 容与:闲适自得的样子。陶潜《闲情赋》:"拥劳情而罔诉,步容与于南林。"

[65] 里：古代一种居民组织，先秦以二十五家为里。这里指杨凭与往昔的朋友住在一起。

[66] 许劭：字子将，汝南平舆人。他与其兄许虔被汝南人称为"平舆二龙"。这里借指许孟容侍郎与许司业。

[67] 王祥：《晋书·王祥传》："祥性至孝……母常欲生鱼，时天寒冰冻，祥解衣将剖冰求之，冰忽自解，双鲤跃出。"这里借指王仲舒舍人。

[68] 玉漏：古代一种分辨昼夜的玉器。

[69] 铜驼：铜制的骆驼。陆机《洛阳记》："汉铸铜驼二枚，在宫之南四会道，夹路相对。"

[70] 涧瀍（chán）：涧水和瀍水。潋滟（liàn yàn）：波光荡漾。

[71] 嵩少：嵩山和少山。

[72] 遑（huáng）：闲暇。

[73] 入辅：辅助朝廷。

[74] 明扬（yáng）：明德扬名。扬，同"扬"。

[75] 伧（cāng）人国：永州古楚地，故称。伧人，指粗野的人。

[76] 夫子墙：《论语·子法》："子贡曰：'夫人之墙数仞，不得其门而入不见宗庙之美，百官之富。'"这里借指杨凭门墙。

[77] 通家殊孔李：孔李通家与柳杨世交不同。孔李通家，即孔子与李膺先辈李老君"同德比仪而相师友"，这是孔融的杜撰。

[78] 潘杨：即潘岳与杨肇。潘岳《怀旧赋》："余十二而获见，于父友车武戴候杨君，始见其名，遂申之以烟好。"宗元为杨凭女婿，故比以"潘杨"。

[79] 张挚：张释之子，字长公，官至大夫，后因事被罢免，终身不仕。

[80]仲翔：即三国时吴国将军虞翻，字仲翔。因屡次犯颜直谏，孙权不悦，再加上性格怪癖，时人谤毁者居多，因此隐居丹阳泾县。

[81]缧绁（xiè）：捆绑犯人的绳索。

[82]墨徽：马绳。这里指作者被囚居在永州。

[83]单阏（chán yān）：卯年的别称。贾谊《鵩鸟赋》"单阏之岁，鹏集吾舍"。《尔雅·释天》："太岁……在卯曰单阏。"

[84]邹书怯大梁：邹阳被梁王所囚而心怯作书。据《史书》记载，齐人邹阳曾在大梁游玩，很多人嫉妒他的才华。其中有人就上书诬陷邹阳，梁孝王大怒，将他囚禁在大牢中。邹阳恐怕"死而负累"，从狱中上书。此后梁孝王待他为上宾。

[85]炯心：耿耿的心怀。

[86]怀沙：《史记·屈贾列传》"（屈原）乃作《怀沙》之赋……于是怀石，遂自投汨罗以死。"

[87]恩：皇恩。

[88]清湘：清澈的湘水。

[集评]

[1]曾吉甫曰："'铜驼御路荒'下：此对妙同老杜矣。"（《新刊增广百家详补注唐柳先生文》卷四十二引《笔墨闲录》）

[2]汪森曰："'遇物任行藏'下：起四句虚冒，下乃述其门第人品。'宪府'以下又群叙其所历之官，而推出左官之故也。'独弃伧人国'下：'独弃'以下乃自叙，意即题中所云'窜伏湘浦，拜贺末由'者也。带'夫子墙'一笔作转，笔法极紧。总评：春容而能精炼，其笔力不减少陵，然须见其脱化处。又曰：使事属对之工，无一懈笔，此程不识之行军也。虽其比拟不无过当之处，然用意则精切也。"（《韩柳诗选》）

[3] 许学夷曰:"大历以后,五七言律流于委靡,元和诸公群起而力振之,贾岛、王建、乐天创作新奇,遂为大变,而张籍亦入小偏,惟子厚上承大历,下接开诚,乃是正对阶级。然子厚才力虽大,而造诣未深,兴趣亦寡(止就律诗言)。故其五言长律及七言律对多凑合,语多妆构,始渐见斧凿痕,而化机遂亡矣,要亦正变也。五言如'挺身推豹蔚,踉步仰龙骧。''雅歌张仲德,颂祝鲁侯昌。司仪六礼洽,论将七兵扬。合乐来仪凤,尊祠重饩羊。''璧非真盗客,金有误持郎。''训刑方命吕,理剧德推张。''采绶还垂艾,华簪更截肪''渊龙过许劭,冰鲤吊王祥。''不言缧绁枉,徒恨鲠牵长。'七言如……等句,对皆凑合,语皆妆构,较之大历,则自不同矣。"(《诗源辨体》卷二十三)

[4] 孙月峰曰:"'遇物任行藏'下:起四句泛论,点出大意。'金有误持郎'下:预点出见诬意,盖事正在此时耳。'垂泪对清湘'下:此自叙一段最得炼意之妙,借事驱使,不为事缚。"(评点《柳柳州全集》卷四十二)

[5] 何焯曰:"比前诗(《同刘二十八院长述旧言怀诗》)尤工,字字镕冶经史,无半点草料。'璧非真盗客'一联,夷简奏凭前在江西日赃罪,故先着此一联。'独弃伧人国'以下,子厚自述。"(《义门读书记》卷三十七)

(张伟)

同刘二十八院长述旧言怀感时书事奉寄澧州张员外使君五十二韵之作其韵增至八十通赠二君子[1]

[题解]

此诗是一首奉和长律，元和七年作于永州。唐代大家作诗，十分讲究制题，此诗题长达41字，如同小序，但与八十韵的长篇可谓"门当户对恰相当"。诗题中的刘二十八指刘禹锡张员外谓张署，限定了所通赠的对象；而述旧、言怀、感时、书事，交代了所要吟咏的内容。通篇任意铺排，尽情挥洒，又血脉流贯，首尾相应，一气呵成，有如大江东下，又如高天行云，流畅老到，新人耳目，故深得历代义人骚客的赏识。

[原诗]

弱岁游玄圃[2]，先容幸弃瑕[3]。名劳长者记，文许后生夸[4]。鹢翼尝披隼，蓬心类倚麻[5]。继酬天禄署[6]，俱尉甸侯家[7]。宪府初收迹[8]，丹墀共拜嘉[9]。分行参瑞兽[10]，传点乱宫鸦[11]。执简宁循枉，持书每去邪[12]。鸾凰摽魏阙[13]，熊武负崇牙[14]。辨色宜相顾[15]，倾心自不哗[16]。金炉厌沉月[17]，紫殿启晨赮[18]。未竟迁乔乐[19]，俄成失路嗟[20]。还如渡辽水[21]，更似谪长沙[22]。别怨秦城暮[23]，途穷越岭斜[24]。讼庭闲枳棘[25]，候吏逐麋麚[26]。三载皇恩畅[27]，千年圣历遐[28]。朝宗延驾海[29]，师役罢梁溠[30]。京邑搜贞干[31]，南宫步渥洼[32]。世推材是梓[33]，人仰骥中骅[34]。欻刺苗人地[35]，仍逾赣石崖[36]。礼容垂琫珌[37]，戎备响钲铙[38]。宠即郎官旧[39]，威从太守加[40]。建旗翻鸷鸟[41]，负弩绕文蛇[42]。册府荣八命[43]，中闱盛六珈[44]。肯随胡质矫[45]，方恶马融奢[46]。褒德符新换[47]，怀仁道并遮[48]。俗嫌龙节晚，朝讶介圭赊[49]。禹贡输苞匦，周官赋秉秅[50]。雄风吞七泽，异产控三巴[51]。即事观农稼，因时展物华。秋原被兰叶，春渚涨桃花。令肃军无扰，程悬市禁赊[52]。不应虞竭泽[53]，宁复叹栖苴[54]。踔躒骊先驾[55]，笼铜鼓报衙[56]。染毫东国素[57]，濡印锦溪砂[58]。货积舟难泊[59]，人归山倍畲[60]。吴歈工折柳[61]，楚舞旧传芭[62]。隐几松为曲[63]，倾樽石作洼[64]。寒初荣橘柚，夏首荐枇杷[65]。祀变荆巫祷，风移鲁妇髽[66]。已闻施恺悌[67]，还睹正奇衰[68]。慕友渐连璧[69]，言姻喜莩葭[70]。沉埋全死地，流落半生涯[71]。入郡腰恒折，逢人手尽叉[72]。敢辞亲耻污[73]，唯恐长疵瘕[74]。善幻迷冰火[75]，齐谐笑柏涂[76]。东门牛屡饭[77]，中散虱空爬[78]。逸戏看猿斗，殊音辨马楇[79]。渚行狐作孽，林宿鸟为殂[80]。同病忧能老，新声厉似娲[81]。岂知千仞坠，只为一毫差[82]。守道甘长绝[83]，明心欲自剚[84]。贮愁听夜雨，隔泪数残葩[85]。枭族音常聒[86]，豺群喙竞呀[87]。岸芦翻毒蜃[88]，碛竹斗狂蔖[89]。野鹜行看弋，江鱼或共叉[90]。瘴氛恒积润，讹火亟生煆[91]。耳静烦喧蚁[92]，魂惊怯怒蛙[93]。风枝散陈叶，霜蔓縆寒瓜。雾密前山桂，冰枯曲沼蓤[94]。思乡比庄舄[95]，遁世遇睦夸[96]。渔舍茨荒草，村桥卧古槎[97]。御寒衾用罽[98]，挹水勺仍椰[99]。窗蠹惟潜蝎[100]，薨涎竞缀蜗[101]。引泉开故窦，护药插新笆[102]。树怪花因槲[103]，虫怜目待虾[104]。骤歌喉易嘎，饶醉鼻成齇[105]。曳捆牵羸马，垂蓑牧艾猳[106]。已看能类鳖，犹讶雉为鴠[107]。谁采中原菽，徒巾下泽车[108]。俚儿供苦笋，伧父馈酸楂[109]。劝策扶危杖，邀持当酒茶[110]。道流征裋褐，禅客会袈裟[111]。香饭舂菰米[112]，珍藏折五茄[113]。方期饮甘露[114]，更欲吸流霞[115]。屋鼠从穿穴，林狙任攫拏[116]。春衫裁白纻[117]，朝帽挂乌纱[118]。屡叹恢恢网[119]，频摇肃肃罝[120]。衰荣困蒉荚，盈缺几虾蟆[121]。路识沟边柳，城闻陇上笳[122]。共思捐佩处[123]，千骑拥青緺[124]。

［校勘］

（1）"蓬心类倚麻"句，《郑定本》《音辩本》《朝鲜本》《诂训本》《游居敬本》，"类"作"赖"。

（2）"世推材是样"句，《郑定本》《济美堂本》《蒋之翘本》，"推"作"惟"。

（3）"岫府荣八命"句，《郑定本》《世彩堂本》注："'八'一作'三'"。

（4）"殊音辩马挝"句，《济美堂本》《蒋之翘本》，"辨"作"办"。

（5）"新声厉似"句，《诂训本》《音辩本》《游居敬本》《朝鲜本》，"厉"作"丽"。

（6）"道流征裋褐"句，《郑定本》《音辩本》《蒋之翘本》《全唐诗》，"裋"作"短"。

（7）"衰荣困萤荚"句，《文渊阁本》《蒋之翘本》《朝鲜本》《全唐诗》，"困"作"因"。

［注释］

［1］刘二十八：刘禹锡。二十八是刘禹锡在同祖父兄弟之间的排行。唐人朋友间相称，常以排行代替对方的名字。院长：柳宗元曾与刘禹锡同为监察御史，唐御史台设台院、殿院、察院三

院，故称刘禹锡为院长。澧州张员外使君：张署。贞元十九年，韩愈与张署因"忠谏而为幸臣所谗"，韩愈贬阳山令，张署为临武令。后张署为澧州刺史。

[2] 弱岁：弱冠，古代男子二十岁曰弱冠。弱：年少。玄圃：谓仙境。东方朔《十洲记》："昆仑山有三角，一角正西北，名玄圃台。"张衡《东京赋》："左瞰旸(yáng)谷，右睨玄圃。"此借指长安。

[3] 先容：事先为人介绍、关说。《汉书·邹阳传》："蟠木根柢，轮囷(qūn)离奇，而为万乘器者，何则？以左右先为之容也。"李善注："容，谓雕饰。"弃瑕：舍去其瑕疵。瑕，玉玷。引申为缺点。

[4] 长者：指显贵者。《史记·陈丞相世家》："家乃负郭穷巷，以弊席为门，然门外多有长者车辙。"后生：指年轻人。《墨子·非儒下》："夫为弟子后生，其师，必修其言，法其行。"

[5] 鷃(yàn)：小鸟名，麦收时的候鸟，即《庄子·逍遥游》中的斥鷃。斥，本作"尺"，古字通。《文选·七启》："日雀无不过一尺，言其劣弱也。"披：傍，依附。隼：一种凶猛的鸟，又叫鹘，性锐敏，速飞善袭。蓬：草名。倚麻：即《荀子·劝学》："蓬生麻中，不扶而直"之意，谓如蓬草之倚麻。

[6] 酬：当作"雠(chóu)"，谓校雠。天禄署：借用扬雄校书天禄阁故事为比。天禄，阁名，汉代以藏秘书。这一句谓与张署同校秘书阁。张署贞元二年以进士举博学宏词，为校书郎。柳宗元于贞元九年登进士第，十二年中试博学宏词科，年二十四，授集贤殿正字。

[7] 甸侯：谓诸侯在甸服之内者。《左传·桓公二年》："惠之二十四年，晋始乱，故封桓叔于曲沃。……今晋，甸侯也。"甸，甸服。《国语·周语上》云："夫先王之制，邦曰甸服。"韦

注云:"邦内谓天子畿(jī)内千里之地。《王制》曰:'千里之内曰甸。'周襄王谓晋文公曰:'昔我先王之有天下也,规方千里以为甸服'是也。"这一句谓同为县尉。张署任京兆武功尉,柳宗元于贞元十七年调蓝田县尉。武功、蓝田俱在长安王畿千里之内,故称甸侯。

[8] 宪府:指御史府。谢灵运《晋书》:汉官,尚书为中台,御史为宪台,谒者为外台,是为三台。初收迹:谓张署自武功尉开始任监察御史。

[9] 丹墀:古时宫殿前的石阶以红色涂饰,故称"丹墀",代指朝廷。拜嘉:谓拜受所任。《左传·襄公四年》:"敢不拜嘉。"此句谓自己与张署共同被擢。

[10] 参:参与,加入其间。瑞兽:指獬豸(xiè zhì)。

[11] 传点:古时朝房敲击云墙报时上朝或召集百官执事。《新唐书·仪卫上》:"平明,传点毕,内门开,监察御史领百官入,夹阶。"乱宫鸦:宫鸦初飞,指明正在天亮时。

[12] 执:拿,持。简:竹片,古时的书写材料。宁循枉:谓岂能文过饰非。持书:拿着弹劾奏章。去邪:弹劾以去奸邪。

[13] 鸾凤:鸾鸟和凤凰,旧时比喻贤俊之士。元稹《酬乐天诗》:"君为邑中吏,皎皎鸾凤姿。"摽(piāo):击,扑,飞舞。魏阙:古代宫门上有巍然高出的楼观,称魏阙,其下两旁为悬挂法令的地方,因以为朝廷的代称。《庄子·让王》:"身在江海之上,心居乎魏阙之下。"

[14] 熊武:即熊虎。唐代讳虎,虎皆改作武。负:背。崇牙:乐器上的装饰。《诗·周颂·有瞽》:"崇牙树羽。"悬钟磬之架,其两端植木为簴(jù),在簴上的横木为栒,栒上加大板,其上刻为崇牙,似锯齿捷业然。古者钟磬皆陈于庭,其制古钟簴跗如猛兽,磬簴跗如鸷鸟。唐代宫廷之中当亦如此。此则其虡跗

作熊虎之形者。

[15] 辨色句：谓纠察百官的班序。《诗·庭燎》第三章郑笺云："今夜乡明，我见其旗（qí），是朝之时也。朝礼，别色始入。"又"夜未艾"疏云："朝礼，群臣别色始入，在鸡鸣之后。"

[16] 倾心句：谓整肃百官的朝仪，百官倾心不敢喧哗。倾心：竭尽诚心。阮瑀《为曹公作书与孙权一首》："亦能倾心去恨，顺君之情。"

[17] 金炉：盛火之器。仄：侧倾。流月：落月。

[18] 赮（xiá）：同"霞"，彩霞。《汉书·天文志》："夫雷电赮虹，辟历夜明者，阳气之动者也。"此句谓紫殿门开启于朝霞初升之时。《新唐书·仪卫上》："朝日，殿上设黼扆（yǐ）→，蹑席，熏炉，香案。御史大夫领属官至殿西庑，从官朱衣呼，促百官就班，文武于两观。监察御史二人立于东西朝堂砖道以莅之，平明传点毕，内门开。"

[19] 未竟：未终。迁乔：指自县尉迁为御史。《诗经·小雅·伐木》："出自幽谷，迁于乔木。"后用以指迁居，亦指仕宦之高迁。

[20] 俄：不久。失路：喻失意。指贞元十九年，张署自监察御史贬为郴州临武县令。

[21] 渡辽水：流放辽河流域。《后汉书·崔骃传》载：崔骃东汉安平人，字亭伯，博学善属文，少与班固傅毅齐名。窦宪辟为掾数谏窦宪骄恣，不纳而被疏，令出为长岑（今辽宁沈阳市东）长。骃不赴，弃官回家，尝拟扬雄《解嘲》作《达旨》，着诗赋铭颂之类合二十一篇。李白《单父东楼秋夜送族弟沈之秦》："屈平憔悴滞江潭，亭伯流离放辽海。"

[22] 谪长沙：西汉贾谊因博学能文事文帝，颇受重视被擢升为太中大夫，引起了绛灌、冯敬等朝臣的不满，他们以"洛阳

之人，年少初学，专欲擅权，纷乱诸事"的流言，结果文帝将贾谊谪长沙王太傅，后人称之为贾长沙。

[23] 别怨句：谓离别长安。秦城：古邑名，在今甘肃清水县东北，秦代祖先非子始封于此，是秦的最早都邑。这里指长安。

[24] 途穷句：言被贬去郴州。越岭：指郴州。

[25] 讼庭：听讼的公堂，此指县衙。枳棘：枳，亦称"臭橘"，有粗刺的小乔木。棘，亦称"酸枣"，落叶灌木，枝上多刺。《后汉书·仇览传》："时考城令河内王涣，署为主簿。谓览曰：'主簿闻陈元之过，不罪而化之，得无少鹰鹯（zhān）之志邪？'览曰：'以为鹰鹯不若鸾凤。'涣谢遣曰：'枳棘非鸾凤所栖，百里岂大贤之路。'"此句谓如鸾凤栖于枳棘之中。

[26] 候吏：地方小官。候：古时送迎宾客的小官，《左传·襄公二十一年》："使候出诸轩辕。"麋（mí）：兽名，似鹿而大。麚（jiā）：牝鹿。

[27] 三载句：自贞元十九年至贞元二十一年为三年。是年正月，顺宗即位，二月，大赦，张署自临武量移江陵掾故云"皇恩畅"。

[28] 圣：封建统治阶级对帝王的谀称。遐：远，长久。此句谓是年八月宪宗即位。

[29] 朝宗：《诗·小雅·沔》："沔彼流水，朝宗于海。"谓水之归海，犹诸侯之朝见天子。驾海：航海。

[30] 师役句：谓征战停息。梁溠（zhà）：为架桥于溠水之上。《左传·庄公四年》："令尹斗祈，莫敖屈重，除道梁溠，营军临随。"因楚王死于途中，故楚令尹开直道，作桥于溠水之上，而以军猝然至随国。此指永贞元年二月李师古闻顺宗即位罢兵事。

[31] 京邑：京城。《诗·商颂·殷武》："商邑翼翼，四方之极。"贞干：谓贤才。《通鉴》汉桓帝建和元年"失国之主，其朝岂无贞干之臣"，言立国必需贤才。

[32] 南宫：本南方列宿，汉尚书省象之，所以郑宏为尚书令，取前后裨益于政者，著《南宫故事》。渥洼，神马。《汉书·武帝本纪》：元鼎四年秋"马生渥洼水中，作《宝鼎》《天马》之歌。"此以神马比张署，元和二年张署自司录参军迁为尚书刑部员外郎。

[33] 梓：良木，古为百木之王。《埤雅》："梓为百木长，故呼为木王。"《尚书·梓材》："若作梓材。"

[34] 骅（huá）：备用马中的骅骝，赤色的骏马。

[35] 剡（yǎn）：忽然，迅速。此句谓张署忽然由员外郎外出为虔州刺史。苗人地：虔州属江南道古三苗之地。

[36] 赣石：即今赣江之十八滩。据《陈书·高祖纪》载：南康赣石，旧有二十四滩，滩多巨石，行者以为难。隋唐时虔州，宋改为赣州，属江西省，故治即今江西赣县。

[37] 礼容：谓礼制仪容。《史记·孔子世家》："孔子为儿嬉戏，常陈俎豆，设礼容。"（琫）（bì）：刀鞘下端的饰物。琫（běng）：刀鞘上端的饰物。

[38] 戍：军队防守。钘鍜（yāxiá）：颈铠也。《广雅·释器》："钘鍜谓之鏂鉻。"王念孙疏证："《说文》：'钘鍜，颈铠也。'鏂鉻，即钘鍜之转。"

[39] 宠即句：谓张署仍是旧日郎官的品级。

[40] 威从句：谓张署又有新的太守权威。指为虔州太守。

[41] 建旟（yú）：唐制，州刺史建旟。《周礼·司常》："州里建旟。""鸟隼为旟。"谓旗上画鸟隼。鸷鸟：即鸟隼。注："鸟隼，象其勇捷也。"翻：谓旌旗飘动。

[42] 负弩：负弩矢前驱，表示尊敬。《史记·司马相如列传》："拜相如为中郎将，建节往使……至蜀，蜀太守以下郊迎，县令负弩矢先驱。"文蛇：谓县令建旐（zhào赵）。《周礼·司命》："县鄙建旐。""龟蛇为旐。"注："龟蛇，象其扞难避害也。"

[43] 册府：古代帝王藏书之所，这里指内府，王府。八命：《周礼·大宗伯》："以九仪之命，正邦国之位……八命作牧。"注："谓侯伯有功德者，加命，得专征伐于诸侯。郑司农云：一州之牧。王之三公亦八命。"

[44] 中闺：犹言内室。世彩堂本注云："韩吏部作张公墓志云：娶河东柳氏子，则公盖与张为亲，故言及中闺也。"六珈：古代贵族妇女的一种首饰。《诗·墉风·君子偕老》："副笄六珈。"郑玄笺："珈之言加也。副既笄而加饰，如今步摇上饰。"古代王后和诸侯夫人编发作假髻，叫做副；用笄把副别在头上，笄上加玉饰，叫做珈。六珈，为侯伯夫人所用。此句谓张署的夫人亦居尊位。

[45] 胡质：《三国志·胡质传》注引《晋阳秋》曰："质为荆州刺史，其子威自京都来省之。告归，质赐其绢一匹，威跪曰：大人清白，不审于何得此绢？质曰：是吾俸禄之余。故以为汝粮耳。其父子清慎如此。"矫：《博雅》："直也。"《汉书·成帝纪》："民弥惰怠，何以矫之。"注："矫，正也。"此句谓张署如胡质一样正直。

[46] 马融：东汉扶风人，安帝时为校书郎，桓帝时出为南郡太守，博学才高。《后汉书·马融传》：融善鼓琴，好吹笛，达生任性，不拘儒者之节，居宇器服，多存侈饰。常坐高堂，施绛纱帐，前授生徒，后列女乐，弟子以次相传，鲜有入其室者。大将军梁冀讽有司奏融在郡贪浊，遂免官。

[47] 褒德句：谓嘉奖张署之德由虔州刺史迁澧州刺史。符：《汉书·文帝纪》："二年九月，初与郡守为铜虎符、竹使符。"注：师古曰："与郡守为符者，谓各分其半，右留京师，左以与之。"换符，就是调任。

[48] 怀仁句："谓张署赴澧州任，虔州人怀其仁惠，遮道挽留他。"

[49] 龙节：古出行者所持节之一种。《周礼》地官掌节："泽国用龙节。"注："泽多龙，以金为节，铸象焉。"介圭：大圭也。《书·顾命》："太保承介圭。"圭，瑞玉。《诗·大雅·韩奕》："以其介圭，入觐（jìn）于王。"賒：缓，晚。谢朓（tiǎo窕）《怨情诗》："徒使春带賒。"

[50] 属贡二句：谓张署到任后对朝廷依礼贡献。《属贡》：尚书篇名，其中言各州对朝廷的赋贡。《属贡》云："苞匦菁茅。"注："苞，橘柚；匦，匣。"谓荆州所贡之物有橘、柚、菁及茅。澧州唐属江南西道，即荆州之地，土贡有柑橘，故云。《周官》：《周礼》之本名，亦称《周官经》。以书中皆言周室之官制，故称《周官》。秅（chá）：古时禾稼的计数单位，四百把为一秅。《周礼·秋官·掌客》："凡诸侯之礼……上公，车米眡生牢，牢十车，车秉有五籔，则二十四斛也，"《聘礼》又云："四秉曰筥，十筥曰稯，十稯曰秅，每车三秅，则三十稯也。"

[51] 七泽：司马相如《子虚赋》："臣闻楚有七泽，尝见其一，未睹其余也。臣之所见，盖特其小小者耳，名曰云梦。"古谓楚有七泽，当在今湖北省境。三巴：《华阳国志》："刘璋改永宁为巴郡，以固陵为巴东，徙庞羲为巴西太守，是为三巴。三巴分属山南东道及山南西道，此二道与江西南道相接，故曰控三巴。"

[52] 程：法式，规章。《韩非子·难一》："赏罚使天下必

行之,令曰:'中程者赏,弗中程者诛。'"贳(shì):《史记·高帝纪》:"常从武负王媪贳酒。"韦昭曰:"贳,赊也。"贳,本意为出租、出借,后引申为与之相关的经济活动。

[53]虞:忧。竭泽:即竭泽而渔,犀干池水捉鱼,搜括干净,不留余地。《吕氏春秋·义赏》:"竭泽而渔,岂不获得,而明年无鱼。"

[54]栖苴(chá):谓栖留之枯茎叶也。《诗经·大雅·召旻》:"如彼岁旱,草不溃茂,如彼栖苴。"毛传:"苴,水中浮草也。"疏:"苴,是草木之枯槁者,故在树未落,及以落为水漂,皆称苴也。"笺云:"王无恩惠于天下,天下之人,如旱岁之草,皆枯槁无润泽,如树上之栖苴。"

[55]蹀躞(dié xiè):马行小步貌。温庭筠《锦鞋(xié)赋》:"既蹀躞而容与。"驺:古时掌马的小吏,也掌驾车。《左传·成公十八年》:"程郑为乘马御,六驺属焉,使训群驺知礼。"孔颖达疏:"驺是主驾之官也。"亦谓随马的走卒。

[56]笼铜:鼓声。柳宗元诗:"笼铜桴鼓手自操。"笼铜,亦作"笼憧"。沈佺期诗:"笼憧上西鼓。"

[57]染毫:濡笔。素:帛。

[58]锦溪:锦州,在今湖南麻阳县西四里。砂:丹砂,朱砂。《本草》:"丹砂,多出蛮洞锦州界。"

[59]泊:停船靠岸。《晋书·王浚传》:"风利不得泊也。"

[60]畬(shē):火耕。《广韵》畬下训为:"烧榛种田。"此谓楚烧田地里的草木,用草木灰作肥料耕种。

[61]歈(yú):歌。吴歈:吴歌。《楚辞·招魂》:"吴歈蔡讴,奏大吕些。"折柳:古乐曲名。李白《春夜洛城闻笛》:"此夜曲中闻折柳。"

[62]楚舞:楚人的舞蹈。芭:香草名。《楚辞·九歌·礼

魂》:"传芭兮代舞。"传芭:人执香草,互相传递,古祀神饮福,相与娱乐之事。

[63] 隐几:倚着几案。《庄子·徐无鬼》:"南伯子綦隐几而坐。"松为曲:以松为曲几。

[64] 污(wā):今作洼。凹陷。石作污:以石作窊樽。《礼记·礼运》:"污尊而杯饮。"注:"污尊,凿地为尊也。"此以石为污尊。

[65] 荣:茂盛。陶潜《归去来辞》:"木欣欣以向荣。"荐:献,进。《左传·襄公三十一年》:"若获荐币,修垣而行,君之惠也。"

[66] 祀变二句:谓张署使当地的土俗改变。荆巫祷,指荆楚用巫祀之习俗。鲁妇髽(zhuā),指丧礼用髽的土风。《礼记·檀弓》:"鲁妇人之髽而吊也,自败于台骀始也。"《左传·襄公四年》:"冬十月,邾人莒人伐鄫,臧纥救鄫,侵邾,败于狐骀,国人逆丧者皆髽,鲁于是乎始髽。"注:"髽,麻发合结也。遭丧者多,故不能备凶服,髽而已。"

[67] 恺悌:乐易也。《左传·僖公十二年》:"恺悌君子。"施恺悌,谓有乐易之德施于民。

[68] 正奇衺(xié):谓纠正邪恶的行为。《周礼·地官·比长》:"有罪奇衺,则相及。"谓五家有罪恶则连及。衺,恶也。

[69] 连璧:亦作"联璧",并在一起的两块美玉。《庄子·列御寇》:"以日月为连璧,星辰为珠玑。"此以美玉比人之德才。

[70] 言姻句:讲到婚姻则喜两家有葭莩之亲。葭莩:芦苇里面的薄膜。《汉书·中山靖王传》:"今群臣非有葭莩之亲。"注:"师古曰:葭,芦也。莩者,其筒中白皮至薄者也。"后为亲戚的代称,本此。张署为柳家女婿,故云。

[71] 沉埋二句:谓自己的不幸际遇。

[72] 腰恒折：经常折腰。折腰：拜揖，引申为屈身事人。《晋书·陶潜传》："不能为五斗米折腰。"手尽叉：总要叉手。叉手：两手交叉，犹拱手示敬。《后汉书·马援传》："岂有知其无成，而但萎腰咋舌，叉手从族乎？"王维《能禅师碑铭》："思布发以奉迎，愿叉手而作礼。"

[73] 敢辞句：谓不敢辞于耻污之地。

[74] 疵：缺点，过失。《易·系辞上》："悔吝者，言乎其小疵也。"瘕（jiǎ）：肚子里结块的病。《史记·扁鹊仓公传》："齐中尉潘满如病少腹痛，臣意诊其脉曰：'遗积瘕也。'"

[75] 善幻句：谓被善变的人所迷惑。

[76] 齐谐：人名。《庄子·逍遥游》："齐谐者，志怪者也。"成玄英疏："姓齐名谐，人姓名也；亦言书名也，齐国有此俳谐之书也。"柏涂（chá）：人名，《汉书·东方朔传》：郭舍人妄为谐语曰："令壶龃，老柏涂，伊优亚，示吽牙。"

[77] 东门句：谓自己如宁戚那样穷困。《离骚》："宁戚之讴歌兮，齐桓闻以该辅。"王逸注："宁戚修德不用，退为商贾，宿齐东门外，桓公夜出，宁戚方饭牛，叩角而商歌，桓公闻之，知其贤，举用为客卿，备辅佐也。"

[78] 中散：晋嵇康曾任中散大夫，史称"嵇中散"。嵇康的好友山涛，当时将离吏部郎之职，举嵇康自代。嵇康即致涛《与山巨源绝交书》，列述自己不能任职的理由，指出自己性格刚直，脾气怪僻。书中有云："性复多虱，爬搔无已。"

[79] 马檛（zhuā）：马鞭子。《左传·文公十三年》："士会乃行，绕朝赠之以策。"注："策，马檛，临别授之马檛，并展示己所策以展情。"

[80] 狐：狡猾多疑、昼伏夜出、分泌恶臭的哺乳动物。孽：妖孽。孽，一作"蠥（niè）"。《说文》："衣服歌谣草木之怪谓

之妖，禽兽虫蝗之怪谓之蠥。"（瘥）（jiā）：一般作"瘕"，疫病也。《诗·小雅·节南山》："天方荐瘥。"郑玄笺："天气方今又重以疫病。"

[81] 姱（kuā）：美好貌。《离骚》："苟余情其信姱以练要兮。"张衡《思玄赋》："既姱丽而鲜双兮。"

[82] 岂知二句：意谓谁料千仞之坠落只是因为一毫的差错。当指参加永贞革新而贬永州事。

[83] 守道句：谓保守着原则而甘心永绝仕宦。

[84] 明心句：为了明白心迹却想自杀。刵（yā）：刎。

[85] 葩（pā）：花。嵇康《琴赋》："迫而察之，若众葩敷荣曜春风。"

[86] 枭（xiāo）：通"鸮"，鸟名，俗称猫头鹰。聒：喧扰，吵闹。

[87] 喙：鸟兽的嘴。《国策·燕策三》："蚌方出曝，而鹬啄其肉，蚌合而拑其喙。"呀（xiā虾）：张口貌。晁补之《游信州南岩》："乍似海大鱼，呀口（唅）而嚃。"

[88] 蜃：大蛤。《周礼·天官·鳖人》："春献鳖蜃。"古书中以为蛟龙之属。

[89] 磎：同"溪"。马融《长笛赋》："临万仞之石磎。"犘（má）：牛名。《广韵》："犘牛，重千斤，出巴中。"

[90] 野鹜：野鸭子。弋：箭射。《诗·郑风·女曰鸡鸣》："将翱将翔，弋凫与雁。"扠（chā）：以叉刺取。

[91] 瘴氛：瘴气。旧指南方山林间湿热蒸郁致人疾病的气。张九龄《夏日奉使南海在道中作》："秋瘴宁我毒，夏水胡不夷。"讹火：野火。李白《明堂赋》："倏山讹而晷换。"煆（xiā）：火气猛。《玉篇》："热也。"《方言》第七："煎煆，热也，干也。吴越曰煎煆。"

[92] 耳静：犹言耳聪。《晋书·殷仲堪传》："仲堪父尝思耳聪，闻床下蚁动，谓之牛斗。"

[93] 怒蛙：鼓足气的蛙。《韩非子·内储说上》："越王勾践见怒蛙而式之，御者曰：'何以式？'王曰：'蛙有气如此，可无为式乎？'士人闻之，曰：'蛙有气，王犹为式，况士人有勇者乎？'"

[94] 风枝：凌风的树枝。陈叶：旧叶。霜蔓：经霜的瓜藤。綖（yán）：通"延"。《吕氏春秋·勿躬》："百官慎职而莫敢偷綖。"葭（xiá）：或作"葭"，荷叶。《尔雅·释草》："荷，芙蕖，其茎茄，其叶葭。"

[95] 庄舄（xì）：人名。《史记·陈轸传》："越人庄舄仕楚执珪，有顷而病。楚王曰：'舄故越之鄙细人也；今仕楚富贵矣，亦思越不？'中谢对曰：'凡人之思故，在其病也。彼思越则越声，不思越则楚声。'使人往听之，犹尚越声。"

[96] 遁世：避世。《易·乾·文言》："遁世无闷。"孔颖达疏："谓逃遁避世，虽逢无道，心无所闷。"这是古代士大夫一种逃避现实的消极处世态度。眭夸：人名。《北史·隐逸传》："眭夸一名旭，赵郡高邑人也。……高尚不仕，寄情丘壑。"

[97] 茨：以茅草、芦苇盖屋。樣（chá）：同樝，用竹木编成的筏。诗指水中浮木。

[98] 御寒：防寒。衾（qīn）：被子。罽（jì）：用毛做成的毡子一类的东西。《汉书·高帝纪下》："贾人毋得衣锦绣、绮縠（hú）、絺紵（chīzhù）、罽（jì）。"

[99] 挹水：舀水。《诗·小雅·大东》："维北有斗，不可以挹酒浆。"椰：常绿乔木，果实叫椰子，果壳可做各种器皿。

[100] 蠹：蛀蚀。《公羊·宣公十二年》："杅不穿，皮不蠹。"何休注："蠹，坏也。"潜：隐藏。蝎（hé）：木中蠹虫。

《尔雅·释虫》:"蝎,蛣(虫屈)。"注:"木中虫。"嵇康《答难养生论》:"故蝎盛则木朽。"

[101] 甍(méng):屋脊。《释名·释宫室》:"屋脊曰甍。甍,蒙也,在上覆蒙屋也。"张衡《西京赋》:"甍宇齐平。"涎:蜗涎,蜗牛所分泌的黏液的痕迹。缀:连。蜗:蜗牛。

[102] 窦:洞。此指泉眼。药:这时指芍药,柳宗元又有《戏题阶前芍药》诗。笆:用竹子编成的障隔器物,即篱笆,亦作"芭篱"。

[103] 槲(hú):木槲花,此指槲寄生,南方所有,常绿灌木,寄生于槲、榉、栗之树枝上。长仅三四尺,干淡黄绿色,柔软,每隔三四寸有节,每节生叶,叶长椭圆形,深绿色,早春开淡黄色小花,果实为浆果,球状,熟时呈淡黄色。其所寄生之树,深受其害。

[104] 虫:指水母,亦云海蛇、海蜇,腔肠动物。《岭表录异》:水母虾为目。水母者,闽人谓之蛇,浑然凝洁,大如覆帽,腹如悬絮,有口而无目,常有虾随之,食其涎,浮涎水上,人或取之,则欻(xū)然而没,乃虾有所见耳。水母大者径尺余,状如张伞(sǎn),其薄皮俗称海蜇皮。伞之边缘,有耳及目,以司感觉。常浮游水面,众虾附之,以为栖息,古称水母目虾,谓其以虾为目,实非。

[105] 嗄(shà):嘶哑。《庄子·庚桑楚》:"儿子终日嗥而嗌不嗄。"陆德明释文引司马彪曰:"楚人谓啼极无声为嗄。"饶醉:多醉。齇(zhā):鼻子上的红色小疮粒。《素问·生气通天论》:"劳汗当风,寒薄为齇,郁乃痤。"俗称酒糟鼻上的疱。

[106] 曳棰:拿着马鞭子。棰,鞭子。《汉书·王莽传中》"士以马棰击亭长。"豭(jiā):公猪。《左传·隐公十一年》:"郑伯使卒出豭。"卒,一百人。艾豭:老的公猪。

[107] 能（néng）：兽名。《尔雅·释鱼》："鳖三足，能。"邢疏："鳖四足，三足者异，故异其名，鳖之三足者名能。"雉（zhì 至）：鸟名，亦称"野鸡"。鹕（huá）：鸟名。《广韵》：鹕，似雉。

[108] 谁采：谁能采，即已不能采之意。中原菽：《诗经·小雅·小宛》："中原有菽，庶民采之。"中原：平原，原野。《诗·小雅·吉日》："瞻彼中原，其祁孔有。"《左传·僖公二十三年》："晋楚治兵，遇于中原，其辟君三舍。"菽，豆。巾：《周礼·春官·巾车》："巾车下大夫二人。"注："巾犹衣也。"疏："谓金玉象革等以衣饰其车，故训巾犹衣也。"下泽车：即短毂车。《后汉书·马援传》："以容为官属曰：吾从弟少游，常哀吾慷慨多大志，曰：士生一世，便取衣食裁足，乘下泽车，御款段马。"注："周礼曰：车人为车，行泽者欲短毂，行山者欲长毂，短毂则利，长毂则安也。"

[109] 俚儿：犹言"村童"。苦笋：一种野竹笋。伧父：亦作"伧夫"：此指青壮年人。伧（cāng）：粗野，鄙陋。《新方言·释言》："《一切经音义》引《晋阳秋》曰：'吴人谓中州人为伧人，俗又谓江淮间杂楚为伧人。'寻《方言》壮，将皆训大，将伧声通，伧人犹言壮夫耳。"酸楂：即山楂。楂树的果实，红色有白点，味酸，可食用。

[110] 劝策二句：谓策杖而行，以茶当酒。

[111] 道流：这里指道士。裋（shù）褐：亦作"短褐"，粗陋之衣，古代多为贫苦者所服。《汉书·贡禹传》："妻子糠不赡，裋褐不完。"颜师古注："裋者，谓僮竖所著布长襦也；褐，毛布之衣也。"袈裟：佛教僧尼的法衣。

[112] 舂（chōng）：用杵臼捣去谷物的皮壳。蒛：植物名，俗称"茭白"。多年生水生草本，初夏或秋季抽生花茎，茎肥大

嫩白可供食用。颖果狭圆柱形,名"菰米",可煮食。

[113] 五茄:药名,本名"五加",李时珍曰:"此植物以五叶交加者为良,故名五加。"《本草》云:"叶可作蔬菜食用,皮可以浸酒。"

[114] 甘露:谓甜美的露水,这里指茶水。

[115] 流霞:神话传说中的仙酒名。《抱朴子·祛惑》:"项曼都入山学仙,十年而归,家人问其故,曰:有仙人但以流霞一杯与我,饮之辄不饥渴。"

[116] 狙:猕猴。《庄子·齐物论》:"众狙皆悦。"挐,"拿"的异体字。攫挐:攫夺,争抢。《汉书·扬雄传》:"攫挐者亡。"

[117] 纻(zhù):苎麻。白纻:细而洁白的夏布。

[118] 乌纱:古官帽名。《唐书·车服志》:"乌纱帽者,视朝及燕见宾客之服也。"

[119] 恢恢:宽广貌。《魏书·任城王传》:"又曰:'天网恢恢,疏而不漏。'是故欲求治本,莫若省事清心。"

[120] 肃肃:疾速貌。罝(jiē):捕兽的网。《诗·周南·兔罝》:"肃肃兔罝,施于中林。"其诗意言文王之时,贤才众多,虽罝兔之野人,而其才可用也。

[121] 蓂荚(míng jiá):古代传说中的一种瑞草,亦名历荚。盈缺:言月亮的圆缺。《白虎通·符瑞》:"蓂荚者,树名也,月一日一荚生,十五日毕;至十六日一荚去。故夹阶而生,以明日月也。"

[122] 沟边柳:谓飘零路边。陇上笳:谓声音悲凉,如闻陇上笳声。笳(jiā):古管乐器。

[123] 捐佩处:指离别之处。澧浦:澧州。《楚辞·九歌·湘君》:"捐余玦兮江中,遗余佩兮澧浦。"王逸注:"言己虽见放

逐，常思念君，设欲远去，犹捐佩置于水涯，冀君求己，示有还意。"

[124] 千骑：指众多的人马。綒（guā）：古代系帷幕或印纽的丝带。《史记·滑稽列传》："拜为二千石，佩青綒，出宫门，行谢主人。"

[集评]

[1] 宋祁曰："柳子厚云：'嘻笑之怒，甚于裂眦；长歌之音，过于恸哭。'刘梦得云：'骇机一发，浮谤如川。'信文之险语。"（《笔记》卷中）

[2] 杨万里曰："五言长韵古诗，如白乐天《游悟真寺一百韵》，真绝唱也。五言古诗，句雅淡而味深长者，陶渊明、柳子厚也。"（《诚斋诗话》）

[3] 黄彻曰："临川爱眉山雪诗能用韵，有云：'冰下寒鱼渐可叉。'又'羔袖龙钟手独叉。'盖子厚尝有'江鱼或共叉。'又云：'入郡腰常折，逢人手尽叉。'"（《䂬溪诗话》卷七）

[4] 陈知柔曰："柳子厚小诗，幻眇清妍，与元、刘并驰而争先；而长句大篇，便觉窘迫，不若韩之雍容。"（《休斋诗话》）

[5] 曾吉甫曰："子厚长韵，属对最精。如以'死地'对'生涯'，'中原菽'对'下泽车'，'右言'对'左辖'，皆的对。至于'香饭春菰米，珍蔬折五茄'，假'菰'为孤独之'孤'，以对'五'也。"（《笔墨闲录》）

[6] 刘克庄曰："柳子厚才高，文惟韩可对垒；古律诗精妙，韩不及也。当举世为元和体，韩犹未免谐俗，而子厚独能为一家之言，岂非豪杰之士乎？"（《后村诗话》前集卷一）

[7] 倪瓒曰："《诗》亡而为《骚》，至汉为五言吟咏，得性

情之言者,其惟渊明乎。韦、柳冲淡萧散,皆得陶之旨趣,下此则王摩诘矣。何则?富丽穷苦之词易工,幽深闲远之语难造。"(《谢仲野诗序》)

[8] 陆时雍曰:"诗贵真。诗之真趣,又在意似之间;认真,则又死矣。柳子厚过于真,所以多直而委也。《三百篇》赋物陈情,皆其然而不必然之词,所以意广象圆,机灵而感捷也。"(《诗镜总论》)

[9] 谢榛曰:"《古采莲曲》、《陇头流水歌》皆不协声韵,而有清庙遗意。作诗不可用难字,若柳子厚《奉寄张使君八十韵》之作,篇长韵险,逞其学问故尔。"(《四溟诗话》卷一)

[10] 孙月峰曰:"属对工,用事摘字最巧,虽多合掌对,然却不甚板,排置有法,可谓金声玉振。增韵体亦前所未有。"(《评点柳柳州集》卷四十二)

[11] 徐师曾曰:"有因韵而增为之者,如唐柳宗元《河东集》有《同刘二十八院长述旧言怀感时书事奉寄澧州张员外使君》五十二韵之作,因其韵增至八十是也。……此皆由依韵而推广之,故附着于此。"(《文体明辨序说》)

[12] 蒋之翘曰:"属对极工而词不窒,故无痴重之弊,此长律所难。"(《柳集辑注》卷四十二)

[13] 何焯曰:"发端三联,统谓与张、刘投分之切,故下云'继犨天禄署'。'文许后生夸',子厚弱冠升名,遽呼未遇者为后生,毋乃器识之浅欤!"(《义门读书记》)

[14] 陈景云曰:"子厚齿少于澧州十五,故称之为长者,自谓后生。"(《柳集点勘》)

[15] 宋长白曰:"大历以前,用险韵者不过数字而止,韩孟联句始滥觞矣。如皮袭美《新秋书怀寄鲁望三十韵》用三爻,《江南书情二十韵》用十五咸,《鲁望》皆步韵和之。元微之

《江边四十韵》亦用三爻,《痁卧三十韵》用九佳。白乐天《和令狐公二十二韵》用十四盐。柳柳州《述旧感时》诗用六麻增至八十韵,愈出愈奇,始觉髯苏叉尖二字未足多也。"(《柳亭诗话》卷三十)

[16] 汪森曰:"此段历叙张之迁转,自贬郴州县令以及为澧州刺史中间情事,一一写出,笔力最健。"(《韩柳诗选》)

[17] 汪森曰:"局度宽,格律紧,韵脚险,属对精,于此见柳诗力量。""前半是述旧,后半是感时,总因柳州与张同为御史,故起处揭出此意,而下乃分叙其遭遇也。""柳诗雅练整密,其胜人处亦自好学中得来,固非小家数所能仿佛也。长律尤其奇伟。""用韵极奇险而无字不典,无意不稳。六麻韵中字几尽矣,而笔力宽绰有余,此可悟长诗用险韵之法。"(《韩柳诗选》)

[18] 金潄生曰:"韵愈险,而词愈工,气愈胜,最为长律中奇作。称柳诗者,未有及之者也。刘梦得《历阳书事七十韵》,亦足旗鼓相当。"(《粟香随笔》)

[19] 吴汝纶曰:"柳州五言佳处在长篇,世徒赏共短章,以配韦苏州,未为知言。"(《跋所书柳子厚诗》)

[20] 陈衍曰:"长题如小序,始于大谢。少陵后尚有柳州、杜牧之、李义山诸家。"(《石遗室诗话》)

[21] 近藤元粹曰:"奇语错出,足见其才锋。虽然此等诗徒在斗奇,非浑然温厚之真面目。"(《柳柳州诗集》卷二)

(唐嗣德)

入黄溪闻猿[1]

[题解]

此诗元和八年作于永州。全诗虽流露出作者畅游山水的快意，但也从"闻猿"生发开去，发出悲凉感伤之慨；尤其以猿声凄凉而我泪已尽，翻出新意，更显其悲。

[原诗]

溪路千里曲，哀猿何处鸣？孤臣泪已尽[2]，虚作断肠声[3]。

[校勘]

本篇无异文。

[注释]

[1] 黄溪：在今永州境内，水出双牌县阳明山后龙洞，流经零陵区，入祁阳县，至白水入湘江。

[2] 孤臣：孤立无援、忧心国事的臣下。

[3] 虚作：空作，徒作。断肠声：指哀猿悲鸣。

[集评]

[1] 沈德潜曰："翻出新意，愈苦。"（《唐诗别裁集》卷十九）

［2］孙月峰曰："翻旧为新。"(《评点柳柳州集》卷四十三)

［3］吴逸一曰："只就猿声播弄,不添意而意自深。"(《唐诗正声》)

［4］周珽曰："上二句尽题面,下二句入情。多感思,得翻案法。"(《删补唐诗选脉笺释会通评林》卷四十九)

［5］黄周星曰："总是一悲。"(《唐诗快》卷十四)

［6］吴昌祺曰："此种所谓穷而后工也。"(《删订唐诗解》卷二十三)

［7］汪森曰："翻断肠意,更深一层。"(《韩柳诗选》)

［8］唐汝询曰："猿声虽哀,而我无泪可滴,此于古歌中翻一新意,更悲。"(《唐诗解》卷二十三)

(张伟)

韦使君黄溪祈雨见召从行至祠下口号[1]

[题解]

这是一首记叙韦使君关心民间疾苦而祈神求雨的五言诗,元和八年秋作于永州。

诗人"见召从行",以"良牧念蓄畲"点出求雨之事。"到骑""鸣笳"染场面热闹。"焚香""奠玉"说明态度虔诚。"惠风仍偃草,灵雨会随车。"是写实还是企盼?留下想象的空白。祈雨本是一种迷信活动,但该诗却着意写景及其对农事的关心。结尾"俟罪非真吏,翻渐奉简书。"感叹自己在清居中得到韦使君的召唤,不无惭愧,隐含时遭贬的不满情绪。

[原诗]

骄阳愆岁事[2],良牧念蓄畲[3]。列骑低残月[4],鸣笳度碧虚[5]。稍穷樵客路[6],遥驻野人居[7]。谷口寒流净,丛祠古木疏[8]。焚香秋雾湿,奠玉晓光初[9]。肸蚃巫言报[10],精诚礼物余[11]。惠风仍偃草[12],灵雨会随车[13]。俟罪非真吏[14],翻惭奉简书[15]。

[校勘]

(1)《韦使君黄溪祈雨见召从行至祠下口号》题下注"由东屯南行六百步,至黄神祠"。"东"下原脱"屯"字,据中华书局《柳宗元集》卷二十九《游黄溪记》补。

（2）"丛祠古木疏"句下注"吴广之次所旁丛祠中"。"所"上原衍"近"字，据《史记》卷四十八《陈涉世家》删。

（3）"肸蠁巫言报"句，"肸"原作"盻"，据《音辩本》《世彩堂本》《游居敬本》《蒋之翘本》《朝鲜本》及《全唐诗》改。句下注"肸蠁，出《礼记》"。按：《汉书》卷五十七上《司马相如传》有"众香发越，肸蠁布写"句，疑《礼记》乃《汉书》之误。"肸蠁"一词，亦见《文选》左思《蜀都赋》及《吴都赋》。

[注释]

[1] 韦使君：永州刺史韦彪，元和七年莅任，而九年（814）八月永州刺史已是崔能，据《黄溪记》知，柳宗元八年夏始游黄溪，此诗有"焚香秋雾湿"语，当为八年秋作也。祠：《黄溪记》曰："黄溪距州治七十里，由东屯南行六百步，至黄神祠。"口号：古体诗的题名，表示随口吟成，即口占之意。

[2] 骄阳：烈日、赤日。愆（qiān）：过错、差错，这里指造成了灾害。岁事，即农事。

[3] 良牧："牧"为汉代州郡长官名，"良牧"就是贤良的州郡长官，指韦使君。菑畬（zīyú）：耕地。古代指初耕的田地。《尔雅·释地》："田一岁曰菑，二岁曰新田，三岁曰畬。"

[4] 列骑：指韦彪等骑马前往黄溪祈雨的人员。残月：指农历月末形状像钩的月亮或拂晓快落山的月亮。

[5] 笳（jiā）：汉唐时期的一种管乐器。度，意为传送、响彻。碧虚，即碧空。

[6] 穷：尽也。樵客：即打柴的人。

[7] 驻：车马停止。野人：指山民。

[8] 丛祠：丛林之中的神祠。高诱注《战国策》云："丛祠，神祠丛树也。"

[9] 奠玉：祭奠神所使用的玉器。蒋之翘《柳集辑注》卷四十二："凡祭祀必用嘉玉，故云。"晓光：即曙光。

[10] 肸（xī）：声音振动。蠁（xiāng）：即响虫，俗称地蛹。颜师古注："肸蠁，盛作也。"后常用喻神灵感应，神灵通微。巫：泛指以代人祈神为业的人。报，谓神显灵应赐雨也。

[11] 精诚：《文渊阁本》作"精神"。指祈雨的心意十分虔诚。礼物余：用来祭祀黄神的祭品颇丰。

[12] 惠风：和风。偃：倒伏。偃草：风把草吹倒了。

[13] 灵雨：佳雨，及时雨。郑玄注："灵，善也。"

[14] 俟（sì）罪：指等待受罚。这是被贬的或等待处置的官员常用的套话，表示应该受到更严厉的惩罚。非真吏，诗人贬为永州司马，为员外官，即在编制之外的官。

[15] 翻：副词，反而之意。简书：指遵从韦中丞所发简牍的命令随行祈雨。谓韦使君见召之书札。

[集评]

[1] 何焯曰："'遥驻野人居'，'遥驻'二字已暗括'见召从行'。此诗天然自工，政使极意雕饰，竟莫加也。"（何焯《义门读书记》评语）

[2] 近藤元粹曰："'谷口寒流净'一联：佳联"（《柳柳州集》卷三）

（吴同和）

闻黄鹂[1]

[题解]

本诗作于贬永后期，约写于元和九年。诗人以杜鹃啼血的典故开篇，一个"倦"字点明悲苦之久。忽闻"乡禽"黄鹂的悦耳鸣叫，而顿生去国怀乡之情，不由展开想象的翅膀飞越时空关隘，以优美的语言、眷恋的情怀，描写了一幅鲜活有趣、令人向往的故园乡土风情画。长安既是诗人的出生、成长之地，也是诗人建功立业、实现平生抱负的希望所在。在迭经变故、风雨如晦的日子里，诗人无时无刻不在渴望朝廷恩赦，祈望擢用。于是，故园成了他魂牵梦萦的精神寄托。但是，现实是残酷无情的，身同"伧人"，不是"不思还"，而是竟不得还，只得将怨气撒向黄鹂，将作者凄苦、郁闷、无助、不平而又不甘放弃的情绪渲染得淋漓尽致。全诗在意境上有喜有悲，大起大落，抒发了作者的迁谪之苦、思乡之愁。

[原诗]

倦闻子规朝暮声，不意忽有黄鹂鸣[2]。一声梦断楚江曲，满眼故园春意生[3]。目极千里无山河，麦芒际天摇青波[4]。土膏[5]。此时晴烟最深处[6]，舍南巷北遥相语。翻日迥度昆明飞，凌风斜看细柳翥[7]。我今误落千万山，身同伧人不思还[8]。乡禽何事亦来此，令我生心忆桑梓[9]。闭声回翅归务速,西林紫椹行当熟[10]。

[校勘]

(1) 满眼故园春意生:《百家注本》《世彩堂本》《音辩本》句下注:"一本'意生'作'草绿'。"

(2) 目极千里无山河:《百家注本》《世彩堂本》《音辩本》句下注:"一本'目极'作'故园'。"

(3) 翻日迥度昆明飞:《百家注本》《世彩堂本》《音辩本》"迥"作"逈"。

(4) 凌风邪看细柳翿:"邪",《诂训本》《世彩堂本》作"斜"。

(5) 令我生心忆桑梓:"生心忆桑梓",《音辩本》《游居敬本》作"心忆桑梓间"《济美堂本》"令"作"今"。吴汝纶《柳州集点勘》在"令我生心忆桑梓间"句下注:"'心',一校增'生'字,删'间'字。"是。

[注释]

[1] 黄鹂:即黄莺,亦名仓庚、搏黍、黄鸟,羽毛黄色,从眼边到头后部有黑色斑纹,鸣声悦耳。

[2] 子规:即杜鹃,又名布谷、杜宇、鹈鸪,初夏时啼声昼夜不断,其声凄楚。

[3] 一声梦断:言黄鹂的一声鸣叫把梦惊醒。楚江曲:指永州湘江之滨。故园:指长安。春意生:春天欣欣向荣的景象。

[4] 无山河:谓秦中平原没有高山大河。际天:连天,一望无际。青波:指麦浪。

[5] 王畿(jī):京郊,古称靠近京城的周围。优本:优待农民。务闲:指农忙过后稍稍清闲的时候。饶经过:颇有情谊的频繁来往。

[6] 晴烟：指炊烟，有人家居住的地方。

[7] 昆明：昆明池，在长安西南。据《汉书·武帝纪》，武帝为习水战，于长安西南凿昆明池，周围四十里。细柳：地名，即细柳聚，又称柳市，在昆明池之南。汉文帝时，周亚夫曾屯兵于此，以备匈奴。翥（zhǔ）：飞举。宋之问《度大庾岭》诗："魂随南翥鸟，泪尽北枝花。"

[8] 伧（cáng）：韩醇注："楚人别种。"不思还：不想还乡。

[9] 乡禽：指在家乡常能见到的子规、黄鹂。生心：产生思念之心。桑梓：家乡。《诗经·小弁》："维桑与梓，必恭敬止。"朱《传》："桑梓，二木，古者五亩之宅，树之墙下，以遗子孙，给蚕食，具器用。"后以桑梓为家乡的代称。

[10] 闲声：停止鸣叫。回翅：张开翅膀往回飞。务速：一定要快。西林：柳宗元在长安城西有祖遗田产，有果树数百株，西林指此。椹（shèn）：同"葚"，桑树结的果实，成熟后色紫，故曰紫椹。行：即将。

[集评]

[1] 孙月峰曰："意态飞动。"（《评点柳柳州集》）

[2] 汪森曰："亦有生新之致，缘下笔时不走熟径故也。"（《韩柳诗选》）

[3] 胡仔曰："子厚《闻莺诗》云：'一声梦断楚江曲，满眼故园春草绿。'其感物怀土，不尽之意，备见于两句中，不在多也。"（《苕溪渔隐丛话》后集卷十一）

[4] 尚永亮、洪迎华指出："总观全诗，从忽闻黄鹂，想象故园到抱怨黄鹂，其结构跳跃，情感起伏，最能表现柳诗细密多变的诗思。"（《柳宗元集》）

（吕国康）

段九秀才处见亡友吕衡州书迹[1]

[题解]

元和九年作于永州。是年二、三月段九秀才曾来永州,携来吕温书迹,诗人见到已故衡州刺史吕温的书法作品,引发了无限的悲痛和感慨,回想起彼此之间的深厚情谊,抒发了对亡友的深切怀念。

[原诗]

交侣平生意最亲[2],衡阳往事似分身[3]。袖中忽见三行字,拭泪相看是故人[4]。

[校勘]

(1) 段九秀才处见亡友吕衡州书迹:《百家注本》题下注:"一本止作'段秀才处'。"《世彩堂本》题下注:"一本止作'段秀才'云云。"

(2) 交侣平生意最亲:吴汝纶《柳州集点勘》:"'侣'当作'吕'。"

(3) 袖中忽见三行字:《诂训本》"忽"作"或"。

[注释]

[1] 段九:即段弘古,排行第九,故称段九。与刘禹锡、柳

宗元、吕温、李景俭友善。柳宗元有《祭吕衡古文》《处士段弘古墓志》。吕衡州：吕温。书迹：亲手书写的字迹。

［2］交侣：交友。吴汝沦《柳州集点勘》"'侣'当作'吕'。"近是。

［3］衡阳往事：指过去吕温任衡州刺史时治理政事。似分身：办事之多办事之快真好像能分身一样的神奇。

［4］三行字：即书迹。故人：指吕温。

[集评]

［1］近藤元粹曰："悲痛之语。"（《柳柳州诗集》卷三）

［2］吴文治曰："抒写感物怀人之情，情意真切。通篇用语质朴平淡，却能寄至真情味于淡泊之中。此乃柳诗本色。"（《柳宗元诗文选评》）

(张伟)

始见白发题所植海石榴树

[题解]

此诗约作于元和九年,与《新植海石榴》为姊妹篇。虽是抒情诗,但作者以议论口吻出之。看到头上新生的白发,再看看搬迁愚溪新居时种下的海石榴树,已从"不盈尺"的树苗长成了一株"古木"。"竟不同""从此""休论"表达了强烈的惊诧及韶华易逝的无奈和悲叹。

[原诗]

几年封植爱芳丛[1],韶艳朱颜竟不同[2]。从此休论上春事[3],看成古木对衰翁。

[校勘]

(1)始见白发题所植海石榴树:《诂训本》《全唐诗》无"树"字。

[注释]

[1]几年封植:指新植海石榴至始生白发又隔数年。

[2]韶艳:美艳。朱颜:红色的容颜。

[3]上春:农历正月。梁元帝"纂要":"正月孟春……亦曰上春。"上春事:指开春时栽植花草树木的事。

[**集评**]

[1] 近藤元粹曰:"有衰飒之气。"(《柳柳州集》卷四)

(张伟)

登蒲洲石矶望横江口潭岛深迥斜对香零山[1]

[题解]

诗约写于元和九年秋。诗人从辗转难眠写起，待苦熬到黎明时分，来到河边。稀稀落落的猿声回响在山间。接着，诗人将游踪所至的胜景一一点出：洲渚上晶莹的银沙耀人眼目；飞鸟翱翔于头顶；游鱼身披彩鳞。远眺双江汇流西奔，回看北边"孤山乃北峙"。繁茂的树林，栖息着神灵；湍急的旋流，让人感到孤山也在摇曳不定。从诗题看，诗人是"望"香零山，似乎并未登上它，但诗人所描写的感觉却又是真真切切，仿佛身临其境的体验。接着直抒羁旅之忧怀，最后"纡郁亦已伸"，"高歌返故室"，透露激动与喜悦，显示基调高昂的家国情怀。

[原诗]

隐忧倦永夜[2]，凌雾临江津。猿鸣稍已疏，登石娱清沦[3]。日出洲渚静，澄明晶无垠[4]。浮晖翻高禽，沉景照文鳞。双江汇西奔[5]，诡怪潜坤珍[6]。孤山乃北峙[7]，森爽栖灵神。洄潭或动容，岛屿疑摇振。陶埴兹择土[8]，蒲鱼相与邻[9]。信美非所安[10]，羁心屡逡巡。纠结良可解，纡郁亦已伸[11]。高歌返故室，自罔非所欣[12]。

[校勘]

（1）日出洲渚静："静"，《音辩本》《游居敬本》作"净"。

（2）澄明晶无垠："晶"，《蒋之翘本》及《全唐诗》作"晶"。《蒋之翘本》并注："'晶'，音了。诸本作'晶'，非是。"

（3）浮晖翻高禽：《诂训本》"晖"作"辉"。

（4）孤山乃北峙："峙"，《音辩本》《诂训本》《游居敬本》及《全唐诗》作"峙"。《百家注本》《世彩堂本》作"時"。句下注云"'時'当作'峙'字。"按：作"峙"是。

（5）蒲鱼相与邻：《何批王荆石本》云："'鱼'，旧作'渔'"。

（6）纤郁亦已伸：《百家注本》《世彩堂本》句下注"'已'，一作'以'。"《诂训本》"已"作"以"。

[注释]

[1] 香零山：清代《一统志·湖南》卷云："香零山在县东潇水中，山中所产草木，当春皆有香气。"永州学者刘继源经过考证，认定"柳诗中的蒲洲即今之蘋洲（蘋岛）或浮洲。香零山即蒲洲石矶斜对面、潇水东岸潇湘驿背后，古时建有潇湘祠的那座山。潭岛即是蒲洲南方横亘于湘江口内的大砂碛。"（《柳宗元诗文研究》）

[2] 永夜：长夜。

[3] 清沧：微波。

[4] 晶：明亮洁白。

[5] 双江：指潇湘二水。

[6] 坤珍：地之珍宝，此处谓香零山是天造地设的珍宝。

[7] 孤山：香零山。

[8] 陶埴：制陶的黏土。

347

[9] 蒲鱼：此处指采蒲和捕鱼之人。蒲为蒲草，老可制席，嫩者可食。

[10] 信：确实，真的。

[11] 纡郁：抑郁。

[12] 罔：欺骗，蒙蔽。

[集评]

[1] 苏轼曰："子厚此诗，远在灵运上。"（《东坡题跋》卷二）

[2] 孙月峰曰："此殆所谓双声迭韵体者。"（《评点柳柳州集》卷四十三）

[3] 蒋之翘曰："不特闲静，气概又阔，可讽。"（《柳集集辑注》卷四十三）

[4] 陆梦龙曰："便入谢室。"（《韩退之柳子厚集选》）

[5] 汪森曰："一题便抵一篇游记，妙在言简而曲折无穷。诗便是逐笔皴染而出。"（《韩柳集选》）

[6] 徐翠先指出："这首诗的写景的确达到了很高的艺术水平：一是层次分明，先写石矶，再写望江津，最后写香零山，渐写渐远，远近相映，俨然一幅水墨山水。二是形象各异，摇曳生姿，写清沧微波是'日出洲渚静，澄明晶无垠。浮晖翻高禽，沉景照文鳞'，突出'静''明'两个相关特点；写香零山是'孤山乃北峙，森爽栖灵神'，突出它的孤高；而江口的景象则是'洄潭或动容，岛屿疑摇振'。诗的整个形象不仅描写细密，而且气象阔大，有凌空遥望之概。"（《柳宗元诗文创作论稿》）

（吕国康）

酬王十二舍人雪中见寄[1]

[题解]

此诗收入《韩愈集》，但蔡正《诗林广记》选作柳诗。经何书置先生考证，该诗系柳宗元元和九年作于永州。柳在永州经受了长期寂寞的煎熬，柴门多日紧闭不开是他内心孤寂的独白，而石阶上铺满的皑皑白雪便是人世间清冷的抒写。柳急盼与外界联系，一是了解信息，二是期盼援手，希望重返长安，为国为民干一番事业。突然接到早年朋友王涯寄来的诗，怎不欣喜若狂。一个"蹈"字极传神地描绘出他的兴奋状态。诗的后两句似乎是感情外露了些，其实诗人在这里"以乐景写哀事"，以反衬的手法含蓄地表现了长期潜伏于内心而永难排遣的寂寞与痛苦，让我们在荒远凄寒的景象中看到了一位手举故乡长安寄来的诗笺，足蹈琼瑶，双泪空垂的凄美形象。

[原诗]
三日柴门拥不开，阶除平满白皑皑。
今朝蹈作琼瑶迹[2]，为有诗从凤沼来[3]。

[校勘]
本诗无异文。

[注释]

[1] 王二十舍人：即王涯，柳宗元的同年友，时为中书舍人。《旧唐书·王涯传》："涯于元和九年八月拜中书舍人，十年即转工部侍郎。"

[2] 蹋：顿足，蹈地。蔡琰《胡笳十八拍》："羌胡蹋舞兮共讴歌。"琼瑶：美玉，这里指雪。

[3] 凤沼：即凤凰沼，属禁苑中沼池，这里指京城。

[集评]

何书置先生分析说："偶读蔡正孙《诗林广记》，选柳诗五首，其三即此诗。此诗到底是韩诗还是柳诗，至今无人评说。笔者不揣浅陋，略述己见。

"其一，引文作者据方成圭所引《旧唐书·王涯传》，将此诗系于元和九年作，这无疑是对的。然而，韩愈这时是比部郎中、史馆修撰，继而为考功郎中，以考功知制诰。而诗中称'三日柴门拥不开'，身居要职的韩愈，出入皆'朱门'，岂有称'柴门'之理？重任在肩的韩愈，不说日理万机，事是很多的，岂能三日门不开？诗中又称：'为有诗人凤沼来'，'凤沼'，即凤凰池，属禁苑中池沼，指京城无疑。身在京城长安，而说为有诗从长安来，工于写诗豪放雄健自成一家的韩愈能写出这样的诗句来吗？让我们来看看韩愈的《酬蓝田崔丞立之咏雪见寄》：'京城数尺雪，寒气倍常年。……不觉侵堂陛，方应折屋椽。出门愁落道，上马恐平鞯。朝鼓矜凌起，山斋酪酊眠。吾方嗟此役，君乃咏其妍。'这才是韩愈此时此地的生活和思想，这才是韩诗。而此诗所抒写的，与韩愈全不相干，绝非韩诗。

"其二，既非韩诗，为何收入韩集？韩柳同为古文运动主将，韩集本来就有误收柳文的现象。如《雷塘祷雨文》，柳集题下孙曰：

'柳州雷山两崖皆东西（面），雷水出焉。蓄崖中曰雷塘。……元和十年十月，公至柳州数日，同其弟宗直谒雨雷塘，故有此文'。韩注指出：'或载之于韩集，非是'。章士钊先生亦云：'而昌黎集雷塘祭雨文，不可能是退之手笔，知韩柳集中有相互混淆之作，此乃一例。'（《柳文指要》）从宋至今，该文属柳，无人质疑。既然柳文有被误入韩集者，就不能排斥柳诗也有误入韩集的可能性。

"其三，何以肯定此诗为柳诗？第一，子厚被贬永州，官职为司马员外置同正员，是一个官外乎常员的闲职，他初到永州无以为居，寓居在潇岸四无邻的龙兴寺内；元和五年迁居愚溪侧畔，筑室茨草，与农舍为邻，故称'柴门'。诗中的'三日柴门拥不开'，与子厚此时所处的环境完全相符。第二，永州地处楚南、五岭北麓，每年冬天下雪，是常见的自然现象。诗中的'阶除平满白皑皑'，与子厚此时所处的环境完全相符。第三，子厚被贬至元和三年，未尝有故旧大臣给他写信，但到元和四年以后情况不同了。这一年，许孟容、裴垍、李建、杨凭皆有书寄子厚。元和五年，李吉甫托道州刺史吕温'相示手札'。元和六年，武元衡'先赐荣示'；李幼清传示李夷简'委曲抚问'。元和七年，郑细在给永州刺史韦使君书中'猥赐存问'。元和四年曾寄书子厚求为房公德撰铭的王涯，如今身为中书舍人，寄诗子厚极有可能。身居楚南的子厚接到早年朋友的诗，也以诗酬谢，完全合情合理。'今朝蹈作琼瑶迹，为有诗从凤沼来'，子厚当时的心情可想而知。

"综上所述，蔡正孙将此诗收作柳诗是对的。"（《柳宗元研究》）

（吕国康）

奉诏途中诗

第三辑

朗州窦常员外寄刘二十八诗见促行骑走笔酬赠[1]

[题解]

诗作于元和十年正月,柳宗元读到曾任水部员外郎的朗州刺史窦常写给刘禹锡促其快奉诏返京的诗作,"公因酬赠"。前四句写初接诏书的激动心情。开头两句高度概括了十年的贬谪生活,多少辛酸往事包含其中。"疑比庄周梦,情同苏武归。"似幻似真,惊喜之情油然而生。运用了庄生梦蝶与苏武归汉两个典故,与诗人的遭遇十分吻合。苏武出使匈奴十九载,虽历尽艰辛而不辱节。柳忍辱负重达十年之久,但他对国家的关心、对朝廷的忠诚并没有改变。后四句抒发了北还的欣喜之情。结尾说自己能有回去的机会,便再也不羡慕那春天飞翔北去的大雁了。全诗洋溢着压抑不住的兴奋和喜悦。从中可知,他不是以一个服役获悉的感恩者的身份,怀着忏悔的心情回长安去,而是要以一个洗雪了沉冤的胜利者的姿态重返京城。

[原诗]

投荒垂一纪[2],新诏下荆扉[3]。疑比庄周梦[4],情如苏武归[5]。赐环留逸响[6],五马助征骓[7]。不羡衡阳雁,春来前后飞[8]。

[校勘]

（1）朗州窦常员外寄刘二十八诗，见促行骑走笔酬赠："骑"，《诂训本》作"驿"。《世彩堂本》题下注："吕本有'因以奉呈'四字。"《义门读书记》："重校吕本有'因以奉呈'四字。按四字当有，末二句乃呈刘也。"

[注释]

[1] 朗州：州治在武陵（今湖南省常德市）。窦常：字中行，大历十四年（779）登进士第。元和七年由水部员外郎出为朗州刺史。刘二十八：刘禹锡，因在祖父的兄弟辈中排行第二十八，故以行第代称。窦常《寄刘二十八诗》今已无存。见促行骑：催促我的坐骑快一些。走笔：挥毫疾书。

[2] 投荒：指被贬永州。垂：将近。一纪：岁星（木星）绕地球一周约需十二年，故古称十二年为一纪。韩醇《诂训柳集卷四十二》："公自永贞元年（805）谪永州司马，至是元和十年为十一年，故云'垂一纪'。"

[3] 荆扉：柴门，谦称自己的住所。

[4] 庄周梦：《庄子·齐物论》载："昔者庄周梦为蝴蝶，栩栩然蝴蝶也。自喻适志欤！不知周也。俄然觉，则蘧蘧然周也。不知周之梦为蝴蝶欤？蝴蝶之梦为周欤？此谓之物化。"

[5] 苏武归：《汉书·苏武传》载："武留匈奴凡十九岁，始以强壮出，及还，须发尽白。"

[6] 赐还：喻赐还。《荀子·大略》："绝人以玦，灭绝以环。"注："古者。以有罪，待放于境，三年不敢去，与之环则还，与之玦则绝。"

[7] 五马：沈约《宋书》引逸礼《王度记》曰："天子驾六，诸侯驾五，卿驾四，大夫三，士二，庶人一。"后代的太守、

刺史在地位上与诸侯类同，故这里借指"五马"代朗州刺史窦常，也以五马助返程写其归返之速。征骓（féi）：远行的马。

[8] 不羡二句：古人以雁南飞止于衡阳，春至则北返，故云。

[集评]

[1] 近藤元粹曰："喜意溢于楮表。"（《柳柳州集》卷二）

[2] 尚永亮、洪迎华指出："尾联巧借雁至衡阳止、春至则北返的典故，既点明时、地，又直写情怀，意思是说：如今我已不羡慕北飞之雁了，因为自己在春天到来时也可以从衡阳归返北国了。诗以此作结，语意双关，耐人涵咏。"（《柳宗元集》）

[3] 洪淑苓指出："'情如苏武归'句，甚为辛酸。其被贬永州'一纪'，比之苏武留匈奴十九年，时间虽稍短，但心情之沉重，体貌由盛而衰，则无分轩轾。末言'不羡'，方才转为潇洒轻快，流露出欣喜之情。"（《柳宗元诗选》）

（吕国康）

离觞不醉至驿却寄相送诸公[1]

[题解]

元和十年正月，柳宗元奉诏回京，临行前永州亲友们为他送行。至驿站后他感慨万千，便写了这首诗回寄给他们。"无限居人送独醒，可怜寂寞到长亭。"诗人以屈原自喻，表明自己头脑清醒，不与世俗同流，忍受别离的苦痛寂寂寞寞到了长亭。"无限居人"与"可怜寂寞"是一个鲜明的对比，为后联做了铺垫，埋下伏笔。"荆州不遇高阳侣，一夜春寒满下厅。"借用"高阳狂士"郦食其得到刘邦知遇的典故，道出自己被贬后缺乏有气力得位者援手的遗憾。在本应十分高兴的时候，他反而夜不成眠，感到春寒袭人。"独醒"是对自己前途充满忧虑的清醒认识。

[原诗]

无限居人送独醒[2]，可怜寂寞到长亭[3]。荆州不遇高阳侣[4]，一夜春寒满下厅[5]。

[校勘]

（1）荆州不遇高阳侣："高"，《诂训本》作"南"。

[注释]

[1] 觞（shāng）：古代喝酒用的酒怀。离觞：送别的酒。驿

(yì)：驿站。却寄：回寄。指到驿站后把诗回寄给永州送他的人。

[2] 居人：指居住在永州的故旧。独醒：《楚辞·渔父》："屈原曰：'举世皆浊我独清，众人皆醉我独醒，是以见放。'"柳诗用其意，紧扣题中"离觞不醉"。

[3] 可怜：怜，有怜爱、怜惜两个意义，这里应是后者。韩愈《赠崔立元》有"可怜无补费精神。"可怜即可惜，这里引申为可悲，可叹。长亭：古时设在路旁供行人停息的亭舍。

[4] 荆州：古州名，永州古属荆州。高阳：指汉高祖刘邦的谋士郦食其（lì yì jī）。他是陈留高阳（今河南杞县西南）人。见刘邦时自称"高阳狂士"。在楚汉战争中，他多次为刘邦出谋，并亲自劝说齐王田广归汉，使刘邦未经一战而得齐地七十余城。侣：伴侣。

[5] 下厅：指客舍。这句说作者心事重重，夜晚春寒料峭，不能成眠。

[集评]

[1] 陆梦龙曰："意深。"（《韩退之柳子厚集》）

[2] 孙月峰曰："是戏语。"（《评点柳柳州集》）

[3] 吴文治先生点评："在回寄相送诸公诗中，回顾在永十年，在众多友人中，未能结识到一个像高祖谋士郦食其那样的人才，以策划治邦大业，因而此次返京，恐仍然难以施展宏图。独居客舍，春寒料峭，思绪起伏，难以成眠。读此诗，足见宗元在贬谪永州十年之后，其为国建功立业的雄心壮志，并未泯灭。通篇情致婉丽，工于联想。"（《柳宗元诗文选评》）

（吕国康）

诏追赴都回寄零陵亲故[1]

[题解]

元和十年正月自永州奉诏赴京途中作,回寄给在永州的亲朋好友。诗中反映了诗人的复杂心情,一方面为脱离在永州的贬谪生活而高兴,另一方面又担心回朝后对新的重任难以胜任;既希望早日到京,又系念在永州的亲故。开头用比喻的手法,常想起小鱼在水池里浮游,极写诗人被贬永州后环境的恶劣、境地的低微,为国为民抱负的无法实现。现在重返长安,新生活就要开始了,也许可以直上"丹霄"。然而诗人仍然很担心,一是弱翅难以胜任重任,二是对变幻莫测的前途仍有忧虑。后一联的节奏明显加快,这与诗人希望尽快回到长安的心情十分吻合。然而离长安越来越近,而离生活过十年的永州却越来越远。所以,他一路北行,一路回望,潇湘一带,轻烟薄雾,别路依稀,真切地抒写了对零陵亲故的系念。

[原诗]

每忆纤鳞游尺泽,翻愁弱羽上丹霄[2]。岸傍古堠应无数,次第行看别路遥[3]。

[校勘]

(1) 诏追赴都回寄零陵亲故:"廻",《诂训本》作"回"。

(2) 岸傍古堠应无数:"傍",《诂训本》作"旁"。

[注释]

[1] 元和十年正月,柳宗元自永州奉诏赴京,途中作此诗,回寄给在永州的亲朋好友。

[2] 纤鳞:小鱼。尺泽:小水池。弱羽:无力的翅膀。丹霄:百家注本童宗说注:"丹霄,青云也。"比喻高位。

[3] 堠(hòu):古代河岸记里程的土堡。《周书·韦孝宽传》"一里置一土堠。"或云五里只堠,十里双堠,韩愈《路傍堠》诗:"堆堆路傍堠,一双复一只。"应:是。次第:挨着次序、一个接着一个。

[集评]

[1] 赵秉文认为:"这首诗,前后两联跳跃性极大,运用的手法各不相同,诗歌意象也迥然有异。但一个'愁'字,却把整首诗歌描写的意象统一协调了起来,诗人对自己以往的贬抑生活'愁',对奉诏上京、前途渺茫亦'愁',乘船北上离开亲朋故旧,当然更'愁'。'愁'字一线贯通,塑了一位情深义重、忧国忧民、感情无限丰富的诗人自我形象。"(《柳宗元永州诗歌赏析》)

[2] 廖仲安指出:"既想离开所贬之地的愿望,但又担心到京后的官场风波,心情矛盾,也表达了对零陵亲人的依依惜别之情。"(《唐诗一万首》)

(吕国康)

界围岩水帘[1]

[题解]

柳宗元元和十年正月自永州奉诏赴京,路过界围岩时作此诗。界围岩在湘江水流曲折处,距永州不远。诗中突出描绘界围岩的瀑布风光,气象万千,奇丽无比,想象丰富,直抒胸怀。开头四句,简单勾勒出界围岩的地理特征,重点刻画瀑布的整体形貌。接着描写瀑布的飞流之声,像磬玉相扣在碧潭,锵锵的清脆之声响彻幽岩。红色的云霞如冠帽戴在山顶,令人想象凌虚的游历。"灵境不可状,鬼工谅难求。忽如朝玉皇,天冕垂前旒。"这四句"骨力傲岸,撑柱全篇",将水帘比作玉皇的天冕前挂下来的流苏(珠串),"体物极工"。后八句联系自己的遭遇,有感而发。当年像楚臣屈原一样被放逐到南方,曾有意要学仙成道。如今又要回到北方去,皇上的诏书解除了羁绊和拘囚。对采真求仙的眷恋,被以身为国的理想抱负所代替。只得将幽梦寄托在这里。全诗感情真挚,基调健康向上。

[原诗]

界围汇湘曲[2],青壁环澄流。悬泉粲成帘[3],罗注无时休。韵磬叩凝碧[4],锵锵彻岩幽。丹霞冠其巅,想象凌虚游。灵境不可状,鬼工谅难求。忽如朝玉皇[5],天冕垂前旒。楚臣昔南逐[6],有意仍丹丘。今我始北旋,新诏释缧囚[7]。采真诚眷恋[8]，许国无淹留。再来寄幽梦，遗贮催行舟[9]。

[校勘]

（1）韵磬叩凝碧："凝"《世彩堂本》作"疑"。

（2）丹霞冠其巅：《音辩本》《诂训本》《游居敬本》"巅"作"颠"。

（3）有意仍丹丘：《诂训本》"丘"作"邱"。

（4）我今始北旋："我今"，《世彩堂本》《音辩本》《诂训本》《蒋之翘本》《济美堂本》《游居敬本》《全唐诗》均作"今我"。《百家注本》作"我今"。

[注释]

[1] 界围岩：在湘江水流曲折处，具体地点，历代注家未确指。现经考证，可能就是祁阳县茅竹镇的滴水岩，与永州市冷水滩交界，湘江在这里呈U型大拐弯，有岩洞，产竹鱼。因修建浯溪水电站，湘江水位升高，界围岩具体地点难觅。水帘：水流宽而下泻，如帘幕状。

[2] 汇：水流回施。湘曲：湘水曲折处。

[3] 粲：鲜艳、灿烂。

[4] 韵磬：飞瀑之声如磬。磬：古代乐器，用石或玉雕成，悬挂于架上，击之而鸣，其声激越。凝碧：指青色岩石。

[5] "忽如"二句：比如水帘宛如玉皇所戴冠冕上下垂的玉串。天冕，玉皇所戴冠冕。旒，冕前悬垂的玉串。

[6] "楚臣"二句：谓屈原当年曾被放逐到湘水流域，写下"仍羽人于丹丘兮，留不死之旧乡"（《远游》）的诗句。仍，趋。

[7] 缧囚：囚犯。

[8] 采真：谓逍遥养生。《庄子·天运》："古之圣人，假道于仁，托宿于义，以游逍遥之虚，食于苟简之田，立于不贷之圃。逍遥，无为也；苟简，易养也；不贷，无出也。古者谓是采真之游。"

[9] "遗贮"句：谓不再贮立，催行舟出发。遗，弃也。贮，同"伫"。

[集评]

[1] 曾吉甫曰："此诗奇丽工壮，始言水帘之状，不甚言，但发二语云：'忽如朝玉皇，天冕垂前旒。'简而工矣。"（《笔墨闲录》）

[2] 孙月峰曰："写景如谢，然多用单语，觉骨力更胜。"（《评点柳柳州集》卷四十二）

[3] 陆梦龙曰："净"（《柳子厚集选》卷四）。

[4] 汪森曰："体物极工，'玉皇'句尤奇辟。"（《韩柳诗选》）

[5] 宋长白曰："柳子厚《水帘诗》：'灵境不可状，鬼工谅难求。忽如朝玉皇，天冕垂前旒'骨力傲岸，撑柱全篇。"（《柳亭诗话》卷二）

（吕国康）

过衡山见新花开却寄弟

[题解]

元和十年,柳宗元奉诏北上,过衡山,见梅花新开,而弟宗直、卢遵等尚留永州,作此诗寄宗直等,促其早行。诗人从眼前衡山梅树南枝新开的花,自然回想久别的长安家园。更何况那是他施展才华、实现理想和抱负的地方。接着运用了回雁峰的故事,实指北归的鸿雁。在这难得的春日,我恰好和那些雁群相随北归。整首诗情绪开朗,表现了归途中心情的急切和喜悦,也体现了贬永期间与之相依为命的兄弟深情。

[原诗]

故国名园久别离[1],今朝楚树发南枝[2]。晴天归路好相逐[3],正是峰前回雁时。

[校勘]

(1) 晴天归路好相逐:"好",《诂训本》作"两"。

(2) 正是峰前回雁时:《诂训本》《音辩本》《游居敬本》作"回",另本异文"廻"。

[注释]

[1] 故国名园:柳宗元《游朝阳岩遂登西亭二十韵》诗

"故墅即沣川，数亩均肥饶。"柳在长安沣川置有别墅，故云。

[2] 发南枝：《白氏六帖梅部》："大庚岭上梅，南枝落，北枝开，寒暖之候异也。"向南的树已萌芽，谓早春时节。

[3] 相逐：相追随。意即催弟早日启程返京。

[集评]

[1] 陈景云曰："味诗意盖已北还，而弟尚留永，故寄诗促其行耳。以《祭从弟宗直文》参证，似所寄即宗直也。"（《柳集点勘》）

[2] 刘辰翁曰："酸楚。"（蒋之翘《柳集集辑注》四十二引）

[3] 汪森曰："末句兼括三意，极工。'雁'切'寄弟'，'回雁'指'过衡山'，'回雁时'则见'新花'之候也。"（《韩柳诗选》）

[4] 蒋之翘曰："后二句淡宕，亦有恨意。"（《柳集辑注》卷四十二）

[5] 吴曾曰："衡州有回雁峰，皆谓雁至此不复过，自是而回北耳。余按柳子厚《过衡州见新花开却寄弟》诗云故国名园久别离，今朝楚树发南枝。晴天归路好相逐，正是峰前回雁时。盖子厚自永还阙，过衡州正春时，适见雁自南而北，故其诗云耳。岂专谓雁至此耳回乎？乃古今考柳诗不精故耳。"（《能改斋漫录》卷五)

[6] 王一娟、傅绍良指出："诗歌巧点季节，紧扣寄弟，直抒思亲之情。'发南枝''回雁时'，点出早春季节，'故园''归路'，道思乡思归之情，寄弟之意正在于此。末句以雁回人滞，略带伤感，亦见相思之深切。"（《白居易、元稹、韩愈、柳宗元诗精选200首》）

（吕国康）

汨罗遇风[1]

[题解]

元和十年正月,柳宗元自永州从水路北行至汨罗江,遭遇风浪,令他自然想起战国楚臣屈原投江而死的命运,回顾自己十年来的流囚生活,百感交集,写下这首抒发心怀的诗。诗人庆幸自己的命运好于屈原,因为自己毕竟得遇清明之世,还能重返京城,还有报效国家的机会。所以他要春风寄语汨罗江,不要掀起波浪以"枉明时"。全诗以明快、深婉的语言,表达了无比兴奋的情绪。

[原诗]

南来不作楚臣悲[2],重入修门自有期[3]。为报春风汨罗道,莫将波浪枉明时[4]。

[校勘]

本篇无异文。

[注释]

[1] 汨(mì)罗:江名。在湖南省东北部,西流至湘阴县境入洞庭湖。战国时楚国爱国诗人屈原被贬后,忧愤国事,投此江而死。

[2] 楚臣：指屈原。

[3] 修门：楚国都郢的城门。《楚辞·招魂》："魂兮归来，入修门些。"这里借指长安城门。

[4] 枉：徒然，引申为辜负。明时：政治清明的时代。

[集评]

[1] 汪森曰："观前后数诗，意极凄恻，君子于此不能不动怜才之叹。"（《韩柳诗选》）

[2] 吴文治认为："宗元自永州奉诏返京途中，作诗不下十余首，仅此一首情绪比较欢快。途经汨罗江，想起屈原是很自然的事，但首句便表示自己'不作楚臣悲'，似乎他对此次返京还寄托着希望。末二句希望春风汨罗能让他顺利返京，赶上政治清明好时光，然其满腔热忱，最终仍然是一个泡影。"（《柳宗元诗文选评》）

[3] 王一娟、傅绍良指出："此诗追怀屈原，感伤自我，表面作欣喜自悦之状，内含无限凄苦与失望，'莫将波浪枉明时'，用意良苦，汨罗之波浪，似屈子不屈的冤魂；'莫枉明时'，似颂今世之清明，细品之，作者正以屈子自况，抒内心之悲怨。"（《白居易、元稹、韩愈、柳宗元诗精选200首》）

[4] 尚永亮、洪迎华指出："作者用'自有期'三字，既表示自己始终怀有重返京城的信念，未曾绝望，也暗含因对比而生的庆幸，也就是说，屈原当年'信而见疑，忠而被谤'，放流南荒，终至葬身汨罗，未能'重入修门'；而自己的遭际与屈原相类，却'重入修门自有期'，相比之下，不是较屈原为幸么？……后二句承上作转，回应题面，巧结全诗。""诗仅四句，却蕴涵深远，又简洁明快。"（《柳宗元集》）

（吕国康）

北还登汉阳北原题临川驿

[题解]

元和十年正月,柳宗元奉诏离开永州返回长安,途经汉阳北郊的临川驿站时,触景生情,感慨万端,写下这首诗。首四句写诗人来到临川,旧地重游,山河依旧,景象凄凉,不禁感慨万千;暗讽当权者无道无谋,令人感愤。五六句描写早春残雪之景,七八句感叹国计民生的大事又将落空。

[原诗]

驱车方向阙[1],回首一临川。多垒非余耻[2],无谋终自怜。乱松知野寺,余雪记山田。惆怅樵渔事,今还又落然[3]。

[校勘]

本篇无异文。

[注释]

[1] 阙:门观,城阙。向阙:指返回京城。

[2] 非余耻:《礼记·曲礼上》:"四郊多垒,卿大夫之辱也。"垒:军壁也,数见侵伐则多垒。今反用其语,讽刺掌权者辅政不力。

[3] 惆怅:悲愁、失意。落然:荒废。

[集评]

[1] 黄彻曰:"临川'道德文章吾事落',《南华》'夫子盖行邪,无落吾事',乃柳诗有'惆怅樵渔事,今还又落然',恐亦用此。"(《碧溪诗话》卷六)

[2] 近藤元粹曰:"五、六意态自然,不烦雕琢。"(《柳柳州集》卷二)

(张伟)

善谑驿和刘梦得酹淳于先生

[题解]

元和十年正月，柳宗元、刘禹锡奉诏回京，途经襄阳，过淳于髡墓，刘禹锡作《题淳于髡墓》诗："生为齐赘婿，死作楚先贤。应以客卿葬，故临官道边。寓言本多兴，放意能合权。我有一石酒，置君坟树前。"柳宗元写此诗和之。前四句分别以"水上鹄""亭中鸟""救齐"等事，赞扬淳于髡以善于寓言应变有功于国，扬名当世。后四句就刘禹锡"一石酒"发挥开去，表达"异代同声"之慨。二人题诗均由此而发，内涵丰富，意味深长。

[原诗]

水上鹄已去[1]，亭中鸟又鸣[2]。辞因使楚重，名为救齐成[3]。荒垄遽千古，羽觞难再倾[4]。刘伶今日意[5]，异代是同声。

[校勘]

（1）善谑驿和刘梦得酹淳于先生：《百家注本》《世彩堂本》题下注引孙曰："驿在襄州之南，即淳于髡放鹤之所，今讹为善谑驿。"

（2）亭中鸟又鸣："亭"，《诂训本》作"庭"。按：此句典故似出自《史记》卷一二六《滑稽列传》淳于髡说齐威王事（详句下孙注），作"庭"近是。

[注释]

[1] 水上鹄已去：《史记·滑稽列传》载，齐王使淳于髡献鹄于楚。出邑门，道飞其鹄，徒揭空笼，造诈成辞，往见楚王曰："齐王使臣来献鹄，过于水上，不忍鹄之渴，出而饮之，去我飞亡。吾欲刺腹绞颈而死，恐人之议吾王以鸟兽之故令士自伤杀也。吾欲买而代之，是不信而欺吾王也。"楚王曰："齐王有信士若此哉！"厚赐之，财倍鹄在也。

[2] 亭中鸟又鸣：《史记·滑稽列传》载，齐威王之时喜隐，长夜淫乐，不治国政，左右莫敢谏。淳于髡说之以隐曰："国中有大鸟，止王之庭，三年不蜚又不鸣，王知此鸟何也？"王曰："此鸟不飞则已，一飞冲天；不鸣则已，一鸣惊人。"于是乃朝诸县令长七十二人，赏一人，诛一人，奋兵而出，诸侯震惊。

[3] 名为救齐成：《史记·滑稽列传》载齐威王八年，楚大发兵加齐。齐王使淳于髡之赵请救兵。赵王与之精兵十万，革车千乘。楚闻之，夜引兵而去。

[4] 羽觞：宋玉《招魂》："瑶浆蜜勺，实羽觞些。"注："觞，酒器也，插羽于其上。"

[5] 刘伶：晋刘伶好饮酒，放浪形骸。刘禹锡诗末二句云："我有一石酒，置君坟墓前"，表示酹祭淳于髡之意，故柳诗以刘伶譬禹锡。

[集评]

[1] 孙月峰曰："'鹄去'往事，'鸟鸣'见景，一正一借，相形来，甚有致。"(《评点柳柳州集》卷四十二)

[2] 何焯曰："发端自比当日远贬之久，忽遇诏追也。"(《义门读书记》卷三十七)

(张伟)

清水驿丛竹天水赵云余手种一十二茎

[题解]

元和十年北还途中所作。清水驿，应近于襄阳郡。此诗即因襄阳从事赵公所栽之竹而作。天水，赵氏郡望；赵公，其人不详，"云余"或是其名。全诗用简洁的文笔点出竹林的幽情，接着用伶伦乐官典故，使诗的意境更加深远。

[原诗]

檐下疏篁十二茎[1]，襄阳从事寄幽情[2]。只应更使伶伦见，写尽雌雄双凤鸣[3]。

[校勘]

（1）清水驿丛竹天水赵云余手种一十二茎：《百家注本》《世彩堂本》题下注："别本此诗次《善谑驿》后。""青水驿"：《世彩堂本》《济美堂本》作"清水驿"。又，《世彩堂本》在"赵云"下注："吕本'云'作'公'。"

（2）祗应更使令伦见：《音辩本》"祗"作"秖"。

[注释]

[1] 篁：竹的一种，坚而促节，体圆而质坚，皮白如霜粉，其材可用。

[2] 襄阳：今湖北襄樊市。从事：官名，刺史之佐吏，或名别驾、治中。

[3] 雌雄双凤鸣：《汉书·律历志》：黄帝使伶伦取竹嶰谷，制十二筒，以听凤之鸣。其雄鸣为六，其雌鸣亦六。这二句指赵公的篁竹，材质优良，应由伶伦乐官加以采集，制成箫管，吹奏好音。

[集评]

[1] 韩醇曰："元和十年北还道中作。襄阳从事即赵公也，名字不详。"（《诂训柳集》卷四十二）

（张伟）

李西川荐琴石

[题解]

　　元和十年正月,柳宗元奉诏进京途经襄阳时作此诗。元和八年正月,以山南东道节度使李夷简为西川节度使。山南东道治襄州襄阳郡,荐琴石当在其地。柳宗元贬谪永州时,曾接到过他的来信,并写有《谢襄阳李夷简尚书委曲抚问启》。这次路过襄阳自然引起对李的思念,借题发挥,写下此诗。元和十三年李夷简入朝为相,柳又有《上门下李夷简相公陈情书》,盼其援手,可见宗元对李的企望。

　　全诗借荐琴石以及邹忌、舜帝的两则典故写起,暗喻李夷简受到君主重用而往治西川,抚育百姓。前两句用典巧妙勾连,后两句扣紧题目"石"来写,但写物更写人,可谓咏物诗中佳作。

[原诗]

　　远师驺忌鼓鸣琴[1],去和南风惬舜心[2]。从此他山千古重[3],殷勤曾是奉徽音[4]。

[校勘]

　　本篇无异文。

[注释]

[1] 驺忌鼓鸣琴：《史记·田敬仲世家》："驺忌子以鼓琴见威王，威王说而舍之右室。"这句比喻李夷简受到君王重用。

[2] 去和南风愜舜心：《淮南子·泰族训》："舜为天子，弹五弦之琴，歌南风之诗，而天下治。"南风：育养民之诗。这句说李夷简往治西川，抚育百姓。

[3] 他山：《诗·小雅·鹤鸣》："他山之石，可以为错。"这里指荐琴石。这句说荐琴石因李夷简的功绩而名垂千古。

[4] 徽音：美音，德音。

[集评]

[1] 孙汝纶曰："李西川即夷简，陷杨凭者，故语含讥讽。(《柳州集点堪》) 王国安认为非是。"(《柳宗元诗笺释》)

(张伟)

商山临路有孤松往来斫以为明好事者怜之编竹成援遂其生植感而赋诗[1]

[题解]

诗作于元和十年由永州返京途经商山之时。诗题较长，说明了赋诗的缘由，借物自况，表明心迹。在路过商山时，见到路边有一棵松树，被好心人用篱笆团团围护，以避免再度遭人砍削的命运。作者即景生情，以孤松自喻，联想自己的仕途，之所以遭受打击迫害，是因为"不以险自防遂为明所误。"希望自己也像孤松那样幸运，得到仁惠者的怜惜、呵护、赏识，承受皇恩的雨露滋润，以实现再展才华的愿望。

[原诗]

孤松停翠盖，托根临广路[2]。不以险自防，遂为明所误[3]。幸逢仁惠意[4]，重此藩篱护。犹有半心存[5]，时将承雨露。

[校勘]

（1）商山临路有孤松往来斫以为明好事者怜之编竹成援遂其生植感而赋诗："援"，《蒋之翘本》《全唐诗》《游居敬本》作"楥"。

[注释]

[1] 商山,又名商阪、地肺山、楚山,在今陕西省商县东南,属终南山支脉。韩醇认为此诗"元和十年三月后,赴柳州道中作。诗盖有自况之意。"(《诂训柳集》卷四十三)王国安认为:"诗云'自逢仁惠意',又云'犹有半心存,时将承雨露',似作于诏追赴京途中。然亦难以遽定,故姑仍旧说。"(《柳宗元诗笺释》)也有学者认为商颜指商山的传统理解有误,谓其当指位于冯诩的商颜山。尚永亮经详细辩证,认定诗"当作于元和十年柳宗元由永州贬所返京途经商山之时"(《柳宗元刘禹锡两被贬迁三度经行路途考》),并对诗的内容做过精辟分析。

[2] 托根:扎根。

[3] "不似"二句:谓松不生于深山险峻之处而难以自求保护,遂因其可被人用来照明而受到砍削。

[4] 仁惠意:有仁爱好心的人。

[5] 半心存:半边的树心仍然活着。

[集评]

[1] 胡仔曰:"柳子厚、玠甫以道傍大松,人多取以为明,各以诗惜之。子厚意虽自谓,语反成晦,不若介甫语显而意适也。余顷过衡岳,夹道古松最盛,正有此患,虽岳祠相近,管不能禁也。"(《苕溪渔隐丛话》后集卷二六)

[2] 杨竹邨认为:"这首诗通过同情孤松'为明所误',表达了作者的才被谗的愤慨心情。并希望能像这株孤松一样,受到仁惠者的爱护援救。"(《柳宗元诗选注》)

(吕国康)

诏追赴都二月至灞亭上

[题解]

元和十年二月抵达长安近郊灞亭，重临旧地，看到景色宜人，百感交集，写下此诗，抒发了即将入京的喜悦心情。开头两句点明贬谪的时间之长、路程之远，高度概括了诗人的坎坷遭遇。"南渡客"与"北归人"形成对比，个中悲喜不言而喻。后两句诗人从早春景象写起，心情是欢快的。

[原诗]

十一年前南渡客[1]，四千里外北归人[2]。诏书许逐阳和至[3]，驿路开花处处新。

[校勘]

本篇无异文。

[注释]

[1] 十一年前南渡客：柳宗元于永贞元年（805）贬到永州，至元和十年（815）召回，前后十一年。南渡客：从长安去永州须南经洞庭，潇湘江，所以称南渡客。

[2] 四千里外北归人：四千里外，指永州到京城距离。据《旧唐书·地理志》："江南西道永州，在京师三千二百七十四

里。"四千里是用了整数。北归：指回长安。

[3] 阳和：春暖之气。

[集评]

[1] 葛立方曰："柳子厚可谓一世穷人矣。永贞之初得一礼部郎，席不暖，即斥去为永州司马，在贬所历十一年。至宪宗元和十年，例召至京师，喜而成咏。所谓……'十一年前南渡客，四千里外北归人'是也，既至都，乃复不得用。……韩退之有言曰：'子厚斥不久，穷不极，虽有出于人，其文学辞章，必不能自力，以致必传于后如今无疑也，虽使得所感于一时，以彼易此，孰得失？'"（《韵语阳秋》卷十一）

[2] 黄彻曰："柳：'十一年前南渡客，四千里外北归人。'……苏：'七千里外二毛人，十八滩头一叶身。'黄：'五更归梦三千里，一日思亲十二时。'皆不约而合，句法使然故也。"（《䂬溪诗话》卷五）

[3] 近藤元粹曰："快意可想。"（《柳柳州集》卷二）

（张伟）

奉酬杨侍郎丈因送八叔拾遗戏赠诏追南来诸宾二首[1]

[题解]

元和十年二三月间作于长安未除官时。杨凭作《戏赠诏追南来诸宾》诗,托其八叔归厚与柳宗元等相遇时转交。柳宗元为此作诗二首答杨侍郎丈人。前一首谓"南来诸宾"从贞一送来杨凭的"戏赠"之作得到安慰,表示感谢;后一联则是柳宗元对贞一的宽慰之语,希望早日返回翰林院做主持,同时也表现作者自永州北还时的自信与乐观。后一首反映了作者刚回到长安时的心情:现在虽已被诏到京,但长期遭贬的冤屈未平,希望此番能申此冤情。引典用意委婉而深沉。

[原诗]

贞一来时送彩笺[2],一行归雁慰惊弦[3]。翰林寂寞谁为主[4],鸣凤应须早上天[5]。

六 言

一生制却归休[6],谓着南冠到头[7]。冶长虽解缧绁[8],无由得见东周[9]。

[校勘]

(1) 奉酬杨侍郎丈因送八叔拾遗戏赠诏追南来诸宾二首：《诂训本》《音辩本》"丈"作"文"。

(2) 贞一来时送彩笺：《诂训本》《音辩本》"彩"作"綵"。

[注释]

[1] 杨侍郎：杨凭，字虚受，柳宗元岳父，曾官刑部侍郎，时在洛阳。八叔拾遗：据陈景云《柳州集点勘》云："拾遗名归厚，字贞一，行八，侍郎于陵之族叔。"以杨侍郎为杨于陵，误。杨归厚元和七年被贬为国子主簿分司洛阳，元和十年春亦奉诏归朝，故杨凭因送归厚而寄诗柳、刘诸人。

[2] 彩笺："即杨侍郎戏赠之什也。"（《百家注柳集》引）

[3] 一行归雁：指南来诸宾柳宗元、刘禹锡等人。惊弦：惊弓之鸟，喻贞一。言初自迁谪而归。

[4] 翰林：唐开元二十六年改翰林供奉为翰林学士，专掌内命，礼遇甚隆（《新唐书·百官志》）。又杨雄作《长扬赋》，自称翰林主人，又作《解嘲》，自谓"惟寂惟寞，守德之宅。"翰林又作鸟栖之林。潘岳诗："如彼翰林鸟，双飞一朝只。"

[5] 鸣凤句：陈景云《柳集点勘》曰："言今虽重翅，行当冲霄，故以鸣凤上天拟之。"

[6] 制却：被摈弃、放逐。归休：归来再也没有希望。

[7] 南冠：楚囚戴的帽子。《左传·成公九年》："晋侯观于军府，见所仪，问之曰：'南冠而絷者谁也？'有司对曰：'郑人所献楚囚也。'"后便以南冠作为羁囚之代称。

[8] 冶长：公冶长，字子长，春秋齐人，一说鲁人，孔子弟子。缧绁：捆绑犯人的绳索。《论语·公冶长》："子谓公冶长：'可妻也，虽在缧绁之中，非其罪也。'以其子妻之。"

[9] 东周：周平王迁都洛邑（今河南洛阳市），称东周。后二句意为：公冶长虽然解除了囚禁，出了牢狱，但无法见东周天子，申诉其冤屈。

[集评]

[1] 叶寘曰："诗之六言，古今独少。洪氏云编《唐人绝句》，七言七千五百首，五言二千五百首，合为万首，而六言不满四十，信乎其难也。后村刘氏选唐宋以来绝句，至续选始入六言。其叙云：'六言尤其难，柳子厚高才，集中仅得一篇。惟王右丞，皇甫补阙所作妙绝今古，学者所来讲也。'"（《爱日斋丛钞》卷三）

[2] 梁鉴江认为："《六言》一篇却全无宽慰之诘，反而说出'一生判却归休'、'无由得见东周'这样大煞风景的话。如果把它看作《奉酬二首》之二，而又是对着贞一的，则对贞一未免过于刻薄；如果把它看作《奉酬二首》之二，是柳宗元抒写悲愤或自我解嘲之作，则柳宗元此时正对朝廷充满幻想（从他北归途中之作可见），不可能写出这样的作品。因此，《六言》应写于北归后又远放柳州之时。全诗四句俱是作者绝望的悲叹，与贞一无涉。二诗情调及思想内容都相去甚远，不可能是同题的两篇作品。可能《奉酬二首》之二在早期的柳宗元集中，就已漏录。"（《柳宗元传》）

[3] 吴文治指出："《六言》此诗反映了作者刚回时的心情，现虽被召到京，但长期遭贬的冤屈未平，希望在京中能申诉冤情。前二句说被召回京是事出意外，是不幸中之幸事；后二句引公冶长事作结，表示自己的希望，甚贴切。"（《柳宗元诗文选评》）

（吕国康）

长沙驿前南楼感旧[1]

[题解]

元和十年赴柳州途中经长沙时作。作者在诗前自注:"昔与德公别于此。"宗元十三岁曾随其父到过长沙驿,并在驿前南楼与德公相见。三十年后,宗元再路过此,人去楼空,不得复见。诗中称德公为'海鹤',可见对其影响之深,如今故地重临,睹景怀人,不禁感慨系之,潸然泪下。

[原诗]

海鹤一为别[2],存亡三十秋[3]。今来数行泪,独上驿南楼。

[校勘]

(1)长沙驿前南楼感旧:《百家注本》《世彩堂本》题下注:"公自注云:昔与德公别于此。"

[注释]

[1]驿:驿站,古时供传递文书、官员往来等中途暂时休息的处所。

[2]海鹤:喻指德公。德公未详其人。贞元元年(785),柳宗元的父亲柳镇任鄂岳沔都团练判官,宗元随从在这一带活动,得以结识德公。

[3] 存亡：指己存彼亡。

[集评]

[1] 陆梦龙曰："好起句。"（《韩退之柳子厚集选》）

[2] 宋顾东曰："有俯仰身世之感。"（《唐人万首绝句选》）

[3] 俞陛云曰："一死一生，乃见交情。况历三十年之久。重过南楼，历历前程，行行老泪，山阳闻笛之情，马策西州之恸，无以过之。知子厚笃于朋友之伦矣。"（《诗境浅说续编》）

[4] 尚永亮、洪迎华指出："'海鹤'自然是指德公，但称德公为'海鹤'，却自有其独特的蕴涵。这蕴涵的具体所指，今日虽已不可确知，却可从中领略到一种潇洒、自由、无拘无束、来去自由的意味，并由此给全诗增添一种空灵的诗化的情调"，"就此诗的艺术特点论，虽仅四句二十字，却声情顿挫，沉郁悲凉，一读之后，便觉有满纸悲风吹来，更使人为之感慨无端。"（《柳宗元集》）

（吕国康）

衡阳与梦得分路赠别

[题解]

此诗作于元和十年。柳子厚与刘梦得在贞元九年（793）同进士及第，踏上仕途，二十多年来，始终患难与共，肝胆相照，元和十年（815）二月，二人回京待封；是年三月，却被外放至更为荒僻的远州任职。二人携家带口，又一次同踏上南下之路。到衡阳之后，相互写诗酬答，共六首，均字字含情，句句有泪，深沉而郁抑，哀伤而悲凄。《衡阳与梦得分路赠别》为第一首。

这首七律，"憔悴"乃为诗眼。首联两句，始"伏"而"起"，旋"起"而"伏"，有回顾，有直面，起伏跌宕，贮泪其中：可谓"憔悴"之至。颔联妙在借古讽今，即景抒情。写伏波风采，叹自己身世；描故道荒凉，讽当朝衰微，再表"憔悴"之意。颈联妙在正话反说，寓庄于谐，似调侃，类解嘲，亦"憔悴"也！尾联表友情之深厚，叹身世之悲凄，融国事家事于一体，可忧可叹，表达了诗人的真情实感，有令人潸然泪下的艺术效果。

[原诗]

十年憔悴到秦京，谁料翻为岭外行[1]。伏波故道风烟在，翁仲遗墟草树平[2]。直以慵疏招物议，休将文字占时名[3]。今朝不用临河别，垂泪千行便濯缨[4]。

[校勘]

(1)《衡阳与梦得分路赠别》题下注"忆昨与故人"。"昨"原作"昔",据诂训本及《刘宾客文集》改。

[注释]

[1] 十年憔悴:指诗人在永州度过的十年贬谪生活。憔悴:这里是困苦的意思。秦京:京城长安。岭外:五岭以外的地区,指广东广西一带。

[2] 伏波将军:指东汉光武帝时马援。故道:指马援率领军队曾走过的路。风烟:风云雾霭,一说"风物"。翁仲:秦时巨人,死后被铸成铜像立于咸阳宫门外,这里指衡阳湘水西岸马援庙前的石人。遗墟:遗留下来的废墟。草树平:为草木所埋没,言其荒凉。

[3] 直以:只是因为。慵疏:懒散粗疏,这是托词,其实是说不愿与腐朽势力同流合污。物议:人们(指新贵们)的非议攻击。休:不要。文字:诗文作品。占:争。

[4] 临河:去河边。濯(zhuó):洗涤。缨:古时系帽的丝带。这两句用的是相传为汉李陵赠别苏武的诗第三首,其中有"临河濯长缨,念别怅悠悠"两句,意思是说,"垂泪千行"就可"濯缨",所以不用像李陵、苏武分别时那样到河中去"濯长缨"了。

[集评]

[1] 方回曰:"(柳宗元)元和十年乙未,诏追赴都,三月出为柳州刺史。刘梦得同贬朗州司马,同召,又同出为连州刺史。二人者,党王叔文得罪,又才高,众颇忌之,宪宗深不悦此

二人。'疏慵招物议',既不自反;尾句又何其哀也,其不远到可觇。"按:纪昀《瀛奎律髓刊误》曰:"五六乃规之以谨慎韬晦,言已往以戒将来,非追叙得罪之由。虚谷以为'不自反',失其命词之意。"(《瀛奎律髓》卷四十三《迁谪》)

[2] 孙月峰曰:"起两句点得事明,三、四点景浑雅,五、六申首联,末以惜别意,结格最稳。"(《评点柳柳州集》卷四十二)

[3] 廖文炳曰:"此与刘禹锡同至衡阳而别。首言先贬十年在外,形容颠顿。后召还长安,将图大用,岂料复为岭外之行耶?经'伏波'之旧道而风烟在,睹翁仲之遗墟而草树平。吾辈疏懒性成,已招物议,而文章高占时名,易取谗妒,亦不可以此自多也。昔李陵云:'临河濯长缨,念别怅悠悠。'今余与梦得不用临河而别,垂泪千行,便如河水之足以濯缨矣。其何以为请哉?"(《唐诗鼓吹注解》卷一)

[4] 王荆石曰:"音响琅琅,5结句弱。"(《王荆石先生批评柳文》卷十一)

[5] 汪森曰:"结语沉着,翻临河濯缨语,可悟用古之法。"(《韩柳诗选》)

[6] 赵臣瑗曰:"'十年憔悴',不为不久,'到秦京',意谓是'憔悴'结局矣,而翻为岭外之行,则又是'憔悴'起头,此真人所不料也。三、四不过是记其分路处,而'风烟在''草树平',一片凄凉境界,便堪吊出离人无数眼泪。下乃放笔直书,究竟吾得何罪而至于此?则'慵疏'一罪也,'文字'二罪也。然慵疏之招物议,天使之也,故曰'直以'。'直以'者,无可奈何之词也。文词之占时名,自取之也,故曰'休将'。'休将'者,悔而戒之之词也。噫,既不善媚人矣,又可令才名高出人上乎?难乎免于今之世矣。'垂泪千行',言及此不得不放声大哭

也。怨天乎？尤人乎？只是自嗤其性之懒，自恨其才之高而已矣。"（《山满楼唐诗笺注》卷四）

[7] 金圣叹曰："一、二，盖纪实也。三、四，纪其分路处也。马援为陇西太守，斩羌首以万计，教羌耕牧屯田；翁仲为临洮太守，身长二丈三尺，匈奴望见皆拜。今二人流离播越，乃正过其处也。"又："不苦在岭外行，正苦在到秦京，盖岭外行是憔悴又起头，到秦京是憔悴已结局，不图正不然也。"又曰："《庄子》曰：人臣之于君，义也。无所逃于天地之间，奚暇至于悦生而恶死。夫子其行矣，有罪无罪，其勿辨也。自是千古至论。今看先生微辨附王一案，又是千古妙文，看他只将渔夫鼓枻一歌轻轻用他'濯缨'二字，便见已与梦得实是清流，不是浊流，更不再向难开口处多开一口，而千载下人早自照见冤苦也。"又曰："慵疏，一罪也；文字，二罪也。此是先生亲供招伏也。除二罪外，先生无罪，信也。"（《选批唐才子诗·甲集》卷五）

[8] 何焯曰："路既分而彼此相望，不忍遽行，惟有风烟草树，黯然欲绝也。前此远窜，犹云附丽伾文，今说雪诏退，复出之岭外，则真为才高见忌矣。"（《唐诗鼓吹》卷一）

[9] 朱三锡曰："一、二，纪实也。三、四，纪分路处也。五、六，辨冤也。七、八，叙别也。先生以附王叔文论贬，复奉命召至阙下，是数年憔悴，至此已将结局矣，不料又出为刺史，是颠顿又起头来。细玩起联诗意，先生不苦于岭外行，而正苦于到秦京也。昔马伏波南征，道经衡阳；翁仲，系古墓前石人。曰'故道'，是分路处所闻，实事虚写；曰'遗墟'，是分路处所见，虚字实写，藉以作对耳。楚三闾大夫被谗见放，奈君命大义，不敢言怨，假作渔夫问答之辞，发泄一腔忠愤，曰'世人皆浊我独清，众人皆醉我独醒'，是一篇主意。今先生微辨王叔文一案，一以慵疏取罪，一以文字取罪，轻轻用'濯缨'两字以见清浊之

分，有罪无罪，千载下自有定论，无容更置一喙也。"（《东岩草堂评订唐诗鼓吹》卷一）

[10] 金湜生曰："凡律诗最重起结，七言尤然。起句之工于发端，如贾曾'铜龙晓辟问安回，金络春游博望开'，……柳宗元'十年憔悴到秦京，谁料翻为岭外行'，张籍'圣朝特重大司空，人咏元和第一功'，……落句以语尽意不尽为贵，如王维'饱食不须愁内热，大官还有蔗浆寒'，……刘禹锡'若问旧人刘子政，如今白首在南徐'，柳宗元'今朝不用临河别，垂泪千行便濯缨'，……皆足为一代楷式。"（《粟香随笔》卷七）

[11] 何焯曰："'翁仲遗墟草树平'，沈佺期《渡南海入龙编诗》，'尉佗曾驭国，翁仲久游泉'，亦以翁仲为岭外事，但检之不得其原。皇甫录《近峰闻略》云：'阮翁仲安南人，身长三丈二尺，气质端勇，事秦始皇，守临洮，声振匈奴，秦范其像，置司马门外，匈奴使来见之，犹以为生。'惜不载所出何书。出桂杨，下湟水，正连州地，题云'分路'，则'翁仲'句乃适柳之路也。"（《义门读书记》）

[12] 金武祥曰："（起句）工于发端，（落句）语尽意不尽，皆足为一代楷式。"（《粟香随笔·三笔》卷一）

[13] 近藤元粹曰："（《衡阳与梦得分路赠别》）慷慨凄婉，情景俱穷，直堪陨泪。"又曰："刘再谪盖文字之祸，故第六云如此。"（《柳柳州诗集》卷二）

（吴同和）

重别梦得[1]

[题解]

此诗作于元和十年。刘柳衡阳分路，南荒古道，春风不度，瞻望前程，吉少凶多，乃作诗抒怀。临岐叙别，不着一个"愁"字，而以"二十年来万事同"叙宦海浮沉、人世沧桑，可谓妙笔。刘禹锡回答亦妙："弱冠同怀长者忧，临岐回想尽悠悠。""前途"也者，曰"晚岁当为邻舍翁"，曰"黄发相看万事休"。牢骚乎，悟彻乎，讥讽无奈乎，抑或兼而有之？则其深蕴之别愁离绪和厚谊深情，可感可知，大有"不言悲而悲情自见，不言愤而怨愤集结"之奇效。

[原诗]

二十年来万事同[2]，今朝歧路忽西东[3]。皇恩若许归田去，晚岁当为邻舍翁[4]。

[校勘]

本篇无异文。

[注释]

[1] 此乃酬答诗。刘禹锡作诗答曰："弱冠同怀长者忧，临岐回想尽悠悠。耦耕若便遗身世，黄发相看万事休。"

[2] 二十年来万事同：贞元九年，公与禹锡同举进士，后皆登博学宏辞科，又同为王叔文奖掖，叔文当政，时号"二王刘柳"，后遭贬复召，至是复同出，共二十三年，故云。

[3] 歧路：岔路，犹分路。

[4] 邻舍翁：比邻而居之老者。

[集评]

[1] 王锡爵曰："便落宋调。"（《王荆石先生批评柳文》卷十一）

[2] 汪森曰："'二十年''今朝''晚岁'，笔法相生之妙。"（《韩柳诗选》）

[3] 近藤元粹曰："交情可想。"（《柳柳州诗集》卷二）

[4] 吴文治曰："写临歧叙别，情意深长，在表面的平静中蕴蓄着深沉的激愤与感慨……诗中直叙离情，寓复杂的情怀与深沉的感慨于朴实无华的艺术形式之中。语似质直而意蕴深婉，虽未言悲而悲不自禁，未言愤而愤意自见。"（《柳宗元诗文选评》）

[5] 尚永亮曰："诗从'今朝'写到'晚岁'，不只是'笔法相生之妙'（汪森《韩柳诗选》），而且在作者的殷殷期盼中，流露出生死至交那种荡气回肠、绵绵不绝的情谊，读来令人为之动容。"（《柳宗元诗文选评》）

（吴同和）

三赠刘员外[1]

[题解]

此诗作于元和十年。"信书成自误,经事渐知非。"这是人生哲理,悟之不易。书尽不可信吗?答案是否定的。知"自误",其实已"自悟"了!人世间,读圣贤书,经升迁事,其间相抵相连者,又何其多!智者了然于心,愚者久而渐悟,均封笔缄口;唯有柳公,屡遭谪贬,诸念近灰,非愚非智,亦智亦愚,竟直言不讳,其识见胆色,令人钦佩!既"知非"而"待汝归",情感更是复杂矛盾。信书,不信?妙在禅机多蕴:误即悟,非亦非,智如智,愚若愚,柳司马、刘员外了然于心啊!

[原诗]

信书成自误[2],经事渐知非[3]。今日临岐别,何年待汝归[4]。

[校勘]

(1)"今日临岐别"句,"岐",原注与《注释音辩本》《世彩堂本》皆注曰:"一作湘。"

(2)"何年待汝归"句,"待"原作"休",据取校诸本改。句下原有孙注,误刊于此,今据取校诸本移至下面刘梦得答诗"会待休车骑"句下。

[注释]

[1] 此乃柳宗元在衡阳写给刘禹锡的第三首赠别诗。不日,刘禹锡有《答三赠》回赠。诗曰:"年方伯玉早,恨比四愁多。会代休车骑,相随出爵罗。"

[2] 信书:一味地相信书本。《孟子·尽心下》:"尽信书,则不如无书。"

[3] 经事:经历世事。《庄子》:"庄子谓惠子曰:'孔子行年六十而化,始时所是,卒而非之,未知今之所谓是之非五十九年非也。'"陶渊明《归去来辞》:"觉今是而昨非。"

[4] 待汝归:此用谢朓《休沐重还道中》"还邛歌赋似,休汝车骑非。"故柳诗以"休汝"对"临湖"。

[集评]

[1] 汪森曰:"前二语自是阅历之言,可为躁进者戒。"(《韩柳诗选》)

[2] 近藤元粹曰:"经世练磨之语。"(《柳柳州诗集》卷二)

[3] 尚永亮曰:"……作者以问句作结,既寄以殷切期望,又在这期望中揉进了浓浓的惆怅、感伤的意绪。"(《柳宗元诗文选评》)

(吴同和)

再上湘江[1]

[题解]

元和十年正月，柳宗元奉诏返回长安，三月十三日被朝廷改迁柳州刺史，官虽进而地益远，再次遭到沉重打击。他与同时被迁为连州刺史的刘禹锡相伴，又一次踏上遥远的迁谪之路。再次来到湘江，来到湖南，而且要逆湘江而上，去到比永州更加偏僻的柳州，想到重返京城施展抱负的希望更加渺茫，柳宗元不由思绪万千，悲愤满腔，发出了"不知从此去，更遭几时回"的深沉慨叹。全诗饱含着柳宗元再贬远州的凄楚、感伤之情。

[原诗]

好在湘江水[2]，今朝又上来。不知从此去，更遭几时回？

[校勘]

（1）再上湘江：《诂训本》《音辩本》此首均列《衡阳与梦得分路赠别》之后。

（2）更遭几时回："时回"，《音辩本》《世彩堂本》《蒋之翘本》《济美堂本》《游居敬本》及《全唐诗》均作"年回"。

[注释]

[1]湘江：又名湘水，是湖南境内最大的河流。发源于广西

灵川县东海洋山西麓,东北流经湖南永州,与潇水汇合,北流入洞庭湖。2011年,经南京水利科研院测定,发源于蓝山紫良瑶族山野狗岭的潇水在长度、流域面积、水量都大于广西支流,当为源头。

[2] 好在:交好,多用于问候。也有依旧、无恙之意。

[集评]

[1] 蒋之翘曰:"凄绝,一言肠断矣。"(《柳集辑注》卷四十二)

[2] 宋长白曰:"外苦中甘,超出'去国投荒'之句,进境也。"(《柳亭诗话》卷六)

[3] 王国安指出:"赴柳途中作。按唐谪吏例贬南方,所谓'过洞庭,上湘江,非有罪左迁者罕至'(宗元《送李谓赴京师序》),故至此而生悲,而叹'更遣几时回'也。云'再上'者,初贬永,今赴柳,皆经湘江也。"(《柳宗元诗笺释》)

[4] 尚永亮、洪迎华指出:"诗以疑问语作结,内中充满惆怅、迷茫和无尽的感伤。如果细细地、反复地将全诗读上几遍,这种感受将会更为深刻。"(《柳宗元集》)

(吕国康)

再至界围岩山帘遂宿岩下[1]

[题解]

元和十年五月,柳宗元离京赴任柳州,逆湘江而上,来到界围岩,并夜宿岩下,写下该诗。同年正月,柳宗元奉诏进京时曾途经此地,当时因急于赶路而不能久贮观赏其胜境,故留下"再来寄幽梦,遗贮催行舟"(《界围岩水帘》)的感慨,以为永远不会再来了。不料,仅隔数月,柳又从原路返回,旧地重游,留恋观赏人间仙境界围岩。诗以写景见长,刻画精细,抒发了回归自然、热爱山水的情怀,是柳诗中少有的未流露"骚怨"之情的作品。诗中着意描写界围岩美妙景象,采用比喻手法,形象生动,层次分明。如写瀑布,用烈日下的垂冰作比,给人以清凉之感,两者皆对比强烈。最后以"忽疑眠洞府"与"杳若临玄圃"首尾照应,作者陶醉于如画如仙的艺术境界,忘却了再度被贬的烦愁与痛苦。

[原诗]

发春念长违[2],中夏欣再睹[3]。是时植物秀[4],杳若临玄圃[5]。歇阳讶垂冰[6],白日惊雷雨。笙簧潭际起[7],鹳鹤云间舞。古苔凝青枝,阴草湿翠羽。蔽空素彩列[8],激浪寒光聚。的皪沉珠渊[9],锵鸣捐珮浦[10]。夜凉星满川,忽疑眠洞府。

[校勘]

(1)再至界围岩水帘遂宿岩下:《诂训本》"宿"上无"遂"。

(2)杳若临玄圃:"玄",《诂训本》作"元"。《全唐诗》作"悬"。

(3)锵鸣捐珮浦:"佩",《百家注本》作"佩"。

(4)忽疑眠洞府:《百家注本》《世彩堂本》《音辩本》句下注:"一本作'恍惚迷洞府'。"

[注释]

[1]界围岩:在湘江水流曲折处,具体地点,历代注家未确指。现经考证,可能就是祁阳的滴水岩,与永州市冷水滩交界,湘江在这里呈U型大拐弯,有岩洞,产竹鱼。水帘:即瀑布。

[2]发春:开春,指正月。长违:永久不能相见。

[3]中夏:即五月。

[4]秀:植物吐穗开花。

[5]杳(yǎo):旷远。玄圃:传说中的化境。《水经注·河水》:"昆仑之山三级;下曰樊桐,一名板桐;二曰玄圃,一名阆风;上曰层城,一曰天庭。是为太帝仙居。"

[6]歊(xiāo):通作"熇",烈火燃烧。歊阳,炽热的太阳。

[7]笙簧:乐器名,这里指笙簧奏出的音调。

[8]蔽空:遮蔽天空。素彩:白练的光彩。

[9]的皪(lì):明亮的意思。司马相如《上林赋》:"明月珠子,的皪江靡。"李善注:"《说文》曰:'玓瓅,明珠光。'玓瓅与的皪音义同。"

[10]锵鸣:金玉撞击声。捐珮浦:把珮玉抛掷在水边。屈

原《湘君》:"捐余块兮江中,遗余佩兮沣浦。"

[集评]

[1] 孙月峰曰:"侧韵排律,锻语亦工,然只遂平去,无甚深致。"(《评点柳柳州集》)

[2] 汪森曰:"前诗淡远,此诗刻画,各见其妙。'古苔'二句,葱倩可喜"(《韩柳诗选》)

[3] 陆时雍曰:"晶闪。琢若鬼斧,未免伤雅。"(《唐诗镜》卷四七)

[4] 近藤元粹曰:"'歊阳讶垂冰'下:形容绝佳。"(《柳柳州集》卷二)

[5] 吴文治指出:"全诗采用'比'的手法,渲染水帘、山岩及周围景物,远胜其前作《界围岩水帘》。前四句,概写岩全景,以'玄圃'仙境比喻岩、帘的美妙。继则分别以垂冰状帘形,雷雨像帘声,笙簧比鹤鸣,翠羽似碧草;素彩比水光,寒光状激浪;沉珠美水花,掷佩赞波声,画屏比山岩,玉钩像新月。最后以'忽疑眠洞府'与'杳若临玄圃'首尾相呼应,结束全诗,可谓极尽其比法之能事矣。"(《柳宗元诗文选评》)

[6] 梁鉴江分析:"'笙簧'八句,写白日雨后界围岩之景:潭水,写了水浪、水光、水响;潭上,写了鹤舞、云翔、'古苔''青枝''阴草''翠羽'和遮天蔽日的浪花'素彩'。这些景物交织成一个色彩鲜丽、绘形绘色、有动有静、如画如仙的艺术境界。"(《论柳宗元诗》)

[7] 尚永亮、洪迎华指出:"此诗为前作的姊妹篇,二诗对读,可以对柳诗的写景艺术获得更深刻的印象。"(《柳宗元集》)

(吕国康)

桂州北望秦驿手开竹径至钓矶留待徐容州

[题解]
元和十年,以长安令徐俊为容管经略使。徐容州,即徐俊。柳宗元这年三月出为柳州刺史,先到桂林,所以写下这首诗留待徐俊。全诗从公事写起,再约登山访水,简洁清新。

[原诗]
幽径为谁开,美人城北来[1]。王程倘余暇[2],一上子陵台[3]。

[校勘]
本篇无异文。

[注释]
[1] 美人:谓徐容州。
[2] 王程:王事,公事。倘:如果。余暇:空闲。
[3] 子陵台:《后汉书·逸民传》云:严光字子陵,后人名其钓处为严陵濑焉;这里借指钓矶。

[集评]
[1] 洪淑苓曰:"简洁的小诗,先提公事,再邀约登山访水,享受山林风光野趣。"(《柳宗元诗选》)

(张伟)

岭南江行

[题解]

元和十年六月入桂赴柳途中作。这首诗写尽了诗人坐船初到柳州的所见所感。首联概说总貌,语意消沉;颈联、颔联写南方山川风物绚丽怪异,与他地不同之处。尾联极言岭南之地的不可久居,也透露了自己不甘沉沦的心情。

[原诗]

瘴江南去入云烟[1],望尽黄茆是海边[2]。山腹雨晴添象迹[3],潭心日暖长蛟涎[4]。射工巧伺游人影[5],飓母偏惊旅客船[6]。从此忧来非一事,岂容华发待流年[7]。

[校勘]

(1) 山腹雨晴添象迹:何焯《义门读书记》:"《近峰闻略》:广西象州,雨后山中遍成象迹,而实非有象也。"

(2) 从此忧来非一事:《诂训本》"非"作"无"。

[注释]

[1] 瘴江:江名,在岭南道廉州境内,因瘴病肆虐而得名。

[2] 茆:同"茅"。黄茆:荒地上黄色的茅草。

[3] 象迹:周去非《岭外代答》卷二:"象州郡治西楼正面

山雨晴，山腹忽起白云，状如白象，经时不减。"

[4]长蛟涎：长：增添。蛟涎：蛟龙的口水。百家注本柳集孙汝听注：南方池塘沟港中往往有蛟，或于长江内吐涎。人为涎制不得去，遂投江中。

[5]射工：虫名。《博物志》云：江南山溪中有射工虫，甲虫之类也。长一二寸，口中有弩形，气射人影，随所著处发疮，不治则杀人。

[6]飓母：强风，飓风。

[7]华发：花白的头发。流年：像流水一样消逝的时光。

[集评]

[1]王会昌曰："宗元以附伾、文被罪，（李）德裕以同列相挤致祸，观其诗句，则一时风俗景象，皆畏土也。而流离困苦，何以堪之。二公之才之行，皆有可取，非纯于小人者也。而卒贬死于炎荒之地，哀哉！"（《诗话类编》卷二十八）

[2]廖文炳曰："此叙岭南风物异于中国，寓迁谪之愁也。言瘴江向南，直抵云烟之际，一望皆是海边矣。雨晴则象出，日暖则蛟游，射工之伺影，飓母之惊人，皆南方风物之异者，是以所愁非一端，而华发不待流年耳。"（《唐诗鼓吹注解》卷一）

[3]许学夷曰："其五言长律及七言律对多凑合，语多妆构，始渐见斧凿痕，而化机遂亡矣……七言如：'山腹雨晴添象迹，潭心日暖长蛟涎。'"（《诗源辨体》卷二十三）

[4]孙月峰曰："两首写岭南实事，堪入地志。且锻语甚工，虽无甚深致，亦自可喜。"（评点《柳柳州全集》卷四十二）

[5]陆梦龙曰："字字圆称。"（《柳子厚集选》卷四）

[6]汪森曰："中思语极写柳州风土之恶，故结语以'忧从中来'作收。三、四'添'字、'长'字，五、六'巧伺''偏

惊',俱见笔法。"(《韩柳诗选》)

[7] 贺裳曰:"七言则满纸涕泪,如……'山腹雨晴添象迹,潭心日暖长蛟涎。'"(《载酒园诗话》又编柳宗元)

[8] 查慎行曰:"'律诗掇拾碎细,品格便不能高。若入老杜手,别有熔铸炉鞴之妙,岂肯屑屑为此。虚谷谓柳州五章比杜尤工一言,以为不知览者,勿为所惑可也。'方虚谷云:'柳州此五律诗,比老杜则尤工矣。'不确。"(《初白庵诗评》)

[9] 沈德潜曰:"……言在此而意不在此。《岭南江行》诗中,'射工''飓母'亦然。又,中二联俱写风土之异,不分浅深。"(《唐诗别裁集》卷十五)

[10] 薛雪曰:"诗有通首贯看者,不可拘泥一偏。如柳河东《岭南郊行》一首之中,瘴江、黄茅、海边、象迹、蛟涎、射工、飓母,重见迭出,岂复成诗?殊不知第七句云:'从此忧来非一事。'以见谪居之所,如是种种,非复人境,遂不觉其重见迭出,反若必应如此之重见迭出者也。"(《一瓢诗话》)

[11] 纪昀曰:"查慎行:急于富贵人,遭不得磨折,便少受用,学道人定不尔。尾句亦不值如此气索。纪昀:虽亦写眼前现景,而较元白所叙风土,有仙凡之别。此由骨韵之不同。五六旧说借比小人,殊穿凿。许印芳:五、六果有忧谗畏讥之意,旧说不为穿凿。"(《瀛奎律髓汇评》卷四)

[12] 洪亮吉曰:"若无心作衰飒之诗,则亦非佳兆。如……柳宗元之'从此忧来非一事,岂容华发待流年'等诗是也。"(《北江诗话》卷五)

[13] 王寿昌曰:"柳子厚'射工''飓母'之词,……虽甚切直而终不失为风雅之遗。"(《小清华园诗谈》卷下)

[14] 金烺生曰:"岭西,古称蛮荒,风景绝异。……柳子厚诗云:'山腹雨晴添象迹,潭心日暖长蛟涎。'皆在岭西作也。

……皆善写蛮荒风景者。"(《粟香随笔》二笔卷五)

[15] 朱三锡曰:"一、二写地,言瘴江、海外,一望云烟也。三、四写景,岭南山水皆在所望之中矣。五、六写物,即七之'忧非一事'也。极言景物之异,以见所居之非地耳。"(《东岩草堂评订唐诗鼓吹》卷一)

[16] 胡以梅曰:"题曰郊行,则瘴江似指柳江。然柳州之直南去六百余里方抵广东廉州府之海,诗中所言海边,盖南望中想象之辞。总之地方荒僻,一片云烟与黄茆,似乎直抵近海耳。三述异也。以下皆可忧之事,加之以贬谪飘零,不止一端,发必顿白,尚能缓待流年,老而后白乎?然中四句亦夹内意,谓天颜将霁而余气未消,日色虽融而黏带犹在,暗伤播荡未曾断绝也。巧伺、偏惊,下得用力,其内意可见,而以此推之,则腹与心亦近乎人道。旅客谓己,皆非泛用也。"(《唐诗贯珠》卷四十八)

[17] 黄叔灿曰:"此言柳州山川风物之恶异于他乡。起二句写其大局,象迹、蛟涎,时时出没;射工、飓母,往往伤人。官之者能无忧?绝言不至于死不止也。"(《唐诗笺注》卷五)

[18] 俞陛云曰:"'山腹雨晴添象迹,潭心日暖长蛟涎':柳州谪官以后诸诗,多纪岭南殊俗。此联与'射工巧伺游人影,飓母偏惊旅客船'句,纪其风物之异也。……就见闻所及,语意既新,复工对仗,非亲历者不能道之。"(《诗境浅说丁编》)

[19] 近藤元粹曰:"起得有奇气。"(《柳柳州集》卷三)

[20] 章士钊曰:"'前六句写瘴江之实际情况,而在末一联表达一己之愿。'"(《柳文指要》)

(张伟)

晚年柳州诗

第四辑

古东门行[1]

[题解]

此诗作于元和十年。时年六月，反对藩镇割据，坚持平叛治乱的宰相武元衡不幸被逆贼吴元济、王承宗、李师道等人的爪牙刺杀身亡，御史中丞裴度也被刺成重伤。消息传出，朝野哗然。有的主张大事化小，以求"稳定"；有的力主兴兵讨伐，严惩叛逆。两种意见针锋相对，而宪宗则首鼠两端，莫衷一是。刚到柳州上任的柳宗元得知这一情况，无比悲愤。他一向反对藩镇割据，但由于身处逆境，官微言轻，不能直抒己见，于是用乐府旧题《古东门行》的形式曲折含蓄地表达了复杂的思想感情。

诗中多典故，皆隐语，借古讽今，所引为前朝之事，所射乃当朝之政，言在古而意在今。如明叙周亚夫奉命率领三十六位将军前往讨伐刘濞等吴楚七国乱贼之战事，暗指朝廷命令宣武等十六道进军讨伐吴元济等叛逆之武功；明赞信陵君窃符救赵之举，暗刺唐宪宗平叛不力之实……

本诗语言简洁晓畅，不奥僻，少雕琢，通俗易懂，意味深长。含蓄，靖深，诗人深沉的悲愤之意和炽烈的爱国之情，跃然纸上！

[原诗]

汉家三十六将军，东方雷动横阵云[2]。鸡鸣函谷客如雾，貌同心异不可数[3]。赤丸夜语飞电光,徼巡司隶眠如羊[4]。当街一叱百吏走,冯敬胸中函匕首[5]。凶徒侧耳潜惬心,悍臣破胆皆杜口[6]。魏王卧内藏兵符,子西掩袂真无辜[7]。羌胡毂下一朝起,敌国舟中非所拟[8]。安陵谁辨削砺功,韩国诇明深井里[9]。绝月襄断骨那下补,万金宠赠不如土[10]。

[校勘]

(1)《古东门行》题下注"宅在京师靖安里。""靖"原作"静",据诂训本及《新唐书》卷一五二《武元衡传》改。

(2)"徼巡司隶眠如羊","眠如羊",诂训本作"如眠羊"。句下注"徼,遮绕也。""遮绕也"原作"巡徼",据《汉书》卷一九《百官公卿表》颜师古注改。

(3)"悍臣破胆皆杜口","杜",《世彩堂》《济美堂本》作"吐"。

(4)"魏王卧内藏兵符"句下注"实持两端以观望","端"下原脱"以观望"三字,据《史记》卷七七《魏公子列传》补。

(5)"安陵谁辨削砺功"句下注"当作'工'"。吴汝纶《柳州集点勘》:"'功'改'工'。"近是。

(6)"韩国诇明深井里"句下注"重自刑以绝从"。"刑"上原脱"自"字,据诂训本及《史记》卷八六《刺客列传》补。

(7)"绝月襄断骨那下补"句下注"月襄,或作'臕'。'臕',《唐韵》作'咽',项也"。《音辩》《游居敬本》《全唐诗》及《乐府诗集》作"臕"。《全唐诗》并注:"一作'月襄',一作'咽'。"按:臕,似是"咽"之误,指咽喉。疑作"咽"是。

[注释]

[1]《古东门行》是乐府旧题,多写时事。元和九年闰八月,割据淮西的藩镇军阀吴少阳死,其子吴元济匿丧四十余日,自领军务。元和十年正月,朝廷发兵征讨。吴元济纵叛军侵扰,直到东都洛阳郊外。河北承德节度使王承宗、山东淄青节度使李师道遥相呼应,上表请赦吴元济不果,便暗中派遣刺客,于六月三日清晨在靖安坊东门将力主平叛的宰相武元衡杀死于上朝途中,力主讨藩的御史中丞裴度也在通化坊被歹徒刺成重伤。事件发生后,朝野哗然,一些当权的朝官畏惧强藩势力,不敢追捕凶犯,有的竟上疏请求不予穷究,只以宠赠厚葬了事。而另一些主战的官员如许孟容、白居易等,则坚决要求缉捕罪犯,追查首恶。主战、主和两派斗争激烈。

[2] 汉家三十六将军:汉景帝三年(前154),吴王刘濞纠合六个诸侯王叛乱,史称"吴楚七国之乱"。景帝命太尉周亚夫率领三十六位将军前往讨伐。东方:本指吴楚等国,这里是借以暗指叛将吴元济盘踞的淮西地区。吴元济叛乱后,朝廷下令削去其官爵,命令宣武等十六道进军讨伐,一时战云密布,形势紧张。

[3] 鸡鸣函谷:《史记·孟尝君列传》记载,战国时齐人孟尝君到秦为客卿,受到秦王的猜忌和扣留,后设法逃出,半夜潜至函谷关。按关法规定,要等鸡叫后才能开关放行。孟尝君的门客中有善为鸡鸣的,他一学鸡叫,引得周围的鸡跟着大叫起来,关吏打开关门,让孟尝君逃出了关口。客如雾:指当时过关的人很多。貌同心异:指人群中的人虽然貌同常人,但各自怀有心事,有的心怀鬼胎。数:计算,这里转意为识别的意思。

[4] 赤丸:据《汉书·尹赏传》记载,长安城里有谋杀官吏为人报仇的组织,雇用少年当刺客。行动前摸取弹丸分派任务,

摸得红色弹丸者杀武官,摸得黑色弹丸者杀文官。夜语:指刺客夜间联系的暗号。飞电光:形容凶器闪闪发光。徼(jiào)巡司隶:掌管京城巡逻和缉捕盗贼的官吏及其手下。

[5] 一叱(chì):一声大吼。百吏走:护卫们四散逃跑。冯敬:汉文帝时的御史大夫,因奏议淮南厉王谋叛,被刺客杀死。函:剑匣,这里用作动词,刺进的意思。这两句是暗指武元衡被害事件。

[6] 凶徒:指王承宗、李师道派出的刺客。侧耳:躲在一旁探听。潜愜心:心里暗暗高兴。悍臣:强悍的大臣,指朝中有权势的文武官员。杜口:不敢开口说话。

[7] 魏王句:据《史记·信陵君列传》载,公元前257年,秦国攻打赵国,魏王应赵国请求派晋鄙率十万兵马救赵,但魏王和晋鄙并不真心相救,屯兵不前。魏王之弟信陵君应赵国平原君的请求,听从侯嬴的计策,说动魏王的宠姬如姬,从魏王卧室窃得兵符,锥杀晋鄙,夺得魏军的指挥大权,解了赵围。子西句:《左传·哀公十六年》载,楚平王太子建为郑国所杀,其子胜为白公,数次向令尹(相当于宰相)子西请求伐郑,未行。后晋人伐郑,楚国前往相救,白公怒,遂于哀公十六年作乱攻打楚惠王,"杀子西、子期于朝,而劫惠王。子西以袂掩面而死。"

[8] 羌胡毂(gǔ)下:羌胡,是中国古代西北部少数民族的泛称,统治者往往把他们看作威胁自己的危险势力。毂:车轮。据《史记·司马相如列传》载,司马相如向皇帝上《谏猎疏》说,陛下喜欢打猎,难免遇上特殊的野兽,就会像胡人出现在车轮之下,羌人接触到车石的横木一样危险。一朝起:突然出现。敌国身中:据《史记·孙子吴起列传》载,吴起曾在同魏武侯乘舟游览时,在舟中劝说魏武侯:"君若不修德,舟中之人尽为敌国也。"拟:比拟。

[9] 安陵句：据《史记·袁盎晁错列传》和《史记·梁孝王世家》载，汉景帝时，大臣袁盎向窦太后进言，不宜立景帝的弟弟梁王为储君，以免发生祸端。梁王便派刺客把袁盎杀死在安陵门外。事后，经磨制刀剑的工匠辨认刺客丢下的剑，查出了刺客及其幕后指使者。但景帝碍于窦太后的面子，不得不将梁王解脱，杀其宠臣羊胜、公孙诡等了事。削砺功：磨制刀剑的工匠。韩国句：《史记·刺客列传》载，战国时期，韩国的刺客聂政，刺杀了相国侠累，为免累及亲人，毁面自杀，韩国的人分辨不出是谁，便暴尸于市。结果，刺客的姐姐前来认尸，才查出刺客是家住河内轵县（今河南济源县）深井里的聂政。讵：哪里。

[10] 绝膢（ràng）断骨：割断咽喉，砍断骨头。那下补：哪能补救。膢：咽喉。

[集评]

[1] 蔡宽夫曰："刘禹锡、柳子厚与武元衡素不叶，二人之贬，元衡为相时也。禹锡为《靖共（按当作'安'）佳人怨》，以悼元衡之死，其实盖快之。子厚《古东门行》云：'赤丸夜语飞电光……冯敬胸中函匕首。'虽不着所以，当亦与禹锡同意。《古东门》用袁盎事也。"（《蔡宽夫诗话》）

[2] 韩仲韶曰："此诗讽当时盗杀武元衡事而作。"（明初高棅编撰·《唐诗品汇》）

[3] 杨士弘曰："颇多故实，略乏风度。"（《批点唐音》）

[4] 孙月峰曰："颇似李长吉，应是元和一时气习。"（《评点柳柳州集》卷四十二）

[5] 蒋之翘曰："语语典实，而气亦雄悍。"（《柳集辑注》卷四十二）

[6] 乔亿："盗杀武元衡，与韩相侠累何异，非国家细故也。

柳子厚《古东门行》直指其事,其义正,其词危,可使当日君相动色。"(《剑溪说诗·又编》)

[7] 汪森曰:"为武元衡事而作,句句都用故事隐射,此亦讽谏之体也,然却自《离骚》中化出,微婉入情。"(《韩柳诗选》)

[8] 汪森:"周珽曰:猰貐哮吼,驺虞冤殒,得不使英雄血成碧千古!"(《韩柳诗选》)

[9] 乔亿曰:"或问:盗杀武元衡事,而题曰《古东门行》,何义?曰:汉乐府有《东门行》,鲍照尝拟之。武之遇盗被害在靖安里东门,故借汉乐府题咏其事。言死者不可复生,徒宠赠无益也。似宽实紧。讽喻迫切,而叙事浑古,笔亦沉健有力。诗旨欲大索刺客,声罪致讨,而终篇不露,是为深厚。此诗精悍,得明远之神。"(《剑溪说诗又编》)

[10] 章士钊曰:"《古东门行》沉雄顿挫,神似昌谷,为中唐出色当行之体裁,子厚特偶尔乘兴为之,非其本质如是也。中如'赤丸夜语飞电光,徼巡司隶眠如羊'一韵,隐含鬼气,咄咄逼人,尤为酷肖长吉。"又曰:"全篇气象万千,只表吊叹而不及其他。独末一句略带阳秋,微欠庄重,不免为白璧之瑕尔。"(《柳文指要·通要之部》卷十二)

[11] 刘克庄曰:"子厚《古东门行》、梦得《靖安佳人怨》皆为武相元衡作也。柳云'当街一叱百吏走,冯敬胸中函匕首。凶徒侧耳潜惬心,悍臣破胆皆杜口。'犹有嫉恶悯忠之意。梦得'昨夜华堂歌舞人'之句,似伤乎薄。世言柳刘为御史,元衡为中丞,待二人灭裂,果然。则柳贤于刘矣!"(《后村诗话》点评柳宗元《古东门行》与刘禹锡七绝《靖安佳人怨》)

(吴同和)

答刘连州邦字[1]

[题解]

此诗是元和十年柳宗元到柳州后不久写给刘禹锡的赠答诗。柳刘二人,情同手足,相互砥砺,相得益彰。上竭忠朝廷,下造福黎民,奈何"连璧本难双,分符刺小邦"。虽然如此,柳公仍坚持负弩前驱,鸣枹不辍,与好友共勉。但"负弩啼寒狖,鸣枹惊夜狼",言之易而行之难。古往今来,贬臣谪吏,多命蹇运乖,即如柳公,刺柳四载,勤力劳心,忧患元元,番作夜思,造福农桑,有口皆碑。彼时彼地,柳公"遥怜郡山好,谢守但临窗",与刘连州共勉。有如此操守,的确可敬可佩!

[原诗]

连璧[2]本难双,分符刺小邦[3]。崩云下漓水[4],劈箭上浔江[5]。负弩啼寒狖[6],鸣枹惊夜狼[7]。遥怜郡山好,谢守但临窗[8]。

[校勘]

(1) 惊,何焯校本作"警"。

[注释]

[1] 童宗说曰:"答连州刺史刘禹锡诗,犹记其经途之意,

盖初到柳州时作也。"

[2] 连璧：并列的两块美玉，喻指同样美好的两物或两人。《晋书·夏侯湛传》："湛幼有盛才，文章宏富，善构新词，而美容观，与潘岳友善。每行止。同与接茵，京都谓之联璧。"

[3] 分符刺小邦：符是古代朝廷传达命令、调兵遣将、任命地方官员所用的凭证。用金玉铜竹或木制成，上面刻有文字，双方各执一半，合之以验真假。刺：动词，作刺史。

[4] 崩云：波浪如云层崩裂翻滚貌。漓水：桂江也，在今广西桂林一带。

[5] 劈箭：形容船只逆流而上，船头如利箭般将波浪劈开。浮江：又称浮水，柳州至桂平的一条江，在今柳州北。

[6] 负弩：背着弓箭。《史记·司马相如列传》："县令负弩矢先驱。"犹：兽名，似猿。善旋。高诱注："犹，猿属也。长尾而昂鼻也。"今俗称长尾猿。

[7] 枹：桴也，击鼓杖。鸣枹，以杖鸣鼓。狵，同尨。《说文》云："尨，犬之多毛者。"

[8] 谢守：东晋诗人谢灵运。

[集评]

[1] 孙月峰曰："险韵即用险句，亦系有意。"（《评点柳柳州集》卷四十二）

[2] 吴文治曰："此诗酬答刘禹锡，寄其对禹锡慰勉之情。三四句'崩云下漓水，劈箭上浮江'，描写赴柳时漓江、浮江舟行之险，对偶工巧；五六句写县令来迎，寒猿为之啼，夜犬为之吠，热闹之中，隐有凄凉。末尾一联，借谢安比刘禹锡，意在劝禹锡寄情山水，勿多忧烦。"（《柳宗元诗文选评》）

(吴同和)

登柳州城楼寄漳汀封连四州[1]

[题解]

此诗作于元和十年夏。"永贞革新"失败后,"二王八司马"无一例外地被贬谪至远州任职,凌准、韦执谊先后去世,只有程异被起用。元和十年二月,剩下的五人奉诏赴京待封又遭贬逐。柳宗元到柳州后,登楼远眺,感物伤怀,写下此诗,遥寄四友,抒发了惝恍孤寂的忧恐愤懑之情。

首联两句,意境邈远高卓,情感厚重深沉,愁而不哀,伤而不悲。颔联之景与情、物与意,互为表里,相得益彰,谐和一致地表现了诗人的处境、遭遇、感叹、节操。颈联亦空旷渺远,实而虚,虚而又实,令人愁肠百结,难以言传。尾联将全诗的感情推向高潮。结句意象深微,韵味浓酽,照应首句之"接",极现诗人之"愁",诗人空旷孤寂的心灵痛楚可感可知矣!

[原诗]

城上高楼接大荒,海天愁思正茫茫[2]。惊风乱飐芙蓉水,密雨斜侵薜荔墙[3]。岭树重遮千里目,江流曲似九回肠[4]。共来百越文身地[5],犹自音书滞一乡[6]。

[校勘]

(1)"岭树重遮千里目"句,"目",《音辩本》《世彩堂本》

《济美堂本》皆作"月"。原注与五《百家注本》《世彩堂本》注:"刘倜云:一本作'云驶去如千里马,江流曲似九回肠',未知孰是。"

[注释]

[1] 唐元和十年春,柳宗元等五司马被召回京,三月又被贬为远州刺史。柳宗元为柳州刺史,韩泰为漳州(治今福建漳浦县)刺史,韩晔为汀州(治今福建长汀县)刺史,陈谏为封州(治今广东封开县)刺史,刘禹锡为连州(治今广东连州市)刺史。这首诗是柳宗元怀念同遭贬谪的友人,寄赠给韩泰、韩晔、陈谏和刘禹锡的。

[2] 接:目接,看见,指视线所及。大荒:广阔而荒凉的原野,也指边远荒漠之地。海天:海天相接,一望无际。海天愁思,比喻愁思像海一样深,天一样广。茫茫:漫无边际。

[3] 惊风:狂风。飐:风吹物体颤动。芙蓉:荷花。芙蓉水,即长满荷花的水面。密雨:大雨。薜荔:又名木莲,一种缘墙树牵藤的蔓生香草。

[4] 重遮:重重叠叠地遮蔽。江:指柳江,当时亦名浮水,蜿蜒曲折地绕城而流。九回肠:明喻柳江曲折,暗喻愁肠百结。

[5] 百越:亦称百粤,泛指古代岭南一带少数民族。文身:在身上刺花纹。古代越族人民有断发文身的习俗。

[6] 犹自:仍然。滞:不流畅,阻隔。

[集评]

[1] 廖文炳曰:"此子厚登楼怀四人而作。首言登楼远望,海阔连天,愁思与之弥漫,不可纪极也。三、四句惟惊风,故云'乱飐';惟细雨,故云'斜侵',有风雨萧条、触物兴怀意。至

岭树重遮、江流曲转，益重相思之感矣。当时共来百越，意谓易于相见，今反音问疏隔，将何以慰所思哉！"（《唐诗鼓吹注解》卷一）

［2］唐汝询曰："此登楼览景慕同类也。言楼高与太荒相接，海天空阔，愁思无穷，惊风密雨愈添愁矣。况树重叠，既遮我望远之目；江流盘曲，又似我肠之九回也。因思我与诸君同来绝域，而又音书久绝，各滞一乡。对此风景，情何堪乎！"（《唐诗解》卷四十四）

［3］陆贻典曰："子厚诗律细于昌黎，至柳州诸咏，尤极神妙，宣城、参军之匹。"（《瀛奎律髓汇评》卷四引）。

［4］金圣叹曰："一句下个高楼字，二句下个海天字，高楼之为言欲有所望也，海天之为言无奈并无所望也。于是心绝气绝矣。然后下个正字，正之为言人生至此，已是入到一十八层之最下层，岂可还有余苦未吃再要教吃。今偏是惊风密雨，全不顾人；乱飐斜侵，有加无已。虽盛夏读之，使人无不洒洒作寒、默默无言。此妙处是三、四句加染第二句。第五句，望四州不可见也。第六句，思四州无已时也。末联言欲离苦求乐，固不敢出此望，然何至苦上加苦，至于如此其极，盖怨之至也。"（《唐才子诗甲集》卷五）

［5］汪森曰："柳州诸律诗格律娴雅，最为可玩。"又曰："结语最能兼括，却自入情。"（《韩柳诗选》）

［6］朱三锡曰："起曰高楼接大荒是凭高望远、目极千里也。次曰海天愁思是一望无际，触景伤怀也。愁思茫茫下一'正'字，言今被斥远方，已到十分苦境，偏是惊风密雨，全不顾人；乱飐斜侵，有加无已，愁思不愈难为情乎？五是望四州而不可即，六是思四州而无已时，即所云滞一乡也。曰'共来'、曰'犹是'，愁之深，怨之至也。"又曰："惊风密雨，有寓无端被谗

斥逐惊怀之意，又寓风雨萧条、触景感怀之意。《诗三百篇》鸟兽草木各有所托，唐人写景，俱非无意，读诗者不可不细心体会也。"（《东岩草堂评订唐诗鼓吹》卷一）

[7] 屈复曰："一登楼，二情，中四所见之景，然景中有愁思在。末寄四州。岭树遮目，望不可见；江曲九回，肠断无已时也。柳州诗属对工稳典切，情景悲凉，声调亦高。刻苦之作，法最森严，但首首一律，全无跳踯之致耳。"（《唐诗成法》卷十）

[8] 黄叔灿曰："登楼凄寂，望远怀人。芙蓉薜荔，皆增风雨之悲；岭树江流，弥搅回肠之痛。昔日同来，今成离散，蛮乡绝域，犹滞音书，读之令人惨然。"（《唐诗笺注》卷五）

[9] 方东树曰："六句登楼，二句寄人。一气挥斥，细大情景分明。"（《昭昧詹言》卷十八）

[10] 查慎行曰："起势极高，与少陵'花近高楼'两句同一手法。"（《初白庵诗评》）

[11] 何焯曰："吴乔云：中四句皆寓比意。'惊风密雨'喻小人，'芙蓉薜荔'喻君子，'乱飐斜侵'则倾倒中伤之状，'岭树'句喻君之远，'江流'句喻臣心之苦。皆逐臣忧思烦乱之词。"（何焯《义门读书记》评语）

[12] 光聪谐曰："子厚《登柳州城楼诗》：'岭树重遮千里目。'此非言树之重也。盖先以永贞元年贬永州，至元和十年始召至应试，旋又出为柳州，故云'重遮'。误会言树，则不知其痛之深。"（光聪谐《有不为斋随笔》辛）

[13] 沈德潜曰："从登城起，有百端交集之感。惊风密雨，言在此而意不在此。《岭南江行》诗中'射工（巧伺游人影）'，'飓母（偏惊旅客船）'亦然。"（沈德潜《唐诗别裁集》卷十五）

[14] 李攀龙曰："妙入巧景。"（辑《唐诗直解》）

[15] 邹弢曰:"客路身孤,愁肠百结,茫茫眼界,何以为情,此诗所以写照。"(《精选评注五朝诗学津梁》)

[16] 吴以梅曰:"柳州之南,直之广东廉州滨海,所以接大荒,而又云海天也。惊风乱飐,密雨斜侵,皆含内意,谓世事虺虺不安,风波未息,岭,五岭;江,即柳江,今名左江。遮千里之目,使不见故乡邻郡,而愁肠一日九回耳。引物串合,沉着淋漓,结承五、六。总在愁思中事,而却寄问之……"《离骚》:"搴薜荔兮水中,采芙蓉兮木末。"今两物同用,本于此,写骚人之幽怨。而《九歌·山鬼》章曰:"若有人兮山之阿,被薜荔兮带女萝。"则又有暗射诡秘之意。荷花又谓草芙蓉,《楚辞》又云:"芙蓉始发,杂芰荷些。紫茎屏风,文绿波些。"今诗之用,总括《骚》怨,探其来历,则句皆有根有味。(《唐诗贯注》卷三十八)

[17] 孙绪曰:"元遗山编《唐诗鼓吹》,以柳子厚《登柳州城楼》诗置之篇首。此诗果足以压卷欤?李、杜无容论矣。高、岑、王、孟而下得意句比此,诗奚啻什百,而遗山去取乃若此。"(《沙溪集》卷一二)

[18] 吴闿生曰:"此诗非子厚大手笔不能为。"(《古今诗范》卷十六)

[19] 王文濡曰:"前六句直下,皆言登楼所望之景。末二句总括,不明言谪宦而谪宦之意自见。"(《唐诗评注读本》卷三)

[20] 俞陛云曰:"唐代韩柳齐名,皆遭屏逐。昌黎《蓝关》诗见忠愤之气,子厚《柳州》诗多哀怨之音。起笔音节高亮,登高四顾,有苍茫百感之慨。三、四言临水芙蓉,覆墙薜荔,本有天然之态,乃密雨惊风横加侵袭,致嫣红生翠,全失其度。以风雨喻谗人之高张,以薜荔芙蓉喻贤人之摈斥,犹《楚词》之以兰蕙喻君子,以雷雨喻摧残。寄慨遥深,不仅写登城所见也。五、

六言岭树云遮,所思不见,临江迟客,肠转车轮,恋阙怀人之意,殆兼有之。收句归到寄诸友本意,言同在瘴乡,已伤谪宦,况音书不达,雁渺鱼沉,愈悲孤寂矣。"(《诗境浅说丙编》)

[21] 近藤元粹曰:"感触伤怀,使人惨然。王翼云曰:'前解登楼写楼,后解因愁寄友。'"(《柳柳州诗集》卷二)

[22] 尚永亮曰:"首二句起势突兀,场景阔大,意境苍凉……次二句意象密集,用字狠重,喻托深远……五、六两句承上宕开,一笔双写,俯仰分观,由望中所见之高处'岭树'和眼底'江流',兴起睹物感怀的悲思……最后二句照应题面,归到寄诸友本意,以音书不达怅然作结……'百越纹身地'遥接首句'大荒','音书滞一乡'呼应次句'愁思',从地到人,从景到情,首尾密合,从不同角度一再渲染,'不明言谪宦而谪宦之意自见'(王文濡《唐诗评注读本》卷三)。"(《柳宗元诗文选评》)

(吴同和)

酬徐二中丞普宁郡内池馆即事见寄

[题解]

徐俊有《普宁郡内池馆即事》诗寄柳,柳以此诗酬答。元和十年作于柳州。徐二中丞即徐俊;普宁郡,在容州。首联从二人交谊写起,两人曾同朝为官,点出自己身处孤寂,已今非昔比。颔联写景,写日暮独酌,暗抒思友之情。颈联由近及远,续写柳州山水。尾联点酬赠题意,相期重逢于故乡。

[原诗]

鹓鸿念旧行[1],虚馆对芳塘。落日明朱槛,繁花照羽觞。泉归沧海近,树入楚山长。荣贱俱为累[2],相期在故乡。

[校勘]

本篇无异文。

[注释]

[1] 鹓(yuān)鸿:比喻朝官行列。意思是过去二人曾同朝为官。

[2] 荣贱俱为累:这二句意思是,自己与徐容州,一被贬,一仍居要职,一贱一荣,但无分荣贱,皆为功名所牵累。所以他希望能与友人在故乡重逢。

[集评]

[1] 陆梦龙曰:"'荣贱俱为累':一句语到。"(《柳子厚集选》卷四)

[2] 沈德潜曰:"荣贱,合己与中丞言之。"(《唐诗别裁集》卷十二)

(张伟)

酬贾鹏山人郡内新栽松寓兴见赠二首

[题解]

此诗元和十年冬作于柳州。贾鹏山人新种松树一棵,因而起兴赋诗赠柳宗元,宗元酬答之。贾山人,即贾景伯,宗元《送贾山人南游序》曾提及。贾于宗元刺柳后数月至柳,居未久而南游。本诗主题在于歌咏青松之高风亮节,亦赋予诗人的人格与情操。

[原诗]

其 一

芳朽自为别[1],无心乃玄功[2]。夭夭日放花,荣耀将安穷[3]。青松遗涧底,擢荗兹庭中[4]。积雪表明秀,寒花助葱茏[5]。幽贞夙有慕[6],持以延清风[7]。

其 二

无能常闭阁[8],偶以静见名[9]。奇姿来远山[10],忽似人家生。劲色不改旧,芳心与谁荣。喧卑岂所安,任物非我情[11]。清韵动竽瑟,谐此风中声。

[校勘]

（1）无心乃玄功："玄"，《诂训本》作"元"。

（2）幽贞夙有慕："幽贞"，《世彩堂本》作"贞幽"。《蒋之翘本》《济美堂本》《全唐诗》亦作"幽贞"。

（3）其二：《世彩堂本》《音辩本》《诂训本》《蒋之翘本》《济美堂本》《游居敬本》《全唐诗》均无"其二"二字。

（4）偶以静见名："见"，《诂训本》作"得"。

[注释]

[1] 芳朽：繁荣与枯朽。别，差别，差异。

[2] 玄功：天功、天命也。次二句谓芳朽之异，乃天然之功。

[3] 天天日放花，荣耀将安穷：此二句为每日盛开的花朵，其繁华何时穷尽；意即花朵易凋零，不如青松耐寒持久。

[4] 擢莳：移植。

[5] 寒花助葱茏：寒花，雪花。葱茏，茂盛。此二句谓青松，经霜历雪，更加苍翠。

[6] 幽贞：喻坚贞的品格。

[7] 延：引也。

[8] 无能常闭阁：《论语·卫灵公》："君子病无能焉，不病人之不己知也。"无能，没有专长、才能。闭阁，闭门谢客之意。

[9] 见名：得名。

[10] 奇姿：谓所栽松。

[11] 喧卑岂所安，任物非我情：此二句谓处此卑下之境。岂能安定？任物随俗，并非我的真性情。

[集评]

[1] 陆梦龙曰:"(第二首)悠然。"(《柳子厚集选》卷四)

[2] 汪森曰:"二诗古淡,得比兴之意。"(《韩柳诗选》)

[3] 近藤元粹曰:"(第一首)风神散朗,郁然苍秀。(第二首)清人喜唱古诗平仄论,余殊不信。纪晓岚云:出句五仄则对句第三字必平,唐人定格。此诗'劲色'句五仄,而对句第三字亦仄,然则纪说之不足信可知矣。"(《柳柳州集》卷三)

(张伟)

雨中赠仙人山贾山人

[题解]

此诗元和十年冬作于柳州。仙人山即仙奕山，现名马鞍山。柳宗元《柳州山水近治可游者记》曾记述其胜景，有石形如仙人。贾山人即贾鹏。前二句写景，以夜雨、晓云等景物写出仙人山的灵气；后二句用比喻手法，将贾山人的超脱世外和自己沉浮宦海进行对比。

[原诗]

寒江夜雨声潺潺，晓云遮尽仙人山。遥知玄豹在深处[1]，下笑羁绊泥涂间[2]。

[校勘]

（1）遥知玄豹在深处：《诂训本》"玄"，作"元"。

[注释]

[1] 玄豹：《列女传》卷二载：陶答子妻谏答子曰："妾闻南山有玄豹，雾雨七日而不下食者何也？欲以泽其毛而成文章也，故藏而远害。犬彘不择食以肥其身，坐而须死耳。"

[2] 泥涂：《左传·襄公三十年》："赵孟问其县大夫，则其属也。召之，而谢过焉，曰：'武不才，任君之大事，以晋国之

多虞,不能由吾子,使吾子辱在泥涂久矣,武之罪也。敢谢不才。'遂仕之,使助为政。"羁绊泥涂:宦海沉浮之意。

[集评]

[1] 洪淑苓曰:"'下笑',指贾山人应该会嘲笑己身之不得自由吧。这两句也可看作扬人抑己的写法,相当符合酬赠的格式。"(《柳宗元诗选》)

(张伟)

第四辑 晚年柳州诗

殷贤戏批书后寄刘连州并示孟、仑二童[1]

[题解]

此诗及以下与刘禹锡赠答诸篇，元和十年作于柳州。柳宗元与刘禹锡早年曾一道师从皇甫阅书法，后来柳的书法成就较大，以至刘的子弟也放弃家传而转向柳学书，引起柳宗元兴趣，于是与刘禹锡戏笔往复，赠答绝句，讨论书法问题。章士钊《柳文指要》指出："'殷贤戏批书法后云'者，乃戏批殷贤书后之颠倒句法。"这首诗为柳宗元与刘禹锡讨论书法的开篇。诗人以调侃、戏谑的笔调与好友唱和，希望刘禹锡对子弟的学书予以指导，充满生活情趣。

[原诗]

书成欲寄庾安西[2]，纸背应劳手自题。闻道近来诸子弟，临池寻已厌家鸡[3]。

[校勘]

本篇无异文。

[注释]

[1] 殷贤：刘禹锡家子弟。刘连州：刘禹锡时为连州刺史。孟、仑：刘禹锡之子。

[2] 庾安西：即庾翼，东晋大臣，曾任安西将军，故称。庾翼善草、隶，柳诗自注云："'家有右军书'，每纸背庾翼题云：王会稽六纸，二月三十日尝观。"此以庾安西借指刘禹锡，赞其书法。

[3] "闻道"二句：言刘家子弟已不喜家传之法而重宗元之书。据《因话录》卷三载！"元和中，柳柳州书后生多师效，就中尤长于章草，为时所全。湖湘以南，童稚悉学其书，颇有能者。"临池：刻苦练习书法。语出《晋书·卫垣传》："弘农张伯英者，因而转精甚巧。凡家之衣帛，必书而后练之。临池学书，池水尽墨。"厌家鸡：《南史·王僧虔传》载僧虔论书云："庾征西翼书，少时与右军齐名。右军后进，庾犹不分。在荆州与都下人书曰：小儿辈贱家鸡，皆学逸少书，顷吾还比之。"家鸡，谦称自己。

[集评]

[1] 孙月峰曰："此下八绝（按：指柳刘赠答八绝）虽非庄调，然借事发意，含讥带谑，兴趣固有余，可相见二公风流雅致。足为墨池故实，亦自可喜。"（《评点柳柳州集》卷四十二）

[2] 汪森曰："戏笔往复，饶有生趣。"（《韩柳诗选》）

[3] 章士钊曰："诗以安西影刘，安西曾题逸少纸背，子厚之书，刘亦应亲手题词。惟刘家子弟，近来已不喜其家尊之书，而好子厚之书，故此诗恣意调之。"（《柳文指要》）

[4] 尚永亮、洪迎华指出："学习书法在古人生活中无疑是庄雅之事，但柳宗元戏笔起题，使之幽默而风趣。诗以七绝为体，但在风格上一反绝句追求意在言外、含蓄深远的传统路子，写得明白自然、言简意促，读之虽无多少深意，却饶有生趣。而在这些戏语里，作者与友人坦率高雅的胸襟气度，及二人之间的亲密友谊都得到了活泼而生动的体现。"（《柳宗元集》）

（吕国康）

重赠二首

[题解]

前诗寄出之后,刘禹锡有诗回赠:"日日临池弄小雏,还思写论付官奴。柳家新样元和脚,且尽姜芽敛手徒。"(《酬柳柳州家鸡之赠》)刘向柳开玩笑说:你柳宗元的书法虽有新意,但我家子弟并不喜欢,人人都束手不愿动笔学习。柳宗元因之又作二诗相赠。第一首戏谑地说,刘禹锡与子弟虽然对他的书法有不同看法,其实刘家及诸子弟都是喜欢我柳宗元的书法的,不过世人并未知晓而已,柳诗并引《汉书》说刘向父子"还有异同词",又引《晋书》王献之与谢安对答典故,说他的书法与前辈亦"固当不同"。第二首以刘禹锡往年曾求柳宗元写过《西都赋》为证,说明刘禹锡及其子弟都是喜欢他的书法的。刘家子弟都在学习他的书法,只不过像东施效颦一样,尚未学好而已。

[原诗]

其一

闻说将雏向墨池[1],刘家还有异同词[2]。如今试遣隈墙问[3],已道世人那得知[4]。

其二

世上悠悠不识真,姜芽尽是捧心人[5]。若道柳家无子弟,往年何事乞西宾[6]?

[校勘]

(1) 重赠二首:本篇《音辩本》列本卷倒数第十七首处。《世彩堂本》题下注:"此篇公答禹锡前所酬诗也。"

(2) 闻说将雏向墨池:"说",《世彩堂本》《蒋之翘本》《济美堂本》作"道"。

(3) 刘家还有异同词:《诂训本》"异"作"黑"。

(4) 如今试遣隈墙问:《诂训本》"隈"作"偎"。

(5) 《音辩本》《游居敬本》《世彩堂本》《蒋之翘本》《全唐诗》《济美堂本》均无"其二"二字。

[注释]

[1] 雏:指幼小的动物,也指幼儿。这里指刘家子弟。将(jiāng江):带领。

[2] "刘家"句:汉刘向父子都好古,博闻强记,过绝于人,但是对于史书上所记载的某些事情,刘歆与父亲的看法颇不一致,常有争论。事见《汉书·刘歆传》。这里是说刘禹锡家子弟对刘书法的优劣有不同看法。

[3] 隈墙:屋角的墙边。据《晋书·王献之传》记载,当时人们对王羲之、王献之的书法评论不一。一天,谢安在屋墙下见到献之,便问道:你父子的书法相比如何?献之回答说,当然不一样。谢安又说,外面的评论可不是这样,委婉地赞扬他强于父

亲。献之说，外人哪里懂得。

　　[4]"如今"二句：意思是让人暗中问问你刘家子弟，他们也会像王献之那样回答的。柳宗元在此用典，也是和刘禹锡开玩笑，戏言刘家子弟已不重家翁之书矣。

　　[5] 姜芽：刘禹锡在前答诗中有"且尽姜芽敛手徒"一句，说他家子弟在柳的书法作品面前手指都像姜芽一样被约束着不愿拿笔学习。捧心人：据《庄子》载，越国美女西施的邻村人东施，见西施因心口痛而皱眉捧心的样子很好看，便仿效，但人们都觉得难看得很。这句意即，你家子弟对我的书法想学而并没有学好。

　　[6] 西宾：即西席。古代宾主相见，以西为尊，主坐东而宾坐西，后作为塾师或幕友的尊称。乞西宾，指刘禹锡曾请求柳宗元为他写一幅汉代班固所作的《西都赋》，说明刘是喜爱柳的书法的，并非指柳真的在刘家做过老师。

[集评]

　　[1] 章士钊曰："且尽姜芽敛手徒，迄无能解此句而愉快者。或谓姜芽指字之形式，在勾努尤近似，吾意未然。近查吴毅人《题秦邪台拓本》云'临摹光怪逼眼底，失笑十指同姜芽'以姜芽喻指，最为切近，敛手，指敛手不敢下笔。徒，用作副词，作徒然解可，用作名词，作徒辈解亦可。大旨谓柳家字势不佳，人人束手而不敢动笔耳。""子厚得此诗后，重赠二首如下……此首意甚明白，盖谓梦得领儿辈习字，儿辈并不甚尊重家翁书法。寻梦得原谐子厚及杨归厚，同受法于皇甫阅，功力亦大致相差不远也。下联用谢安问王献之，君书何如君家尊事，献之答：'人那得知？'意不释自明。……梦得以姜芽讽子厚，子厚答曰：此正如东施之'丑人多作怪'，语甚风趣。乞西宾，借用班固之赋西都，而实亦梦得曾向子厚求写此赋，观后自明。"（《柳文指要》）

叠前和叠后

[题解]

刘禹锡收到柳宗元的《重赠二首》后,又寄来二诗作答:"小儿弄笔不能嗔,涴壁书窗且赏勤。闻彼梦熊犹未兆,女中谁是卫夫人?"(《答前篇》)"昔日慵工记姓名,远劳辛苦写西京。近来渐有临池兴,为报元常欲抗行。"(《答后篇》)刘诗讲述了他家子弟勤奋学习书法的情况,询问柳家幼女练习书法成就如何,还表示了对柳的赞赏,并要与柳家比个高低。柳宗元十分高兴地再以二诗相赠,共勉学书。《叠前》热情赞扬刘家两辈人的可贵精神,刘家子弟勤奋学书的精神令人欣慰。《叠后》勉励刘禹锡狠下功夫,争取二人彼此在书法上取得更大进步,像古人一样获得'一台二妙'的美誉。诗中洋溢着友人之间的深情厚谊和浓郁的生活情趣。

[原诗]

叠前[1]

小学新翻墨沼波[2],羡君琼树散枝柯[3]。在家弄土唯娇女[4],空觉庭前鸟迹多[5]。

叠后

事业无成耻艺成[6]，南宫起草旧连名[7]。劝君火急添功用，趁取当时二妙声[8]。

[校勘]

（1）前：《音辩本》列本篇于本卷倒数第十四首处。题下并注云："子厚答小儿弄笔诗。"《何焯校本》"叠前"作"重答"。《世彩堂本》题注：公又答梦得前所答二诗也。吕韩本"叠前"作"重答"。

（2）在家弄土唯娇女："在"《全唐诗》作"左"。"土"，《全唐诗》作"玉"。吴汝纶《柳州集点勘》："'土'疑为'玉'。"

（3）叠后：《音辩本》列本篇于本卷倒数第十三首处。并有题下注云："子厚答昔日慵工诗。"

（4）趁取当时二妙声：《百家注本》《世彩堂本》句下注："'时'字，一本作'初'。"

[注释]

[1] 叠：和。

[2] 小学：指刘家子弟。墨沼：墨池。

[3] 琼树：像美玉一样的树，喻刘禹锡。柯：树木的枝丫，喻刘家子弟。

[4] 弄土：指在地上学习写字。娇女：指柳宗元的女儿。

[5] "空觉"句：谦称女儿的书法如同鸟迹。

[6] "事业"句：说革新事业没有取得成就，但在书法艺

上却有了成绩。

[7] 南宫：即尚书省，唐代尚书省位于皇宫之南，又称南省，柳宗元和刘禹锡都曾在尚书省担任过官职，起草文件。

[8] 二妙声：据《晋书》记载，卫瓘为尚书令，与尚书郎索靖俱善草书，时人号为"一台二妙"。

[集评]

[1] 章士钊先生曰：《叠前》篇"意谓足下芝兰盈阶，争学笔法，诚甚可羡，我则止于一女而已。弄土犹言弄瓦，亦兼会意雕刻。鸟迹通过仓颉，即指字迹，亦谓家只娇女，涂鸦之字，飞满于庭，此首语甚平突。"《叠后》篇"南宫起草，指子厚旧与梦得同为礼部郎。二妙，用《晋书》卫瓘、索靖、一台二妙事，促其努力学书，此全由儿郎揽入自身，藉申友谊矣。"（《柳文指要》）

[2] 王国安先生指出："《南史·江夏王锋传》'（锋）好学书……晨兴不肯拂窗尘，而先画尘上，学为书字。'谓'弄土'犹弄尘，亦通。""韩醇《诂训柳集》卷四十二曰：'仓颉观鸟迹因而遂滋，则谓之字。诗谓小女学书，其纸散落庭中，觉鸟迹之多也。'按：'庭前鸟迹多'，疑谓娇女书于地，非谓纸散落庭中也。"（《柳宗元诗笺注》）

（吕国康）

柳州峒氓

[题解]

元和十年六月到柳州后作此诗。峒氓,指西南少数民族。这首诗从服饰、语言和风俗等方面描写当地少数民族的奇异生活习俗,宛如一篇纪实的民族志。"欲投章甫作文身",表示了要与当地人民一起努力,改变落后面貌的愿望。

[原诗]

郡城南下接通津,异服殊音不可亲。青箬裹盐归峒客[1],绿荷包饭趁虚人[2]。鹅毛御腊缝山罽[3],鸡骨占年拜水神[4]。愁向公庭问重译[5],欲投章甫作文身[6]。

[校勘]

(1)柳州峒氓:《音辩本》《诂训本》《百家注本》题下注:"'峒'与'洞'通。"

(2)青箬裹盐归峒客:《诂训本》"裹"作"褁"。

(3)鹅毛御腊缝山罽:《诂训本》"腊"作"臘","缝"作"逢"。

[注释]

[1]箬(ruǒ):宽大的笋叶。

[2] 趁虚人：趁虚：即赶集。趁虚人即做生意的小贩。

[3] 鹅毛御腊缝山罽（jì）：御腊：御寒。山罽：山里出产的兽毛织品。

[4] 鸡骨占年拜水神：以鸡骨占卜岁之吉凶。两粤鸡卜之俗，自汉代已有。

[5] 公庭：官府。重译：语言经过辗转翻译。

[6] 欲投章甫作文身：《礼记·儒行》："孔子长居宋，冠章甫之冠。"孙希旦注："章甫，殷玄冠之名，宋人冠之。"意思是儒者打扮。文身：《庄子·逍遥游》："宋人资章甫而适越，越人断发文身，无所用之。"本句意为宗元欲抛弃儒者之理想，常居蛮夷之地以终老。

[集评]

[1] 阮阅曰："柳迁南荒，有云'愁向公庭问重译，欲投章甫作文身'。……皆褊忮躁辞，非畎亩惓惓之义。"（《诗话总龟》后集卷之二）

[2] 方回曰："柳柳州诗，精绝工致，古体尤高。世言韦、柳，韦诗淡而缓，柳诗峭而劲。此五律诗，比老杜则尤工矣。杜诗哀而壮烈，柳诗哀而酸楚，亦同而异也。……年四十七卒于柳州，殆哀伤之过欤！然其诗实可法。"（《瀛奎律髓》卷四）

[3] 廖文炳曰："子厚见柳州人异俗，风土浅陋，故寓自伤之意。首言目郡城而之广南，皆通津也。其异言异服已难与相亲矣。彼归峒者裹盐，趁墟者包饭，鹅毛以御腊，鸡骨以占年，皆峒俗之陋者，不幸谪居此地，是以愁问重译，'欲投章甫'而作文身之氓耳。"（《唐诗鼓吹注解》卷一）

[4] 宋长白曰："柳河东诗：'青箬裹盐归峒客，绿荷包饭趁虚人。''峒'，谓穴居；'墟'，乃市集之所，非身历天南者，不

能悉其风景。"(《柳亭诗话》卷一)

[5] 何焯曰:"后四句,言历岁踰时,渐安夷俗。窃衣食以全性命,顾终已不召,亦将老为峒氓,无复结绶弹冠之望也。'欲投章甫作文身。'言吾当遂以居夷老矣,岂复计其不可亲乎。首尾反复呼应,语不多而哀怨已至。"(《义门读书记》卷三十七)

[6] 薛雪曰:"山谷'荷叶裹盐同趁墟。'明明是柳子厚'青箬裹盐归峒客,绿荷包饭趁墟人'之句,未免饾饤之丑。"(《一瓢诗话》)

[7] 纪昀曰:"全以鲜脆胜,三四如画。"(《瀛奎律髓刊误》卷四)

[8] 许印芳曰:"沈归愚云:'描写难状之情,正于琐屑处见笔力,此古文叙事手也。熟精《左》《史》者能之。'读此评,益信学诗必兼学古文,始能叙大小事曲折尽致也。……《柳州峒氓》云:'青箬裹盐归峒客,绿荷包饭趁墟人。'……以上诸诗,古律备体,巨细毕举,善写情状,可为后学楷模。"(《诗法萃编》卷八)

[9] 陆梦龙曰:"有情事。"(《柳子厚集选》卷四)

[10] 汪森曰:"格法与前首略同。异服殊音,与结句'重译''文身'相为照应。中四句语写峒氓,点染极工。"(《韩柳诗选》)

[11] 朱三锡曰:"通首言柳州之恶,中四句皆异服殊音也。既曰异服殊音不可亲矣,而结又云'欲投章甫作文身',是先生忧愤之极,以寓自伤之意耳。"(《东岩草堂评订唐诗鼓吹》卷一)

[12] 胡以梅曰:"郡城南去为通津之处,所以诸峒皆于此来往。其服饰蛮音与中土各别,情不相入,故不可亲也。其出而办

盐，皆以青箬裹之归峒。其来而趁集，皆携绿荷包饭为糇粮。寒无所服，鹅毛缝罽，占祷年成，鸡骨祈神。若有事至公庭，须用重译通辞，岂不烦难。顾未如弃衣冠为蛮夷，方可习其夷音耳。虽挽到殊音为愁重译，言然亦以中朝既不我与，当逃诸荆蛮，乃愤世无聊之语也。"（《唐诗贯珠》卷四十八）

[13] 赵臣瑗曰："'不可亲'三字，是一篇之主。其所以不可亲，以异服殊音之故。而先装首句者，见郡城犹可，其余所辖州县，乃至愈远愈甚也。中二联总是写其俗之陋，为不可亲之实也。归峒之客，即趁墟之人，出则包饭，入则裹盐，有似于俭而未敢以俭许之。鹅毛御腊，一事也。鸡骨占年，又一事也。缝山罽而已，拜水神而已，疑近于古而不得以古称之。七，一顿。八，一掉。公庭之上，必烦重译，此真不容令人不愁。况彼之不宜于章甫，犹我之不宜于文身，而彼之风俗，庶几得以相安于无事也乎。嗟嗟，此岂于不可亲之中曲求其可亲之法哉？言及此，其伤心有甚焉者矣。"（《山满楼笺注唐诗七言律》卷四）

[14] 近藤元粹曰："可为一篇风土记。"（《柳柳州集》卷三）

（张伟）

第四辑　晚年柳州诗

铜鱼使赴都寄亲友[1]

[题解]

此诗作于元和十年岁终。柳宗元到柳州任刺史后，因当时的柳州是个偏远小州，往来京城的人很少，自己重返京都的希望更为渺茫，于是趁铜鱼使赴京的机会，写了这首诗捎给在京亲友。诗中描写柳州地处偏远南方，与长安千里阻隔，与亲友天各一方，来往不便，音书难通。"此后无因寄远书"抒发了作者的悲怆与凄楚之情。

[原诗]

行尽关山万里余，到时闾井是荒墟[2]。附庸唯有铜鱼使[3]，此后无因寄远书。

[校勘]

（1）铜鱼使赴都寄亲友：《音辩本》《诂训本》此篇与《韩漳州书报彻上人亡因寄二绝》在刘梦得《酬柳柳州家鸡之赠》前，列于本卷倒数第二十首处。《蒋之翘本》无此题目，并将此诗作为《迭后》第二首。

（2）到时闾井是荒墟：《诂训本》"时"作"是"，"井"作"里"。

[注释]

[1] 宗元自注云:"岭南支郡无纲官,考典怅典等,悉附都府至京。"王国安先生指出:"宗元自注谓岁终入计也。《旧唐书·职官志》三:'尹、少尹、别驾、长史、司马掌贰府州之事,以纲纪众务,通判列曹。岁终则更入奏计。'观诗首二句语意,当作于至柳之年岁终也。"(《柳宗元诗笺注》) 铜鱼使:州刺史派遣的使者。刺史处理政务,偶有要件,才派专人赴京,并颁有铜鱼符为证,因此称为铜鱼使。

[2] 闾井:村落、街巷。

[3] 附庸:原指西周、春秋时代分封的小国。他们不对周王室负责,而附属于较大的封国。《礼记·王制》:"公侯田方百里,伯七十里,子男五十里;不能五十里者,不合于天子,附于诸侯,曰附庸。"这里指小城柳州。

[集评]

[1] 陆梦龙曰:"情至。"(《柳子厚集选》卷四)

[2] 杨竹邨说:"这首诗写柳州荒远,寄书困难,反映了作者谪居中思乡思友的心情。"(《柳宗元诗选注》)

[3] 徐翠先指出:"柳州距京五千余里,很难派专人往家乡寄信,只能托岁终入计官员,因此说:'附庸只有铜鱼使,此后无因寄远书。'(铜鱼,即五品以上京官所佩之铜鱼符;此处铜鱼使为刺史所派入计使者) 离家乡如此遥远,即使回乡也'行尽关山万里余,到时闾井是荒墟'了。"(《柳宗元诗文论稿》)

(吕国康)

种柳戏题[1]

[题解]

此诗作于元和十一年春，描述的是诗人出任柳州刺史时栽种柳树的生活。首联两句，先交代了人物、事件和地点，选用四个"柳"字，照应了诗题中的"戏题"二字。中四句预见时移世易的到来，树会茁壮成长，人会衰老消逝。结语上句运用"思人树"典故，希望借树以流芳百世；下句又用"惭"字，表示自己才德未至。全篇生动形象，朗朗上口，表达了柳宗元为官一任、造福一方、留惠于民的愿望。

[原诗]

柳州柳刺史，种柳柳江边[2]。谈笑为故事，推移成昔年[3]。垂阴当覆地，耸干会参天[4]。好作思人树，惭无惠化传[5]。

[校勘]

本篇无异文。

[注释]

[1] 戏题：以题诗作为消遣，代表自我调侃、自我解嘲，略有游戏笔墨之意。

[2] 柳江：西江支流，流经今柳州市。当时亦称浔水。

[3] 故事：过去的事情。推移：指时光的流逝。昔年：往年，历史。这两句意思是，今天的种柳会成为将来人们谈笑的故事，随着时间的推移将成为一种史迹。

[4] 垂阴：指柳树遮阴。当：应当。覆地：遮盖大地。耸干（sǒng gàn）：高耸的树干。会：能够，一定能。参天：高入云天。

[5] 思人树：《史记·燕召公世家》载："召公巡行乡邑，有棠树，决狱政事其下，自侯伯至庶人各得其所，无失职者。召公卒。而民思召公之政，怀棠树不敢伐，歌咏之，作《甘棠》之诗。"后世诗词中，遂用"思人树"作为赞美官员有惠政的典故。柳宗元化用这个典故。惠化：有益于民的德政与教化。

[集评]

[1] 刘斧曰："柳宗元，字子厚，晚年谪授柳州刺史。子厚不薄彼人，尽仁爱之术治之。……后又教之种木、种禾、养鸡、蓄鱼，皆有条法。民益富。民歌曰：'柳州柳刺史，种柳柳江边。柳色依然在，千株绿拂天。'"（《青琐高议》）

[2] 吴宽曰："柳州刺史诗犹在，种柳何如种竹清。便向滇南长孙子，郡人须系使君名。"（《匏翁家藏稿》卷十三《题墨竹赠邵楚雄行》）

[3] 孙月峰曰："兴致洒落，正以戏佳。"（评点《柳柳州全集》卷四十二）

[4] 陆梦龙曰："雅韵。"（《柳子厚集选》卷四）

[5] 宋长白曰："近体诗有一篇之中，迭字数见。如'龙池跃龙龙已飞'，'杜牧司勋字牧之'之类，人所识也。……柳子厚《种柳》诗云：'柳州柳刺史，种柳柳江边。'自云戏题。"（《柳亭诗话》卷二十三）

[6] 屈复曰："一人地，二种柳。三四承一二，五六柳，七

结五六,八结一二。'谈笑'还题'戏'字。'故'字起下句。'好作'二字紧承五六,言柳之垂阴耸干,生意无穷,而己之在世有限。虽题曰戏,而意则一字一泪。"(《唐诗成法》卷四)

[7] 陈衍曰:"'柳州柳刺史,种柳柳江边',不如白乐天之'开元一株柳,长庆四年春'"。(《石遗室诗话》卷十八)

[8] 近藤元粹曰:"种柳柳州,柳果为一典故矣。"(《柳柳州集》卷三)

(张伟)

奉和周二十二丈酬郴州侍郎衡江夜泊得韶州书并附当州生黄茶一封率然成篇代意之作[1]

[题解]

元和十一年在柳州任上所作。柳宗元的好友杨於陵,字达夫,弘农(今河南灵宝)人。年十八登进士,先后任官德宗、顺宗、宪宗、穆宗四朝。元和十一年贬杨於陵为郴州刺史。杨於陵初到郴州刺史任上,得周韶州(即周二十二丈)之书和当州黄茶,曾作《衡江夜泊》以寄,周韶州作诗相酬,而柳宗元也作此诗奉和。开篇盛赞杨於陵德才双馨,其操守风范令人景仰。杨於陵从仕途巅峰被贬至远州刺史,诗中借用"三刀近"(喻升官)的典故聊表劝慰,于诙谐调侃中深表同情并为好友鸣不平。全诗用语精巧,清新淡雅,无一字言怨却又把隐然幽怨之意见于言外,且气骨不衰,于清丽中见闳浑,在咀嚼中见真淳,呈现出一种悲中有壮的风格。

[原诗]

丘山仰德耀[2],天路下征騑[3]。林喜三刀近[4],书嫌五载违。凝情江月落,属思岭云飞[5]。会入司徒府,还邀周掾归[6]。

[校勘]

(1)丘山仰德耀:《诂训本》"丘"作"邱"。

[注释]

[1] 周二十二丈：周韶州，即周君巢，太原人，元和初任韶州刺史。周君巢热衷服食法术，韩愈曾向他请教指点门径，诗中有"金丹别后知传得，乞取刀圭救病身"之句。但柳宗元在《答周君巢饵药久寿书》中反对为"私其筋骨"而服食，而且提出，如果做到"生人之性得以安，圣人之道得以光，获是而中，虽不至耆老，其道寿矣"；而假如"他人莫利，已独以愉，若是者逾千百年，滋所谓夭也"。郴州侍郎：谓杨於陵。率然：犹"率尔"，随意地，不加思考。《后汉书·夏复传》："复率然对曰：'臣请击郾。'"

[2] 丘山仰德耀：《诗·小雅》："高山仰止，景行行止。"曹丕《与钟大理书》："高山景行，私得仰慕。"《旧唐书·杨於陵传》："时人皆仰其风德。"

[3] 天路：张衡《西京赋》："羡往昔之松乔，要羨门乎天路。"騑（fēi 非）：古代驾车的马，在中间的叫服，在两旁的叫騑，也叫骖。《后汉书·章帝纪》："騑马可辍解，辍解之。"李贤注："夹辕者为服马，服马外为騑马。"

[4] 三刀：李商隐《街西池馆》："太守三刀梦，将军一箭歌。"篆体的州字，像三个刀字并列，人们常以"三刀"喻升官。《晋书·王睿传》："睿夜梦悬三刀于卧屋梁上，须臾又益一刀，睿惊觉，意甚恶之。主簿李敬再拜贺曰：'三刀为州字，又益一者，明府其临益州乎？'……果迁睿为益州刺史。"这里借指杨於陵贬郴州刺史。

[5] 凝情：张泌《浣溪沙》词："马上凝情忆旧游。"凝，专注，凝聚。属思：属，专注。属思，犹言"属意"，专心，留意。刘琨《答卢谌诗序》："不复属意于文，二十余年矣。"

[6] 司徒：古官名。西周始置，春秋时沿置。掌管国家的土地和人民。官司籍田，负责征发徒役。晋国因僖候名司徒，遂改司徒为中军。西汉哀帝时丞相改称"大司徒"，东汉时改称"司徒"。古代属官的通称。《后汉书·袁安传》："（安）章和元年代桓虞为司徒。"《后汉书·周荣传》："肃宗时，举明经，辟司徒袁安府。"袁安喻指杨於陵，周是柳宗元自喻。

[集评]

[1] 元好问曰："五言以来，六朝之唐，谢、陶之陈子昂、韦应物、柳子厚最为近风雅。自余多以杂体为之，诗之亡久矣。杂体愈备，则去风雅愈远，其理然也。"（《遗山先生文集》卷三十六）

[2] 李冶曰："韩退之自谓'窥陈编以盗窃'，柳子厚自谓'好剽取古人文句，以自娱乐'，欧阳永叔亦自谓'好取古人文字，考寻前世以来圣君子之所为，时亦穿蠹盗取，饰为文辞，以自欣喜。'三先生自谓之盗者，所谓齐之国氏也，不过点注前言往行以为我用耳。"（《敬斋古今》）

[3] 近藤元粹曰："'凝情'二句情致缠绵。"（《柳柳州诗集》）

[4] 王国安曰："《旧唐书·杨於陵传》谓陵'器度弘雅，时止有常，居朝三十余年，践更中外，始终不失其正。居官奉职，亦善操守，时人皆仰其风德。'知宗元此句，不泛下也。"（《柳宗元诗笺释》）

(唐嗣德)

闻彻上人亡寄侍郎杨丈[1]

[题解]

此诗作于元和十一年。柳宗元得知名僧灵澈于宣州开元寺亡故后，当即作《韩漳州书报澈上人亡因寄二绝》以表达深切的哀思。便又写信给好友杨於陵，向他告知这一消息，以共同悼念，一倾伤怀。诗中以南朝著名诗人鲍照与佛门高僧汤惠休的深交为陪衬，引发出杨於陵与彻上人的深厚友谊。诗人先于杨於陵得知彻上人亡故的消息，已经受了一场悲伤的煎熬，故在诗中能十分老到地拟写杨於陵痛失至交的悲情，这也就深进一层地传达出诗人自己心灵深处的哀伤。

[原诗]

东越高僧还姓汤[2]，几时琼佩触鸣珰[3]。空花一散不知处[4]，谁采金英与侍郎[5]。

[校勘]

（1）闻彻上人亡寄侍郎杨丈：《济美堂本》"丈"作"文"。

（2）几时琼佩触鸣珰：《全唐诗》"佩"作"珮"。《诂训本》"珰"作"铛"。

[注释]

[1] 彻上人：中唐名僧灵澈。侍郎：唐代的中央行政总负责机关是尚书省，尚书省下设吏、户、礼、兵、刑、工六部。六部的首长是尚书，副首长是侍郎。杨於陵曾任户部侍郎，户部掌管全国的土地户籍赋税财政收支等事务。杨丈：指郴州刺史杨於陵。丈：是对比自己年纪大的人的尊称。

[2] 还姓汤：南朝的名僧惠休，俗姓汤。《宋书·徐湛之传》："沙门惠休，善属文，湛之与之其厚。世祖使还俗。本姓汤，位至扬州从事。"灵澈也姓汤，所以说"还姓汤"。

[3] 琼佩、鸣珰：皆为玉制饰物，二者相触喻指所佩饰物二人的亲密关系，这里指杨於陵与彻上人的深厚友谊。

[4] 空花：《圆觉经》："此无名者，非实有体。……如众空华，灭于虚空，不可言说。"华，同花。萧统《讲解将毕赋三十韵》："意树登空花，心莲吐轻馥。"空花一散，喻灵澈亡。

[5] 金英：菊花。汤惠休有《赠鲍侍郎》诗："玳枝兮金英，绿叶兮紫茎。不入君玉怀，低采还自荣。想君不相艳，酒上视尘生。当今芳意重，无使盛年倾。"鲍照曾酬以《答休上人》诗。这里以惠休比彻上人，以鲍照比杨於陵，以形容杨於陵与彻上人的友情。杨於陵与鲍照都曾为侍郎，彻上人同惠休一样，皆为一时名僧，他们又同姓汤，二人的关系与惠休同鲍照的关系确有相似之处。

[集评]

[1] 姚宽曰："柳子厚《闻彻上人亡寄侍郎杨丈》云：'东越高僧还姓汤，几时琼佩触鸣珰。空花一散不知处，谁采金花与侍郎。'盖用慧林菊问赠鲍侍郎诗，云：'玳枝兮金英，绿叶兮紫茎。'鲍照有答诗，类文题作《菊问》，照集又云《赠答》。"

(《西溪丛语》卷下)

　　[2] 蒋之翘曰："用事亦巧洽，特先有故实而后合题者。"(《柳集辑注》卷四十二)

　　[3] 章士钊曰："'几时句'此句问澈亡前何时与侍郎见过面。琼佩属僧言，鸣珰属侍郎言。"(《柳文指要》)

　　[4] 王国安曰："'谁采金英与侍郎'此句承首句言，仍以惠休为喻，悼澈之亡也。"(《柳宗元诗笺释》)

(唐嗣德)

奉和杨尚书郴州追和故李中书夏日登北楼十韵之作依本诗韵次用[1]

[题解]

元和十一年夏,杨於陵贬抵郴州,作诗追和李吉甫(德宗贞元年间任郴州刺史)的《夏日登北楼诗十韵》,柳宗元也依韵作诗奉和,故可知二诗均作于其时。李中书,即李吉甫,他与柳宗元本是朝中同僚,柳宗元因永贞革新受挫被贬,李、柳遂隔离深远。元和五年(810)李外放任淮南节度使,主动致书正在贬逐中的柳宗元,为他的复出似乎带来一丝希望。柳宗元即作《谢李吉甫相公示手札启》,中有"何以报恩,唯当结草"云云;随后又献杂文十篇,并作《上扬州李吉甫相公献所著文启》,表明"宁为有闻而死,不为无闻而生"的心迹,恳请"阁下以一言而扬举之",以重新得到朝廷任用。因此,柳宗元在此诗中用"凤去徽音续,芝焚芳意深"来称颂李吉甫,虽溢美太过,但思慕感佩之情流露自然。"境以道情得,人期幽梦寻"二语,诗人希冀援手相助以早日复出的潜意识,隐约可见。对于初贬郴州的杨於陵,诗人自然更多几分怜惜,回顾自己多忧患多坎坷的历程,提出"静契分忧术,闲同迟客心"的忠告,要寄望于未来,这当然也是夫子自道。结句"还闻《梁父吟》",有可能是柳宗元自己内心的吟唱,以遗贤自比,暗寓悲慨之情。

[原诗]

郡楼有遗唱[2]，新和敌南金[3]。境以道情得[4]，人期幽梦寻。层轩隔炎暑，迥野恣窥临。凤去徽音续[5]，芝焚芳意深[6]。游鳞出陷浦，唳鹤绕仙岑[7]。风起三湘浪[8]，云生万里阴。宏规齐德宇[9]，丽藻竞词林[10]。静契分忧术[11]，闲同迟客心[12]。骅骝当远步[13]，䴔鸠莫相侵[14]。今日登高处，还闻《梁父吟》[15]。

[注释]

[1] 杨尚书：杨於陵，元和十一年坐军供有阙而被贬为郴州刺史。杨于穆宗朝（821—824）始迁户部尚书，题中的"尚书"云者，与史实不符，疑为编集时所改。追和：根据前人所写某首诗的原韵或诗意写成的诗，称之为"追和"。李中书：李吉甫，字弘宪，赵郡（今河北赵县）人，代宗朝御史大夫李栖筠之子。德宗贞元间（785—805）曾任郴州刺史，宪宗即位，迁中书舍人。元和二年任中书侍郎同中书门下平章事，封赵国公，主编有《元和郡县志》。元和九年冬卒。

[2] 遗唱：谓李吉甫《夏日登北楼十韵》之作，此诗已无从查考。

[3] 新和：谓杨於陵的和诗。南金：《诗·鲁颂·泮水》："憬彼淮夷，来献其琛。元龟象齿，大赂南金。"南金，南方出产的优良黄金，是进献和馈赠的极品。

[4] 道情：道义、情理。谢灵运《述祖德诗》："拯溺由道情。"

[5] 徽音：《诗·大雅·思齐》："大姒嗣徽音，则百斯男。"郑玄注："徽，美也。嗣大任之美音，谓续行其善教令。"徽音，意为德音。《思齐》用来选赞颂文王母有美德，死后为文王妻所继承。此谓李吉甫虽去官离郴，但其德音为杨於陵所继承。

[6] 芝焚：陆机《叹逝赋》："信松茂而柏悦，嗟芝焚而蕙叹。"李周翰注："同类相感也。芝，蕙香草也，言亲友既逝，其情无聊。"芝焚蕙叹，是物伤其类的意思，陆机用以表示伤悼亡友之情。这里是伤李吉甫之逝。

[7] 唳鹤：刘禹锡《和杨侍郎初至郴州题郡斋》诗有"城头鹤立"之语，自注："《苏耽传》云：后化为仙鹤，止城东北隅楼上。"耽，郴人，"唳鹤"句当是用苏耽事兼状所见之景。

[8] 三湘：湘水与漓水同源合流，而后分离，称漓湘；合潇水后曰潇湘，合蒸水后曰蒸湘，是为"三湘"。唐人诗文习以三湘泛指湘水之域，柳诗亦然。

[9] 规：风度，仪表。《晋书·王承传》："素德清规足传于汗简矣。"德宇：气度，器量。《国语·晋语》："今君之德宇，何不宽裕也。"

[10] 丽藻：华美的文辞。

[11] 静：精神贯注专一，为道家一种修养之术。《云笈七签》九九《灵响词序》："修炼之士当须入静，……大静三百日，中静二百日，小静一百日。"契：契合，投合。此句谓杨於陵被贬郴州可以静养排忧。

[12] 迟客：思念、等待远客。荀子《修身》杨倞注："迟，待也。"此句谓杨於陵等待被起用时将有更大作为。

[13] 骅骝：《庄子·秋水》："骐骥骅骝一日而驰千里。"骅骝为古代骏马名，传说为周穆王八骏之一。这里以骅骝比喻杨於陵，祝愿他前程远大。

[14] 鶗鴂：《楚辞·离骚》："恐鶗鴂之先鸣兮，使夫百草为之不芳。"鶗鴂，杜鹃鸟，常以立夏鸣，鸣则众芳皆歇。此乃借以喻谗邪勿遮蔽杨於陵的前程。

[15] 《梁父吟》：梁父，山名，在山东泰安南，也叫"梁

甫"。东汉末年，诸葛亮隐居在南阳，自己种田，写过一首《梁父吟》的诗。《三国志·蜀书·诸葛亮传》："亮躬耕陇亩，好为《梁父吟》，"杜甫《登楼》："可怜后主还祠庙，日暮聊为《梁父吟》。"此句是把初贬郴州的杨于陵比作壮志待酬的诸葛亮。

[集评]

[1] 沈芬曰："肃穆多感。"（《诗体明辨》卷十二引）

[2] 何焯曰："'闲同迟客心'，谢康乐《南楼中望所迟客诗》，见《文选》中，其诗乃孟夏作。此句用事最深密。"（《义门读书记》）

[3] 陈景云曰："韩子《送廖道士序》：'衡山之南最高，而横绝南北者岭，郴之为州在岭之上，测其高下得三之二焉。'则郡楼之峻，眺望之远，从可知矣。'层轩'一联，证以韩序，弥见其工警也。"（《柳集点勘》）

[4] 陈景云曰："刘梦得《和杨侍郎初至郴州题郡斋诗》有'城头鹤立'之语，自注：'《苏耽传》云：后化为仙鹤，止城东北隅楼上。'耽，郴人，诗中'唳鹤'句，盖用耽事。以此句例之上二句，亦必切本州岛故事，但未详所出耳。又'陷浦'，亦不晓其义，或'陷'字有误。"（《柳集点勘》）

[5] 王国安曰："孙汝听《百家注柳集》曰：'凤去以比吉甫，芝焚以比杨尚书也。'陈景云《柳集点勘》曰：'凤去谓吉甫去官，芝焚伤其逝'。陆士衡《叹逝赋》：'芝焚而蕙叹。''芳意深'者，殆即蕙叹意乎？陈说是。"（《柳宗元诗笺释》）

（唐嗣德）

杨尚书寄郴笔知是小生本样令更商榷使尽其功辄献长句[1]

[题解]

此诗为柳宗元作于任柳州刺史期间。韩醇《诂训柳集》卷四十三谓与《奉和杨尚书郴州追和》诗同时作，即作于元和十一年（816）夏。柳宗元在朝廷为官时就与杨於陵（杨尚书）时有往来，贞元十八年，马祖法嗣南泉普愿弟子、颇有文名的文畅登五台山游河朔时，柳宗元和杨於陵就曾一起送行。杨於陵之贬郴州，郴州与柳州较近，二人的际遇又相同，就促进他们情谊日增。一到任所，杨於陵便按照柳宗元喜爱的毛笔样式，另精心制作相寄赠，令更商榷，使尽其挥洒之功，其真诚可佩。柳宗元收到此笔后，便献长句以致谢忱。全诗紧紧围绕一个"妙"字，谱写一曲笔的颂歌。首联概写笔的美质，为后文张本，以下三联从不同侧面铺写笔的功能。第二联从"旧"和"新"着笔。"尚书"句谓诗人自己为礼部郎中时，就用这种笔为朝廷筹划方略，草拟诏书，应付裕如；"内史"句以王羲之"笼鹅而归"的典故，赞誉杨於陵学富五车，才高八斗，用这种笔定会写出更多的经典华章。这一联乃全篇之警策，既刻画了柳、杨二人清高孤傲的一面，又表现了他们积极用世的一面。同时，这一联是全诗架构的关键，它经纬下文。"尚书"句绾毂第三联，诗人谓书法乃雕虫小技，却要用此笔为好友杨於陵"播芳馨"，寓同声相应、同气相求之意；"内史"句绾毂尾联，诗人为初贬郴州的杨於陵鼓劲助威,勉励他敢上青天揽明月,运笔如神写春秋。此诗任情挥洒,神气自畅,极富文采,极具真情,极饶韵味。

[原诗]

截玉铦锥作妙形[2],贮云含雾到南溟[3]。尚书旧用裁天诏[4],内史亲将写道经[5]。曲艺岂能裨损益[6],微词只欲播芳馨[7]。桂阳卿月光辉遍[8],毫末应传顾兔灵[9]。

[校勘]

(1)贮云含雾到南溟:《百家注本》"含"作"合"。
(2)微辞只欲播芳馨:《百家注本》《音辩本》"衹(只)"作"祇"。

[注释]

[1]杨尚书:谓杨於陵。小生本样:谓诗人所喜爱的笔型式样。使尽其功:杨於陵知诗人长于书法,故寄笔使其尽量发挥特长。

[2]截玉:以玉喻竹,截竹为笔管。铦:锐利,这里作动词用。锥:铁锥,这里指笔尖。作妙形:指制作精美的毛笔。

[3]贮云含雾:古论书法多以"云""雾"二字为比。《书评》谓钟会书有"凌云之气",《书法本象》谓萧子云书如"晴空点云"。梁元帝《古迹启》曰:"游雾重云,传敬礼之法。"王羲之《草书势》曰:"象乌云之罩恒岳,紫雾之出衡山。"唐太宗评王羲之书,"点曳之工,裁成之妙,烟霏露结,状若断而还连。"此句的"贮""含"二字,谓笔新而未经使用。南溟:庄子《逍遥游》:"南溟者,天池也。"孙汝听曰:"南溟,南海。谓郴州也。"

[4] 尚书：指尚书省。裁：安排取舍。天诏：皇帝的诏书。《汉官仪》："尚书郎主作文书起草，夜更直五日于建礼门内。"此句谓柳子厚任礼部郎中时的工作经历。

[5] 内史：指王羲之。道经：即《道德经》，又名《老子》，为春秋时老聃（老子）所著。《晋书·王羲之传》："王羲之字逸少，……乃以为右军将军，会稽内史。……山阴有一道士，养好鹅，羲之往观焉，意甚悦，固求市之。道士云：'为写《道德经》，当举群相赠耳。'羲之欣然写毕，笼鹅而归。"柳宗元运用这一典故，赞扬杨於陵的文才出众，书法极佳。

[6] 曲艺：小艺，指书法，柳宗元擅长书法。裨：辅助。损益：增减，兴革。诸葛亮《出师表》："至于斟酌损益，进尽忠言，则攸之、祎允之任也。"

[7] 微词：对自己所作诗文的谦称。祇：古时"祇"与"祗"因形近而混用，此处当为'祇'，即"只"。播：传播，传扬。芳馨：谓杨於陵治理郴州之政绩。孙汝听曰："芳馨，谓杨於陵治行。"

[8] 桂阳：郴州在历史上曾称为桂阳郡，故又将郴州称为桂阳。《元和郡县制》卷二十九《江南道·郴州》："本汉长沙国地。汉分长沙南境立桂阳郡，理郴县，领十一县，隋平陈改为郴州，大业中复为桂阳郡，武德四年为郴州。"卿月：《书·洪范》："王省惟岁，卿士惟月。"孔安国《传》："卿士各有所掌，如月之有别。"卿月，在此即指郴州刺史杨於陵。光辉：指施恩德于当地百姓。

[9] 顾兔：传说中的月亮中的兔子。《楚辞·天问》："夜光何德，死则又育。厥利维何，而顾菟在腹。"王逸注："言月中有菟，何所贪利，居月之腹而顾望乎？""菟"，同兔。

第四辑　晚年柳州诗

[集评]

[1] 杨慎《艺林伐山》卷一："柳子厚《答杨於陵寄笔诗》：'贮云含雾到南溟。'意谓笔未经用也。"

[2] 廖文炳《唐诗鼓吹注解》卷一："首言笔之美利，犹未经用而寄予柳州。汉尚书用以裁诏，王内史用以写经，我无尚书内史之才，虽有小艺，无补于时，不过微末之词，借此以播其芳馨耳。末云尚书卿月，光昭宇内，免得顾而孕，乃有是笔之妙也。"

[3] 孙月峰《评点柳柳州集》卷四十二："小题写意工，次句大有风致。"

[4] 吴以梅《唐诗贯珠》卷五十八："今诗谓早已含贮云雾，待挥写而施妙用，亦兼以山川迢递，长途中穿云冒雾行来，空管中尚留云雾。"

[5] 何焯《唐诗鼓吹》卷六："此尚书句，谓子厚为礼部郎中时。结句'桂阳卿月'，方指杨也。"

[6] 孙汝听《百家注柳集》："内史以比杨尚书。"

[7] 汪森《韩柳诗选》："结句甚巧，然近纤。"

[8] 朱三锡《东岩草堂评订唐诗鼓吹》卷一："一写笔，二写寄。三、四美之之词；美之云者，所以重其寄也。五、六谦之之词；谦之云者，益所以重其寄也。末用卿月顾兔作结，正写尚书笔之妙耳。"

[9] 赵臣瑗《山满楼唐诗笺注》卷四："起手先下个'作妙形'三字，便有以言乎形则既妙矣之意。次句方落'寄'字。二、四虽是少用典故，为管城设色，然实以尚书、内史称美杨於陵也。五、六故作低昂之致，'岂能裨损益'，是无事此笔也；'祗欲播芳馨'，是又不能不借此笔也。末联收到'令更商榷，使尽其功'，而因卿以及月，因月以及兔，凑合神奇，不可思议。"

［10］胡薇元《梦痕馆诗话》："千秋之名,与人世浮云无涉。柳子厚宗元登进士为御史,以八司马为除宦官,被贬柳州,而其诗精策如其文,不可磨灭也。《平淮西雅》力追雅颂;《唐铙歌》十二篇,大力复古。《古东门行》:'汉家三十六将军,东方雷动横阵云。当街一叱百吏走,冯敬匈中函匕首。'此讥武元衡被刺事也。七律如《杨尚书寄郴笔》云:'截玉铦锥作妙形,……毫末应传顾兔灵。'"

［11］王国安《柳宗元诗笺释》："柳宗元永州诗以五言为主,尤擅五古,而柳州诗则以七言为夥,且多为近体。""久遭贬迁的凄伤之音仍为柳州诗之主调,而往往又同岭南地区独特的风光景物相交融,构成全新的诗歌意境。"

［12］区克莎《柳宗元大辞典》："柳宗元收到毛笔后,作此诗表达自己的谢意,字里行间洋溢着对友人品德和文才的赞美,写得情真意切,文采斐然。"

(唐嗣德)

别舍弟宗一[1]

[题解]

诗作于元和十一年春,其时柳公在柳州任上。

全诗意境雄浑高远,感情悲凄深沉。首联起势迅拔奇突,悲情无限,蕴贬谪之苦,孤寂之意。颔联叙悲惨遭际,抒愤懑之情。颈联借景抒情,一抑一扬,抑则令人不寒而栗,扬亦贮愁其中。尾联紧承颈联,一气贯通,顺理成章。这两句诗,"烟"字极妙:惝恍迷离,虚无缥缈,非真实幻,稍纵即逝,但又无比美好。如"烟"之可灭,似"雾"之可散;梦醒之后,只会增添更多的痛苦和失落。值得玩味的是,既是相思,"长在荆门郢树烟"聚首亦无不可,但从柳子的感情世界和主观愿望来看,却万万不可。即使做梦相会,宁可诗人乘梦越北,也不愿兄弟卧榻返南。此联熔"别离"与"迁谪"于一炉,令人叹为观止。

[原诗]

零落残魂倍黯然,双垂别泪越江边[2]。一身去国六千里,万死投荒十二年[3]。桂岭瘴来云似墨,洞庭春尽水如天[4]。欲知此后相思梦,长在荆门郢树烟[5]。

[校勘]

(1)"零落残魂倍黯然","魂",《蒋之翘本》及《全唐诗》

作"红",《全唐诗》并注云:"一作'魂'。"

(2)"桂岭瘴来云似墨","桂"原作"松",据取校诸本改。

[注释]

[1] 舍:谦辞,用以对别人称自己年幼或辈分低的亲属。柳宗一是柳宗元的从弟,故称"舍弟"。宗一元和十一年(816)离柳州赴江陵。

[2] 黯然:心神沮丧貌。江淹《别赋》:"黯然销魂者,惟别而已矣!"本句借用其意,言自己屡受挫折、打击的"残魂",如今又与亲人离别,因而倍感悲伤了。双垂别泪:指作者与宗一分别时依依不舍,两人都流下伤心的眼泪。越江:即粤江,这里用以指柳江。柳州乃百越地。

[3] 去国:离开京城长安。六千里:《通典·州郡》十四曰:"(柳州)去西京五千二百七十里。""六千里"举其成数也。万死:死一万次,这是言极艰难困苦。投荒:指被贬逐到荒凉偏僻的地方。十二年:永贞元年被贬永州,到元和十一年春夏之交与宗一在柳州分别,恰为十二个年头。

[4] 桂岭:山名,这里泛指柳州一带的山岭。洞庭:洞庭湖,在湖南省北部。柳宗一由柳州至江陵将要经过的地方。

[5] 荆门:山名,在今湖北省宜都市西北。郢,春秋时楚国都城,在今湖北省荆州市境内。屈原《哀郢》曾写离郢途中"望长楸而太息",说的就是郢都多高树。"荆门郢树",泛指宗一今后所居住的地方。

[集评]

[1] 周紫芝曰:"此诗可谓妙绝一世,但梦中安能见郢树烟?烟字只当用边字,盖前有江边故也。不然,当改成'欲知此后相

思处,望断荆门郢树烟',如此却是稳当。"此说纪昀、姚鼐、许印芳从之。(《竹坡诗话》)

[2] 方回曰:"此乃到柳州后,其弟归汉郢间,作此为别。'投荒十二年',其句哀矣,然自取之也。为太守尚怨如此,非大富贵不满愿,亦躁矣哉!"(《瀛奎律髓卷》四十三谴谪类)

[3] 廖文炳曰:"此《别舍弟宗一》言既遭谴谪,残魂黯然,又遇兄弟睽离,故临流而挥泪也。去国极远,投荒极久,幸一聚会,未几又别,而瘴气之来,云黑如墨,春光之尽,水溢如天。气候若此,能不益增其离恨乎?自此别后,怀弟之梦,长在于荆门郢树之间而已。若后会期,岂可得而定哉?"(《唐诗鼓吹注解》卷一)

[4] 顾璘曰:"词太整,殊觉气格不远。"(《唐诗选·脉会通》引)

[5] 唐汝询曰:"此亦在柳而送其弟入楚也,流放之余,惊魂未定,复此分别,倍加黯然,不觉泪之双下也。我之被谪,既远且久,今又与弟分离,一留桂岭,一趋洞庭,瘴疠风波,尔我难堪矣。弟之此行当在荆郢之间,我之梦魂常不离夫斯土耳。"(《唐诗解》卷四十四)

[6] 汪森《韩柳诗选》曰:"三四句法极健,以无闲字衬贴也。"唐陈彝曰:"次联真悲真痛,不觉其浅。"孙月峰(《评点柳柳州集》)曰:"颔联是学少陵《恨别》起二句。"(《唐诗选·脉会通》引)

[7] 赵臣瑷曰:"魂而日残,其零落或知,黯然,平日也;倍黯然,今日也。此句喝起,下双垂别泪一落,正注明倍字意也。三、四申写平日之黯然,勿作对偶看。一身也而至于万死,去国也而至于投荒,六千里也而至于十二年,其魂有不零落者乎?五、六申写今日之倍黯然。桂岭,身所羁留之处也。洞庭,

弟所宦游之处也。瘴云如墨,春水如天,二境并举,美恶判然。今也弟固不堪伴兄,兄又不能就弟,其泪有不双垂者乎?一结趁势回抱,言只有梦中相见之一途而已。夫相思云者,兄既思弟,弟亦思兄也。今乃曰'长在荆门郢树烟',是但容兄之梦越洞庭而去,不愿弟之梦踰桂岭而来也。先生之不安于柳如是。"(赵臣瑗《山满楼唐诗笺注》卷四)

[8] 黄周星曰:"真可为黯然销魂。"(《唐诗快》卷十一)

[9] 王夫之曰:"情深文明。"(《唐诗评选》)

[10] 朱三锡曰:"既曰残魂矣,又曰零落者,言余一身被斥,魂已惊断,零星散落,万万不堪再增苦恼,今又遭舍弟之别,双垂眼泪,故曰倍黯然也,三、四是叙未别之前,五、六是叙既别之后,'去国',言其远;'远荒,'言其久;'云似墨',言不可居;'水如天',言不得归。弟兄远别,后会无期,殊方异域,度日如年,真一字一泪也。"(《东岩草堂评订唐诗鼓吹》卷一)

[11] 何焯批语:"儗恨别而起结较巧。"(《唐诗鼓吹》卷一)

[12] 何焯评《别舍弟宗一》曰:"'一身去国六千里',《通典》:柳州龙城郡去西京五千四百七十里。'欲知此后相思梦'二句,《韩非子》张敏与高惠二人为友,每相思不得相见,敏便于梦中往寻,但行至半路即迷。落句正用其意,承五六来,言柳州梦亦不能到也。注指荆郢,为宗一将游之处,非。"(何焯《义门读书记》评语)

[13] 纪昀曰:"语意浑成而真切,至今传颂口熟,仍不觉其烂。"按:许印芳《律髓辑要》曰:"语意真切,他人不能剿袭,故得历久不滥。"(《瀛奎律髓刊误》卷四)

[14] 吴昌祺曰:"子厚本工于诗,又经穷困,益为之助。柳

州之贬，未始非幸也。"（《删订唐诗解》卷四十四）

[15] 许印芳曰："柳子厚此诗'桂岭'一联，《寄卢衡州》云'兼葭浙沥含朝露，橘柚玲珑透夕阳'，《柳州峒氓》云'青箬裹盐归峒客，绿荷包饭趁虚人'，……诸诗，古律备体，钜细毕举，善写情状，可为后学楷模。"（《诗法萃编》卷八）

[16] 吴景旭引柳子厚《别舍弟宗一》诗云："欲知此后相思梦，长在荆门郢树烟。"判曰：墅谈称：此诗无一字不佳。竹坡老人乃谓：梦中焉能见郢树烟？欲易"烟"以"边"，又以犯第二句江边。而改云："欲知此后相思处，望断荆门郢树烟。"此真痴人前说不得梦也。不知天下梦境极灵极幻，疑假疑真，着一"烟"字缀之，使模糊离迷于其间，以梦为体，以烟为用，说出一种相思况味，诗人神行处也。如太白诗："相思若烟草，历乱无冬春。"盖善说相思，无如烟树、烟草矣。（吴景旭《历代诗话》卷四十九）

[17] 周紫芝曰："此诗可谓妙绝一世，但梦中安能见郢树烟？'烟'字只当用'边'字，盖前有'江边'故耳。不然，当改云：'欲知此后相思处，望断荆门郢树烟。'如此却是稳当。"（《竹坡诗话》）

（吴同和）

柳州二月榕叶落尽偶题[1]

[题解]

此诗元和十一年初春作于柳州。榕树为南方草木,落叶不尽在秋冬,春夏也常见。柳宗元北人南迁,因见榕树落叶而触景伤情,抒发自己的羁旅愁思。

[原诗]

宦情羁思共凄凄[2],春半如秋意转迷[3]。山城过雨百花尽,榕叶满庭莺乱啼。

[校勘]

(1)宦情羁思共凄凄:"宦",《百家注本》《蒋之翘本》《济美堂本》作"官"。

(2)山城过雨百花尽:"过",《诂训本》作"遇"。

[注释]

[1]榕:柳州有大叶榕,每当冷尾暖头的农历二月,叶子往往落尽,给人春半如秋之感。

[2]宦情:仕宦之情。羁思:羁旅之思,此处指外放柳州的心情。

[3]春半如秋:春半为二月,本是春光明媚却像秋天一样。

转迷：转而使人感到迷惘。

[集评]

[1] 刘辰翁曰："其情景自不可堪。"（《唐诗品汇》卷五十二）

[2] 唐汝询曰："羁旅戚矣，春半如秋，则又使我意迷也。花尽叶落，岂二月时光景耶？盖柳州风气之异如此。"（《唐诗解》卷二十九）

[3] 陆梦龙曰："自在而深。"（《柳子厚集选》卷四）

[4] 蒋之翘曰："落句悠然自远。"（《柳集辑注》卷四十二）

[5] 宋长白曰："闽、粤之间，其树榕有大叶细叶二种。纷披轮囷，细枝着地，遇水即生，亦异品也。前人取为诗料，始于柳子厚'榕叶满庭莺乱啼。'苏子瞻有'卧闻榕叶响长廊'，杨诚斋有'榕叶梢头访古台'，程雪栖有'老榕能识旧花骢'，汤临川有'榕树萧萧倒挂啼'。此外无有专咏者。"（《柳亭诗话》二十三）

[6] 王尧衢曰："首句：子厚之刺柳州，虽非坐谴，然边方烟瘴，则仕宦之情与羁旅之思，自觉含凄而可悲。'春半'句：羁人最怕是秋，今春半而木叶尽落，竟如秋一般，使我意思转觉迷乱也。'山城'句：柳州多山，故曰山城。雨过花尽，真春半如秋矣。末句：闽、广有木名榕，大而多阴。初生如葛，缘木后乃成树。莺啼时而叶落，又春半如秋矣。"（《唐诗合解笺注》卷六）

[7] 黄叔灿曰："炎方气暖，春半已百花俱尽。榕叶满庭，萧疏景况，故曰如秋。柳州卑暑之地，言物候之异致如此。"（《唐诗笺注》卷九）

[8] 刘永济曰："此诗不言远谪之苦，而一种无可奈何之情，于二十八字中见之。"（《唐人绝句精华》）

（张伟）

韩漳州书报彻上人亡因寄二绝[1]

[题解]

此诗作于元和十一年秋。当年彻上人于宣州开元寺圆寂。当接到漳州刺史韩泰来信中得知这一消息时，柳宗元于任所作此二绝以寄深切哀悼。第一首回忆往昔同彻上人交游的情境，盛赞彻上人的高超才艺和卓绝风范。第二首则以含蓄之笔出之，极尽低回吞吐之能事，痛诉衷肠。"频把琼书出袖中，独吟遗句立秋风"的典型细节描绘，"桂江日夜流千里，挥泪何时到甬东"的内心情感抒发，自然恰切，收到了揭示心理入微和抒发胸臆至深的绝妙艺术效果。

[原诗]

其 一

早岁京华听越吟[2]，闻君江海分逾深。他时若写兰亭会[3]，莫画高僧支道林[4]。

其 二

频把琼书出袖中[5]，独吟遗句立秋风[6]。桂江日夜流千里[7]，挥泪何时到甬东[8]。

[校勘]

(1)《诂训本》《音辨本》列本篇于刘梦得《酬柳柳州家鸡

之赠》前,排在本卷倒数第十九首处。

(2)《世采堂本》《音辨本》《蒋之翘本》《济美堂本》《游居敬本》《全唐诗》均无"其二"二字。

(3)《诂训本》"琼"(琼)作"鞏"。

[注释]

[1] 韩漳州:韩泰,时任漳州(治今福建漳浦县)刺史。韩泰曾与柳宗元一起参加永贞革新,永贞元年被贬为虔州司马,元和十年迁漳州刺史。柳宗元有《登柳州城楼寄漳汀封连四州》等作品相赠。彻上人:灵澈,字澄源,是中唐名僧。上人是对僧人的尊称。据刘禹锡《彻上人文集纪》:"上人生于会稽,本汤氏子。聪察嗜学,不肯为凡夫。因辞父兄出家,号灵澈,字澄源。虽受经论,一心好篇章,从越客严维学为诗,遂籍籍有闻。贞元中(785—805)西游京师,名振辇下。缁流疾之,造飞语激动中贵人,因侵诬得罪,徙汀州,会赦归东越。时吴楚间诸侯多宾礼招延之。元和十一年终于宣州开元寺,年七十有一。"

[2] 京华:指唐都长安(今西安市)。郭璞《游仙诗》:"京华游侠窟。"京师为文物所萃,故称京华。柳宗元出生在长安,从政在长安。与彻上人相知应于长安。越吟:灵澈本籍会稽,会稽古为越地,又灵澈上人曾"从越客严维学为诗",故称灵澈上人所作之诗为"越吟"。

[3] 兰亭会:兰亭,在浙江山阴(今绍兴)。王羲之等名流曾宴集于兰亭,饮酒赋诗,极尽游赏之兴。

[4] 支道林:东晋名僧。据《世说新语·语言》刘孝标注引《高逸沙门传》:"支遁,字道林,河内林虑人,或曰陈留人。本姓关氏。少而任心独往,风期高亮,家世奉法。尝于余杭山深思道行,冷然独畅。年二十五,始释形入道,年五十三终于洛阳。"

支道林与王羲之等人有交往,他曾参与兰亭宴会。前人画《修禊图》,支道林也在其中。这里引用这个典故,是为了赞扬彻上人的风范已超过了前朝的名僧支道林。

[5] 琼书:琼,美玉。琼书是对灵澈上人作品的美称,谓灵澈诗文集。

[6] 遗句:刘禹锡《澈上人文集纪》:"世之言诗僧多出江左,……独吴兴画公能备众体。画公后,澈公承之,至如《芙蓉园新寺》诗:'经来白马寺,僧到赤乌年。'《谪汀州》:'青蝇为吊客,黄耳寄家书。'可谓入作者阃域,岂特雄于诗僧间耶。"遗句,指彻上人的诗句。

[7] 桂江:一名漓水。

[8] 甬东:地名,即今浙江省舟山岛。这里用以代指彻上人的家乡会稽。

[集评]

[1] 韩醇曰:"兰亭修禊,遁与焉。故后人写《修禊图》,遁亦在其列。"(《诂训柳集》卷四十二)

[2] 胡薇元曰:"杜、韩七绝皆未工,而柳则工,如《韩漳州》一首云:'早岁京华听越吟,闻君江海分逾深。他时若写兰亭会,莫画高僧支道林。'"(《梦痕馆诗话》)

[3] 王国安曰:"'莫画高僧支道林'句谓灵澈胜于支道林也。""'独吟遗句'澈亡后十七年,其弟子秀峰删取其诗勒为十卷,又辑其接词客、闻人唱酬之作为十卷,知其遗作甚多,惜今大都佚失,《全唐诗》仅存十六首。"(《柳宗元诗笺释》)

(唐嗣德)

柳州寄丈人周韶州[1]

[题解]

此诗当作于元和十一年深秋。首句从大处着笔写自然环境，用"越绝""孤城"和"千万峰"组合成荒远、隔离的空间意象，点出贬地的空荒寥远。诗人面对这种物像，寂寞之情油然而生。次句由远而近，写眼前的景况和心情，用"空""不语"和"坐"直陈孤独之苦。接下来以"印文生绿""砚匣留尘"来渲染政务之荒疏冷清，为官之百无聊赖。而环顾山水，满眼萧索荒凉，只有那些异鸟和怪鱼偶尔出没在视野里。面对这艰险怪诞之地，不禁有几分惶恐不安。刺史毕竟是一州的最高长官，而一向勤于职守、系心民瘼的柳宗元，一到任所就雄心勃勃，要为地方，为老百姓多办好事实事。最后两句寄语对方，满怀希望能得到关心和理解。其言也真，其言也哀！读罢这一凄伤语，令人顿生恻隐之心。

[原诗]

越绝孤城千万峰[2]，空斋不语坐高春[3]。印文生绿经旬合[4]，砚匣留尘尽日封[5]。梅岭寒烟藏翡翠[6]，桂江秋水露鲷鳙[7]。丈人本自忘机事[8]，为想年来憔悴容[9]。

[校勘]

(1) 砚匣留尘尽日封：《世采堂本》句下注："'留'，吕本作'流'。"《何焯校本》云："吕本'留'作'流'。"

[注释]

[1] 丈人：对年长者的敬称。《论语·微子》："丈人曰：'四体不勤，五谷不分，孰为夫子？'植其杖而芸。"韶州：隋开皇九年（589）置。唐贞观年初复置。当时治所在曲江（今韶关市西南）。辖境相当今广东韶关市、曲江、乐昌、南雄、乳源等地。周韶州：《雍正广东通志》卷十三《职官表》载："周君巢，太原人，元和初韶州刺史。"郁贤皓《唐刺史考》据此疑为周君巢。柳宗元有《答周君巢饵药久寿书》。

[2] 越绝：书名，指《越绝书》，其文与《吴越春秋》相类，记春秋越国事。这里诗人意在言柳州边远荒僻，乃越之绝境。孤城：指柳州城。千万峰：谓柳州多山。

[3] 空斋：斋，屋舍，一般指书房、学舍。高舂：傍晚时分。《淮南子·天文训》："日至于渊虞，是谓高舂；至于连石，是为下舂。"高诱注："渊虞，地名。高舂，时加戌，民碓舂时也。"

[4] 印文：指铜冶官印。生绿：被绿霉所没。旬：十日为一旬。

[5] 砚匣：墨砚盒。尽日：整日。

[6] 梅岭，指大庾岭，在广东、江西交界处。《元和郡县志》卷三十四《岭南道韶州》："始兴县：大庾岭，一名东峤山，即汉塞上也。在县东北一百七十二里。"古时岭上多梅，故又称梅岭。寒烟：潮湿的雾气。翡翠：鸟名。《异物志》："翠鸟，似燕，翡赤而翠青，其羽可以为饰。"

[7] 桂江：广西境内的漓水，为西江上源之一，入临桂县境名桂江。《元和郡县志》卷三十六《岭南道·桂州·临桂县》："桂江，一名漓水，经县东，去县十步。"鲡鱣：皆鱼名。《楚辞·大招》："鲡鱣短狐，王虺骞只。"王逸注："鲡鱣，短狐类也。短狐，鬼蜮也。"

[8] 忘机事：忘却计较或巧诈之心。指自甘恬淡与世无争。《庄子·天地》："有机械者必有机事，有机事者必有机心，机心存于胸中则纯白不备。"李白《下终南山过斛斯山人宿置酒》："我醉君复乐，陶然共忘机。"

[9] 憔悴：身体瘦弱，面色不好看。

[集评]

[1] 严有翼曰："薛能诗：'山屐经过满径踪，隔溪遥见夕阳春。'人多不知夕阳春为何等语。予考之《淮南子》曰：'日经于泉隅，是谓高春，顿于连石，是谓下春。'注：'尚未冥上蒙先春曰高春，将欲冥下蒙悉春曰下春。'……柳子厚诗云：'空斋不语坐高春。'"（《艺苑雌黄》）

[2] 姚宽曰："柳子厚诗云：'空斋不语坐高春。'"薛能诗云：'隔江遥见夕阳春。'或云见春米，大非也。《淮南子》云：'日至于虞渊，是谓高春。'注云：虞渊，地名。高春，时始，民碓春时也。"至于连石是谓下春。"注云：连石，西山名，言将螟下，民息春，故曰下春。（《西溪丛语》卷下）

[3] 俞弁曰："黄润玉《万象录》云：高春巳时也。或云：日入处，非也。余读梁元帝诗云：'暮春多淑气，斜景落高春。'又《纳凉》云：'高春斜日下，佳气满栏盈。'当以日入处为是。二说戌与巳皆误。"（《逸老堂诗话》卷上）

[4] 邝露曰："东粤曰潜牛，西曰潜牛留，楚曰鲡鱣，出漳

与虎斗，角软，用水一湛，坚则复斗，予在湘中见之。柳子厚诗：'桂江秋水见鲴鱼。'"（《赤雅》卷下）

[5] 廖文炳曰："此子厚自言在越而思丈人，坐高舂而不语也。印不用而文没，砚不磨而尘封，其官况何寂寞耶？烟藏翡翠，水露鲴鱼，梅岭桂江之萧寂可见。余也身遭放逐，憔悴已甚，若丈人之机械尽亡，优游自适，当想予憔悴之容也。"（《唐诗鼓吹注解》卷一）

[6] 许学夷曰："其五言长律及七言律对多凑合，语多妆构，始渐见斧凿痕，而化机遂亡矣，要亦正变也。……'印文生绿经旬合，砚匣留尘尽日封。'等句，对皆凑合，语皆妆构，较之大历，则自不同矣。"（《诗源辩体》卷二十三）

[7] 金人瑞曰："言己虽为柳州刺史，其实与诸獠獠不开一口，不写一字，一作一事也。"（《山晓阁选唐大家柳柳州全集评点》）

[8] 吴景旭曰："柳子厚诗：'尘斋不语坐高舂。'……姚令威引此注云：虞渊，地名。……李君实云：治粟者，落杵曰舂，日之经天，自日禺中至日晡，皆横过，再向晚，则日影旁射侧落，如舂者直下其杵，故高舂，曰下舂，言日落之渐次也。梁元帝诗：'斜景落高杵。'李义山诗：'经烛近高舂。'……王僧孺《致仕表》云：'高舂之景一斜，不周之风忽至。'"（《历代诗话》卷四十九）

[9] 朱三锡曰："孤城，柳城也。千万峰，言自柳望韶，不可得见也。空斋不语坐高舂，自言其机事尽忘，亦如予之几坐无事、憔悴不堪也。言下有同病相怜之意。"（《东岩草堂评订唐诗鼓吹》卷一）

[10] 贺裳曰："柳五言诗犹能强自排遣，七言则满纸涕泪。如……'梅岭寒烟藏翡翠，桂江秋水露鲴鱼。'……只就此写景，

已不可堪,不待读其'一身去国六千里,万死投荒十二年'矣!"(《载酒园诗又编》)

[11] 何焯曰:"鳄鳙,皆鱼名,钝吟以为鬼蜮,不知出何书。此联皆自比空负文采,不得飞跃也。"(《唐诗鼓吹》批语卷一)

[12] 纪昀曰:"梅岭二句,指周一边说,然突入觉无头绪,又领不起第七句,殊不妥适。传颂口熟不觉耳。"(《瀛奎律髓刊误》卷四)

[13] 章士钊曰:"诗以憔悴为主脑语。前六句皆历写憔悴实况。首二句如身处高山之中,饭后无聊,坐而假寐以至于日夕;人次讼庭无事,笔墨生尘,终日无人理会。又梅岭花开有翠禽小小,绿毛倒挂,若有意形容旁观人之老丑,乃第五句之反写。第六句正写恶鱼如鬼如蜮,含沙射人,恶毒且随环境而来。总之皆机事中之各种意态,如量表现。第七句乃以丈人本无机事,反映己身之憔悴容为结。"(《柳文指要·通要之部》卷十二)

[14] 王国安曰:"印文二句写官况寂寞,穷极无聊,非有厌弃土著居民之意,金喟评诗往往有穿凿可厌者(本篇集评第8条),此类是也。"(《柳宗元诗笺释》)

(唐嗣德)

得卢衡州书因以诗寄[1]

[题解]

此诗于元和十一年秋作于柳州。这是柳宗元写给好友衡州刺史卢某的一首答诗。诗人为了宽解对方,将自己所在的柳州,与卢刺史所在的衡州在自然环境方面进行对比,指出柳州东近林邑,南接牂牁山峰陡峭利似剑戟,江流温度极高如开水;而衡州一到秋季,遍野的芦苇在薄雾清风中摇曳作响,串串橘柚在夕阳映照下玲珑夺目。诗人以此来劝慰友人,可谓用心良苦,其真情厚意可佩可感。诗的尾联引用南朝诗人柳恽作《江南曲》的诗话,进一步表明心迹:我虽然不是白洲畔的归客,但还是要把沉甸甸的思念带到挚友所在的遥远的潇湘去。诗人写景状物,借境含情,通过凝练委婉、耐人寻味的语言,将曲折起伏的复杂情感,恰到好处地表现出来。柳宗元的诗,其神韵之独特,其寄托之深远,其意境之明净,其手法之高妙,从这首七律中可见一斑。

[原诗]

临蒸且莫叹炎方[2],为报秋来雁几行[3]。林邑东回山似戟[4],牂牁南下水如汤[5]。蒹葭淅沥含秋雾[6],橘柚玲珑透夕阳[7]。非是白蘋洲畔客[8],还将远意问潇湘[9]。

第四辑　晚年柳州诗

[校勘]

（1）牂牁南下水如汤："牂牁"，《百家注本》《世采堂本》《音辩本》均作"牂柯"。

（2）蒹葭淅沥含秋雾：《百家注本》"淅"作"浙"。何焯《义门读书记》："'雾'，《鼓吹》作'雨'。"

[注释]

[1] 卢衡州：事迹不详，当是出守衡州刺史的卢姓旧友。衡州：今湖南省衡阳市。

[2] 临蒸：衡阳旧名，故城在衡阳城东。《元和郡县志》卷三十《江南道·衡州》："衡阳县，本汉酃县地，吴分置临蒸县，属衡山郡。"天宝初更名衡阳郡，县仍属焉。县城东傍湘江，北背蒸水。炎方：指南方炎热地区。

[3] 雁几行：衡阳有回雁峰，相传每年秋天大雁南飞，但到衡阳回雁峰即止，到第二年春天再往北飞。《方舆胜览·衡州》："回雁峰在衡阳之南，雁至此不过，遇春而回，故名。"这里是借"雁几行"来指代书信往来。

[4] 林邑：南海古国名，亦称"古城"。《南史·林邑国传》："林邑国，本汉日南郡象林县，古越裳界也。伏波将军马援开南境，置此县，其地从广可六百里。"又《旧唐书·地理志》四《岭南道·林州》："隋林邑郡，贞观九年于绥怀林邑置林州，寄治于驩州地界。今废无名，领县三，无户口，去京师一万二千里。"治所北临驩州，在今越南境内。山似戟：形容山峰耸峭，直立若剑戟。

[5] 牂牁：牂牁江，古水名。《史记·本南夷传》："夜郎者，临牂牁江，江广百余步，足以行船。"这里借指柳江。汤：开水。《论语·季氏》："见不善如探汤。"

[6] 蒹葭（jiān jiā）：《诗经·秦风·蒹葭》："蒹葭苍苍，白露为霜。所谓伊人，在水一方。"陆机《毛诗草木鸟兽鱼疏》："蒹，水草也。""葭，一名芦菼，或谓之荻。"这里指芦苇。渐沥：象声词，这里形容风吹蒹葭发出的声音。

[7] 橘柚：南方所产的柑橘、柚子一类水果。玲珑：精巧细致。橘柚玲珑，形容橘柚果实累累，在夕阳中更显得可爱好看。

[8] 白苹：生长在浅水中的一种水草，开白花，在江南一带水泽地和池塘中多有生长。白苹洲畔客：指南朝诗人柳恽。柳恽，字文畅，河东解（今山西解县）人，多才艺，尤善诗，后贬吴兴太守，作有闺怨诗《江南春》："汀洲采白苹，日暖江南春。洞庭有归客，潇湘逢故人。故人何不返？春花复应晚。不道新知乐，只言行路远。"开头"汀洲采白苹"二句，后人在诗词中常作为典故化用。白苹洲，《太平寰宇记·湖州》："白苹洲在霅溪之东南，去洲一里。洲上有鲁共颜真卿芳亭，内有梁太守柳恽诗云：'汀洲采白苹，日晚江南春'因以为名。"《大清一统志·湖南永州府》："白苹洲，在零陵县西潇水中，洲长数十丈，水横流如峡，旧产白苹最盛。"

[9] 潇湘：湖南省境内之湘水，在零陵县西合潇水，世称潇湘。《山海经·中山经》："澧沅之风，交潇湘之渊。"潇水与湘水合流后流经衡州，这里借指卢衡州。

[集评]

[1] 廖文炳曰："首句是慰卢君，言君居此，莫嗟炎热之方。余因雁书时至而觉山利如戟，水流如汤，雨滴蒹葭，日映橘柚，皆动吾以遐思也。念昔柳恽为治地道贬吴兴太守，犹非绝境，今余所居非地，聊述贬谪之意而问之卢衡州耳。"（《唐诗鼓吹注解》卷一）

[2] 许学夷曰："其五言长律及七言律对多凑合，语多妆构，始渐见斧凿痕，而化机遂亡矣，要亦正变也。……七言如'林邑东回山似戟，牂牁南下水如汤。蒹葭渐沥含秋雾，橘柚玲珑透夕阳'等句，对皆凑合，语皆妆构，较之大历，则自不同矣。"（《诗源辩体》卷二十三）

[3] 朱三锡曰："一、二因卢衡州有书而报之也。三、四因卢衡州叹临蒸之热而自言柳州之山水尤为不堪也。五、六又因柳州之不堪而致问临蒸也。故结云'还将远意问潇湘'也。夫先生岂真思羡临蒸耶？只因柳州之与临蒸其相去有数十百倍者，不得不致问临蒸也。言外有极感慨意。"（《东岩草堂评订唐诗鼓吹》卷一）

[4] 胡以梅曰："详诗意，必卢衡州来书，谓衡远在天南炎热之地，亦言谪官不得意者。子厚答诗，言君地且莫叹为炎方，我之处境更陋，用报君之雁书几行而述之。盖林邑、牂牁本南徼之极处，而我柳州已与相近，所以山水无情，如戟如汤，含瘴毒意，蒹葭渐沥，秋雨飘风，橘柚玲珑，夕阳惨淡。玲珑是丛树中透露也，其萧条景况，天涯隔远，以为何如乎？予迁谪虽非如柳恽为吴兴白苹洲畔之客，然喜得亦如潇湘逢故人，敢将我远谪以问之，岂不比君更远乎？全用柳恽《江南曲》内语意，而远字本于恽作。且挽到起句，暗应三、四，通身结出路远。已又姓柳，攒簇得妙。"（《唐诗贯注》卷十二）

[5] 赵臣瑗曰："卢书必是特叹临蒸之炎热，故报之如此。言尔勿嫌衡阳地恶，尔亦不知吾柳州之恶，真不啻十倍于衡阳也。林邑在其东，牂牁在其南，以言乎山，则山似戟，无一寸坦道也；以言乎水，则水如汤，无一勺平波也。是岂特临蒸之堪叹已乎。若尔衡阳，则水有蒹葭，秋雨至而其声渐沥，可以娱耳；山有橘柚，夕阳留而其影玲珑，可以悦目。何为不足羁高贤之驾

乎。我本吴人，所谓白苹洲畔之客也，而今则非是矣，方与林邑、牂牁异言异服之人错处而邻居，在其意固无日不潇湘之上、蒹葭橘柚之间，人方慕之羡之，而尔顾咨嗟而太息之何耶？""二之所谓报，报以三、四之柳州风土也；句法顺。八之所谓问，问其五、六之临蒸景物也；句法倒。"（《山满楼唐诗笺注》卷四）

[6] 贺裳曰："柳五言诗犹能强自排遣，七言则满纸涕泪。如'蒹葭渐沥含秋雾，橘柚玲珑透夕阳。'只就此写景，已不可堪，不待读其'一身去国六千里，万死投荒十二年'矣。"（《载酒园诗话又编》）

[7] 何焯曰："蒹葭渐沥含秋雾"一联，'雾'《鼓吹》作'雨'，秋雨即蒹葭之声，夕阳即橘柚之色也。细按之，作'雾'为是，乃岭外风景，遇雾多，见日晚也。（《义门读书记》评语）

[8] 何焯曰："'非是白苹洲畔客'二句，注中当并引'洞庭有归客，潇湘逢故人'二句，落句乃显。"（《义门读书记》评语）

[9] 宋长白曰："'好山如隐士，避世不自露；不应官道旁，乃有见山处。'此杨诚斋过摩舍那滩作也。乃知康乐、柳州搜奇抉险，尽翻山水窠臼者，不欲以浅易近人，一览而尽耳。地理书曰：'真龙本是闺中女，岂肯抛头露面行。'"（《柳林诗话》卷二十一）

[10] 孙月峰曰："蒹葭渐沥含秋雾，橘桔玲珑透夕阳"二景联分大小，是层数。（《评点柳柳州集》卷四十二）

[11] 纪昀曰："一说谓卢以衡州为炎，其地犹雁所到，若我所居则林邑、牂牁之间，更为远矣。于理较通而不免多一转，存以备考。"（《瀛奎律髓刊误》卷四）

[12] 纪昀曰："六句如画。"（《瀛奎律髓刊误》卷四）

[13] 许印芳曰："沈归愚：'描写难状之情，正于琐处笔力，

此古文叙事手也。熟精《左》、《史》者能之。'读此评，益信学诗必兼学古文，始能叙大小事曲折尽致也。……太白《忆旧游》云：'一溪初入千花明，万壑度尽松风声。'……王摩诘《冬晚对雪》云：'隔牖风惊竹，开门雪满山。'……韩昌黎《独钓》云：'露排四岸草，风约半池萍。'……柳子厚《别舍弟宗一》云：'桂岭瘴来云似墨，洞庭春尽水如天。'《寄卢衡州》云：'蒹葭淅沥含秋雾，橘柚玲珑透夕阳。'……以上诸诗，古律备体，巨细毕举，善写情状，可为后学楷模。"(《诗法萃编》卷八)

[14]《诗境浅说》："柳州谪官以后之诗，多纪岭南殊俗。此联'山腹雨晴添象迹，潭心日暖长蛟涎'与'射工巧何游人影，飓母偏惊旅客船'句，纪其风物之异也。寄友诗云：'林邑东回山似戟，牂牁南下水如汤。'纪山水之异也。《峒氓》诗云：'青箬裹盐归峒客，绿荷包饭趁墟人。鹅毛御腊缝山罽，鸡骨占年拜水神。'纪俗尚之异也。就见闻所及，语意既新，复工对仗，非亲历者不能道之。"

[15] 黄叔灿曰："衡阳有回雁峰，借用以言卢之来信也。'且莫叹'，正兴起下二联，以见柳柳州之更不如林邑。二语见山水奇险。蒹葭一联，言瘴雾蒙蒙，透夕阳者，惟橘柚耳，见风土之恶也。末二句，言不似柳恽之贬吴兴有白苹之兴，故将远意问之，正所以报书也。"(《唐诗笺注》卷五)

[16] 钱仲联曰："《得卢衡州书因以诗寄》《岭南江行》《柳州峒氓》《别舍弟宗一》诸篇，通过对南方奇异风物习俗的描绘，抒写贬谪生活中的哀怨之情，在唐律中独具一境界。"(《中国大百科全书·中国文学》)

(唐嗣德)

与浩初上人同看山寄京华亲故[1]

[题解]

柳宗元到柳州任刺史后,浩初从临贺(今广西贺州市)到柳州造访,彼此有诗文唱和。据刘禹锡元和十四年所作《海阳湖别浩初师》一诗小引有"前年省柳仪曹于龙城"之语,可知此诗作于元和十二年秋。这首构思奇特的抒情小诗,通过一系列形象思维深刻揭示了诗人的内心世界:惨苦的愁怀、急切的归思。他希望在朝旧交能够一为援手,使其得以狐死首丘,不至葬身瘴疠之地。全诗融情入景,情感浓郁,哀而不伤,怨而不露,具有强烈的艺术感染力,受到历代评论家的推崇。

[原诗]

海畔尖山似剑铓[2],秋来处处割愁肠[3]。若为化得身千亿[4],散上峰头望故乡[5]。

[校勘]

(1)"散上",《济美堂本》《蒋之翘本》《全唐诗》均作"散作"。

[注释]

[1]浩初:僧人法名,他是潭州(今湖南长沙市)人,龙安

海禅师的弟子，能诗善弈，与柳宗元、刘禹锡的交谊甚笃，曾到柳州访柳，连州访刘。上人：佛教称有得者为上人，后用为对僧人的尊称。京华：指当时的京城长安。

[2] 海畔：海边。岭南地区靠近大海，作者把柳州也看作海边。尖山：柳州为喀斯特地区，多有峻峭的石山拔地耸立。剑铓：剑锋、剑尖。苏轼《东坡题跋》卷二曰："仆自东武适文登，并海行数日，道旁诸峰真若剑铓。诵柳子厚诗，知海山多尔耶。"

[3] 割愁肠：陆游《老学庵笔记》："柳子厚诗云：'海上尖山似剑铓，秋来处处割愁肠。'东坡用之云：'割愁还有剑铓山。'或谓可言'割愁肠'，不可但言'割愁'。亡兄仲高云：晋张望诗曰'愁来不可割'，此'割愁'二字出处也。"

[4] 若为：张相《诗词曲语词汇释》卷一："若，犹怎也，那也……而诗词中最为习见者，则为'若为'字……""若为化得身千亿，散上峰头望故乡"，此亦"怎能"义。化得身千亿：这里借用佛教语，佛家有"化身"之说。《无量义经·说法品第二》谓佛"能以一身，示百千万亿那由他无量无数恒河沙身"，这就是作者此句所本。另据《翻译名义集》载："一千亿百国，一国一释迦，故召释迦牟尼名千百亿化身也。"此句化用其意。

[5] 故乡：这里指京城长安。

[集评]

[1] 苏轼曰："韩退之诗云：'水作青罗带，山为碧玉簪。'柳子厚诗云：'海上尖山若剑铓，秋来处处割愁肠。'陆道士云：'二公当时不相计，会好做成一属刘。'东坡为之对云：'系艖岂无罗带水，割愁还有剑铓山。'此可编入诗话也。"（《东坡题跋》卷二）

[2] 蔡启曰："子厚之贬，其忧悲憔悴之叹，发于诗者，特

为酸楚。"(《蔡宽夫诗话》)

[3] 周紫芝曰:"柳子厚《与浩初上人同看山寄京华亲故》云:'海畔尖山似剑铓,秋来处处割愁肠。若为化得身千亿,散上峰头望故乡。'议者谓子厚南迁,不得为无罪,盖未死而身已在刀山上。"(《竹坡诗话》)

[4] 瞿佑曰:"柳子厚诗:'海畔尖山似剑铓,秋来处处割愁肠。若为化得身千亿,散上峰头望故乡。或谓子厚南迁,不得为无罪,盖虽未死而身已在刀山矣。此语虽过,然造作险诨,读之令人惨然不乐,未若李文饶云:'独上高楼望帝京,鸟飞犹是半年程。碧山似欲留人住,百匝千遭绕郡城。'虽怨而不迫,且有恋阙之意。"(《归田诗话》卷上)

[5] 邝露曰:"阳朔诸峰,如笋出地,各不相倚。三峰九嶷,折城天柱者数十里,如楼通天,如阙刺霄,如修竿,如高旗,如人怒;如马啮,如陈将合,如战将溃,漓江荔水,捆织其下,蛇龟猿鹤,焯耀万态,退之'水作青罗带,山为碧玉簪';子厚'海畔尖山似剑铓,秋来处处割愁肠';子瞻'系懑岂无罗带水,割愁还有剑铓山';鲁直'桂岭环城如雁宕,苍山平地忽蚁封'。皆实录也。"(《赤雅》卷中)

[6] 杨庶堪论诗绝句:"剑铓愁肠海上峰,始知愁苦易为工。柳州山水堪供老,万里投荒别泪红。"

[7] 顾璘曰:"悲语。"(《唐诗选脉会通评林》)

[8] 周珽曰:"留滞他山,愁肠如割,到处无可慰之也。因同上人,欲假释家化身神通,少舒乡国之想。因迁客无聊之思,发为无聊之耳语。"(《唐诗选脉会通评林》)

(唐嗣德)

浩初上人见贻绝句而欲登仙人山因以酬之[1]

[题解]

　　此诗于元和十二年作于柳州。柳宗元到柳州刺史任上不久，浩初上人就前来拜访，并写了一首绝句《欲登仙人山》相赠，诗中有相约同游仙人山之意，柳宗元故作此诗相酬。首句"珠树玲珑隔翠微"既盛赞仙人山的美丽景色，又点出诗人只能望山兴叹的心情。一个"隔"字，定下了全诗的基调。造成这种"隔"的原因，一是"病来方外事多违"，二是"仙山不属分符客"。柳宗元身为"分符客"，却仕途多舛，一贬再贬，不仅身体衰弱多病，又佛事多违，而且受宦情羁绊，被世俗琐事缠身而难以自拔，所以不能应邀同登仙人山，不能了却友人的心愿。结句"一任凌空锡杖飞"，虽是一句极平常的酬赠语，却蕴含着无限感慨。浩初上人可尽兴云游山水，独往独来，诗人却可羡而不可及，于是产生一种通过深刻的内省而渗透着强烈主体意识的企盼：老夫身为分符客，也学高僧半日闲。但是，何时才能跳出樊笼，能过超凡脱俗、自由自在的生活呢？如此作结，自然足以振起全篇。这首酬答之作的最佳处，在于委婉含蓄而自然得体，既贴切地表达了诗人的处境和心情，又非常切合浩初上人的身份和志趣。其构思的工巧细密，深为诗家所赞赏。

[原诗]

珠树玲珑隔翠微[2]，病来方外事多违[3]。仙山不属分符客[4]，一任凌空锡杖飞[5]。

[校勘]

(1) 题目"贻"，《诂训本》作"移"。

[注释]

[1] 仙人山：即仙弈山，传说有仙人弈棋其上，故名。俗称马鞍山，又叫天子山，地处柳州南端。天马腾空是柳州古八景之一。仙人山现已辟为公园。《太平寰宇记·岭南道·柳州》："仙人山在州西南山上，有石形如仙人。"

[2] 珠树：用珍珠缀成的树林，形容树木之美。《山海经·海外南经》："三珠树在厌火北，生赤水上，其为树如柏，叶皆为珠。"玲珑：明亮的样子。左思《吴都赋》："珊瑚幽茂而玲珑。"翠微：《尔雅·释山》："（山）未及上，翠微。"邢昺疏曰："谓未及顶上，在旁陂陀之处，名翠微。"《潜确居类书》："亦曰山腰。"李白《下终南山过斛斯山入宿置酒》："却顾所来径，苍苍横翠微。"

[3] 方外：世俗之外。孙汝听曰："方外，谓游方之外。"语出《庄子·大宗师》："孔子曰：彼游艺机方之外者也，而丘游艺机方之内者也。"曹植《七启》："雍容暇豫，娱志方外。"后因称僧道为方外。违：离开，未能参与。

[4] 分符客：指柳宗元自己。符，《史记·孝文本纪》："（文帝三年）初与郡国守相为铜虎符、竹使符。"符是古代朝廷传达命令、征调兵将、任命地方官员所用的凭证。用金、玉、铜、竹或木制成，上面刻有文字，双方各持一半，合之以验真

假。分符，这里指柳宗元接受朝命为柳州刺史事。柳宗元《答刘连州邦宇》："连璧本难双，分符刺小邦。"

[5]锡杖：又称智杖、德杖，也称禅杖，为僧人所用手杖。凌空锡杖飞：本指佛教中人执锡杖而游于虚空境界。孙绰《游天台山赋》："王乔控鹤以冲天，应真飞锡以蹑虚。"李周翰注："执锡杖而行于虚空，故云飞也。"这里化用其意，想象浩初上人云游苍山、超凡脱俗的自在生活。

[集评]

[1]凌宏宪曰："用事用意俱佳。"（《唐诗广选》卷七）

[2]吴烶："病中正好作方外事。"（《唐诗直解》）

[3]李攀龙曰："末收句健。"（《唐诗训解》）

[4]唐汝询曰："语峻调雄，有盛唐之格。山水虽美，临眺无期，不能无羡锡杖之飞。"（《唐诗解》）

[5]李梦阳曰："意深词足。"（《唐诗选脉会通评林》）

[6]周珽曰："方外之交，任其自由自在，居于方外之内者，不无忻羡之思。"（《唐诗选脉会通评林》）

[7]徐增曰："珠树既隔于翠微，我又因病来于方外，仙佛之事多不预闻，且仙山不属刺史所辖，上人有凌空之锡，但凭飞去便了，以诗贻我做甚。此诗最得体。"（《而庵说唐诗》）

[8]刘宏煦曰："奇幻之极，却是一团真挚。"（《唐诗真趣编》）

[9]吴昌祺曰："言倦于登眺，惟尔所适也。"（《删定唐诗解》）

[10]胡薇元曰："杜、韩七绝皆未工，而柳则工。如《浩初上人》一首云（全诗略）。"（《梦痕馆诗话》卷二）

（唐嗣德）

寄韦珩

[题解]

此诗作于柳州。具体作年有二说：一是柳宗元于元和十一年染过霍乱，诗中有"今年噬毒得霍疾"可见此诗为元和十一年所作。二是从诗中"神失庙略频破虏，四溟不日清风涛"二句看，则与元和十二年秋朝廷专力对付淮西叛军，派裴度前往且频频告捷的战事相符。据此，此诗当作于元和十二年秋季。根据史实，以第二说为确。韦珩，即韦群玉，韦正卿之子，京兆万年人。少好学，贤而有才，通古今史事，曾向韩愈、柳宗元求学。

此诗为七言古体叙事长篇，按照时间顺序运笔，从长安东郊送别写起，接着详写抵达柳州前和到刺史任上后的所见所闻、所作所为，着重突出异域环境的险恶、执掌政事的艰难和身患重疾的苦况，最后水到渠成地写承蒙"圣恩"以早日解脱罗网的夙愿。全诗情感流程少起伏，也无一语涉议论，但章法老成，一气贯注，透露出诗人漂泊流离久贬远州的痛苦，满篇充满悲凉之气，令人读后为之动容。诗中所记叙的事"核而实"，即真实可靠，可以传信，是了解诗人晚年行迹和思想的重要史料。

[原诗]

初拜柳州出东郊[1]，道旁相送皆贤豪。回眸炫晃别群玉[2]，独赴异域穿蓬蒿[3]。炎烟六月咽口鼻[4]，胸鸣肩举不可逃[5]。桂州西南又千里[6],漓水斗石麻兰高[7]。阴森野葛交蔽日[8],悬蛇结虺如蒲萄[9]。到官数宿贼满野,缚壮杀老啼且号[10]。饥行夜坐设方略[11],笼铜枹鼓手所操[12]。奇疮钉骨状如箭[13],鬼手脱命争纤毫[14]。今年噬毒得霍疾[15],支心搅腹戟与刀[16]。迩来气少筋骨露[17],苍白潎泪盈颠毛[18]。君今矻矻又窜逐[19],辞赋已复穷诗骚。神兵庙略频破虏[20],四溟不日清风涛[21]。圣恩倘忽念行苇[22],十年践踏久已劳。幸因解网入鸟兽[23],毕命江海终游遨。愿言未果身益老[24],起望东北心滔滔[25]。

[校勘]

(1)"十岁践踏久已劳"句,"踏",《古训本》《蒋之翘本》《全唐诗》作"蹈"。

(2)"幸因解网入鸟兽"句,"鸟",《诂训本》作"禽"。

[注释]

[1] 拜柳州:拜,旧时用一定的礼节授与官职。元和十年(815)三月,柳宗元出为柳州刺史。东郊:京城长安(今西安市)的东郊。

[2] 回眸:回望。炫晃:光彩夺目。群玉:双关语,既指好友韦群玉,又指送行者是才华出众的贤能之人。

[3] 异域:与中原有别的边远之地。蓬蒿:蓬草和蒿草,泛指草丛和荒野偏僻之处。

[4] 炎烟:炎热的暑气。柳宗元六月二十七日到柳州,正值酷暑时节。

[5] 胸鸣肩举:形容热天行路,气喘吁吁,肩头随之起落的样子。

[6] 桂州:治所在今广西桂林。《元和郡县志》卷三十七

《岭南道·桂州》:"梁天监六年,立桂州于苍梧、郁林之境,因桂江以为名。……武德四年后为桂州总管府,七年改为都督府。……西至柳州五百四十里。"诗中称"又千里"是夸张之辞。

[7] 斗石:江水与乱石冲撞、抨击。麻兰:又称干栏、葛栏、高栏,岭南山区常见的倚山而建的两层木楼式的建筑,上层住人,下层圈牲畜或存放杂物。

[8] 野葛:一种剧毒野草。刘恂《岭表录异》卷中:"野葛,毒草也。……或说此草蔓生,叶如兰香,光面厚。其毒多着于生叶中。不得药解,半日辄死。"

[9] 蒲萄:葡萄。

[10] 缚壮杀老:捆绑壮年人,屠杀老年人。当时柳州一带有劫持人口出卖的恶俗。

[11] 饥行夜坐:白天忍着饥饿外出巡行,夜晚还要坐镇操劳。方略:计划,措施。

[12] 笼铜:亦作"笼僮",鼓声。枹(fú 福):鼓槌。手所操:亲手拿着。

[13] 奇疮:疔疮。据《政和证类本草》记载,柳宗元于元和十一年(816)患了疔疮,十四天中,一天比一天疼痛难忍。后用蜣螂心调制敷贴,"一夕而百苦皆已。"状如箭:谓患疔疮身子瘦削如箭杆。

[14] 鬼手脱命:指从死神手中逃脱了厄运。争纤毫:指生命挣扎在毫厘之间。争,张相《诗词曲语词汇释》卷二:"争,犹差也。"

[15] 噬毒:吸进了毒气。霍疾:霍乱。《汉书·严助传》:"夏月暑时,欧霍乱之病相随属也。"

[16] 支心搅腹:形容腹中疼痛如戈矛刀剑支撑搅动。戟:戈和矛的合称。

[17] 迩来：近来。

[18] 澌汩：水流迅疾的样子。枚乘《七发》："澌汩潺湲，披扬流洒。"此处形容毛发披散的样子。颠毛：头发。

[19] 矻矻：勤奋不懈貌。《汉书·王褒传》："劳筋苦骨，终日矻矻。"应邵注："矻矻，劳极貌。"此谓韦珩勤奋努力，到头来也遭贬逐。窜逐：指韦珩贬官。

[20] 神兵：指唐王朝派出的军队。庙略：指朝廷制定的重大方略。虏：指淮西叛军。

[21] 四溟：四海、天下。清风涛：风平浪静，天下太平。元和十一年（816）十二月朝廷命李朔负责西线指挥，元和十二年正月西线战事转败为胜。七月宰相裴度往前线督师，十月李朔出奇兵趁雪夜攻入蔡州，活捉吴元济，淮西得以平定。

[22] 行苇：指路旁长的苇子。《诗·大雅·行苇》："敦彼行苇，牛羊勿践履。"柳宗元在此以路旁的芦苇自况，谓得罪至今已有十余年，希望朝廷能给予顾念，不再践踏。

[23] 解网：据《吕氏春秋》卷十《孟冬纪·异用》载：商朝国君成汤曾令设网捕猎者撤除三面之网而仅留一面，以示仁慈，后因用作称颂帝王有仁爱之心的典故，常用以比喻宽刑赦罪。入鸟兽：据《庄子·山木》中故事称：孔子困于陈蔡之间，听了太公任一席话后，便"辞其交游、去其弟子，逃于大泽"而与鸟兽友善相处。"入兽不乱群，入鸟不乱行。"后世因用作弃世隐居的典故。这里指诗人一方面以"解网"为喻，谓受到宽大，得以迁官；一方面也表示希望摆脱尘网寄情江海之心。

[24] 言：语气助问，无实义。未果：没有实现。

[25] 东北：指韦珩所贬谪处。心滔滔：指心情极不平静。此乃诗人自谓理想愿望未能实现，却日渐衰老；遥想"志气高，好读南北史书，通国朝事，穿穴古今。"（《答韦珩示韩愈相推以

文墨事书》)"辞赋已复穷诗骚"的韦珩,也遭贬谪,更是心潮起伏难平。

[集评]

[1] 汪森曰:"起言初谪别友,便带思韦之意。""'矻矻'句转入寄韦之情。""'起望东北',结还寄韦。'身益老',收'初''念'字,所谓十年之久也。"(《韩柳诗选》)

[2] 近藤元粹曰:"一结有悲凉之气。"(《柳柳州诗集》)

[3] 孙昌武曰:"当时的柳州又是远离中原政治经济发达地带、基本没有开辟的荒凉地方。经济文化很落后,周边居住着长期叛服不常的少数民族部落,社会很不安定。柳宗元到柳州后不久,写了《寄韦珩》一诗,生动刻画出当时柳州的自然和社会风貌……在这种恶劣、危难的环境下,精神上的压力之大可以想见,身体也受到损伤。"(《柳宗元评传》)

[4] 尚永亮曰:"柳宗元极少作七言古体长篇,作即元气淋漓,沉郁顿挫,极具感染力。此诗以叙事为主,顺序写来,脉络井然;篇末抒发情怀,造语沉重老到,颇见骨力。其韵脚字的选用,全为十三豪韵部中的平声韵,一韵到底,虽少起伏,却强化了特定的声情。汪森《韩柳诗选》将之与韩愈七古作比,说此诗'奇崛之气亦略与昌黎同,然韩诗高爽,柳诗沉郁,'不为无见。"(《柳宗元诗文选评》)

[5] 王国安曰:"《寄韦珩》则再现赴柳经过及抵柳初期艰难生活,其奇崛之气,可与韩愈相颉颃:均可见其诗作之新境界。柳宗元在柳虽亦间作五言,也不乏佳构,然就总体而言其七言诗则更显示出艺术上的新的进展,与其永州诗前后相辉映,共为元和诗坛之珠宝。"(《柳宗元诗笺释》)

(唐嗣德)

第四辑　晚年柳州诗

柳州城西北隅种甘树

[题解]

韩醇《诂训柳集》因"春来新叶遍城隅"句，订为元和十三年（818）春作。柳宗元柳州任刺史后，积极施行兴利除弊的改革措施，开发土地栽种果树，便是兴农的重要举措之一。就在他到任所的第二年，带领当地民众于柳州城西北面开垦荒地，亲手种植两百株柑树。次年春天柑树长出新叶时，翠绿如盖，为柳州城平添一道亮丽的风景线，诗人有感而发写下了这首诗，以表明心志。首联点题，"新叶遍城隅"描绘出柑树林的蓬勃生机。第二联运用屈原和李衡的典故，一正一反，一褒一贬，展示了诗人十分鲜明的向背态度：效法屈原保持柑橘那种坚贞不屈的高贵品质，决不像李衡那样孜孜营私专为子孙造福。第三联掉转笔锋，继续在"怜"字着力，用细腻的笔触勾画柑树开花结果的姿容：用"喷雪"形容花开奇观，用"垂珠"形容硕果累累。尾联承上再作转折，故作旷达语自我调侃，用"坐待成林"、"养老夫"这些凄伤语，把久贬荒地而求助无门的个中"滋味"全盘托出，让读者去仔细品尝。

[原诗]

手种黄甘二百株[1]，春来新叶遍城隅[2]。方同楚客怜皇树[3]，不学荆州利木奴[4]。几岁开花闻喷雪[5]，何人摘实见垂珠[6]。若教坐待成林日[7]，滋味还堪养老夫[8]。

[校勘]

（1）题目："甘"，《全唐诗》作"柑"。

（2）春来新叶遍城隅："新"，《郑定本》《何焯校本》作"枝"。《世采堂本》句下注："'新'，一本作'枝'。"

（3）不学荆州利木奴：另本异文"州"作"门"。

[注释]

[1] 手种：亲手所种。黄甘，即黄柑。甘，柑的古字。司马相如《上林赋》郭璞注："黄甘，橘属而味精。"嵇含《南方草木状》卷下："甘，橘属，滋味甘美特异者也。"柑树，常绿灌木，开白色小花，果实球形稍扁，皮色生青熟黄，多汁味甜。树皮、叶子、花、果皮、种子均可入药。

[2] 隅：角落。

[3] 方同：正如，正好一样。怜：喜爱。楚客：指战国时楚国诗人屈原。屈原曾辅佐楚怀王，做过司徒、三闾大夫，因同贵族集团进行斗争，失败被贬，后投汨罗江而死。皇树：屈原《九章·橘颂》："后皇嘉树，橘徕服兮。受命不迁，生南国兮。"王逸注："言皇天后土生美橘树异于众木，来服南土，便其风气。屈原自喻才德如橘树，亦异于众也。"

[4] 荆州：古州名，三国时辖地相当于今湖北、湖南一带。这里是用地名指代人名，即三国时的丹阳太守李衡，因为他是荆州人，所以用荆州代替他的名字。利：这里作动词，取利的意思。木奴：代指柑橘树。据《襄阳记》载：李衡任丹阳太守时，"每欲治家，妻辄不听。后密遣客十人于武陵龙阳汜洲上作宅，种甘橘千株。临死，敕儿曰：'汝母恶我治家，故穷如是。然吾

州里有千头木奴，不责汝衣食，岁上一匹绢，亦可足用耳。'……吴末，衡甘橘成，岁得绢数千匹，家道殷足。"

[5] 喷雪：形容柑树开花洁白如雪，喷出芳香。

[6] 摘实：摘取果实。垂珠：形容柑树果实累累，金黄晶莹，如同悬挂的珍珠。宗炳《甘颂》："南金其色，隋侯其形。"亦以珠（隋侯珠比甘）。

[7] 若教：假如能使，假如能让。坐待：等到。张相《诗词曲语词汇释》卷四："坐，将然辞，犹浸也，旋也，行也。《柳州城西北隅种甘树诗》：'若教坐待成林日，滋味还堪养老夫。'坐待，犹云徐俟，为浸字义。"

[8] 堪：可，能够。养：供养，这里引申为品尝。老夫，老年人的自称，这里是作者自称。

[集评]

[1] 方回曰："后皇嘉树，屈原语也。摘出二字以对'木奴'，奇甚。终篇字字缜密。"（《瀛奎律髓》卷二十七）

[2] 何焯曰："'滋味还堪养老夫'，结句正见北归无复望矣。悲咽以谐传之。"（《义门读书记》）

[3] 纪昀曰："语亦清切，惟格不高耳。"（《瀛奎律髓刊误》卷二十七）

[4] 吴闿生曰："深文曲致，盖恐其久谪不归，而词反和缓，所以妙也。"（《古今诗范》卷十六）

[5] 姚鼐曰："结句自伤迁谪之久，恐见甘之成林也。而托词反平缓，故佳。"（《今体诗抄》）

[6] 方东树曰："后半真率不可法。"（《昭昧詹言》卷十八）

[7] 许印芳曰："皇树、木奴，小巧之句，何足称奇。"（《律髓辑要》）

[8] 近藤元粹曰:"好典故,又好对句,何处得来。"(《柳柳州诗集》卷三)

[9] 卞孝萱曰:"柳宗元在永州无职权,而在柳州多善政,他与柳州人民有深厚的感情。《柳州城西北隅种甘树》不同于永州种植诗的'愤激',原因在此。"(《柳宗元的种植诗》)

[10] 吴汝煜曰:"应该说,这首诗的整个语调都是平缓的,而在平缓的语调后面,却隐藏着诗人一颗不平静的心。这是形成'外枯中膏,似淡而实美'的艺术风格的重要原因。其妙处,借用欧阳修的话来说,叫做'初如食橄榄,真味久愈在'(《欧阳文忠公集》卷二)。玩赏诵吟,越发使人觉得韵味深厚。"(《唐诗鉴赏辞典》)

[11] 尚永亮曰:"刺史柳州期间,柳宗元写了多篇春来种树的诗作,大都表现出一种和缓、平淡的情调,而在字里行间,仍可或隐或显地体会出作者的悲凉之思。……作者为何要种这些柑树呢?下面两句作答:我种柑树正像当年屈原怜爱橘树的心理,希望借其美好质量寄托理想,而不是像荆州人李衡那样,想靠种柑树来养家致富。两句话一正一反,鲜明地展示了作者的向背态度,而用典的贴切,更给诗句增添了丰富的历史蕴味。"(《柳宗元诗文选评》)

(唐嗣德)

种木槲花

[题解]

这首七绝系柳州刺史任上所作,约作于元和十三年。柳公昔日在京城,伴君王于上林禁苑之内观赏美景,何其惬意爽心;而今被贬至南荒百越,飘零孤苦,度日如年。今非昔比,不觉凄然怆然,悲从中来。木槲花是落叶乔木,其花黄褐色,皇宫禁苑官员不屑一顾;"龙城守",南荒柳州小吏,京官宠臣皆嗤之以鼻。然风云突变,世事无常,运交华盖,当随遇而安。乃苦中作乐,忙里偷闲,种花植草,以求解脱。诗人心灵阴霾,于此可见一斑。

[原诗]

上苑年年占物华[1],飘零今日在天涯。只应长作龙城守[2],剩种庭前木槲花[3]。

[校勘]

(1)上苑年年占物华,"占",《世彩堂本》作"种",《济美堂》《蒋之翘辑注本》作"古"。

(2)只应长作龙城守,"应",《音辩》《游居敬本》及《全唐诗》作"因"。吴汝纶《柳州集点勘》:"'应',误'因'。"

[注释]

[1] 上苑：皇家园林，借指京城园林。占：窥察，察看。物华：自然景物之精华。

[2] 龙城：即柳州。天宝元年（742）改为龙城镇，至德元年（756）复称柳州。守：守土之官员。

[3] 剩种：犹多种也。南宋诗人方岳词《最高楼》："且秋浓，多种竹，剩栽梅。"又，张相（1877—1945）《诗词曲语词汇释》卷二："剩，甚辞，犹真也，尽也，颇也，多也。字亦作賸。……柳宗元《种木槲花》诗：'只应长作龙城守，剩种庭前木槲花。'此犹云多种。"木槲：落叶乔木，花黄褐色。

[集评]

[1] 徐火勃曰："柳子厚贬柳州，《种木槲花》诗云……白乐天守忠州，《种荔枝》诗云：'红颗珍珠诚可爱，白须太守亦何痴。十年结子知谁在，自向庭前种荔枝。'程师孟守福州，《种榕树》诗云：'三楼相望枕城隅，临去频栽木万株。试问国人来往处，不知还忆使君无。'柳诗近怨，白诗近达，程诗近夸。"（《徐氏笔精》卷四）

[2] 尚永亮曰："此诗在写作上从对往事的回忆写起，借助今昔对比，表现心理落差……诗的情调是感伤的，而'飘零今日在天涯'一句，更给这感伤增添了无比的苍凉；到了末句，则这些感伤、苍凉都已化作了难以排遣的苦闷与无奈。"（《柳宗元诗文选评》）

[3] 谢汉强曰："……通过昔年在京常得观赏皇家园林和今朝被贬远荒的对比，抒发了内心的痛楚与悲凉。最后一句反映了作者苦中作乐，亲手种植木槲，以求带来心灵上的宽慰于解脱。"（《柳宗元柳州诗文选读》）

（吴同和）

南省转牒欲具江国图令尽通风俗故事[1]

[题解]

此诗作于柳州时期,确切年不可考;有论者据元和十二年平定淮西叛乱,推测此诗作于元和十三年或十四年。由题目看来,尚书省下令绘制江国图志以明各地风土习俗,宗元乃作此诗。前六句感慨柳州地处僻远,典籍未载,且乏人问津;结语略含讽谏,朝廷若真有意求访民俗,应该效仿《周书·王会》篇的爱民精神。

[原诗]

圣代提封尽海壖,狼荒犹得纪山川[2]。华夷图上应初录,风土记中殊未传[3]。椎髻老人难借问,黄茆深峒敢留连[4]。南宫有意求遗俗,试捡周书王会篇[5]。

[校勘]

(1) 南省转牒欲具江国图令尽通风俗故事:《百家注本》《世彩堂本》题下注:"'江'字,一本作'注'。"《音辩本》《诂训本》《游居敬本》"江"作"注"。

(2) 黄茆深峒敢留连:"峒"《诂训本》作"洞"。

(3) 试捡周书王会篇:"捡",《音辩本》《世彩堂本》《游居敬本》《全唐诗》均作"检"。

[注释]

[1] 南省：尚书省的别称。转牒：递送公文。具：完备。江国图：疆域地图。

[2] 圣代：旧时对于当代的谀称。提封：古代诸侯的封地。海壖：亦作"海堧"。海边地。狼荒：荒远之地。

[3] 华夷图：指唐德宗时宰相贾耽上《海内华夷图》，这是柳州被收入图志的开始。风土记：指在晋代周处的《风土记》中，柳州尚未被著录。

[4] 黄茆：茅草名。深峒：形容山谷的深，突出地势荒凉。

[5] 南宫：唐代尚书省在大明宫之南，故称南宫或南省。《周书·王会》篇：周武王时，远国归款，《周史》集其事为《王会》篇。篇中载商汤不欲诸侯朝贡非其所有而远求于民之物，必因地制宜、易得而不贵者乃受之。

[集评]

[1] 汪森曰："字字雅饬，不入浮响，此子厚所长。"（《韩柳诗选》）

[2] 近藤元粹曰："评'风土记中殊未传'句：好典故，又好句调。"（《柳柳州集》卷二）

（张伟）

登柳州峨山[1]

[题解]

这首五言绝句作于柳州,约作于元和十三年。这一登山望远之作,把诗人对故乡无限思恋之情表达得淋漓尽致。全诗风格自然,轻描淡写似不经意,却韵味弥长,格调弥高。诗人把失落感和故乡情有机地融合,使诗的意境更加完美,更有深度。"如何望乡处,西北是融州。"西北方向的融州遮挡了视线,望长安便成了泡影,这就使诗意曲折地深进了一层。"西北是融州"一语淡淡地寄寓着自己的情绪,这正是诗人至情于性的流露。诗人通过视点与视线的不断转换和跳进,盘折激荡,遂形成了跌宕起伏的旋律和层层递进的意象,极尽低回吞吐之能事。玩之若浅近,索之却愈深远。

[原诗]

荒山秋日午,独上意悠悠[2]。如何望乡处[3],西北是融州[4]。

[校勘]

(1) 登柳州峨山:《百家注本》《世采堂本》题下注:"一本作'岷山',非是。"

(2) 独上意悠悠:"上",《诂训本》作"步"。

(3) 西北是融州:"北",《诂训本》作"州"。

[注释]

[1] 峨山:《广西通志》卷十六《山川·柳州府·马平县》:"峨山,在城西二里,隔江十里,水自半岭喷出,流小河入大江,远望如双鹅飞舞。又名深峨山,唐柳宗元有诗。"

[2] 悠悠:指无限的忧思。《诗经·邶风·终风》:"莫往莫来,悠悠我思。"《后汉书·章帝纪》:"中心悠悠,将何以寄?"

[3] 如何:奈何。乡:故乡。这里指京城长安。

[4] 融州:在柳州之西北。治融水县,今广西融县西南。

[集评]

[1] 真德秀曰:"峨山柳水之胜,侯所爱也。吁,其诚然也。"(《西山题跋》卷二)

[2] 刘辰翁曰:"渐近自然。"(《唐诗品汇》卷四十三)

[3] 蒋之翘曰:"此样语痛。至读自有省,本不须着一字。"(《柳集辑注》卷四十二)

[4] 唐汝询曰:"望乡不可见,而见融州;悲极,却不说出。"周珽按:"子厚家河东,以柳视之,当在西北;融隔期间,故望只见之也。"(《唐诗选脉会通评林》)

[5] 吴昌祺曰:"河东在北,若西北则京师也。""眼前妙语,何其神也。"(《删定唐诗解》)

(唐嗣德)

第四辑　晚年柳州诗

平淮夷雅二篇（并序）

[题解]

此诗为元和十三年（818）春作于柳州。唐元和九年八月，淮西军阀吴元济反叛，朝廷派兵讨伐，三年不克。十二年七月，宪宗李纯任命宰相裴度为蔡州刺史，充彰义军节度使，督师讨伐，于当年十月攻克蔡州，取得了平定淮西的重大胜利。柳宗元便以庄重的雅诗体裁，作《平淮夷雅》二篇，分别记叙了裴度和大将李愬率军克敌制胜的详细经过，热情地歌颂了他们为维护国家统一所作出的历史贡献。

《皇武》是为赞颂裴度而写。全篇结构严谨，用词造句简明，描写形象生动。表现平淮中体现恩威并用数段，更是有声有色。"读之如清风袭人，穆然可爱"（李如《东园丛说》）。

李愬雪夜袭蔡州，是我国古代战争史上的著名战例。平定淮西叛乱，是当时唐室"中兴"的重要标志。《方城》满腔热情地赞颂了在平叛中战功卓著的节度使李愬，记叙了李愬及其所部将士不畏强敌，英勇善战，出奇制胜的经过。对李愬精心整训部下，深入了解敌情，宽待俘虏，任用降将，捣毁敌人巢穴，活捉叛逆首领吴元济，安抚蔡州百姓等等重要情节，都作了真实、具体、生动的描述。对于当地百姓在淮西平定后的和平生活中表现出来的喜悦之情，也作了细致的描绘，点出了平叛前后的鲜明对比，强化了维护国家统一的主题思想。

[原诗]

平淮夷雅·皇武[1]

《皇武》，命丞相度董师，集大功也[2]。

皇耆其武[3]，于澨于淮[4]。既巾乃车[5]，环蔡其来[6]。狡众昏嚚[7]，甚毒于酲[8]。狂奔叫呶[9]，以干大刑[10]。

皇咨于度[11]，惟汝一德[12]。旷诛四纪[13]，其徯汝克[14]。锡汝斧钺[15]，其往视师[16]。师是蔡人[17]，以宥以厘[18]。

度拜稽首[19]，庙于元龟[20]。既祃既类[21]，于社是宜[22]。金节煌煌[23]，锡盾雕戈[24]。犀甲熊旗[25]，威命是荷[26]。

度拜稽首，出次于东[27]。天子饯之[28]，罍斝是崇[29]。鼎臑俎载[30]，五献百筵[31]。凡百卿士，班以周旋[32]。

既涉于浐[33]，乃翼乃前[34]。孰图厥犹[35]，其佐多贤[36]。宛宛周道[37]，于山于川。远扬迩昭[38]，陟降连连[39]。

我旆我旗[40]，于道于陌[41]。训于群帅[42]，拳勇来格[43]。公曰徐之[44]，无恃颔颔[45]。式和尔容[46]，惟义之宅[47]。

进次于郾[48]。彼昏卒狂[49]，哀凶鞠顽[50]，锋猬斧蟠[51]。赤子匍匐[52]，厥父是亢[53]。怒其萌芽[54]，以悖太阳[55]。

王旅浑浑[56]，是仗是怙[57]。既获敌师[58]，若饥得餔[59]。蔡凶伊窘[60]，悉起来聚[61]。左捣其虚[62]，麇衍厥虑[63]。

载辟载袚[64]，丞相是临[65]。弛其武刑[66]，谕我德心[67]。其危既安，有长如林[68]。曾是谨讟[69]，化为讴吟[70]。

皇曰来归，汝复相予[71]。爵之成国[72]，胙以夏墟[73]。度拜稽首，天子圣神[74]。度拜稽首，皇佑下人[75]。

淮夷既平，震是朔南[76]。宜庙宜郊，以告德音[77]。归牛休马[78]，丰稼于野[79]。我武惟皇[80]，永保无疆。

《皇武》十有一章[81]，章八句。

[校勘]

（1）皇武序下注："元和十二年七月，以宰相裴度为门下侍郎、同平章事。""门下侍郎"原作"中书侍郎"，据《新唐书》卷七《宪宗纪》、卷一七三《裴度传》及《通鉴》卷二四〇改。按：裴度为中书侍郎、同平章事是在元和十年，元和十二年是拜裴度为门下侍郎、同平章事。《旧唐书宪宗纪》《裴度传》对此说法不一，《新唐书》及《通鉴》已纠其谬。

（2）既巾既车：原校："巾，一作徒。"《文粹》作"既徒既车"。蒋之翘辑注本："其，一作具"。

（3）环蔡其来：章士钊以为恐是"擐"字之形讹。擐，贯也。见《柳文指要·体要之部》卷一。

（4）旷诛四纪："纪"，《文粹》作"祀"。按："四纪"当指大历十四年（公元七七九年）李希烈为淮西留后起至元和十二年（公元八一七年）灭吴元济止近四十年。四十年已超过三纪，进入四纪，简言之曰"四纪"。段文昌《平淮西碑》亦言"四纪逋诛"，"淮夷怙乱，四十余年"。据此，作"纪"近是。又，吴元济反，在元和九年，距元和十二年吴元济被处死，恰是四年。据此，作"祀"亦通。两说可并存。

（5）钖汝斧钺：钖，原误作"锡"，据《注释音辩本》《世彩堂本》等改。按：此句之"钖"，即《礼记·郊特牲》"朱干设钖"之"钖"，音阳，是雕刻金属附着盾背之饰物。句卜孙注"《说文》：银铅之间曰钖"，误。

（6）哀凶鞠顽句下注："哀，聚也。""聚"原作"裂"。按："哀"训"聚"不训"裂"，据取校诸本改。

(7) 锋猬斧螗:"锋"原作"蜂"。按:"蜂猬"和"斧螗"相对,"蜂"字头误,据《音辩》《诂训》《世彩堂本》及《英华》《文粹》改。

(8) 有长如林:世彩堂本、郑定本校:"如,一作有。"据改。《诗经·小雅·宾之初筵》"有壬有林",毛传:"林,君也。"宗元此句即仿《诗》,"林"作"君"讲。

(9) 胙以夏墟:"墟",原作"区",据注文及《音辩》《诂训》《世彩堂本》及《文粹》改。句下注"晋地,即夏之所都,故曰夏墟"。原脱"故曰夏墟"四字,据《诂训本》补。"今太原晋阳也"。"晋阳"原作"晋原",据《诂训》《世彩堂本》及《左传》定公四年杜预注改。

(10) 归牛休马:牛,一作"刃"。

[注释]

[1] 淮夷:原指我国古代东方的民族。这里指盘踞在淮西一带的反叛军阀吴元济及其掌握的势力。雅:我国古代诗歌的一种体裁。皇:辉煌。《诗·小雅·采芑》:"朱芾斯皇。"毛传:"皇,犹煌也。"武:武功。皇武即辉煌的武功。

[2] 度:裴度(765~839),唐朝大臣。河东闻喜(今山西省闻喜县东北)人。德宗时进士,以后任监察御史,起居舍人、中书舍人、御史中丞,元和十年(815),任门下侍郎,同中书门下平章事(即丞相、宰相)。十二年,督师攻破蔡州(治今河南汝南),平息了吴元济的割据叛乱。董:率,掌管。

[3] 者(zhǐ):致。《诗·周颂·武》:"者定尔功。"毛传:"者,致。"这里有委派的意思。武:武力,军队。

[4] 潋(yīn):河流名。潋水,在今河南省东南部,流经商水县。今商水县于隋代置潋水县,宋改商水县。《元和郡县志》

卷八《河南道陈州》："澺水县：澺水，经县北，去县三里。"元和九年，吴元济在淮西发动叛乱后，朝廷派李光颜为忠武节度使，率兵进驻澺水一带讨伐（参看《旧唐书·李光颜传》）。淮：淮河。源出河南省桐柏山，东流河南、安徽、江苏入海。这里指今河南省境内淮河流域。与李光颜进军澺水一带的同时，朝廷还派山南东道节度使严绶为申（今南阳一带）、光（今河南潢川一带）、蔡（今河南汝南一带）招抚使，进军淮西一带，督率各路官兵讨伐吴元济（参看《旧唐书·严绶传》、《资治通鉴》卷二百三十《唐纪四十七》）。

[5] 巾：用作动词，披，套盖。乃：其。既巾乃车，即披上车饰，装备好军车。

[6] 环：环绕。此处有包围的意思。蔡：蔡州。治所在今河南汝南，唐时辖境相当于今河南淮河以北，洪河上游以南，桐柏山以东地区。吴元济以此为反抗朝廷的基地。当时朝廷派出十多万兵力布置在蔡州周围。

[7] 狡众：奸狡之徒。指吴元济及其叛军。嚚（yín）：愚顽，奸诈。《书·尧典》：父顽母嚚。昏嚚，即奸诈顽固。

[8] 甚：超过。酲（chéng）：病酒，即病于酒，因过量饮酒而昏醉以至神志不清。

[9] 呶（náo）：喧哗，喧闹。《诗·小雅·宾之初筵》："载号载呶。"狂奔叫呶，即狂奔乱叫。

[10] 干（gāo）：冒犯，冲犯。《左传·襄公二十三年》："干国之纪。"大刑：大法。

[11] 皇：皇帝，指唐宪宗李纯。咨：咨询，商量。皇咨于度，就是皇帝向裴度征询意见。

[12] 惟：只，唯有。汝：你。一：相同。一德：同心同德。

[13] 旷：荒废。旷诛，即未加讨伐。纪：十二年为一纪。

唐宝应元年（762）后，李忠臣、李希烈、陈仙奇、吴少诚、吴少阳相继为淮西节度使，都是拥兵自重，与唐王朝中央分庭抗礼，一直未能制服，至元和九年吴元济反叛，共五十二年，是四纪有余，这里是取约数。韩愈《平淮西碑》曰："蔡师之不廷授，于今五十年。"

[14] 徯（xī）：通"徯"，等待。《书·仲虺之诰》："徯予后，后来其苏。"孔安国传："待我君来，其可为苏息。"克：完成，取得胜利。

[15] 锡：赐。《公羊传·庄公元年》："王使荣叔来锡桓公命。锡者何，赐也。"斧钺：古代军法用以杀人的斧子。《国语·鲁语上》："大刑用甲兵，其次用斧钺。"这里指治军的权力。

[16] 视师：率领军队，主持军务。

[17] 师：这里作众多解。《诗·大雅·韩奕》："溥彼韩城，燕师所完。"毛传："师，众人。"是：语助词。蔡人：指蔡州的百姓。

[18] 宥（yòu）：宽宥：赦罪。厘（xī希）：通"禧"，福。《汉书·文帝纪》："今吾闻祠官祝厘，皆归福于朕躬，不为百姓。"

[19] 稽首：古时一种跪拜礼。叩头到地，是九拜中最尊敬的一种。

[20] 元龟：大龟。庙于元龟，即在庙内用火灼大龟壳来占卜。

[21] 祃（mà）：古代军中祭名。《礼记·王制》："祃于所征之地。"郑玄注："祃，师祭也，为兵祷。"类：通禷，祭天。《书·舜典》："肆类于上帝。"孔颖达疏："所出兵之时，于是为类祭，至所征之地，于是为祃祭。"

[22] 社：古指土地神，也指社神之所。宜：古代指祭祀。

《尔雅·释天》:"起大事,动大众,必先有事社而后出,谓之宜。"

[23] 金节:金制的节符。古代帝王给出使大臣作为凭证的器物。煌煌:明亮,闪闪发光。

[24] 钖(yáng):古时盾背后的装饰。《礼记·郊特牲》:"朱干设钖。"郑玄注:"干,盾也;钖傅其背如龟也。"钖盾,即把盾背装饰起来。雕:雕刻。戈:我国古代主要兵器,横刃,安以木质的长柄。

[25] 犀甲:以犀牛皮制作的铠甲。熊旗:画有熊罴图像的旗帜,象征勇猛。

[26] 威命:皇帝所发布的威严的命令。荷:肩负,承担。

[27] 次:停留。指在旅行或行军途中停留。东:指长安(今西安市)之东。

[28] 饯之:为他饯行。元和十二年(817)八月三日,裴度率军赴淮西,宪宗皇帝李纯亲到通化门为他饯行。

[29] 罍(léi):古代用以盛酒和水的容器。《诗·周南·卷耳》:"我姑酌彼金罍。"斝(jiǎ):古代酒器,青铜制,盛行于商代和西周初期。这里是指代酒器。崇:充满。

[30] 鼎:古代炊器。臑(nào):牲畜的前肢。这里指肉。俎(zǔ):古代盛放祭物的器具。胾(zì):切成大块的肉。《史记·侯世家》:"召条侯赐食、独置大胾。"裴骃集解:"韦昭曰:胾,大脔也。"

[31] 五献:指隆重的祭礼。《礼记·礼器》:"一献质,三献文,五献察。"郑玄注:"察,明也。谓察四望山川也。"笾(biān):古代祭礼和宴会时盛果脯的竹器,形状像木制的豆。

[32] 班:排列等级,引申为依次。周旋:古代行礼时进退揖让的动作。班以周旋:依次致意也。

［33］涉：愿意为徒步渡水，后泛指渡水。浐：浐水，在长安（今西安市）东入灞水。

［34］翼：这里指作战时阵形的两侧。乃翼乃前，指裴度将所率军队分作左右两翼前进。

［35］孰：谁。厥：其。犹：通"猷"，谋划。《诗·小雅·采芑》："克壮其犹。"

［36］佐：辅助的人。当时随裴度出师的有马总为宣慰副使，韩愈为行军司马，冯宿、李宗闵为幕府。这些都是以贤能著称的人物，所以说"其佐多贤"。

［37］宛宛：屈曲，弯曲的样子。周道：大路。《诗·小雅·四牡》："四牡騑騑，周道逶迟。"

［38］远扬：指声威远扬。迩：近。昭：彰明，显赫。

［39］陟（zhì）降：升降，上下，连连：即徐徐，从容不迫的意思。

［40］斾（pè配）：泛指旗。这里指主将的大旗。《左传·僖公二十八年》："狐毛设二斾而退之。"杜预注："斾，大旗也。"

［41］陌（mò）：田间的小路，东西叫陌，南北叫阡。这里指小路。

［42］训：训令：训于群帅，即裴度向各将帅发出训令。

［43］拳勇：指有勇力，勇猛。语出《诗·小雅·巧言》："无拳无勇。"毛传：拳，力也。格：击打，格斗。拳勇来格，指各路将士斗志高昂，准备随时投入战斗。

［44］徐：即徐徐，从容不迫。

［45］頟頟（éé）：不休息。《书·益稷》："傲虐是作，罔昼夜頟頟。"孔安国传："常頟頟肆恶无休息。"这里是指勇猛强悍。

［46］式：语助词，无义。式和尔容，即要以和蔼的面目出现。

[47] 宅：在此是顺，归心的意思。《书·康诰》："亦惟助王宅天命，作新民。"惟义之宅，指要用仁义使百姓归顺。

[48] 郾（yǎn）：郾城。唐许州颖川郡有郾城县，今河南郾城县，与蔡州靠近，《旧唐书·裴度传》：（度八月二十七日）"至郾城，巡抚诸军，宣达上旨，士皆贾勇。"

[49] 昏：见注（7）昏嚚。彼昏，指吴元济叛军。狂：狂妄，不知好歹，顽抗。

[50] 裒（póu）：聚集。鞠（jū）：原意是告诫，这里有煽动的意思。裒凶鞠顽，指吴元济纠集并煽动叛军对抗王师。

[51] 猬：猬的异体字，即刺猬。锋猬，指刀枪像刺猬一样不堪一击。螗（táng）：此处指螗螂，即螳螂。斧螗，指刀斧像螳螂挥舞的双斧一样脆弱。这句是指吴元济及其叛军自不量力。

[52] 赤子：初生的婴儿。匍匐：爬行。

[53] 厥：其。亢：通"抗"，匹敌，对抗。这两句是说：刚刚学会爬行的小孩也敢于与父亲对抗。

[54] 怒：谴责。《礼记·内则》："若不可教而后怒之。"孔颖达疏："谓教而不从，然后责怒之。"

[55] 悖（bèi）：违背，违反。这两句的意思是说，谴责他们像刚刚萌芽的草木一样，也竟敢违抗沐浴它的太阳。

[56] 浑浑（húnhún）：水流盛大。这里是形容平叛军队声势浩大。

[57] 佚（dié）：佚宕（dàng），洒脱，不受拘束。怙（hù）：依靠，凭恃。《诗·小雅·蓼莪》："无父何怙？"这两句是说平叛的王师声势浩大，并且凭恃着正义而信心十足。

[58] 既获敌师：指裴度进驻郾城之后，在行营指挥各路王师向叛军进攻，连战皆捷（详见《旧唐书·裴度传》）。

[59] 餔（bǔ）：食。这里作名词，指食品。

［60］伊：在此用作助词。窘（jiǒng）：为难，困惑。

［61］悉：尽其所有，全部，悉起来聚，指吴元济集中精锐于洄曲一带拒守。

［62］捣：捣的异体字，撞击，出击。李愬于元和十一年（816）任随、唐、邓节度使后，于次年攻克西平（今河南西平）等地，擒获淮西大将李佑并劝他投降。李佑向李愬献计说，"蔡之精兵皆在洄曲及四境拒守，守城（指蔡州城）者皆羸老之卒，可乘虚直抵其城，比贼闻之，元济已成擒矣。"李愬取得裴度同意，于十一月十日以降将李佑为前导，雪夜袭击蔡州，擒获了吴元济，吴元济手下大将董重质及申、光二州皆投降，淮西之乱终于平定。左捣其虚即指此事。

［63］靡（mǐ）：无，不。《诗·小雅·荡》："靡不有初，鲜克有终。"愆（qiān）：失误；虑：谋划，计划。靡愆厥虑，即"厥虑靡愆"的倒装，意思是计谋没有失误，大功告成。

［64］载：用于语首，无义。《诗·风·载驰》："载驰载驱，归唁卫侯。"辟：开辟。《荀子·解蔽》："是以辟耳目之欲。"祓（fú）：祓除。古代迷信习俗，为除灾去邪而举行的一种仪式，又称为禊（xì）。

［65］临：来到。丞相是临，指裴度来到蔡州。李愬攻克蔡州后，裴度建彰义军节，于第二天"领洄曲降卒万人继进"，前往蔡州（详见《旧唐书·裴度传》）。

［66］弛：解除，免除。刑罚，详见下注。

［67］谕：晓谕，宣传。德心：仁德之心。《旧唐书·裴度传》："度既视事，蔡人大悦。旧令途无偶语，夜不燃烛，人或以酒食相从者，以军法伦。度乃约法，唯盗贼斗杀外，余尽除之。其往来者不复以昼夜为限。于是蔡之遗黎始知有生人之乐。初，度以蔡卒为牙兵。或以为反侧之子，其心未安，不可自去其备。

度笑而答曰：'吾受命为彰义军节度使，元恶就擒，蔡人即吾人也。'蔡之父老无不感泣，申、光之民，实时平定。"

[68] 长：长官，指由朝廷任命的各级官员。

[69] 諠譊（huānnáo）：喧闹嘈杂。

[70] 讴（ōu）吟：歌唱吟咏。

[71] 复：再。相予：为相于我，做我的宰相。

[72] 爵：封爵。成国：公侯之国。《左传·襄公十四年》："成国不过半，天子之军。"杜预注："成国谓公侯之国也。"详见下注。

[73] 胙（zuò）：赐。《左传·隐公八年》："胙之土而命之氏。"夏墟：指夏朝建都的地方，在今山西省太原市。《旧唐书·裴度传》：裴度还朝后，"诏加度金紫光禄大夫、弘文馆大学士、赐勋上柱国，封晋国公（春秋时，今太原一带属晋国），食邑二千户，复知政事（仍任宰相）。"

[74] 这两句是写裴度拜谢赏赐，并归功于皇帝的英明。

[75] 佑：保佑，福佑。下人：百姓。

[76] 震：震动。是：语助词，无义。朔：北方。南：南方。

[77] 庙：庙祭，告于祖先。郊：郊祭，告于苍天。

[78] 归牛休马：也作"归马放牛"，比喻停止战争，不再用兵。《尚书·武成》："乃偃武修文，归马于华山之阳，放牛于桃林之野，示天下弗服。"孔颖达疏："此是战时牛马，故放之，示天子不复乘用。"

[79] 丰稼：庄稼丰茂。

[80] 皇：辉煌。

[81] 有：同"又"。

[原诗]

平淮夷雅·方城[1]

《方城》,命愬守也[2]。卒入蔡,得其大丑[3],以平淮右[4]。

方城临临[5],王卒峙之[6],匪徽匪竞[7],皇有正命[8]。皇命于愬[9],往舒余仁[10]。踣彼艰顽[11],柔惠是驯[12]。

愬拜即命[13],于皇之训[14]。既砺既攻[15],以后厥刃[16]。王师巖巖[17],熊罴是式[18]。衔勇韬力[19],日思予殛[20]。

寇昏以狂[21],敢蹈愬疆[22]。士获厥心[23],大祖高骧[24]。长戟酋矛[25],粲其绥章[26]。左翦右屠[27],聿擒其良[28]。

其良既宥[29],告以父母[30]。恩柔于肌[31],卒贡尔有[32]。维彼修恃[33],乃侦乃诱[34]。维彼攸宅[35],乃发乃守[36]。

其恃爰获[37],我功我多[38]。阴谋厥图[39],以究尔讹[40]。雨雪洋洋[41],大风来加[42]。于燠其寒[43],于迩其遐[44]。

汝阴之茫[45],悬瓠之峨[46]。是震是拔[47],大歼厥家[48]。狡豦既縻[49],输于国都[50],示之市人[51],即社行诛[52]。

乃谕乃止[53],蔡有厚喜[54]。完其室家[55],仰父俯子[56]。汝水沄沄[57],既清而弥[58]。蔡人行歌,我步迟迟[59]。

蔡人歌矣,蔡风和矣[60]。孰颖蔡初[61],胡瓠尔居[62]。式慕以康[63],为愿有余[64]。是究是咨[65],皇德既舒[66]。

皇曰咨愬[67],裕乃父功[68]。昔我文祖[69],惟西平是庸[70]。内诲于家[71],外刑于邦[72]。孰是蔡人,而不率从[73]。

蔡人率止,惟西平有子[74],西平有子,惟我有臣[75]。畴允大邦[76],俾惠我人[77]。于庙告功[78],以顾万方[79]。

《方城》十有一章[80],章八句。

[校勘]

（1）以后厥刃：《世彩堂本》注："'后'，一作'复'。"按：联系上句文意，作"复"近是。

（2）胡甈尔居：《世彩堂本》注："'甈'，当作'甈'音五结切，不安也。一按：甈，毁坏；甈；不安。二字义可通。"

（3）以顾万方："顾"，《文粹》作"显"。

（4）《方城》十有一章："十有一章"，《世彩堂本》作"十章"。按：今所见诸本《柳集》，《方城》诗均存十章。但后标题除《世彩堂本》外，各本均作"《方城》十有一章"。前篇《皇武》诗存十有一章，疑《方城》诗有遗佚（明人蒋之翘亦有此疑），或系后标题计数有误。

[注释]

[1] 方城：春秋时楚国所筑长城，北起今河南方城县北，南至今泌阳县东北。战国时又有扩展修筑，自今方城北，西向循伏牛山脉，折南循白河、湍河间分水到今邓州北。共间有座山亦名方城。楚恃此作为要塞以守卫北境。李愬（sù）率军讨伐淮西叛乱时，在方城一带驻军，柳宗元以《方城》为题，有赞美李愬属王室屏障的意思。

[2] 愬：即李愬（773—821），字符直，唐洮州临潭（今甘肃省临潭县）人。德宗时名将李晟之子，历任右庶子、少府监、右庶子、坊晋二州刺史、光禄大夫、太子詹事、宫苑闲厩使等职，元和十一年（816），以检校左散骑常侍兼邓州（治今河南省邓州市）刺史、御史大夫，充随（治今湖北省随州市）、唐（治今河南省唐河县）、邓节度使，率军讨伐淮西军阀吴元济的叛乱。守：把守，防守。

[3] 蔡：蔡州。详见《平淮夷雅·皇武》注（6）。大丑：

513

元凶,祸首。指吴元济。

[4] 淮右:即淮西地区。地理上习惯以东为左,以西为右。

[5] 临临:居高临下的样子,引申为高峻。《灵枢经·通天》:"临临然长大。"

[6] 王卒:王师,即唐军。峙:住,驻守。

[7] 匪:非,不。古代常以"匪"作"非"字用。《诗·卫风·木瓜》:"匪报也,永以为好也。"徼(yāo):通"邀",求取,谋求。竞:争夺。

[8] 皇:皇帝。正命:严正的命令。这两句是说李愬出师并非自己有所求,有所争,而是奉皇帝的命令讨伐叛逆。赞颂李愬出师堂堂正正。

[9] 命:授命,交伐。于:给。

[10] 舒:伸张,宣扬。余:我。仁:仁德。

[11] 踣(bó):消灭,打倒。杜预注:"踣,毙也,破也。"

[12] 柔惠:柔顺。在此作名词,指柔顺的人。是:语助词,无义。驯:顺从。这两句的意思是说,对险恶顽固的叛乱头子要坚决消灭掉,柔顺的人则要他们顺从朝廷的管理。

[13] 即命:接受命令。

[14] 于:在此作遵循执行解。于皇之训,即表示要遵循和执行皇帝的训令。

[15] 砺:磨快。在此指磨炼刀枪,练好兵马。攻:雕琢精致,引申为整顿。

[16] 后:这里是放后的意思。厥:其。刃:武器。这里用作动词,即攻杀、作战的意思。据新旧《唐书·李愬传》载:原先的唐、邓节度使高霞寓、袁滋都曾被吴元济叛军击败,士气低落。李愬接任后,不谈进攻之事,而致力于休养整顿部队,重振锐气。半年之后,"知人可用,乃谋袭蔡。"

[17] 嶷嶷（yíyí）：高峻的样子，引申为威武雄壮。

[18] 熊罴（pí）：指熊和罴一类猛兽。式：效法，模仿。《诗·大雅·下武》毛传："式，法也。"引申为相似。

[19] 衔（xián）：蕴藏。韬（tāo）：弓袋、刀鞘，引申为隐藏的意思，这里指韬晦，即收敛锋芒，隐藏踪迹。衔勇韬力，即将勇气和力量隐藏起来，让敌人摸不清底细。

[20] 予：给予。殛（jí）：诛戮，歼灭。《尚书·舜典》："殛于羽山。"

[21] 寇：指吴元济及其叛军。

[22] 敢：这里是不敢、岂敢的省词。蹈：踩踏，这里指进犯。疆：疆土，愬疆，即李愬所率部队的防区。

[23] 士：士卒。士获厥心。指李愬经过认真休整训练，使得将士们心情欢畅，士气大振。

[24] 袒（tǎn）：裸露。这里指袒胸露臂，摩拳擦掌。骧（xiāng）：马首高昂。这里指昂首挺胸。这两句点出李愬所率军队士气高昂，踊跃求战。

[25] 长戟、酋矛：都是古代兵器。

[26] 粲（càn）：鲜艳，灿烂。绥章：旗帜。

[27] 翦：剪的异体字，斩断，削弱。《诗·鲁颂·閟宫》："实始翦商。"屠：杀。

[28] 聿（yù）：遂，于是。良：良将，指吴元济部下的良将丁士良。《新唐书·李愬传》载：李出兵攻下马鞍山、道口栅、嵖岈山、白狗城、汶港栅等阵地后，在攻破平陵城时擒获吴元部下的勇将西士良，亲解其缚，加以优待，并任用为捉生将。

[29] 良：这里指投降的兵众。宥（yòu）：宽恕，宽待。

[30] 告：告诉。告以父母，指告知俘虏、降卒可以回家看望父母。

[31] 恩柔：恩德。肌：肌肉，身体。这里有指内心的意思。

[32] 卒：最终。贡：献出。尔：本为"你"，这里转意为"他们"。这四句写李愬宽待俘虏，使俘虏深受感动，愿意为之效力。《新唐书·李愬传》："贼来降，辄听其便，或父母与孤未葬者，给粟帛遣还，劳之曰：'而亦王人也，无弃亲戚。'众愿为愬死。故山川险易与贼情伪一能晓之。"

[33] 维：通"惟"，考虑，计度。《史记·秦楚之际月表》："维万世之安。"彼：指吴元济方面。攸（yōu）：语助词，无义。恃：依恃。

[34] 侦：暗中察看。这里指询问降将，探听虚实。诱：诱惑。这里指诱降诱擒敌将。《旧唐书·李愬传》记载，李愬宽待并重用丁士良之后，"士良感之，乃曰'贼将吴秀琳总军数千，不可遽破者，用陈光恰之谋也，士良能擒光恰。'十一月，吴秀琳以文城栅兵三千降。"又："吴秀琳之降，单骑至栅下与之语，亲释其缚，署为衙将。"秀琳感恩，其于报效，谓愬曰："若欲破贼，须得李佑。"又："佑者，贼之骑将，有胆略，守兴桥栅……召其将史用诚诫之曰：'今佑以众获麦于张柴，尔可以三百骑伏旁林中，又使摇旆于前，将焚麦者。佑素易我军，必轻而来逐，尔以轻骑搏之，必获佑。'用诚等如其料，果擒佑而还。"李愬又"解其缚而客礼之。"

[35] 宅：指敌巢。

[36] 第一个"乃"作"于是"解，第二个"乃"本意为你，转意为其，即他们（敌人）的。发：发兵进攻，讨伐的意思。守：敌人的防守。乃发乃守，即于是发兵进攻敌人防守的阵地。

[37] 爰：于是。其恃爰获，指吴元济所依恃的大将李佑已被李愬擒获收编重用。

[38] 我功我多：指得到吴元济所依恃的众多将领，已是建立了大功。

[39] 阴谍：秘密地侦察，刺探敌情。厥图：指吴元济的意图。

[40] 究：探究、判断。讹：变化、动静。《宋书·恩传论》："岁月迁讹。"《旧唐书·李愬传》："旧军令，有舍谍者屠其家。除其令，因使厚之，谍反以情告愬，愬益知贼中虚实。"《新唐书·李愬传》："时李光颜战数胜，元济悉以锐卒屯洄曲以抗光颜，愬知其隙可乘。"

[41] 雨雪：下雪。"雨"在此作动词用。洋洋：盛大的样子。

[42] 加：增益，更加。二句是记李愬率军袭击吴元济的老巢蔡州的那天晚上，风雪交加，气候恶劣，进军艰难。《旧唐书·李愬传》："十日夜，以李佑率突将三千先锋，……愬自帅中军三千……是日，阴晦雨雪，大风裂旗旆，马冻而不能跃，士卒苦寒，抱戈僵仆者道路相望。"

[43] 于：这里作"如同"解。燠（yù）：暖。《礼记·内侧》："问衣燠寒。"

[44] 迩：近。遐：远。这两句说李愬的官兵士气高昂，把寒冷当作暖和，远路当作近途。

[45] 汝阴：汝水之南。指蔡州城。茫：茫茫，辽阔。

[46] 悬瓠（hú）：蔡州城的别名。因城北的汝水弯曲环绕，使州城像一个垂挂着的瓠瓜，故名。与柳州因柳江绕城如壶，又名壶城相似。峨：高耸。

[47] 是：于是。《书·禹贡》："桑土既蚕，是降丘宅土。"震：震撼，攻击。拔：攻克。

[48] 厥家：指吴元济盘踞的老巢。据《旧唐书·李愬传》

记载：十一月十一日黎明，攻陷蔡州城，俘获吴元济。

[49] 狡虏：狡猾的贼人，指吴元济。縻（mí）：捆绑。

[50] 输：押送。国都：指唐时的京城长安（今西安市）。

[51] 示：展示，示众。

[52] 即：往就。社：祭神的地方。诛：杀。《旧唐书·吴元济传》："元济（被解）至京，宪宗御兴安门受俘，……百僚楼前称贺，乃献庙社，徇于两市，斩之于独柳。"

[53] 谕：谕示。旧时上对下的文告或口头指示的通称。止：指停止军事行动。

[54] 蔡：指蔡州人。厚喜：大喜。《旧唐书·李愬传》："自元济就擒，愬不戮一人，其为元济执事帐下厨厩之间者，皆复其职，使之不疑。"

[55] 完：完聚，团聚。室家：指夫妻或家庭。

[56] 仰：抬头。仰父，即上养父母。俯：低头。俯子，即下养子女。

[57] 沄沄（yúnyún）：水波荡漾。

[58] 弥（mí）：水满而深。

[59] 逶（wēi）迟：舒缓从容的样子。两句意为蔡州人在汝河两岸欢歌，李愬的军队缓慢地走着。

[60] 风：民风。和：和谐，和顺。

[61] 孰：谁。颣（lèi）：通"戾"，反常，混乱。《左传·昭公二十八年》："忿颣无期。"杜预注：颣，"戾"也。

[62] 胡：为何。瓯（qì）：破瓦壶。《尔雅·释器》："瓯瓵谓之瓯。"破裂，破坏。居：家庭。两句是，谁先前把蔡州捣乱，你们的家庭为什么受到破坏？

[63] 式：发语词，无义。慕：爱慕，渴望。康：康乐，安定的日子。

[64] 为：作为。愿：愿意，愿望。为愿有余，指超过了原来的心愿。

[65] 究：推求，探究。咨：询问。是：代词，这个，指上述的安定生活。是究是咨，即究是咨是。

[66] 皇德：皇帝的恩德。舒：舒展，指顺利施行。这两句是说，要问这样的日子是怎么来的，那是因为皇帝的恩德得到实施。

[67] 咨：在这里作叹词用。咨愬，即李愬啊！

[68] 裕：继承，发扬的意思。裕乃父功，即继承发扬了你父亲的功业。李愬的父亲李晟在唐德宗时平定朱泚的叛乱中建有大功，被封为西平王。

[69] 文祖：有文德的祖父。这里是唐宪宗李纯称呼他的祖父唐德宗李适。

[70] 惟：语助词，无义。西平：今河南省西平县，这里代指西平王李晟。庸：通"用"，任用。

[71] 诲：教诲。

[72] 刑：同"型"，典型，典范。这两句是赞许李愬的父亲在内可教育好后辈，在外可作为全国文武官员的榜样。

[73] 孰：哪个。率：遵循。从：服从。这句是说，哪一个蔡州百姓会不服从你呢？

[74] 止：词尾助词，表确定语气。《诗·召南·草虫》："亦既见止，亦既觏止。"

[75] 我：指皇帝自称。这两句是说西平王有好儿子，我就有了好臣子。

[76] 畴（chóu）：使相等，相应。《后汉书·祭遵传》："死则畴其爵邑，世无绝嗣。"李贤注："畴，等也；言功臣死后子孙袭封，世人与先人等。"允：允许，这里指封赐。大邦：大的地

519

域（封地）。《旧唐书·李愬传》："十一月，诏以检校尚书左仆射，兼襄州刺史，山南东道节度使，襄邓随唐郢复均等州观察等使，上柱国，封凉国公，食邑三千户，食实封五百户，一子五品正员。"

[77] 俾：以便。惠：造福。

[78] 庙：指宗庙。古时帝王祭祀祖先的宫室，朝廷凡有重大典礼往往在宗庙内举行。于庙告功，即在宗庙里宣告李愬的大功。

[79] 顾：瞻望。这里有敬仰的意思。以顾万方，使天下之人都敬仰，视作榜样。

[80] 现《方城》只有十章，疑诗有遗漏或者是后标题计算有误。

[集评]

[1] 胡仔曰："柳子厚《平淮夷颂》曰：'赤子匍匐，厥父是亢，怒其萌芽，以悖太阳。'言贼以逆取败，最为精确。"（《苕溪渔隐丛话》前集卷十八《三山老人语录》）

[2] 唐庚曰："退之《琴操》，柳子厚不能作，子厚《皇雅》，退之亦不能作。"（《唐子西文录》）

[3] 陈知柔曰："柳子厚小诗，幻眇清妍，与元、刘并驰而争先，而长句大篇，便觉窘迫，不若韩之雍容。惟平淮诗二篇，名为《唐雅》，其序云：'虽不及尹吉甫、召穆公等，庶施之后代，有以佐唐之光明。'其自视岂后于古人哉！其一章云：'师是蔡人，以宥以厘。度拜稽首，庙于元龟。'又云：'其危既安，有长如林。曾是谨读，化为讴吟。'甚似古人语。而卒章云：'震是湖南，以告德音。归牛休马，丰稼于野。'皆叶古音（南，尼心切。马，音母。野音墅。）其卒章云：'蔡人率至，惟西平有子。

西平有子，惟我有臣。畴允大邦，俾惠我人。'尤得古诗体也。"（《休斋诗话》）

[4] 朱熹曰："柳学人处便绝似，《平淮西雅》之类甚似《诗》。"（《朱子语类》卷一百三十九）

[5] 李如箎曰："退之之文，其间亦有小疵。至于子厚则惟所投之，无不如意。如退之《元和圣德诗序》刘辟与其子临刑就戮之状，读之使人毛骨凛然，风雅中安有此体？至子厚《平淮雅》，读之如清风袭人，穆然可爱，与吉甫辈所作无异矣。"（《东园丛说·下》）

[6] 郎瑛曰："四言古诗，如《舜典》之歌，已其始矣。今但以《三百篇》而下论之，汉有韦孟一篇，虽入诸《选》，其辞多怨诽，而无优柔不迫之意。若晋渊明《停云》、茂先《励志》等作，当为最古者也。后惟子厚《皇雅》章其庶几乎！故子西曰：'退之不能作也。'盖此意摹拟太深，未免蹈袭《风雅》，多涉理趣，又似铭赞文体。纪道日降，文句难古，苟非辞意浑融，性情流出，安能至哉！"（《七修类稿》卷二十九）

[7] 胡震亨曰："柳州之《平淮西》，最章句之合调，昌黎之《元和圣德》，亦长篇之伟观。一代四言有此，未觉《风雅》坠绪。"（《唐音癸签》卷七）

[8] 吴纳曰："《国风雅颂》之诗，率以四言成章，若五、七言之句，则间出而仅有也。《选》诗四言，汉有韦孟一篇，魏齐间作者虽众，然惟陶靖节为最，后村刘氏谓其《停云》等作突过建安是也。齐宋而降，作者日少，独唐韩柳《元和圣德诗》、《平淮夷雅》脍炙人口。先儒有云：'二诗体制不同，而皆词严气伟，非后人所及。'自时厥后，学诗者日以声律为尚，而四言益鲜也。"（《文章辨体序说诗四言》）

[9] 贺裳曰："《平淮雅》诚唐音之冠，柳子亦深自负，但

终不可以入周诗。今举其尤警者,如'我旆我旗,于道于陌。训于群帅,拳勇来格。公曰徐之,无恃额额。式和尔容,惟义之宅';'进次于郾,彼昏卒狂。裒凶鞠顽,锋猬斧螗。赤子匍匐,厥父是亢。怒其萌芽,以悖太阳';'皇曰咨憩,裕乃父功。昔我文祖,惟西平是庸。内诲于家,外刑于邦。孰是蔡人,而不率从';'蔡人率止,惟西平有子。西平有子,惟我有臣。畴允大邦,俾惠我人。于庙告功,以顾万方'。试较《皇矣》之'临衡闲闲',《江汉》云'厘尔圭瓒',便觉古人风发而游生,此有巧人织绣之恨。"(黄白山评:"如此诗当以继响《雅颂》目之可也,谓终不当入周诗,议论毋乃太刻。")(《载酒园诗话又编·柳宗元》)

[10]钱谦益曰:"有唐之文,莫胜于韩柳,而皆出元和之世。圣德之《颂》,淮西之《雅》,铿锵其音,灏汗其气,晔然与三代同风。"(《牧斋有学集》卷一九《彭达生晦农草序》)

[11]张谦宜曰:"《平淮夷雅》,亦自修洁质炼,毕竟不及周《雅》之宽裕舒徐,此是风气限定,文人无可奈何。然其峭劲,又非宋以后所及。"(《䌹斋诗谈》卷五)

[12]乔亿曰:"太白谓'寄兴深微,五言不如四言',然四言极难,故自汉迄晋,能者祇落落数公。唐自韩、柳外,亦未见其人。"《剑溪说诗又篇》曰:"《平淮夷雅》森严有体,不及韩更跌宕多姿,然已卓绝古今矣。"又曰:"析裴、李平蔡之功于各篇叙之,更不见低昂,以出愬妻入谱、诏毁韩《碑》后。(观集中上裴晋公李仆射启,则子厚之为二《雅》,亦可悯也。)"

[13]何焯曰:"《平淮夷雅》二篇,柳《雅》不如韩《碑》。"(何焯《义门读书记》评语)

[14]爱新觉罗弘历曰"穆修曰:《平淮夷雅》非只词似古人,要其理亦不诎于古。如'公曰徐之''往舒余仁'等语,其

于古者胜殷遏刘，止戈为武之义，岂爽毫发？吾知圣人复起，采而录之，以续正雅决矣。"（爱新觉罗弘历《唐宋文醇》卷十评《平淮夷雅二篇》）

[15] 陶元藻曰："魏晋以来，四言诗惟渊明、叔夜能自写性灵，其措词设色，以求异《三百篇》取胜；余子则皆欲摹仿《毛诗》而又勿能肖。子厚此诗朴质古茂，颇为近之。"（《唐诗向荣集》卷三）

[16] 许印芳曰："子厚《平淮夷雅》、退之《平淮西碑》《元和圣德》及《琴操》诸诗，更轶楚、汉而追两周，于是唐诗有复古之盛，卓然有百代楷模。"又卷八曰："谈韵非徒考古，期于有用，凡拟《风雅颂》作四言诗，而参以三、五、六、七言，如汉人《安世房中歌》《郊祀歌》，唐韩昌黎拟《琴操》诸诗，《元和圣德诗》《平淮西碑》诗，柳子厚《平淮夷雅》。"（《诗法萃编》自序）

[17] 林纾曰："昌黎适是学《尚书》，子厚《雅》适是学《大雅》，两臻极地。"（《柳文研究法》）

[18] 宋芸子（育仁）曰："柳州古诗，得于谢灵运，而自得之趣鲜可俦匹，此其所短。然在当时，作者凌出其上多矣。《平淮雅诗》足称高等，《铙歌鼓吹曲》其在唐人鲜可追躅，而词饰促急，不称雅乐，七德九功之象，殆可如此！"（《唐诗品》）

（吴同和）

柳州寄京中亲故

［题解］

此诗作于柳州任上。韩醇《诂训柳集》说此诗作于元和十三年秋。可信。从内容上看,应是回复亲友慰问的书信。前两句写柳州荒远的山水,末二句简单响应对方的关切。但离京城遥远,返京实难,表现了深沉的思亲之痛和无奈之情。"平实之言,自见酸楚。"(汪森语)

［原诗］

林邑山连瘴海秋[1],牂牁水向郡前流[2]。劳君远问龙城地[3],正北三千到锦州[4]。

［校勘］

(1)牂牁水向郡前流:"牂牁",《百家注本》《世彩堂本》《音辩本》作"牂柯"。

［注释］

[1]林邑:古国名。故地在今越南中南部。公元192年(一说137年)建国。中国史籍初称之为林邑,唐至德以后改称环王。九世纪后期改称占城。自五代以后,中国正史和《诸蕃志》《岛夷志略》《瀛涯胜览》等书均有记述。17世纪末亡于广南阮

氏。《晋书·四夷传·林邑国》:"林邑国本汉时象林县,则马援铸柱之处也,去南海三千里。"瘴海:指南方海域。唐翁绶《行路难》诗:"双轮晚上铜梁雪,一叶春浮瘴海波。"

[2] 牂牁(zāng kē):古代江名,现为红水河的上游,这里借指柳江。

[3] 龙城:柳州的别称。

[4] 锦州:今湖南麻阳县西。《旧唐书·地理志》载:"江南西道锦州,至京师三千五百里。"这句是说柳州到锦州有三千里路程,那么长安之远可想而知了。

[集评]

[1] 张邦基曰:"唐人诗,行役异乡怀归感叹而意相同者,如贾岛云:'客舍并州已十霜,归心日夜忆咸阳。无端更渡桑干水,却望并州是故乡。'窦巩云:'风雨荆州二月天,问人初雇峡中船。西南一望云和水,犹道黔南有四千。'柳宗元云:'林邑山连瘴海秋,牂牁水向郡前流。劳君远问龙城地,正北三千到锦州。'李商隐云:'君问归期未有期,巴山夜雨涨秋池。何当共剪西窗烛,却话巴山夜雨时。'皆佳作也。"(《墨庄漫录》卷五)

[2] 汪森曰:"平实之言,自见酸楚,总由一真耳。"(《韩柳诗选》)

[3] 陆时雍曰:"末语堪悲。"(《唐诗镜》卷三十七)

(张伟)

酬曹侍御过象县见寄[1]

[题解]

此诗为柳宗元在柳州任上所作，时元和十四年春。全诗含蓄委婉，幽远高卓，诗情浓，画意美，嚼之如饴，芳香溢口。既有对山水花木穷形尽相的描摹，也有诗人自己处境、情怀、人格的曲折反映；既有对传统的承继，又有大胆的创新，予读者以多层面的艺术享受。

山似破额，水如碧玉，木兰为舟，骚人骋目，春风骀荡，蘋花满池：其"意"与"境"，有机地融为一体，且注入诗人的情思，从而达到一种至高的境界。柳公与曹公都是在"水"的背景下交织着一场心灵的碰撞与煎熬，而"春风无限潇湘意"，则含蓄曲折地表达了诗人政治上受迫害之意，同时又蕴含怀念故友之情；既有柳公对曹公的思念之意，也有曹侍御对柳刺史的仰慕之情。可是，"欲采蘋花不自由"，只好以文言志，作诗述怀，情含景中，意在言外。这就给曹公、也给读者带来更多的想象空间和理性思考。

[原诗]

破额山前碧玉流，骚人遥驻木兰舟[2]。春风无限潇湘意，欲采蘋花不自由[3]。

[校勘]

（1）"春风无限潇湘意"，"意"，中华书局《柳宗元集》（1979年9月版），作"忆"，《世彩堂》《蒋之翘本》及全唐诗作"意"。蒋之翘本并注云："'意'，一作'思'，去声。"按：作"意"近是。

[注释]

[1] 侍御：唐时的殿中侍御史、监察御史都可以简称侍御。曹侍御，名及生平不详，当是在京供职的友人。象县，唐时柳州属县，在今柳州市东及东北。见寄：以诗相寄。

[2] 破额山：当时象县柳江边的一座名山，在今柳江县白沙乡境内，峭壁面北，紧靠柳江，中有石缝直破至底，如一刀破额，故名。碧玉流：形容柳江流水碧绿如玉。骚人：屈原作《离骚》，开创一种独特的诗体，后世以骚人作为诗人和情操高洁的文士的代称。这里指曹侍御。遥：遥远。象县距柳州治所并不遥远，作者在此称"遥"，有特别用意。驻：停留。木兰：木名，又名杜兰、林兰，状如楠树，质似柏而微疏，是造船或构建房屋的贵重材料。木兰舟，即以木兰制的船。这里实际是用作船的美称。

[3] 春风：赞扬曹侍御的赠诗如春风拂面。潇湘：潇水和湘江在湖南永州汇合后称潇湘。潇湘意：《楚辞》中《湘君》《湘夫人》二诗都是写不能会面的相思之情，柳宗元在此化用其意，以表示欲与友人见面而又不能，引起无限的相思之情。蘋花：白蘋（一种水草）开的白色小花。古人作为相别时赠送的礼物。南朝诗人柳恽《江南曲》有"汀州采白蘋，日暖江南春。洞庭有归客，潇湘逢故人。"柳宗元在此借用柳恽诗意，表达了既不能与友人相会，又不能蘋花相送的深深遗憾。

[集评]

[1] 黄彻曰:"临川'萧萧出屋千寻玉,蔼蔼当窗一炷云。'皆不名其物。然子厚'破额山前碧玉流',已有此格。"(《巩溪诗话》卷四)

[2] 顾璘曰:"意话,所以难及。"(《批点唐诗正音》)

[3] 陆时雍曰:"语有骚情。"(《诗镜》)

[4] 唐汝询曰:"山前水碧,侍御停舟于此,我之感春风而怀无限之思者,正欲采苹潇湘,以图自献,乃拘于官守不自由也。子厚初虽贬谪,已而被召,其刺柳州原非坐谴,至谓拘以罪者,非。"(《唐诗解》)

[5] 沈骐曰:"托意最深。"(《诗体明辨》引)

[6] 王士禛曰:"黄梅五祖道场在东山,广济四祖道场曰西山,二山相去仅四十里。西山即破额山,柳宗元诗:'破额山前碧玉流'是也。"(《渔洋诗话》卷十三)

[7] 王闿运曰:柳子厚云:"春风无限潇湘意,欲采蘋花不自由。""责己恕人,庶可以怨。"(《湘绮楼说诗》卷一)

[8] 宋顾乐曰:"风人骚思,百读而味不穷,真绝作也!"(《唐人万首绝句选》)

[9] 金湜生曰:"王阮亭司寇删定洪氏《唐人万首绝句》,以王维之'渭城',李白之'白帝'……为压卷,……近沈归愚宗伯亦效举数首以续之,令按其所举惟杜牧'烟笼寒水'一首为当,其柳宗元之'破额山前'、刘禹锡之……诗虽佳而非其至。"(《粟香随笔》三笔卷一)

[10] 何焯曰:"'碧玉流'三字,暗藏'沟水东西流'意,三、四句用柳浑之语,自叹独滞远外,而止以相近而不得相逢为言。蕴蓄有余味。"沈德潜在《说诗晬语》卷上中甚至把此诗列

为唐人七绝的压卷之作之一:"李沧溟推王昌龄'秦时明月'为压卷,王凤洲推王翰'葡萄美酒'为压卷,本朝王阮亭则云:'必求压卷,王维之'渭城'、李白之'白帝'王昌龄之'奉帚平明'、刘禹锡之'山围故国'、杜牧之'烟笼寒水'、郑谷之'扬子江头',气象另殊,亦堪接武。"(《唐三体诗评》)

[11]沈德潜曰:"欲采蘋花相赠,尚牵制不能自由,何以为情乎?言外有欲以忠心献之于君而未由意,与《上萧翰林书》同意,而词特微婉。"(《唐诗别裁》卷二十)

[12]方东树曰:"李沧溟推王昌龄'秦时明月'为压卷,王凤洲推王昌龄'葡萄美酒'为压卷。王阮亭则云:必求压卷,王维之《渭城》,李白之《白帝》,王昌龄之'奉帚平明',王之涣之'黄河远上',其庶几乎?而终唐之世,无有出四章之右者矣。沧溟、凤洲主气,阮亭主神,各有所见。愚谓李益之'回乐峰前'、柳宗元之'破额山前'、刘禹锡之'山围故国'、杜牧之'烟笼寒水'、郑谷之'扬子江头',气象稍殊,亦堪接武。"(《昭昧詹言》卷二十一)

[13]顾东桥曰:"意活所以难及。"(《唐诗绝句类选》)

[14]《葵青居士绝诗三百首纂释》曰:"些些小事,尚不自由,胸中之老大不然,可知柳何婉而多讽也。"

[15]俞陛云曰:"柳州之文,清刚独造,诗亦如之,此诗独淡荡多姿。《楚辞》云:'折芳馨兮遗所思。'柳州此作,其灵均嗣响乎?集中近体皆生峭之笔,不类此诗之含蓄也。"(《诗境浅说续编》)

[16]吴文治曰:"友人曹侍御既已舟抵象县,与柳宗元近在咫尺,但二人只能以诗相赠而不能相见。诗中抒写怀念友人而又不能相见引起的深深遗憾,曲折地表现出诗人渴望自由但又得不到自由的内心矛盾……'春风无限潇湘意,欲采蘋花不自由'二

句……融柳恽诗意，可谓天衣无缝。宋叶梦得名作《贺新郎》'无限楼前沧波意，谁采蘋花寄取'句，又显系从柳诗脱化而来。清沈德潜《说诗晬语》曾评此篇为七绝中'压卷'之作。"(《柳宗元诗文选评》)

[17] 霍松林曰："'春风无限潇湘意'一句，的确会使读者感到'无限意'……把'潇湘'和'骚人'联系起来，那'无限意'就包含了政治上受打击之意。此其一。更重要的是……主要就是怀念故人之意。此其二。而这两点，又是像水乳那样融合在一起的。'春风无限潇湘意'作为绝句的第三句，又妙在似承似转，亦承亦转。""这首诗虽然写景如画，但这不是它的主要特点。从全篇看，特别是从结句看，其主要特点是比兴并用，虚实相生，能够唤起读者许多联想。"(《唐宋诗文鉴赏举隅》)

[18] 尚永亮曰："这（指《酬曹侍御过象县见寄》）是柳集中写得最为含蓄委婉、也最得后人称赏的一首七言绝句。"(《柳宗元诗文选评》)

(吴同和)

摘樱桃赠元居士时在望仙亭南楼与朱道士同处

[题解]

本诗的写作存在争议。王国安认为作于柳州（《柳宗元诗笺释》），谢汉强认为此诗"在永州作，确切作年不详"（《柳宗元大辞典》）。吕国康认为："永州既无仙人山，也无望仙亭。诗中提到的人物元居士也无法坐实。永州、柳州不产樱桃。""此诗很可能是误收《柳集》。"（《柳宗元两人首僧友诗的真伪》）尚须进一步考证。

柳宗元与佛门有不解之缘，一生都崇向佛学，与僧人交往。他一次登望仙亭时，摘樱桃赠二位友人，即兴写下此诗。

望仙亭可谓"净土"，诸道友皆为高人；摘桃赠友，与知音同处，则更是乐事。骋目远眺，遐想遐思，已入"梵境幽玄，义归清旷；伽蓝净土，理绝嚣尘"之境。能与同道好友在此登高望远，饮酒赋诗，可暂时解脱，甚至忘我。"不是偷桃一小儿"，自谑也；玩索之，却另有其意：似暂忘去国怀乡之恐，远离伤春悲秋之忧；然现实残酷，运命多舛，此等乐趣，昙花一现而已。

全诗蕴情悟禅，含蓄地表露了柳宗元落拓失衡之复杂心灵：与友人交游，宽慰愉悦；思自身沉浮，凄婉哀愁："二难"伴其左右，挥之不去矣！

[原诗]

海上朱樱赠所思[1],楼居况是望仙时[2]。蓬莱羽客如相访[3],不是偷桃一小儿[4]。

[校勘]

(1)何焯校本云:"'时在望仙亭南楼与朱道士同处'十三字作题下小字注。"

(2)楼居况是望仙时,世綵堂本注:"是,吕作植。"何焯校本云:"是,疑当作'植'。"

(3)此诗据原集编次,当作于柳州。(王国安《柳宗元诗笺释》)

(4)《摘樱桃赠元居士时在望仙亭南楼与朱道士同处》,在永州时作,确切作年不详。(谢汉强《柳宗元大辞典》)

[注释]

[1]《古乐府》有《君子有所思》篇。司马相如《上林赋》:"樱桃蒲陶。"颜师古注:"樱桃,即今之朱樱也。《礼记》谓含桃,《尔雅》谓之荆桃。"

[2]《史记·封禅书》:公孙卿曰:"仙人可见,而上往常遽,以故不见……且仙人好楼居。""居"一作"植"。

[3]蓬莱、方丈、瀛洲,海中三山,仙人居之。庾信《邛竹杖赋》:"待羽客以相贻。"

[4]《汉武帝内传》:帝好长生,七夕,西王母降其宫。有顷,索桃七枚,以四枚与帝,自食三枚。时东方朔从殿东厢朱鸟牖中窥母,母谓帝曰:"此窥牖儿尝三来偷吾桃者。"《汉武故事》又云:东都郡献短人。帝呼东方朔,朔至,短人相朔,谓上曰:"西王母种桃,三千年一着子,此儿不良,已三过偷之矣。"言仙

人若访元、朱二士，见此樱桃，固非如东方朔偷桃者也。

[集评]

[1] 日本学者近藤元粹评曰："凑合甚妙。"（《柳柳州诗集》卷三）

[2] 谢汉强评曰："（此诗）借用望仙的亭名，抒发了对居士、道士潇洒飘逸生活的美慕，巧妙地运用了汉时东方朔三偷西王母仙桃的典故，诙谐地点出自己'不是偷桃一小儿'，流露出与友人相交时获得的少有的乐趣与宽慰。"（《柳宗元大辞典·作品提要》）

(吴同和)

参考文献

1. 魏仲举：《五百家注音辨柳先生文集》，四库全书影印本。
2. 孙梅：《四六丛话》，商务印书馆，民国二十六年版。
3. 施子愉：《柳宗元年谱》，湖北人民出版社 1958 年版。
4. 吴文治：《中国古典文学研究资料·柳宗元卷》，中华书局 1964 年版。
5. 章士钊：《柳文指要》，中华书局 1971 年版。
6. 文安礼：《唐柳先生宗元年谱》，商务印书馆 1978 年版。
7. 罗联添：《柳宗元事迹系年暨资料类编》，国立编译馆 1981 年版。
8. 孙昌武：《柳宗元传论》，人民文学出版社 1982 年出版。
9. 王国安：《柳宗元诗笺释》，上海古籍出版社 1993 年版。
10. 方回：《瀛奎律髓》，上海古籍出版社 1993 年版。
11. 何书置：《柳宗元研究》，岳麓书社 1994 年版。
12. 温绍堃：《柳宗元诗歌笺释集评》，中国国际广播出版社 1994 年版。
13. 杜方智、林克屏主：《柳宗元在永州》，中州古籍出版社 1994 年出版。
14. 陈伯海：《唐诗汇评》，浙江教育出版社 1995 年出版。
15. 孙昌武：《柳宗元评传》，南京大学出版社 1998 年版。
16. 谢汉强：《柳宗元柳州诗文选读》，西安地图出版社 1999

年出版。

17. 柳宗元撰、吴文治：《柳宗元集》，中华书局 2000 年重印本。

18. 陆时雍：《诗镜总论》，见丁福保《历代诗话续编》，中华书局 2001 年版。

19. 吕国康、杨金砖：《柳宗元永州诗歌赏析》，湖南文艺出版社 2002 年版。

20. 尚永亮：《柳宗元诗文选评》，上海古籍出版社 2003 年版。

21. 吴文治：《柳宗元诗文十九种善本异文汇录》，黄山书社 2004 年版。

22. 吴文治：《柳宗元诗文选评》，三秦出版社 2004 年版。

23. 吴文治、谢汉强：《柳宗元大辞典》，黄山书社 2004 年版。

24. 尚永亮、洪迎华：《柳宗元集》，凤凰出版社 2007 年版。

25. 尹占华、韩文奇：《柳宗元集校注》，中华书局 2013 年版。

26. 翟满桂：《柳宗元永州事迹与诗文系年》，上海三联书店 2015 年版。

27. 洪淑苓注析：《柳宗元诗选》，中州古籍出版社 2016 年版。

编纂说明

《湖湘唐诗之路视野下的柳宗元研究集成》经过较长时间的努力，终于完稿。该书以吴文治等点校的《柳宗元集》（中华书局，1979年）为底本，参考了其他版本，共收录柳诗165首。其中包括雅诗歌曲十余首，这是目前能见到的全部柳诗。当然，柳子创作的诗文肯定有遗失，就诗而言，"八愚"诗已佚，在南宋的柳集版本残卷中，目录中有"八愚"诗，而且诗就刻在愚溪的溪石上，也不复存在。永州府志中有两首署名柳宗元的诗，第一首《忆全正上人》，经考证系伪作，第二首《钴鉧潭》诗，说是"八愚"诗之一，吴文治先生认为"风格颇近柳诗"（《怎样读柳宗元的诗》），但也有争论，为研究需要故收入。现存柳诗中，也有存疑的。如《摘樱桃赠元居士时在望仙亭南楼与朱道士同处》诗，王国安认为作于柳州，但柳州学者认为作于永州，而永州学者却认为与永州无关，两地均无望仙亭，不产樱桃，元居士、朱道士也无法坐实，真伪问题有待于做进一步的研究。

随着柳宗元研究的不断拓展，子厚的人生轨迹、生活经历越来越清晰地呈现在人们面前。无疑，这为柳作系年提供了方便。如柳于唐德宗贞元六年（790）在长安首次应进士举，直至贞元九年才登第。参加"永贞革新"失败后，永贞元年（805）九月，柳被贬为邵州刺史。十一月，在途中又被加贬为永州司马。年底到达永州。在贬谪途中，是否写诗，不得而知。作于永州的《惩笞赋》，有一段专写渡过洞庭湖逆湘江而上的情景，黑云淫雨，猿鸣鸟号，形魂飘荡，惊恐万状。但在结尾毅然表明了坚持正道、坚持理想而视死如归的决心："苟余齿之有惩兮，蹈前烈而不顾。死蛮夷固吾所兮，虽显宠其焉加？配大中以为偶兮，谅天命之谓何！"长赋《吊屈原文》，有可能是在汨罗构思，在永州完稿的。屈原的"美政"理想，爱国忧民的情怀，如日月之悬于中天，成为柳一生的精神支柱，而弘扬屈骚精神又成为其创作的一大特色。永州十年，是子厚人生与创作的重要阶段，他留下的近700篇诗文，其中近500篇写于永州，而诗有100首写于永州。可见，永州是他创作的黄金时期。柳在永州前期住城南龙兴寺，曾出资在东山构建西亭，与友人观景、聚会、饮酒、作诗。元和四年秋，他发现西山之"怪特"，冉水之清莹秀澈，于是冬天搬迁至风光"尤绝者"钴鉧潭旁安家，构建"八愚"胜景。他改冉水为愚溪，写下《愚溪诗序》。第二年，再迁居愚溪南岸新建之"草堂"，甘终为永州民。大面积的种植活动，显然是在"草堂"后进行的。

  元和十年正月，柳奉诏返京，三月再放六千里外的柳州。经过三个月的长途跋涉，来到任上。往返途中，诗作不断，故单独成卷。作为地方大员，在柳主要精力忙于公务，但笔耕不懈，四年留下一百多篇诗文。诗的形式和风格却有所变化，大致系年较易于永州。

  全书首次全部诗作按写作时间排序，分为早期长安诗、永州十年诗、奉诏途中诗、晚年柳州诗四部分，一目了然。每首诗由题解、原诗、校勘、注释、集评构成，为欣赏、推介柳诗，深入研究柳诗提供了一个新的平台。

  题解，首先对该诗的写作时间及背景做出判断，对少数无法确定具体作年的，也提出了参考意见。接着对诗的主旨、艺术特色做出简明扼要的分析。

校勘，依据《百家注本》《五百家注本》《世彩堂本》及《全唐诗》等进行校勘。

注释，对生僻字、词、句及典故，做了比较详细的解释，对不同观点也一并列出。

集评，以古代为主，尽可能搜集名家观点，也选取了少量现当代有创见的点评，搜集了最新成果，有利于加深对柳诗的理解。

为方便读者阅读，故全书采用简体。《湖湘唐诗之路视野下的柳宗元研究集成》汲取了前贤、名家的诸多成果，在此表示衷心感谢！该书是集体智慧的结晶，全书由吕国康、张伟负责统稿，杨再喜审定。值得一提的是年逾古稀的唐嗣德、吴同和两位先生，兢兢业业，尽心尽力参与撰稿，雷运福做了大量汇校工作，蒋昊为文稿的校对、打印付出了辛劳，在此表示感谢！

杨再喜　吕国康

2020 年 9 月